古文名篇鉴赏

卷一

王爽 主编

吉林出版集团有限责任公司

图书在版编目（CIP）数据

古文名篇鉴赏 / 王爽主编. -- 长春 ：吉林出版集团有限责任公司，2011.9
ISBN 978-7-5463-6806-1

Ⅰ. ①古… Ⅱ. ①王… Ⅲ. ①古典散文－文学欣赏－中国 Ⅳ. ①I207.62

中国版本图书馆CIP数据核字(2011)第182212号

古文名篇鉴赏

主　　编：王　爽
出 版 人：周殿富
责任编辑：耿　宏　冯　雪
书装设计：张立娟
出版发行：吉林出版集团有限责任公司
电　　话：0431-86012613
印　　刷：三河市文通印刷包装有限公司
开　　本：850mm×1168mm　1/16
字　　数：1100千字
印　　张：64
版　　次：2011年7月第1版
印　　次：2011年7月第1次印刷
书　　号：ISBN 978-7-5463-6806-1
定　　价：395.00元（古典函套线装 全四册）

目　录

第一卷

第二卷

第三卷

第四卷

【无　　逸[1]】

《尚书》

周公[2]曰：呜呼！君子[3]所，其无逸？先知稼穑之艰难，乃逸，则知小人之依[4]。相[5]小人，厥[6]父母勤劳稼穑，厥子乃不知稼穑之艰难，乃逸，乃谚。既诞。否则[7]侮厥父母，曰昔之人无闻知。

周公曰：呜呼！我闻曰：昔在殷王中宗[8]，严恭寅畏，天命自度[9]，治民祗惧，不敢荒宁。肆[10]中宗之享国七十有五年。其在高宗[11]，时旧劳于外，爰暨小人。作[12]其即位，乃或亮阴[13]，三年不言。其惟不言，言乃雍[14]。不敢荒宁，嘉靖[15]殷邦。至于小大，无时或怨。肆高宗之享国五十有九年。其在祖甲[16]，不义惟王[17]，旧为小人[18]。作其即位，爰知小人之依，能保惠于庶民，不敢侮鳏寡。肆祖甲之享国三十有三年。自时厥后，立王生则逸。生则逸，不知稼穑之艰难，不闻小人之劳，惟耽乐之从[19]。自时厥后，亦罔或克寿，或十年，或七八年，或五六年，或四三年。

周公曰：呜呼！厥亦惟我周太王[20]、王季[21]，克自抑畏。文王卑服，即康功田功[22]。徽柔懿恭[23]，怀保小民，惠鲜鳏寡。自朝至于日中昃[24]，不遑暇食，用咸[25]和万民。文王不敢盘于游田[26]，以庶邦惟正之供[27]。文王受命[28]惟中身，厥享国五十年。

周公曰：呜呼！继自今嗣王，则其无淫于观，于逸，于游，于田，以万民惟正之供。无皇曰[29]：今日耽乐。乃非民攸训[30]，非天攸若，时人丕则[31]有愆。无若殷王受[32]之迷乱，酗于酒德哉！

周公曰：呜呼！我闻曰："古之人犹胥[33]训告，胥保惠，胥教诲，民无或胥诪张为幻[34]。"此厥不听，人乃训[35]之，乃变乱先王之正刑[36]，至于小大。民否则厥心违怨，否则厥口诅祝。

周公曰：呜呼！自殷王中宗，及高宗，及祖甲，及我周文王，兹四人迪哲[37]。厥或告之曰："小人怨汝詈汝。"则皇自敬德[38]。厥愆[39]，曰朕之愆。允若时[40]，不啻[41]不敢含怒。此厥不听，人乃或诪张为幻，曰小人怨汝詈汝，则信之。则若时[42]，不永念厥辟[43]，不宽绰厥心，乱罚无罪，杀无辜。怨有同，是丛[44]于厥身。

周公曰：呜呼！嗣王其监[45]于兹！

【注释】

①无逸：不要贪图享乐。 ②周公：姓姬，名旦。周武王之弟，封于周，称为周公。 ③君子：此处指当权者。 ④小人：与“君子”相对，指一般平民。依：苦衷。 ⑤相：看。 ⑥厥：其。 ⑦否则：即“丕则”，“乃至于”之义。 ⑧中宗：殷代第七世贤主。 ⑨天命自度：自己权度一下行为与天命是否相合。 ⑩肆：所以。享国：指在帝位。 ⑪高宗：武丁，商朝第十一代贤君。 ⑫作：始。 ⑬亮阴：实在沉默。 ⑭雍：和顺得体。 ⑮嘉靖：安定。 ⑯祖甲：武丁次子，商朝第十二世贤君。 ⑰不义惟王：认为自己继承王位不合理。 ⑱旧为小人：久为小民。 ⑲耽乐：过分的享乐。从：追求。 ⑳太王：周文王的祖父。 ㉑王季：周文王的父亲季历。 ㉒即康功田功：成就他使人民安定和开垦土地的事业。 ㉓徽：善良。懿：美好。恭：谦敬。 ㉔昃：太阳偏西。 ㉕用：以。咸：普遍。和：和谐。 ㉖盘：乐。游：游乐。田：同“畋”，打猎。 ㉗庶邦：所属的部族。惟正之供：恭于政事。 ㉘受命：受天之命继承诸侯之位。中身：中年。 ㉙无皇曰：不要比方着那么说。 ㉚攸：所。训：教训。 ㉛丕则：于是。 ㉜受：商纣王。 ㉝胥：互相。 ㉞诪张：诳骗。幻：相互诈骗。 ㉟训：同“顺”，顺从效仿。 ㊱正刑：政令法度。 ㊲迪哲：明智。 ㊳皇自敬德：更加谨慎自己的德行。 ㊴厥愆：百姓的过失。 ㊵允若时：诚若是。 ㊶不啻：不但。 ㊷则若时：就像这样。 ㊸厥辟：其为君之道。 ㊹同：聚合。丛：丛集。 ㊺嗣王：指周成王。监：鉴戒。

【赏析】

此文选自《尚书·周书》，相传周武王死后，其子周成王年幼，便由武王之弟周公旦代替成王治理天下，等周成王长大成人，天下基本大定之后，周公旦便还政于周成王。《无逸》就是周公旦归政周成王时所作的一篇告诫周成王的文章。司马迁《史记·鲁周公世家》载：“周公恐成王壮，治有所淫佚，乃作《多士》，作《毋逸》。”即指此。

此文集中表达了禁止荒淫的思想。文章开宗明义，提出：“君子所其无逸。知稼穑之艰难”？这是全文的主题和论述的核心。

接着列举正反两方面的事例加以论证。文章开头说，“知道种农的辛劳，才懂得农民的隐情。”父母辛勤务农，而他们的子弟不知道种地的艰辛，就会贪图安逸乃至妄诞。周公接着列举了殷代名君中宗太戊、高宗武丁、商汤之孙祖甲，他们都是严于律己，为民谋利之人，所以他们都能长久居于君位。后来的殷王，骄奢淫逸，不知道务农的艰辛，只知贪图享乐，因而他们享国也都不长久。周公接下来又举出周太王、王季的谦抑谨畏，特别提到文王穿破衣、食粗粮，参加农业劳动，能“怀保小民，惠鲜鳏寡”，他不敢逸乐游猎，不取分外的东西，因而享国也比较长久。以这正反两方面的事例，从而有力地说明了荒淫放纵的危害。接着周公对成王提出了希望与要求，告诫后代，千万不许放纵“于观、于逸、于游、于田（田猎）”，否则，就会变乱先王正法，招致民人的怨恨诅咒。

周公所说的深入底层，关心民间疾苦，以无逸自警或用来教育后代是有积极意义的，后来儒家继承了周公的这种思想，即孔孟所提倡的“仁政”、“民贵君轻”。

【郑伯克段于鄢】

《左传》

初，郑武公娶于申[①]，曰武姜[②]。生庄公及共叔段[③]。庄公寤生[④]，惊姜氏，故名曰寤生。遂恶之。爱共叔段，欲立之，亟[⑤]请于武公，公弗许。

及庄公即位，为之请制[⑥]。公曰：“制，岩邑[⑦]也，虢叔[⑧]死焉，他邑唯命[⑨]。”请京[⑩]，使居之，谓之京城大叔[⑪]。

祭仲[⑫]曰：“都城过百雉[⑬]，国之害也。先王之制，大都[⑭]不过参国之一，中五之一，小九之一。今京不度[⑮]，非制也，君将不堪。”公曰：“姜氏欲之，焉辟[⑯]害？”对曰：“姜氏何厌[⑰]之有！不如早为之所[⑱]，无使滋蔓[⑲]，蔓，难图也。蔓草犹不可除，况君之宠弟乎！”公曰：“多行不义必自毙，子姑待之。”

既而大叔命西鄙北鄙贰于己[⑳]。公子吕[㉑]曰：“国不堪贰，君将若之何？欲与大叔，臣请事之；若弗与，则请除之，无生民心[㉒]。”公曰：“无庸[㉓]，将自及[㉔]。”大叔又收贰以为己邑，至于廪延[㉕]。子封曰：“可矣，厚将得众[㉖]。”公曰：“不义不昵[㉗]，厚将崩。”

大叔完聚[㉘]，缮甲兵[㉙]，具卒乘[㉚]，将袭郑。夫人将启之[㉛]。公闻其期，曰：“可矣！”命子封帅车二百乘以伐京。京叛大叔段。段入于鄢。公伐诸鄢。五月辛丑[㉜]，大叔出奔共。

书[㉝]曰：“郑伯克段于鄢。”段不弟[㉞]，故不言弟。如二君，故曰克。称郑伯，讥失教也。谓之郑志[㉟]。不言出奔，难[㊱]之也。

遂寘姜氏于城颍[㊲]而誓之曰：“不及黄泉，无相见也！”既而悔之。颍考叔为颍谷封人[38]，闻之，有献于公。公赐之食。食舍肉。公问之，对曰："小人有母，皆尝小人之食矣，未尝君之羹，请以遗[39]之。"公曰："尔有母遗，繄[40]我独无！"颍考叔曰："敢问何谓也？"公语之故，且告之悔。对曰："君何患焉！若阙[41]地及泉，隧[42]而相见，其谁曰不然？"公从之。公入而赋[43]："大隧之中，其乐也融融[44]。"姜出而赋："大隧之外，其乐也泄泄[45]。"遂为母子如初。

君子[46]曰："颍考叔，纯[47]孝也。爱其母，施[48]及庄公。《诗》曰：'孝子不匮，永锡尔类。'其是之谓乎[49]！"

【注释】

①郑武公娶于申：郑，国名。郑武公名掘突，前770年至前744年在位。申，国名，姜姓，在今河南省南阳县北。 ②武姜：武，指其丈夫武公的谥号；姜，指其母家之姓。武姜：后人对她的称谓。 ③共（gōng）叔段：段后来奔逃到共邑（在今河南省辉县），故称"共叔"。 ④寤生：寤，同"牾"，逆。意为倒着生出来，胎儿的脚先出来，是一种难产情况。 ⑤亟（qì）：屡次，多次。 ⑥制：地名，一名虎牢，又名成皋，原为东虢的属地，在今河南省荥阳县汜水镇西。 ⑦岩邑：险要的城邑。 ⑧虢（guó）叔：东虢国的国郡，后为郑武公所灭。 ⑨他邑唯命：别的邑可以唯命是听。 ⑩京：地名，在今河南省荥阳县东南。 ⑪大叔：大，同"太"。太叔是尊称。 ⑫祭（zhài）仲：人名，郑国大夫，字足。 ⑬都城过百雉（zhì）：都城，诸侯所属都邑之城。雉，古代度量名称，古城长三丈，高一丈为一雉。 ⑭"大都"三句：国，指国都；都，泛指一般城邑。古时制度，城邑的大小，大城不能超过国都的三分之一，中城不能超过五分之一，小城不能超过九分之一。 ⑮不度：不合法度。 ⑯辟：同"避"。 ⑰厌：满足。 ⑱早为之所：意为早点给他安排个适当的地方。所，地方，处所。 ⑲滋蔓：滋长蔓延。 ⑳"既而大叔"句：鄙，边邑。贰，两属。贰于己：一方面属庄公，一方面属自己。 ㉑公子吕：郑国大夫，字子封。 ㉒无生民心：不要使民生贰心。 ㉓无庸：不用。庸：同"用"。 ㉔将自及：将要自己遭灾祸。及：到。 ㉕廪（lǐn）延：郑国邑名，在今河南省延津县北。 ㉖厚将得众：厚，此处指扩大土地。得众：得民。 ㉗"不义不暱"二句：暱，亲。此二句意为：对君不义，对兄长不亲，即使土地广大，也将崩溃。《东周列国志》版画之"郑庄公掘地见母"图 ㉘完聚：修治城郭，集结兵力。 ㉙缮甲兵：缮，修整。甲兵，盔甲和兵器。 ㉚具卒乘：具，备。卒乘，兵卒和战车。 ㉛夫人将启之：指武公夫人将作内应。启：开（门）。 ㉜辛丑：古以天干、地支纪日。五月辛丑为鲁隐公元年（前722年）五月二十三日。 ㉝书：指《春秋》经文的记述。以下几句是解释《春秋》的话。 ㉞不弟：不像个弟弟。不言弟：意思是说，按《春秋》的惯例，段本应该称弟，不称弟是寓含贬意。如二君：像是两位国君。称郑伯：按例应称"郑人"，称"郑伯"，有讽刺意味。 ㉟郑志：郑伯的意图。意谓郑庄公也有杀害弟弟的意图。 ㊱难（nàn）：责难。难之：责难郑庄公逼走共叔段。 ㊲"遂置姜氏"句：置：放逐。城

颍：即临颍，故城在今河南省临颍县西北。㊳“颍考叔”句：颍考叔：郑国人。颍谷：在今河南省登封县西南。封人：掌管疆界的官。㊴遗（wèi）：给，赠送。㊵繄（yī）：首语助词。㊶阙：同“掘”。㊷隧：动词，挖成隧道。㊸赋：动词，指赋诗。㊹融融：和乐。㊺泄泄（yì yì）：舒畅、快乐的样子。㊻君子：作者的假托，《左传》中作者常用这种方式发表评论。㊼纯：纯正、纯厚。㊽施（yì）：延及，扩大影响。㊾“孝子”二句：这是《诗经·大雅·既醉》的话。匮：亏缺。锡：同“赐”。类：指同类的人。两句意思是说，孝子的孝道没有亏缺，上天长久地赐予你同类的人。

【赏析】

本文选自《左转》鲁隐公元年（前722年）。春秋时期，周王室逐渐衰微，各诸侯国之间开始了互相兼并的战争，各国内部统治者之间争夺权势的斗争也加剧起来。此文叙述了郑庄公与其弟共叔段之间的一场政治斗争。亲兄弟之间为了权力的争夺，竟然不顾手足之情而自相残杀，这种现象在春秋时期是屡见不鲜的。

文章可以分三部分：第一段为第一部分，主要写武姜厌恶郑庄公、喜爱共叔段，想立共叔段为君。这是日后兄弟相残的起因，也是矛盾的产生；第二段至第五段为第二部分，主要写姜氏为共叔段“请制”、“请京”，共叔段毫无顾忌地扩张势力范围，庄公则有意地不闻不问，养成其恶，这是矛盾的具体发展；最后三段是第三部分，是故事的高潮和结局，写庄公先发制人，一举把叔段赶出郑国，绝除后患；并把母亲姜氏逐出宫廷。后来天性复萌，在颍考叔的帮助下，母子和好如初。此文叙事线索清晰。作者紧紧抓住郑庄公和姜氏、共叔段的矛盾冲突这一线索，围绕争夺权力这一焦点安排叙事线索。从详细交代人物和矛盾的起因，到叙述矛盾冲突的发生和发展，再到故事的高潮和结局，叙述条理清晰，文字简洁。充分体现了《左传》高超的叙事特色。

本文通过对姜氏，郑庄公和共叔段母子兄弟之间争权斗争的描写，生动表现了庄公的阴险狡诈、老谋深算、虚伪狡诈，姜氏的偏心狠毒、昏聩以及共叔段的骄纵贪婪和愚蠢，人物形象十分鲜明，人物特点刻画得淋漓尽致，表现了高超的艺术技巧。同时，也揭露了郑国统治阶级内部尔虞我诈，互相倾轧的激烈的矛盾冲突，反映了春秋时期统治阶级的真实面貌。

【曹刿论战】

《左传》

十年春，齐师伐我[①]。公将战。曹刿请见[②]。其乡人[③]曰：“肉食者[④]谋之，又何间[⑤]焉？”刿曰：“肉食者鄙[⑥]，未能远谋。”乃入见。

问：“何以[⑦]战？”公曰：“衣食所安[⑧]，弗敢专[⑨]也，必以分人。”对曰：“小惠未遍，民弗从也。”公曰：“牺牲玉帛[10]，弗敢加[11]也，必以信[12]。”对曰：“小信未孚[13]，神弗福也。”公曰：“小大之狱[14]，虽不能察，必以情[15]。”对曰：“忠之属[16]也，可以[17]一战。战，则请从。”

公与之乘[18]，战于长勺[19]。公将鼓之[20]，刿曰：“未可。”齐人三鼓，刿曰：“可矣。”齐师败绩[21]。公将驰之[22]，刿曰：“未可。”下，视其辙[23]，登轼[24]而望之，曰：“可矣。”遂逐齐师。

既克[25]，公问其故。对曰：“夫[26]战，勇气也。一鼓作气[27]，再而衰，三而竭。彼竭我盈，故克之。夫大国难测也，惧有伏焉[28]。吾视其辙乱，望其旗靡[29]，故逐之。”

【注释】

①齐师：齐国的军队。我：指鲁国。因《左传》采用鲁国国君在位年记事，故称鲁国为“我”。下句的“公”指鲁庄公。 ②曹刿（guì）：鲁国人，有智有勇，他除了参加本文所记述的齐鲁长勺之战，还曾在鲁庄公十三年（前681）齐鲁两国国君柯地会盟时，持剑挟持齐桓公，迫使他归还侵占的鲁国领土。请见：请求进见。见，指臣下拜见君主，下级拜见上级。 ③乡人：同一个乡的人。春秋时期诸侯国国都及其近郊设“乡”这样的行政区划，跟后来的“乡村”之“乡”不同。 ④肉食者：指有权位的大人物。 ⑤间（jiàn）：参与。 ⑥鄙：鄙陋，无见识。 ⑦何以：以何，指依靠、凭借什么。 ⑧所安：指安身立命的东西。 ⑨专：指专有，独享。 ⑩牺牲：指祭祀用的牲畜，一般指牛、羊、猪。玉：玉器。帛：丝绸之类的纺织品。 ⑪加：指虚报、谎报。 ⑫信：诚信，诚言，言语真实。 ⑬孚（fú）：让人信服。 ⑭狱：诉讼案件。 ⑮情：真实情况。《东周列国志》版画之“战长勺曹刿败齐”图，讲述齐鲁长勺之战中，曹刿助鲁军谋划、大败齐军之事。 ⑯忠之属：指忠于人民一类的事。忠：尽心尽意地为本职。属：类。 ⑰可以：可以凭借它。 ⑱乘（chéng）：乘车，乘坐（注意此“乘”字与《郑伯克段于鄢》“具卒乘”句之“乘”和“命子封帅车二百乘以伐京”句之“乘”在音读和词义上的区别。） ⑲长勺：鲁国地名，其故地在今山东曲阜市北。 ⑳鼓之：指击鼓发起对齐军的反攻。古代发动进攻时以击鼓为号。鼓，擂鼓，用作动词。下文的“三鼓”，指三次击鼓进攻。 ㉑败绩：溃败，大败。 ㉒驰之：指驱赶兵车追击齐军。驰，赶车马快跑。 ㉓视：仔细地看。辙：车辙，车轮轧过后所留下的痕迹。 ㉔轼（shì）：古代车厢前面用作扶手的横木。这里用作动词，是扶着车前横木的意思。按：此句或谓登上车厢前横木“而望之”。 ㉕既克：指已经战胜齐军。既，已经。克，战胜。 ㉖夫：句首语气词，用以提起下文，表示要发表议论和看法等。 ㉗作气：指使士气振作起来。作，这里用作使动词。 ㉘惧：恐怕。有伏：有埋伏。焉：兼词。 ㉙靡（mǐ）：倒下。

【赏析】

此文记述的是春秋时期，鲁国战胜齐国侵犯的一次战争，也是小国战胜大国的著名战例。文章字数不多，但情节充实，从战前双方的准备到交战时的情景，再到战争之后的总结，充分显示出作者文笔的简练。

本文主要刻画了曹刿这一人物。在鲁国面临外敌侵犯之时，曹刿挺身而出，为鲁庄公冷静分析战争情况，并指出作为国君只有为民谋福利，取得民众的信任才是取胜的根本保证。双方交战之时，曹刿具有卓越的军事智谋和指挥才能，能在瞬息万变的战争中沉着冷静，指挥若定，面对强敌，丝毫不怕，尤其是下车查看敌人战车的车辙这一细节，更反映出曹刿的细心。在曹刿指挥下，鲁国最终取得战争的胜利。胜利之后，曹刿又为鲁庄公总结获胜的原因，更加突出了他远见卓识的战争谋略。此外，作者巧妙地运用了对比手法。把曹刿与“乡人”对比，突出曹刿抗敌的责任感。又从曹刿与鲁庄公的对比中，以庄公的驽钝、浮躁衬托曹刿的机敏、稳重。

作者取材精到，构思落笔立意高远，既于叙事中撮取历史经验，又于行文中生动刻画人物形象。文章把双方交战的具体过程省略掉，而是着重刻画曹刿的作战指挥和战后的分析，真是简练有法。清人浦起龙《古文眉诠》评此文：“显语见微，爽语见奥；政本、军机皆具，孙、吴不能出乎其宗，左氏所以为言兵之祖也。层节对举，章法矜炼。”

【烛之武退秦师】

《左传》

晋侯、秦伯[①]围郑，以其无礼于晋，且贰于楚[②]也。晋军函陵，秦军氾南[③]。

佚之狐言于郑伯[④]曰：“国危矣，若使烛之武[⑤]见秦君，师必退。”公从之。辞曰：“臣之壮也，犹不如人；今老矣，无能为也已。”公曰：“吾不能早用子，今急而求子，是寡人之过也。然郑亡，子亦有不利焉。”许之。

夜缒[⑥]而出。见秦伯曰：“秦、晋围郑，郑既知亡矣。若亡郑而有益于君，敢以烦执事[⑦]。越国以鄙远[⑧]，君知其难也，焉用亡郑以陪[⑨]邻？邻之厚，君之薄也。若舍郑以为东道主，行李[⑩]之往来，共[⑪]其乏困，君亦无所害。且君尝为晋君赐矣，许君焦、瑕[⑫]，朝济而夕设版[⑬]焉，君之所知也。夫晋，何厌之有[⑭]？既东封郑[⑮]，又欲肆[⑯]其西封。若不阙[⑰]秦，将焉取之？阙秦以利晋，唯君图之。”

秦伯说[⑱]，与郑人盟，使杞子、逢孙、杨孙[⑲]戍之，乃还。

子犯[⑳]请击之。公[㉑]曰：“不可。微夫人之力不及此[㉒]。因人之力而敝[23]之，不仁；失其所与[24]，不知[25]；以乱易整[26]，不武[27]。吾其还也。”亦去[28]之。

【注释】

①晋侯：晋文公。秦伯：秦穆公。 ②贰于楚：依附于楚国而对晋国有二心。 ③军：驻扎，用作动词。函陵：在今河南新郑北。氾（fàn）南：水名，在今河南中牟南，距函陵不远。 ④佚之狐：郑大夫。郑伯：郑文公，公元前672年至公元前628年在位。 ⑤烛之武：郑大夫。 ⑥缒（zhuì）：系在绳子上放下去。 ⑦敢：表示谦敬的词。执事：君主左右办事的人，实指君王，不直称其人，表示恭敬。 ⑧越国：越过晋国。鄙远：把远方的土地作为自己的边邑。鄙，边境。 ⑨陪：通“倍”，增加，扩大。 ⑩行李：指外交使臣。 ⑪共：同“供”，供应，供给。 ⑫焦、瑕：晋国的两座城邑，在今河南陕县附近。秦穆公帮助晋惠公回国为君，晋惠公曾答应割给秦穆公五座城邑，后来反悔了，焦、瑕即其中二城。 ⑬设版：筑城墙，即修筑防御工事。古代修筑城墙以版为夹，中实土。 ⑭何厌之有：即“有何厌。”厌，满足。 ⑮封郑：把疆土扩大到郑国。封，疆界，用做动词。 ⑯肆：放肆，恣肆。 ⑰阙：同“缺”，亏损，损害。 ⑱说：同“悦”，欢喜，此指赞同。 ⑲杞（qí）子、逢（páng）孙、杨孙：都是秦国大夫。 ⑳子犯：晋国上卿狐偃，晋文公的舅父。 ㉑公：晋文公。 ㉒微：非，没有。夫（fú）：发语词，有那、那个的意思。人：指秦穆公。及此：到这一步。 ㉓因：依靠，借助。敝：损害，伤害。此指伤害。 ㉔所与：同盟者。与，友好。 ㉕知：同“智”。 ㉖乱：战乱，纷争。指关系破裂，互相攻战。易：代替。整：友好和睦，协和一致。 ㉗武：勇武，勇敢。 ㉘去：离开。

【赏析】

本文是载于《左传·僖公三十年》的一段历史故事。公元前630年，秦、晋合攻郑国，烛之武在郑国危难之时，表现出了深明大义，最终义无返顾地去与敌国交涉。在强秦面前，烛之武不卑不亢，能言善辩，终于使秦国从郑国退兵。

文章开头说明了事件的起因，接着写了烛之武在国家危难之际，能够不计前嫌、深明大义、临危受命，毅然决定只身去说服秦君。在游说过程中，他善于利用矛盾，为秦君分析利害，很快便说服了秦君，使之做了撤出包围郑国军队的决定，并且还派兵帮助郑国防守，最终使晋军不得已而撤退，从而解除了郑国的危机。其实烛之武游说秦君，完全是为了郑国的利益，但他的说辞表现的却是处处为秦国着想，这就使秦君很容易就把话听进心里去，也充分显示出烛之武的高超辩才。从这场游说中，也可以看出烛之武作为一个小国的使臣，面对大国的君主，却能够不亢不卑，言语掷地有声，丝毫不失本国尊严，并且对语言的分寸，掌握得恰到好处，步步深入，层层逼紧，分析利害，一言一字都能够打动对方，具有很强的说服力。更重要的是，烛之武并没有让秦君感觉到是在施恩于郑国，而是为了自己的利益才撤兵的，其语言艺术达到了很高的水平。

此外，文章组织严密，前后照应。秦、晋围郑的主要原因，是晋国为了扩大自己霸主的威势，征服异己。这一事件的发生，与秦没有任何关系。文章开头两句话“以其无礼于晋，且贰于楚也”，暗示了这一事件的背景，这就为全文的发展作了铺垫。文章虽然字数不多，但有头有尾，整个事件的来胧去脉都交待得很清楚，主要矛盾展示得也很充分，收尾也十分圆满。情节起伏跌宕，生动活泼，说理透辟，语言简练，是一篇艺术性较强的文章。

【宫之奇谏假道】

《左传》

晋侯复假道于虞以伐虢[①]。宫之奇[②]谏曰："虢，虞之表[③]也；虢亡，虞必从之。晋不可启[④]，寇不可玩[⑤]，一之为甚[⑥]，其[⑦]可再乎？谚所谓'辅车相依[⑧]，唇亡齿寒'者，其虞、虢之谓也。"

公[⑨]曰："晋，吾宗[⑩]也，岂害我哉？"对曰："大伯、虞仲[⑪]，大王之昭[⑫]也。大伯不从[⑬]，是以不嗣[⑭]。虢仲、虢叔，王季之穆[⑮]也；为文王卿士[⑯]，勋在王室，藏于盟府[⑰]。将虢是[⑱]灭，何爱于虞？且虞能亲于桓、庄[⑲]乎？其爱之[⑳]也，桓、庄之族何罪？而以为戮[㉑]，不唯[㉒]逼乎？亲以宠逼[㉓]，犹尚害之，况以国[㉔]乎？"

公曰："吾享祀[㉕]丰洁，神必据我[㉖]。"对曰："臣闻之，鬼神非人实[㉗]亲，惟德是依[㉘]。故《周书》[㉙]曰：'皇[㉚]天无亲，惟德是辅。'又曰：'黍稷非馨[㉛]，明德[㉜]惟馨。'又曰：'民不易物，惟德繄物[㉝]。'如是，则非德，民不和，神不享矣。神所冯[㉞]依，将在德矣。若晋取虞，而明德以荐馨香，神其吐[㉟]之乎？"

弗听，许晋使。宫之奇以其族行[㊱]，曰："虞不腊[㊲]矣。在此行也[㊳]，晋不更举[㊴]矣！"

……

冬十二月丙子朔，晋灭虢。虢公丑奔京师。师还，馆[㊵]于虞，遂袭虞，灭之，执虞公及其大夫井伯。

【注释】

①晋侯：指晋献公。复：又。僖公二年（前658年）晋国曾向虞国借道进攻虢国，灭下阳。今（指僖公五年）又借道，故曰："复假道"。虞：国名，为周武王所封，是太王

之子虞仲的后代。在今山西平陆县东北。虢（guó）：国名，有东虢、西虢和北虢之分，此指北虢，在今河南三门峡和山西平陆一带。　②宫之奇：虞国大夫。也作“官奇”　③表：外表，外表，这里指屏障，外围。　④启：开启，这里指纵容其贪心。　⑤寇：指外面入侵的兵。玩：玩忽，忽视，指放松警惕。　⑥一之：一次。甚：过分。　⑦其：岂，难道。　⑧辅车相依：辅，面颊。车，牙床，面颊和牙床是互相依存的。以此喻虞国与虢国的关系。一说辅为车两旁之板。大车载物必用辅支持，故辅与车有相依之关系。⑨公：指虞国国君。　⑩宗：同宗。晋、虞、虢都是姬姓诸侯国，为同一祖先。　⑪大伯：即太伯，亦作泰伯，周太王古公亶父的长子。虞仲：周太王的次子。　⑫大王：即周太王。昭：古代宗庙里神主的位次，始祖居中，其子在左称为昭，子之子在右称为穆。周代以后稷为始祖，后稷以后的第一代为昭，第二代为穆。以后三、五、七、九……奇数为昭，二、四、六、八……偶数为穆。太王是后稷的第十二代孙，为穆。太王之子太伯、虞仲和王季为后稷的第十三代孙，故为昭。　⑬大伯不从：是指太伯和弟虞仲得知太王要传位给小弟王季（名季历）后，他们便出走至吴，不再在太王身边。　⑭嗣：指继承王位。⑮虢仲、虢叔：王季的次子和三子，是周文王的弟弟。王季是后稷第十三代孙，故为昭，其子为后稷第十四代孙，故为穆。　⑯卿士：周王室的执政大臣。　⑰盟府：掌管盟约、典策的官署。　⑱是：代词，复指提前的宾语“虢”。将虢是灭：即将灭虢。　⑲桓：指曲沃桓叔，是晋献公的曾祖。庄：指曲沃庄伯，是桓叔之子，晋献公的祖父。　⑳之：指桓、庄之族。　㉑以为戮：即“以之为戮”，把他们作为杀戮的对象。　㉒唯：因为。　㉓亲以宠逼：意为桓、庄之族因其亲近，且又位尊，威胁于献公。　㉔以国：“国”下承上省一“逼”字。　㉕享祀：犹祭祀。享：把食物供献鬼神。　㉖据我：依附于我，意即保佑我。　㉗实：代词，复指提前的宾语“人”。此句是“鬼神非亲人”的倒装结构。　㉘惟德是依：意为只保佑有德行的人。　㉙《周书》：周朝的史书，今已亡佚。引文见伪《古人尚书·蔡仲之命》。　㉚皇：大。　㉛黍稷：是古人祭祀常用的谷物。黍：即黍子，黏黄米。稷：不黏的谷子。馨（xīn）：芳香，特指散布很远的香气。㉜明德：使德行佟明。以上两句引文见伪《古文尚书·君陈》。　㉝民不易物，惟德繄物：此句见伪《古文尚书·旅獒》，意为人们祭神用的祭品并未改变，但只有有德的人的祭品是神所享用的。繄（yī）：是。　㉞冯：同“凭”。　㉟吐：指不食祭品。　㊱以其族行：率领他的全族走了。　㊲腊：古代年终合祭众神的祭祀活动。　㊳在此行也：在这次晋国出兵灭虢的行动后。　㊴更（gèng）：再。举：举兵，出兵。　㊵馆：官方接待宾客的房舍。这里作动词用，为屯驻的意思。

【赏析】

本文记述了公元前655年，晋献公借道于虞国去讨伐虢国，虞国大夫宫之奇劝阻虞公不要答应，但愚昧的虞公不听从意见，最终导致国灭的历史事件。

文章第一段从虞国和虢国相互依存的关系出发，说明了“唇亡齿寒”的道理，也阐明了晋国假道的真正目的。第二段虞公寄希望与晋国是“同宗”，天真地认为晋国不会攻打自己。而宫之奇为之分析利害，认为晋国不会因此而放弃进攻。接下来虞公又认为“吾享祀丰洁，神必据我。”这种思想真是愚昧至极。而宫之奇认为“鬼神非人实亲，惟德是依”，鬼神不会保佑某个人，而是“惟德是依”，只有依靠德政才能治理好国家，但虞公还是不听劝阻，最终导致国亡。

宫之奇在劝阻虞公的过程中，详细分析了晋国“假道”的不良企图，十分深刻。不仅如此，宫之奇的语言中蕴含着治国保民的思想，这是十分可贵的。韩慕庐《批点春秋左传纲目句解》中说：“宫之奇自是奇男子，左氏为迷宫传。谏辞语语的当，足垂金石，千秋绝响矣。”相反的是，虞公是一个昏庸、愚昧、自以为是的君主，也成为一个“昏君”的代表。清人过珙《古文评注全集》中说：“虞公只是利令智昏耳。曰‘吾宗’、‘神必据我’，虽一时饰说，未必由中之发，然亦愚罔极矣。”

此文语言简练明晰，清人金圣叹对此有精彩评价：“事险，便作险语，看其段段俱是峭笔，更不下一宽字。古人文，必照事用笔，每每如此。”可见，此文的语言已成为后人效仿的榜样。此外，此文还为后人贡献了一个耳熟能详的成语“唇亡齿寒”，千载以后，犹深入人心。

【秦晋殽[1]之战】

《左传》

冬，晋文公卒。庚辰，将殡于曲沃[2]。出绛[3]，柩有声如牛。卜偃使大夫拜，曰：“君命大事[4]，将有西师过轶[5]我，击之，必大捷焉。”

杞子自郑使告于秦曰：“郑人使我掌其北门之管[6]，若潜师以来，国可得也。”穆公访诸蹇叔[7]。蹇叔曰：“劳师以袭远[8]，非所闻也。师劳力竭，远主备之，无乃不可乎？师之所为，郑必知之，勤而无所[9]，必有悖心[10]。且行千里，其谁不知？”公辞焉。召孟明、西乞、白乙[11]，使出师于东门之外。蹇叔哭之，曰：“孟子！吾见师之出，而不见其入也！”公使谓之曰：“尔何知？中寿，尔墓之木拱[12]矣。”蹇叔之子与师[13]，哭而送之，曰：“晋人御师必于殽。殽有二陵焉；其南陵，夏后皋[14]之墓也；其北陵，文王之所辟风雨也。必死是间，余收尔骨焉！”秦师遂东。

三十三年春，秦师过周北门[15]，左右免胄而下，超乘[16]者三百乘。王孙满尚幼，观之，言于王曰：“秦师轻而无礼，必败。轻则寡谋，无礼则脱[17]。入险而脱，又不能谋，能无败乎？”

及滑[18]，郑商人弦高将市于周[19]，遇之，以乘韦先[20]，牛十二犒师，曰：“寡君闻吾子将步师出于敝邑[21]，敢犒从者。不腆[22]敝邑，为从者之淹，居则具一日之积，行则备一夕之卫[23]。”且使遽告[24]于郑。

郑穆公使视客馆，则束载、厉兵、秣马[25]矣。使皇武子辞[26]焉，曰：“吾子淹久于敝邑，唯是脯资、饩牵竭[27]矣。为吾子之将行也，郑之有原圃[28]，犹秦之有具囿[29]也，吾子取其麋鹿，以闲敝邑，若何？”杞子奔齐，逢孙、杨孙[30]奔宋。

孟明曰：“郑有备矣，不可[31]冀也。攻之不克，围之不继，吾其还也。”灭滑而还。

晋原轸[32]曰：“秦违蹇叔，而以贪勤民，天奉我也。奉不可失，敌不可纵。纵敌患生，违天不祥。必伐秦师！”栾枝曰：“未报秦施而伐其师[33]，其为死君乎？”先轸曰：“秦不哀吾丧而伐吾同姓[34]，秦则无礼，何施之为？吾闻之：‘一日纵敌，数世之患也。’谋及子孙，可谓死君乎！”遂发命，遽兴姜戎[35]。子墨衰绖，梁弘御戎，莱驹为右[36]。夏四月辛巳，败秦师于殽，获百里孟明视、西乞术、白乙丙以归。遂墨以葬文公[37]，晋于是始墨[38]。

文嬴请三帅[39]，曰：“彼实构吾二君[40]，寡君若得而食之，不厌[41]，君何辱讨焉[42]？使归就戮于秦，以逞寡君之志，若何？”公许之。先轸朝，问秦囚。公曰：“夫人请之，吾舍之矣。”先轸怒曰：“武夫力而拘诸原[43]，妇人暂而免[44]诸国，堕军实而长寇仇[45]，亡无日[46]矣！”不顾而唾。公使阳处父[47]追之，及诸河，则在舟中矣。释左骖[48]，以公命[49]赠孟明。孟明稽首曰：“君之惠，不以累臣衅鼓[50]；使归就戮于秦，寡君之以为戮，死且不朽。若从君惠而免之，三年将拜君赐。”

秦伯素服郊次[51]，乡师[52]而哭，曰：“孤违蹇叔，以辱二三子，孤之罪也。”不替孟明[53]，曰：“孤之过也，大夫何罪？且吾不以一眚[54]掩大德。”

【注释】

①殽（xiáo）：又作“崤”，山名，在今河南省洛宁县北，东接渑池，西接陕西界。②殡：殡葬。曲沃：地名，在今山西省闻喜县，是晋君祖坟所在地。③绛：地名，晋国都城，故址在今山西省翼城县东南。柩有声如牛：棺木传出像牛叫的声音。④君命大事：晋文公发布军事命令。⑤西师：从西边来的军队，指秦军。过轶：越过。⑥管：钥匙。⑦穆公：秦穆公，名任好。蹇（jiǎn）叔：秦国的老臣。⑧劳师：使……军队

疲劳。袭远：袭击远方的国家。 ⑨勤而无所：劳而无功。 ⑩悖（bèi）心：叛离的心思。 ⑪孟明、西乞、白乙：孟明视、西乞术、白乙丙，均是秦国将领。 ⑫墓之木拱：坟墓两旁的树已长高合拢。 ⑬与师：随师出征。与：参与。 ⑭夏后皋：夏桀的祖父。 ⑮周北门：周天子都城（洛阳）的北门。 ⑯超乘：跃而登车。 ⑰脱：粗略，此指不谨慎。 ⑱滑：原为姬姓小国，在今河南滑县。 ⑲市于周：（去）周的都城（洛阳）做生意。 ⑳乘韦：四张熟牛皮。乘：代指四（每乘四马）。韦：皮革。先：先（送）。 ㉑吾子：对秦帅的尊称。敝邑：对本国（郑国）的谦称。 ㉒不腆（tiǎn）：贫穷。腆：丰厚、富饶。 ㉓淹：停留，驻扎。积：军需给养。卫：安全保卫工作。 ㉔遽告：通过驿车迅速传递消息。遽：驿车，引申为急速。 ㉕束载、厉兵、秣（mò）马：扎束行装、磨砺兵器、喂饱马匹。指做好了战斗准备。厉：同"砺"。 ㉖皇武子：郑国大夫。辞：辞谢，下逐客令，请他们离开郑国。 ㉗脯、资、饩（xì）、牵：各种食物。脯：熟肉。资：粮食。饩：已杀的牲畜。牵：尚在栏内未杀的牲畜。 ㉘原圃：郑国的兽苑，在今河南省中牟县西北。 ㉙具囿：秦国的兽苑，在今陕西省凤翔县境内。 ㉚逢孙、扬孙：人名，皆为随从杞子驻郑的秦军将领。 ㉛冀：希望。 ㉜原轸（zhěn）：又名先轸，晋国大臣。 ㉝报：报答。施：恩施，恩惠。死君：忘记国君（晋文公）。 ㉞不哀吾丧：不为我国君之死而哀悼。同姓：晋、郑两国国君均姬姓。 ㉟遽：急速。兴：征调。姜戎：晋国国内的一支部落。 ㊱子：晋襄公，系晋文公之子。墨：黑色。衰（cuī）绖（dié）：白色孝服和麻带。梁弘：晋国将领。御戎：驾御兵车。莱驹：晋国将领。右：副将。 ㊲墨以葬文公：穿着黑色的丧服为文公举行葬礼。 ㊳始墨：开始形成着黑色丧服的风俗。 ㊴文嬴：秦穆公之女，晋文公之妻，晋襄公之嫡母。请三帅：请求释放秦国的三个被俘将领。 ㊵构：使……结怨。二君：两国之君。 ㊶厌：同"餍"，满足，甘心。 ㊷君何辱讨焉：您何必屈尊而去处罚他们呢？ ㊸拘：捉拿。原：原野，此指战场。 ㊹暂：仓促，此意指轻易。免：赦免。 ㊺堕（huī）：同"隳"，损害。军实：战果。长寇雠：助长敌方气焰。 ㊻亡无日：距亡国的日子不长了。 ㊼阳处父：晋国大夫。 ㊽释左骖：解下车子左边的马。 ㊾以公命：假托晋襄公的名义。 ㊿不以累臣衅鼓：不将俘虏杀死，以其血涂鼓。累臣：囚臣，孟明自称。衅鼓：古代用牲畜或战俘的血涂抹在钟鼓上的仪式。 (51)秦伯：秦穆公。郊次：等候在郊外。 (52)乡师：面对军队。乡：同"向"。 (53)不替孟明：不撤去孟明的职务。替：废。 (54)眚（shěng）：眼力障碍，比喻小过。

【赏析】

秦晋崤之战是春秋时期一场十分著名的战争。文章依次叙写了蹇叔哭师、秦师骄狂、弦高犒师、晋伏秦师、晋释秦帅等细节，情节逼真、委婉动人、引人入胜。不仅揭示秦师败灭原因，并且借战争阐述劳师袭远、以贪勤民者必败的战争观和政治观。

本文虽然事件纷繁，人物众多，但没有杂乱之感，先叙述秦军袭郑，蹇叔劝阻，秦穆公不听，蹇叔哭师；再写秦军过周，王孙满评论秦军；接下来又叙述晋军伏兵于崤山，大败秦军。最后写战争之后晋国释放三帅，秦穆公认错。可谓是条理清晰，具有引人入胜的艺术魅力。尤其是蹇叔哭师一节，更是能打动人心。林云铭在《古文析义》中评价："蹇叔置对，利害了如指掌，乃不见听。计无所出，其先哭师，次哭子，无非冀秦穆之一悟，以止三帅之行耳。老臣谋国，虑长，而且情深如此。”

除情节曲折，引人入胜外，本文还塑了几个鲜明突出的人物形象。如，蹇叔忠直、为国谋利、见识深远。秦穆公利令智昏、不听劝阻、刚愎自用，但失败之后敢于认错。晋国的先轸刚烈率直，敢说敢为，具有敏锐的政治洞察力等。这些人物形象都十分生动，性格鲜明。

此外，本文在语言上的成就也是很高的。尤其是外交辞令，如，弦高犒师所说的每一句都是客气话，但又都是带刺的话，柔中带刚，谦恭中带有自信，不卑不亢，落落大方；皇武子辞师的一席话，委婉中带有严峻，语义双关，让秦国知道郑国是有所准备的，不敢贸然发起攻击。这些都生动地体现出外交辞令委婉曲折而暗含机锋的威力。同时也体现了《左传》高超的艺术成就。

【勾践灭吴】

《国语》

越王勾践栖于会稽[1]之上，乃号令于三军曰：“凡我父兄、昆弟及国子姓[2]，有能助寡人谋而退吴者，吾与之共知越国之政。”大夫种[3]进对曰：“臣闻之；贾人夏则资皮，冬则资絺[4]，旱则资舟，水则资车，以待乏也。夫虽无四方之忧，然谋臣与爪牙之士[5]，不可不养而择也。譬如蓑笠，时雨既至，必求之。今君王既栖于会稽之上，然后乃求谋臣，无乃后乎？”勾践曰：“苟得闻子大夫之言，何后之有？”执其手而与之谋。

遂使之行成[6]于吴，曰：“寡君勾践乏无所使，使其下臣种，不敢彻声闻于天王[7]，私于下执事曰：‘寡君之师徒，不足以辱君[8]矣；愿以金玉、子女赂君之辱[9]。请勾践女女于王[10]，大夫女女于大夫，士女女于士；越国之宝器毕从；寡君帅越国之众以从君之师徒。唯君左右[11]之。’若以越国之罪为不可赦也，将焚宗庙，系妻孥[12]，沈金玉于江；有带甲五千人，将以致死，乃必有偶[13]，是以带甲万人事君也。无乃即伤君王之所爱[14]乎？与其杀是人也，宁其得此国也，其孰利乎？”

夫差将欲听，与之成。子胥谏曰：“不可！夫吴之与越也，仇雠敌战之国也；三江[15]环之，民无所移。有吴则无越，有越则无吴，将不可改于是矣！员闻之；陆人居陆，水人居水。夫上党之国[16]，我攻而胜之，吾不能居其地，不能乘其车；夫越国，吾攻而胜之，吾能居其地，吾能乘其舟。此其利也，不可失也已。君必灭之！失此利也，虽悔之，必无及已。”

越人饰美女八人，纳之太宰嚭，曰：“子苟赦越国之罪，又有美于此者将进之。”太宰嚭谏曰：“嚭闻古之伐国者，服之[17]而已；今已服矣，又何求焉？”夫差与之成而去之。

勾践说于国人曰：“寡人不知其力之不足也，而又与大国执仇，以暴露百姓之骨于中原，此则寡人之罪也。寡人请更！”于是葬死者，问伤者，养生者；吊有忧，贺有喜；送往者，迎来者；去民之所恶，补民之不足。然后卑事夫差，宦士三百人于吴，其身亲为夫差前马[18]。

勾践之地，南至于句无[19]，北至于御儿[20]，东至于鄞[21]，西至于姑蔑[22]，广运百里[23]。乃致其父母、昆弟而誓之，曰：“寡人闻古之贤君，四方之民归之，若水之归下也。今寡人不能，将帅二三子夫妇以蕃[24]。”令壮者无取[25]老妇，令老者无取壮妻；女子十七不嫁，其父母有罪；丈夫二十不取，其父母有罪。将免[26]者以告，公令医守之。生丈夫，二壶酒，一犬；生女子，二壶酒，一豚[27]；生三人，公与之母[28]；生二人，公与之饩[29]。当室者[30]死，三年释其政[31]；支子死，三月释其政；必哭泣葬埋之，如其子。令孤子、寡妇、疾疹[32]、贫病者，纳宦其子。其达士，絜其居，美其服，饱其食，而摩厉[33]之于义。四方之士来者，必庙礼之[34]。勾践载稻与脂于舟以行，国之孺子之游者，无不铺也，无不歠[35]也，必问其名。非其身之所种则不食，非其夫人之所织则不衣。十年不收于国，民俱有三年之食。

国之父兄请曰：“昔者夫差耻吾君于诸侯之国，今越国亦节矣，请报之。”勾践辞曰：“昔者之战也，非二三子之罪也，寡人之罪也。如寡人者，安与知耻？请姑无庸战！”父兄又请曰：“越四封[36]之内，亲吾君也，犹父母也。子而思报父母之仇，臣而思报君之仇，其有敢不尽力者乎？请复战！”勾践既许之，乃致其众而誓之曰：“寡人闻古之贤君，不患其众之不足也，而患其志行之少耻也。今夫差衣[37]水犀之甲者亿有三千，不患其志行之少耻也，而患其众之不足也。今寡人将助天灭之。吾不欲匹夫之勇也，欲其旅进旅[38]退。进则思赏，退则思刑；如此，则有常赏[39]。进不用命，退则无耻；如此，则有常刑。”

果行，国人皆劝[40]。父勉其子，兄勉其弟，妇勉其夫，曰：

"孰是君也，而可无死乎？"是故败吴于囿[41]，又败之于没[42]，又郊败之。

夫差行成，曰："寡人之师徒，不足以辱君矣！请以金玉、子女，赂君之辱！"勾践对曰："昔天以越予吴，而吴不受命；今天以吴予越，越可以无听天之命而听君之令乎？吾请达王甬、句东[43]，吾与君为二君乎！"夫差对曰："寡人礼先壹饭[44]矣。君若不忘周室[45]而为弊邑宸宇，亦寡人之愿也。君若曰：'吾将残汝社稷，灭汝宗庙。'寡人请死！余何面目以视[46]于天下乎？越君其次[47]也！"遂灭吴。

【注释】

①勾践：越王允常之子。栖：本义指居住，此处指退守。会稽：山名，在今浙江绍兴市东南。②国子姓：国君的同姓，即百姓。③种：即文种，字子禽，楚国郢人。④绨：细葛布。⑤爪牙之士：指勇猛的将士。⑥行成：求和并达成协议。⑦彻：通达。天王：指吴王。⑧师徒：指军队士兵。辱君：屈尊您。辱：表示谦卑的说法。⑨赂君之辱：慰劳您的辱临。⑩请勾践女女于王：前一个"女"作名词，指勾践的女儿，后一个"女"作动词，指作婢妾。下两句同。⑪左右：作动词，处置、调遣的意思。⑫孥：子女。⑬偶：一个抵两个。⑭伤君王之所爱：谓吴王推恩于越，越民与越器皆为吴王所钟爱。如越人拼死决战，则越民与越器都不免遭到损失，那不就影响到吴王加爱于越的仁慈侧隐之心了么？⑮三江：指钱塘江，吴江，浦阳江（浙江省中部）。⑯上党之国：此指中原各国。⑰服之：使之降服，屈服。⑱前马：仪仗队中乘马开道的人。⑲句无：地名，在今浙江省诸暨县。⑳御儿：地名，在今浙江省嘉兴县境。㉑鄞：地名，在今浙江省宁波市。㉒姑蔑：地名，在今浙江省衢县东北。㉓广运百里：方圆百里。东西为广，南北为运。㉔蕃：繁殖人口。㉕取：同"娶"。㉖免：同"娩"，指生育。㉗豚：小猪。㉘母：乳母。㉙饩：口粮。㉚当室者：负担家务的长子。㉛政：征，赋役。㉜疹：疾病。纳：收容。㉝絜：同"洁"。摩厉：同"磨砺"，这里有激励的意思。㉞庙礼之：在宗庙里接见，以示尊重。㉟歠：给水饮。㊱封：疆界。㊲衣：穿。水犀之甲：用水犀皮做的铠甲。㊳旅：俱。指军队有纪律地同进退。㊴常赏：合于常规的赏赐，下文"常刑"指合于常规的刑罚。㊵劝：勉励。㊶囿：即笠泽，吴地名，今太湖一带。㊷没：吴地名。㊸达：遣送。甬、句东：甬江和勾章以东。指今浙江省舟山县。句，同勾。㊹壹饭：小小的恩惠。指曾有恩于越（指曾同意与越议和）。㊺不忘周室：吴是周的同姓，故曰。寰宇：指屋檐下。㊻视：视息，犹方言生存。㊼次：驻扎。

【赏析】

本文选自《国语·越语》，主要叙述了勾践卧薪尝胆、韬光养晦、暗自集聚国人齐力抗吴，最终把强大的吴国打败的历史情节。此文有如越王勾践的小传，把勾践的性格刻画得入木三分。文章以以戏剧性的几个精彩场面表述了“勾践灭吴”的历史事件。

开头场面是吴越交战形势的情景交代。在越兵溃败，退守會稽山上，国家危在旦夕的严峻形势下，作者平静地叙述了勾践求贤和文种进谏。勾践遇事冷静而不慌乱。文种沉着稳健，尖锐含蓄地指责君王平时没有注重培养文臣武将，才导致如今的大败。接下来文种又挺身进谏，勾践采纳忠言，两人执手相谋，共同克敌。紧接着是一个精彩的外交场面。文种出使吴国，谦卑恭顺地奉迎吴王，以使骄矜的吴王能够耐心地听取下文。然后运用外交辞令从吴国的立场出发，软中带硬的陈述厉害得失，暗示越国上下一致刚毅坚定的决心，从而使越国转危为安。吴国有伍子胥力谏，但是吴王听不进，于是吴越议和。接下来作者又着重表现勾践立志图强的经过。对外，其“身为夫差前马”；对内，抚恤百姓、休养生息。以“十年生聚，十年教训”的策略，医治了越国的战争创伤。终于使越国具备了洗雪耻辱的国力。最后，越国君民万众一心，誓死报国，“父勉其子，兄勉其弟，妇勉其夫，曰：‘孰是吾君也，而可无死乎？’是故败吴於囿，又败之于没，又郊败之。”深化了主题。即得民心，就能成就大事业。其情节起伏，节奏仍然适度，保持了整篇文风的统一。此文故事情节曲折委婉、节奏舒缓有度，人物形象鲜明生动，哲理内涵深刻。

本篇以借助人物有代表性的言论和行动塑造了鲜明生动的人物形象，从而揭示了人物的个性特征。勾践的形象是深沉而丰满的。他不是一个简单的复仇者，而是城府很深，有胆有识的政治家。他胸怀大志、处世不惊、知人善用；其次他不忘国耻，忍辱负重、立志赎罪，深得民众，顽强复国。文种是一位忠贞直谏、临危受命、谋略过人，有强烈使命感的大臣。而夫差则是一个好大喜功、骄傲自负，优柔寡断的君王。此文虽然以记言为主，但全文围绕一个中心人物、中心事件展开故事，通过语言的描写来推动情节发展，塑造人物性格。语言奔放，气势充沛，有较高的感染力。

【王孙圉论楚宝】

《国语》

王孙圉[1]聘于晋，定公飨之。赵简子[2]鸣玉以相，问于王孙圉曰：“楚之白珩[3]犹在乎？”对曰：“然。”简子曰：“其为宝也几何矣？”

曰：“未尝为宝。楚之所宝者，曰观射父[4]，能作训辞[5]，以行事于诸侯，使无以寡君为口实。又有左史[6]倚相，能道训典，以叙百物，以朝夕献善败于寡君，使寡君无忘先王之业。又能上下说[7]于鬼神，顺道其欲恶，使神无有怨痛于楚国。又有薮曰云[8]，连徒州，金木竹箭之所生也。龟珠角齿，皮革羽毛，所以备赋用以戒不虞者也，所以共币帛、以宾享于诸侯者也[9]。若诸侯之好币具，而导之以训辞，有不虞之备，而皇神相之，寡君其可以免罪于诸侯，而国民保焉。此楚国之宝也。若夫白珩，先王之玩也，何宝之焉。

"圉闻国之宝，六而已。明王圣人能制议[10]百物，以辅相国家，则宝之。玉足以庇荫嘉谷，使无水旱之灾，则宝之。龟足以宪臧否[11]，则宝之。珠足以御火灾，则宝之。金足以御兵乱，则宝之。山林薮泽足以备财用，则宝之。若夫哗嚣之美，楚虽蛮夷，不能宝也。"

【注释】

①王孙圉：楚国大夫。 ②赵简子：晋国执政。 ③白珩：楚国著名的佩玉。 ④观射父：楚国大夫。 ⑤训辞：指外交辞令。 ⑥左史：周代史官分左史、右史。左史记言，右史记事。 ⑦上下：指天地。说：同"悦"，古人观念，史官能和鬼神交往。 ⑧薮：多草的湖泽。云：云梦泽，在今湖北。徒州：州名。 ⑨玉、马、皮、圭、璧、帛等物，古时都可以称为币。 ⑩圣人：指通达事理者。制议：谓安排妥当，使各得其宜。 ⑪臧否：吉凶。

【赏析】

本文选自《国语》的《楚语下》，其主要思想表达了真正的宝物不是宝玉财货，而是有贤能的人才。

文章开头就描写赵简子在外国使臣面前想炫耀一番自己佩带的玉器。"鸣玉以相"，可谓字字传神，十分形象地把赵简子浅薄无知的一面刻画了出来。接着赵简子又问，楚国的宝玉还在吗？王孙圉的回答是非常发人深醒的，他认为一个国家真正有价值的东西是各方面的人才，而不是宝玉。只有人才多，一个国家才能兴盛起来。相反，如果一个国家只知道依恋财物，那是不会长久兴盛的。王孙圉又例举了楚国之宝："楚之所宝者，曰观射父，能作训辞，以行事于诸侯，使无以寡君为口实。又有左史倚相，能道训典，以叙百物，以朝夕献善败于寡君，使寡君无忘先王之业。"以证明其对国家的重要作用。王孙圉理直气壮、态度明朗，与赵简子把珠玉当作宝物的态度全然相反。虽然文章结尾没有写赵简子听过王孙圉的话的反应，但我们完全可以想见其自讨没趣的尴尬之状，他那愚蠢鄙陋、肤浅无知的形象生动展现在读者面前。王孙圉虽然离我们的生活很遥远，但他的这一番见解至今还给我们以深刻的启示。

此文语言质朴自然，一气呵成，阐述道理深刻。通过王孙圉的一番话，可以看出他是一位有见识、有深度，正直的人。

【里革断罟匡君】

《国语》

宣公夏滥于泗渊[1]，里革断其罟而弃之[2]，曰："古者大寒降，土蛰发[3]，水虞于是乎讲罛罶[4]，取名鱼，登川禽[5]，而尝之寝庙[6]，行诸国人，助宣气也[7]。鸟兽孕，水虫成，兽虞于是乎禁罝罗，矠鱼鳖，以为夏犒，助生阜也[8]。鸟兽成，水虫孕，水虞于是乎禁罜䍡[9]，设阱鄂，以实庙庖，畜功用也。且夫山不槎蘖[10]，泽不伐夭[11]，鱼禁鲲鲕[12]，兽长麑䴠[13]，鸟翼鷇卵[14]，虫舍蚳蝝[15]，蕃庶物[16]也。古之训也。今鱼方别孕，不教鱼长，又行网罟，贪无艺[17]也。"

公闻之，曰："吾过[18]而里革匡我，不亦善乎！是良罟也，为我得法。使有司藏之[19]，使吾无忘谂。"师[20]存侍，曰："藏罟，不如置里革于侧之不忘也。"

【注释】

①宣公：鲁宣公。滥：沉浸的意思。泗：水名。发源于山东蒙山南麓。渊：水深处。 ②里革：鲁国大夫，断：割破。罟：网。 ③降：降下。土蛰：动物冬眠时潜伏在土中不食不动的状态。这里指在地下冬眠的动物。发：奋起。这里是说醒过来，钻出土来。 ④水虞：古代官名，掌管水产。讲：研究，练习。罛（gū）：大鱼网。罶：捕鱼的竹笼。大口窄颈，腹大而长，无底。 ⑤川禽：水中动物。 ⑥尝：尝新，古代秋祭名。寝庙：古代宗庙。古代宗庙分庙和寝两部分。供祀祖宗的前殿称庙，藏祖宗衣冠的后殿称寝，合称寝庙。 ⑦宣：发泄，散发。气：指阳气。 ⑧孕：怀胎。兽虞：古代官名，掌管鸟兽的禁令等。罝（jū）：捕兽的网。罗：捕鸟的网。矠（cuò）：刺取。槁：干枯。这里指干的鱼。阜：生长。 ⑨罜䍡（zhǔlù）：小鱼网。 ⑩槎（chá）蘖（niè）：树木的嫩芽。也指树木被砍伐后所生的新芽。 ⑪泽：聚水的洼地。伐：砍伐。夭（ǎo）：初生的草木。 ⑫鲲（kùn）：鱼子。鲕（èr）：鱼卵。 ⑬长：使成长，抚养。麑：幼鹿。䴠（yǎo）：幼麋。 ⑭翼：用翼遮护，保护。鷇（kóu）：待哺食的雏鸟。卵：鸟蛋。 ⑮虫：昆虫，虫子。舍：舍弃，放弃。蚳（chí）：蚁卵。蝝（yán）：蝗的幼虫，是古人做酱的原料。 ⑯蕃（fán）：繁殖，滋生。庶物：万物。 ⑰贪：贪欲。艺：限度。 ⑱过：过失，错误。 ⑲有司：官吏。古代设官分职，各有专司，因称官吏为"有司"。谂（shěn）：规谏。 ⑳师：乐师，名存。

【赏析】

本文为我们呈现了鲁宣公不顾时令，撒下鱼网捕鱼，里革当场割破鱼网，劝阻宣公此时不宜捕鱼的画面。其中蕴含了一些道理，他认为大寒以后，冬眠的动物便开始活动，水虞这时才计划用鱼网、鱼笱，捕大鱼，捉龟鳖等，拿这些到寝庙里祭祀祖宗。当鸟兽开始孕育，鱼鳖已经长大的时候，兽虞这时便禁止用网捕捉鸟兽，只准刺取鱼鳖，并把它们制成夏天吃的鱼干，这是为了帮助鸟兽生长。当鸟兽已经长大，鱼鳖开始孕育的时候，水虞便禁止用小鱼网捕捉鱼鳖，只准设下陷井捕兽，用来供应宗庙和庖厨的需要，这是为了储存物产，以备享用。另外，到山上不能砍伐新生的树枝，在水边也不能割取幼嫩的草木，捕鱼时禁止捕小鱼，捕兽时要留下小鹿和小驼鹿，捕鸟时要保护雏鸟和鸟卵，捕虫时要避免伤害蚂蚁和蝗虫的幼虫，这是为了促使万物繁殖生长。最后，里革直言不讳地指出：宣公在鱼类孕育的时候，下网捕捉，是贪心不的表现。鲁宣公不懂得这个道理，受到里革的批评，但他那种知错即改的精神还是值得肯定的。最后师存又说："藏罟，不如置里革于侧之不忘也"，一下就把主题上升到用贤上来，这也是值得后人学习的。

后来孟子也说过类似的话："不违农时，谷不可胜食也；数罟不入洿池，鱼鳖不可胜食也；斧斤以时入山林，材木不可胜用也。谷与鱼鳖不可胜食，材木不可胜用，是使民养生丧死无憾。"正是对这种思想的继承。从中可以看出：早在上千年前，我们的祖先就已经在倡导注意保护自然资源，不能对自然界中的生物赶尽杀绝。这种思想是十分可贵的，也恰恰是当今人们所缺少的，我们应该学习前人的精神。

【苏秦以连横说秦】

《战国策》

苏秦[①]始将连横[②]，说秦惠王[③]曰："大王之国，西有巴蜀汉中之利[④]，北有胡貉代马之用[⑤]，南有巫山黔中之限，东有肴函[⑥]之固。田肥美，民殷富，战车万乘，奋击百万，沃野千里，蓄积饶多，地势形便。此所谓天府[⑦]，天下之雄国也。以大王之贤，士民之众，车骑之用，兵法之教，可以并诸侯，吞天下，称帝而治，愿大王少留意，臣请奏其效。"

秦王曰："寡人闻之，毛羽不丰满者不可以高飞；文章不成者不可以诛罚；道德不厚者不可以使民；政教不顺者不可以烦大臣。今先生俨然不远千里而庭教之，愿以异日。"

苏秦曰："臣固疑大王之不能用也。昔者神农[⑧]伐补遂[⑨]，黄帝伐涿鹿而禽蚩尤[⑩]，尧伐驩兜，舜伐三苗，禹伐共工，汤伐有夏，文王伐崇[11]，武王伐纣，齐桓任战而伯[12]天下。由此观之，恶[13]有不战者乎？古者使车毂[14]击驰，言语相结，天下为一；约从连横，兵革不藏；文士并饬[15]，诸侯乱惑；万端俱起，不可胜理；科条既备，民多伪态；书策稠浊[16]，百姓不足；上下相愁，民无所聊[17]；明言章[18]理，兵甲愈起；辩言伟服，战攻不息；繁称文辞，天下不治；舌弊耳聋，不见成功；行义约信，天下不亲。于是乃废文任武，厚养死士，缀甲厉[19]兵，效胜于战场。夫徒处[20]而致利，安坐而广地，虽古五帝、三王、五伯[21]，明主贤君，常欲坐而致之，其势不能，故以战续之。宽则两军相攻，迫则杖[22]戟相撞，然后可建大功。是故兵胜于外，义强于内；威立于上，民服于下。今欲并天下，凌万乘，诎[23]敌国，制海内，子元元[24]，臣诸侯，非兵不可。今之嗣主[25]，忽于至道[26]，皆惛[27]于教，乱于治，迷于言，惑于语，沈于辩，溺于辞，以此论之，王固不能行也。”

说秦王书十上而说不行，黑貂之裘弊，黄金百斤尽，资用乏绝，去秦而归。羸縢履蹻[28]，负书担橐[29]，形容枯槁，面目犁[30]黑，状有归[31]色。归至家，妻不下纴[32]，嫂不为炊，父母不与言。苏秦喟叹曰：“妻不以我为夫，嫂不以我为叔，父母不以我为子，是皆秦之罪也！”乃夜发书，陈箧数十，得太公《阴符》[33]之谋，伏而诵之，简[34]练以为揣摩。读书欲睡，引锥自刺其股，血流至足[35]。曰：“安有说人主不能出其金玉锦绣，取卿相之尊者乎？”期年揣摩成，曰：“此真可以说当世之君矣。”

于是乃摩[36]燕乌集阙，见说赵王于华屋[37]之下，抵掌而谈，赵王大悦，封为武安[38]君，受相印。革车百乘，锦绣千纯，白璧百双，黄金万溢[39]，以随其后。约从散横，以抑强秦。故苏秦相于赵，而关[40]不通。

当此之时，天下之大，万民之众，王侯之威，谋臣之权，皆欲决苏秦之策。不费斗粮，未烦一兵，未战一士，未绝一弦，未折一矢，诸侯相亲，贤于兄弟。夫贤人在而天下服，一人用而天下从。故曰：“式[41]于政，不式于勇；式于廊庙之内，不式于四境之外。”当秦之隆，黄金万溢为用，转毂连骑，炫熿于道，山东之国，从风而服，使赵大重[42]。

且夫苏秦，特穷巷掘门[43]、桑户棬枢[44]之士耳，伏轼撙[45]衔，横历天下，廷说诸侯之王，杜左右之口，天下莫之能伉[46]。将说楚王，路过洛阳，父母闻之，清宫除道，张乐设饮，郊迎三十里；妻侧目而视，侧耳而听；嫂蛇行匍伏，四拜自跪而谢。苏秦曰："嫂何前倨[47]而后卑也？"嫂曰："以季子[48]之位尊而多金。"苏秦曰："嗟乎！贫穷则父母不子，富贵则亲戚畏惧，人生世上，势位富贵，盖可忽乎哉！"

【注释】

①苏秦：战国时洛阳人，著名策士。 ②连横：战国时代，合六国抗秦，称为约从；秦与六国中任何一国联合以打击别的国家，称为连横。 ③秦惠王：公元前 336 年至公元前 311 年在位。 ④巴：今四川省东部。蜀：今四川省西部。汉中：今陕西省秦岭以南一带。胡：指匈奴族所居地区。 ⑤代：今河北、山西省北部。以产良马闻世。黔中：在今湖南省沅陵县西。限：屏障。 ⑥肴：肴山在今河南省洛宁县西北。函：函谷关，在今河南省灵宝县西南。 ⑦天府：自然界的宝库。 ⑧神农：传说中发明农业和医药的远古帝王。 ⑨补遂：古国名。 ⑩涿鹿：在今河北省涿鹿县南。禽：通"擒"。 ⑪驩（huān）兜：尧的大臣，传说曾与共工一起作恶。三苗：古代少数民族。有夏：即夏桀。"有"字无义。崇：古国名，在今陕西省户县东。 ⑫伯：同"霸"。 ⑬恶：何。 ⑭毂：车轮中央圆眼，以容车轴。这里代指车乘。 ⑮饬：修饰文词，即巧为游说。 ⑯稠浊：多而乱。 ⑰聊：依靠。 ⑱章：同"彰"，明显。 ⑲厉：通"砺"，磨砺。 ⑳徒处：白白地等待。 ㉑五伯：伯同"霸"。 ㉒杖：持着。 ㉓诎：同"屈"，屈服。 ㉔元元：人民。 ㉕嗣主：继位的君王。 ㉖至道：指用兵之道。 ㉗惛：不明。 ㉘羸：缠绕。縢：绑腿布。屩：草鞋。 ㉙橐：囊。 ㉚犁：通"黧"，黑色。 ㉛归：应作"愧"。 ㉜紝（rèn）：纺织机。 ㉝太公：姜太公吕尚。阴符：兵书。 ㉞简：选择。 ㉟足：应作"踵"，足跟。 ㊱摩：靠近。 ㊲华屋：指宫殿。 ㊳抵：通"扺"，拍击。武安：今属河北省。 ㊴溢：通"镒"。一镒二十四两。 ㊵关：函谷关，为六国通秦要道。 ㊶式：用。 ㊷使赵大重：谓使赵的地位因此而提高。 ㊸掘门：同窟门，窟门。 ㊹桑户：桑木为板的门。棬（quān）枢：树枝做成的门枢。 ㊺轼：车前横木。撙（zǔn）：节制。 ㊻伉：通"抗"。 ㊼倨：傲慢。 ㊽季子：苏秦的字。

【赏析】

战国是一个纷乱的时代，这一时期诸侯林立，战争不断，尔虞我诈。一批谋臣策士周旋其间，纵横驰骋，朝秦暮楚，以逞其智能，获取功名。这篇文章记载了苏秦始以连横之策说秦，而其说不行，于是发愤读书，终于相赵的故事。

此文共叙述了苏秦的两次游说。第一次是向秦惠王游说，想让秦惠王采纳连横之法以攻打六国，但是秦惠王没采纳他的意见。第二次他又转而游说六国，让六国采用合纵之策以共同抗击秦国。文章对苏秦的形象刻画得十分生动，既表现了他发愤读书的一面，又展现了他强烈追逐名利之心，同时也描写了他时而连横，时而合纵的不固定的政治主张，这也是当时大多数策士的共同特点。作者在刻画人物形象时采用了对比手法。苏秦游说秦王失败之后其形象是"羸縢履屩，负书担橐，形容枯槁，面目犁黑，状有归色"；而游说赵国成功后则是“革车百乘，锦绣千纯，白璧百双，黄金万溢”，真可谓“春风得意马蹄疾，一日看尽长安花”。这一前一后的对比，将苏秦内心成功之后的自满之态十分真实地展现出来。此外，苏秦的妻子和嫂子对苏秦发迹前后的表现也是大不相同，这种对比也刻画出了其妻嫂的势利之心。正如过珙《古文评注全集》中所说：“写失意处，何等凄凉；写得意处，何等热闹。分明是一幅势利图。”总之，此文在描写人物时笔法十分细腻，善于从小处着手，如对苏秦用锥子刺自己的描写，把他第一次游说秦王失败后的落寞心情以及渴望功成名就的愿望刻画得十分真实。读此文时，我们要学习苏秦失败之后发愤图强的精神，这对人们是有积极作用的；但对他那种成功之后的自满之态要引以为戒，真正的君子要做到败不馁、胜不骄，如此方宜。

此文的语言也很有特点，尤其是苏秦的游说之辞，可谓铺陈夸饰，气势充盈，滔滔不绝，对后来汉赋的风格有很大影响。

【邹忌[1]讽齐王纳谏】

《战国策》

邹忌修八尺[2]有馀，而形貌昳丽[3]。朝服衣冠窥镜，谓其妻曰：“我孰与城北徐公美[4]？”其妻曰：“君美甚，徐公何能及君也！”城北徐公，齐国之美丽者也。忌不自信[5]，而复问其妾曰：“我孰与徐公美？”妾曰：“徐公何能及君也！”旦日，客从外来，与坐谈[6]，问之客曰：“吾与徐公孰美？”客曰：“徐公不若君之美也！”

明日，徐公来。孰视之[7]，自以为不如；窥镜而自视，又弗如远甚。暮寝而思之[8]，曰：“吾妻之美[9]我者，私我也；妾之美我者，畏我也；客之美我者，欲有求于我也。”

于是入朝[10]见威王，曰：“臣诚知[11]不如徐公美，臣之妻私臣，臣之妾畏臣，臣之客欲有求于臣，皆以美于徐公。今齐地方千里，百二十城。宫妇左右，莫[12]不私王；朝廷之臣，莫不畏王；四境之内，莫不有求于王；由是观之，王之蔽甚矣[13]！”

王曰：“善。”乃下令：“群臣吏民，能面刺寡人之过者[14]，受上赏；上书谏寡人者，受中赏；能谤议于市朝[15]，闻寡人之耳者[16]，受下赏。”令初下，群臣进谏，门庭若市。数月之后，时时而间进[17]。期年[18]之后，虽欲言，无可进者[19]。燕、赵、韩、魏闻之，皆朝于齐。此所谓战胜于朝廷[20]。

【注释】

①邹忌：战国时齐人，善鼓琴，有辩才。②脩：长，这里指身高。八尺：这里的“一尺”等于现在的23.1厘米。③昳丽：光艳美丽。④我孰与城北徐公美：我与城北徐公相比谁更美。孰与：与……相比。⑤不自信：不相信自己（比徐公美），宾语前置。⑥与坐谈：与之坐谈，与客人坐下谈话。⑦明日：又过了一天。孰视之：仔细地察看他。之，指城北徐公。⑧暮寝而思之：夜晚躺在床上思考这件事情。暮：夜晚。寝，躺，卧。之，代词，指妻、妾、客“美我”一事。⑨美：赞美。⑩朝：朝见。威王：即齐威王。私：动词，偏爱。⑪诚知：确实知道。⑫宫妇左右：指宫中的姬妾和身边的近臣。莫：没有。⑬王之蔽甚矣：被动句，大王受蒙蔽很厉害。蔽，受蒙蔽，这里指因受蒙蔽而不能兼听。之：用于主谓之间取消句子独立性，无实义。甚：厉害。⑭能面刺寡人之过者：能当面批评我的过错的人。⑮能谤讥于市朝：能在公共场所指责议论（我的过失）。谤讥，公开议论指责，没有贬义。市朝，众人聚集的公共场所。⑯闻寡人之耳者：传到我耳朵里，闻，使听到。⑰时时而间进：时时，有时，不时，有时候。间，偶然，有时候。进：进谏。进谏：进言劝谏。⑱期年：一周年，满一年。⑲虽欲言无可进者：即使想说也没有什么可以进谏的了。⑳此所谓战胜于朝廷：在朝廷上战胜（别国）。意思是政治清明，不必用军事行动就可以使敌国畏服。

【赏析】

本文以其巧妙的构思，高超的设喻和深刻的喻意而脍炙人口。

文章前一部分写邹忌将自己的容貌与徐公相比，分别问了妻、妾、客，而得出的答案全是自己比徐公美，而等到自己亲眼看到徐公时，却自愧不如。并由此而悟出一个道理：其妻、妾、客之所以说自己美，是因为“臣之妻私臣，臣之妾畏臣，臣之客欲有求于臣”，并以小见大，从发生在自己身上的事，联想到臣子向君王进谏之事。

于是便“入朝见威王”，见到威王后，他并没有单刀直入地向威王进谏，而是先讲自己的切身体会，用类比推理、推己及人的方式讲出“王之蔽甚矣”。他先叙述了妻、妾、客蒙蔽自己的原因，然后从自己的生活小事推而至于治国大事，说明齐王处于最有权势的地位，因而所受的蒙蔽也最深。这里，没有对威王的直接批评，而是以事设喻，启发诱导齐威王看到自己受蒙蔽的严重性，从而使他懂得广开言路，虚心纳谏的重要性。齐威王接受了邹忌的劝告，立即发布政令，悬赏求谏，齐王纳谏之后，齐国明显发生了变化。齐威王已经根据人们的意见，改革了弊政，取得了很好的效果。

古代臣子向君王进谏是很危险的事，弄不好就被杀头，而邹忌从自身体验出发，把自己和徐公比美的感受设喻，巧妙地讽谏了齐威王，并得到了很好的效果，充分显示出了邹忌的聪明。文章构思十分巧妙，后人对此有很多评价，如金圣叹《天下才子必读书》：“一段问答孰美，一段暮寝自思，一段入朝自述，一段下令受谏，一段进谏渐稀，段段简峭之甚。”吴楚材、吴调侯《古文观止》：“邹忌将己之美、徐公之美，细细详勘，正欲于此参出微理。千古臣诋谄、君蔽，兴亡关头，从闺房小语破之，快哉！”

【齐人谏靖郭君城薛】

《战国策》

靖郭君将城薛[①]，客多以谏。靖郭君谓谒者，无为客通[②]。齐人有请者曰："臣请三言[③]而已矣！益[④]一言，臣请烹。"靖郭君因见之。客趋[⑤]而进曰："海大鱼。"因反走[⑥]。君曰："客有于此[⑦]！"客曰："鄙臣不敢以死为戏。"君曰："亡，更[⑧]言之。"对曰："君不闻大鱼乎？网不能止，钩不能牵，荡而失水，则蝼蚁得意[⑨]焉。今夫齐，亦君之水也。君长有齐阴[⑩]，奚以薛为？夫齐，虽隆[⑪]薛之城到于天，犹之无益也。"君曰："善。"乃辍城薛。

【注释】

①将城薛：将要修筑薛地的城墙。 ②谒者：主管传达通报的官吏。无为客通：不要给纳谏的人通报。 ③三言：三个字。 ④益：增加。 ⑤趋：小步快走，古时臣下面见君主的一种礼节。 ⑥反走：即还走。犹言撒腿往回跑。 ⑦有于此：留于此，犹言留在这里继续说。 ⑧亡，通"无"，不。更：再。 ⑨止：捕获。牵：牵引，犹言钓住。荡：放。得意：满意。 ⑩阴：庇护，荫庇。 ⑪隆：高，用如动词，使之高。

【赏析】

靖郭君，即田婴，是齐威王之子，薛地是齐王给靖郭君的封地，客以"海大鱼"比喻靖郭君，以水比喻齐国。靖郭君在齐国非常有权势，地位很高。客人认为靖郭君只要还掌握着齐国的权力，就没有哪个国家敢轻易攻打薛。如果靖郭君离开了齐国的支援，就算薛城的防御工作做的再好也抵挡不住敌人的攻击。客劝阻的目的是要靖郭君不要去薛地当一方之主，并巧妙地用鱼离不开水比喻靖郭君离不开齐国庇护，一旦离开，修筑再高的城墙也无用，所以留在齐国朝廷的作为会更大，也就是说只有保持国家的强大才能长治久安。这篇文章虽然篇幅短小，但其中蕴含的道理是很深刻的，它告诉我们看问题，做事情，一定要从大局和整体出发，不要脱离根本而只顾表现。千万不要去炫耀自己的资本，那样只会毁灭自己，而是要懂得如何低调，谦卑并尽量让自己适应环境。这样才能和周围的一切相安、共同发展，这点对一般人来说很难做到，所以也就显得十分珍贵。

文章的特点在于巧用比喻，通过生动的比喻来阐述自己的道理，既容易理解又容易让被劝阻的人接受，是很值得学习的一种说话技巧，之后的庄子也非常喜欢用比喻来阐述道理，由此看来这种方法对后人也是有一定影响的。

【颜斶说齐王贵士】

《战国策》

齐宣王见颜斶[1]，曰："斶前！"斶亦曰："王前！"宣王不悦。左右曰："王，人君也。斶，人臣也。王曰'斶前'，斶亦曰'王前'，可乎？"斶对曰："夫斶前为慕势，王前为趋士[2]。与使斶为慕势，不如使王为趋士。"

王忿然作色曰："王者贵乎？士贵乎？"对曰："士贵耳，王者不贵。"王曰："有说乎？"斶曰："有。昔者秦攻齐，令曰：'有敢去柳下季垄[3]五十步而樵采者，死不赦。'令曰：'有能得齐王头者，封万户侯，赐金千镒。'由是观之，生王之头，曾不若死士之垄也。"宣王默然不悦。

左右皆曰："斶来！斶来！大王据千乘之地，而建千石钟[4]，万石簴[5]。天下之士，仁义皆来役处[6]；辩知[7]并进，莫不来语；东西南北，莫敢不服；求万物无不[8]备具，而百姓无不亲附。今夫士之高者，乃称匹夫，徒步而处农亩，下则鄙野，监门闾里。士之贱也亦甚矣！"

斶对曰："不然。斶闻古大禹之时，诸侯万国。何则？德厚之道，得贵士之力也。故舜起农亩，出于野鄙而为天子；及汤之时，诸侯三千；当今之世，南面称寡者，乃二十四。由此观之，非得失之策与？稍稍诛灭，灭亡无族之时，欲为监门闾里，安可得而有乎哉？是故《易传》不云乎：'居上位，未得其实[9]，以喜其为名者[10]，必以骄奢为行。倨慢骄奢[11]，则凶必从之。'是故无其实而喜其名者削，无德而望其福者约[12]，无功而受其禄者辱，祸必握[13]。故曰：'矜功不立，虚愿不至。'此皆幸乐其名华，而无其实德者也。是以尧有九佐[14]，舜有七友，禹有五丞，汤有三辅。自古及今，而能虚成名于天下者无有！是以君王无羞亟[15]问，不愧下学，是故成其道德而扬功名于后世者，尧、舜、禹、汤、周文王是也。故曰：'无形者[16]，形之君也；无端者，事之本也。'夫上见其原，下通其流，至圣人明学，何不吉之有哉。《老子》曰：‘虽贵，必以贱为本；虽高，必以下为基；是以侯王称孤、寡、不穀[17]。是其贱之本与？’夫孤寡者，人之困贱下位也，而侯王以自谓，岂非下人而尊贵士与？夫尧传舜，舜传禹，周成王任周公旦，而世世称曰明主，是以明乎士之贵也。”

宣王曰：“嗟乎！君子焉可侮哉？寡人自取病[18]耳！及今闻君子之言，乃今闻细人[19]之行。愿请受为弟子。且颜先生与寡人游，食必太牢[20]，出必乘车，妻子衣服丽都[21]。”

颜斶辞去曰：“夫玉生于山，制则破焉，非弗宝贵矣，然太璞不完；士生乎鄙野，推选则禄焉，非不得尊遂[22]也，然而形神不全。斶愿得归，晚食以当肉，安步以当车，无罪以当贵，清静贞正以自虞[23]。制言者，王也；尽忠直言者，斶也。言要道[24]已备矣！愿得赐归，安行而反臣之邑屋。”则再拜而辞去也。

曰：“斶知足矣！归真反璞[25]，则终身不辱也。”

【注释】

①颜斶：齐国隐士。 ②趋士：礼贤下士。 ③去：距离。柳下季：即柳下惠，姓展名禽字季，鲁国贤人。垄：指坟墓。 ④石：古代的计量单位，一百二十斤为一石。钟：乐器。 ⑤簴：古代悬挂乐器的架子中间的木柱。 ⑥役处：效力，供事。 ⑦知：智，有才智的人。 ⑧无不：原作“不”，据黄丕烈《札记》补。 ⑨实：指居上位所应该具备的素质。 ⑩以：而。为名：有（居上位的）名声。 ⑪倨慢：傲慢无礼。 ⑫约：受阻。 ⑬握：通“渥”，厚重。 ⑭九佐：九位辅佐尧治理国家的官员。 ⑮亟：数，频繁。 ⑯无形者，形之君：无形可见的东西，是有形可见的东西的主宰。 ⑰不穀：不善。用以自称，表谦恭之意。 ⑱自取病：即自取羞辱。 ⑲细人：小人德行低下的人。 ⑳太牢：牛、羊、猪各一头称一太牢。 ㉑丽都：华丽。 ㉒尊遂：尊贵显达。 ㉓自虞：即自娱，自得其乐。 ㉔言要道：即言之要道，指进言所应该遵循的规则。 ㉕归真反璞：指舍弃富贵华丽而返归素朴真纯。

【赏析】

本文选自《战国策·齐策四》，记述了颜斶与齐王及其左右的一场辩论，表达了“士贵于王、得士则兴”的进步思想。颜斶主张“士贵耳，王者不贵”，真实地反映了战国时代“士“阶层的崛起以及他们在政治、军事、外交诸方面的斗争中所显示的力量，这是历史发展的新阶段中推动社会前进的一个重要因素。

此文通过一场激烈的辩论，成功地塑造了颜斶这么一位“士”的形象。文章开头一句“夫斶前为慕势，王前为趋士。与使斶为慕势，不如使王为趋士”说明了颜斶是一位不慕权势的高尚之人。在论辩过程中，颜斶言辞激烈，滔滔不绝，逻辑清晰，通过这些语言可以更加深入地了解这一人物，如“士贵耳，王者不贵”、“斶闻古大禹之时，诸侯万国。何则？德厚之道，得贵士之力也”、“无其实而喜其名者削，无德而望其福者约，无功而受其禄者辱，祸必握”、“夫孤寡者，人之困贱下位也，而侯王以自谓，岂非下人而尊贵士与？夫尧传舜，舜传禹，周成王任周公旦，而世世称曰明主，是以明乎士之贵也。”从这些话中我们可以看到一位傲岸正直、不畏权贵、敢于与王侯分庭抗礼的高士形象。文章结尾的“归真返朴”又说明颜斶深受道家思想影响，从而走上了隐居之路，说明颜斶是一位具有双重性格的人。此外，此文还写到了另一位人物，即齐宣王，其语言虽然不多，但也可从中窥见其性格，如“斶前”、“王不悦”、“忿然作色”等，寥寥几笔便将一位专横、自大的王者形象刻画出来。

本文写作上很有特色，语言针锋相对，口语性很强，巧用设譬，论理透彻。金圣叹曾评价此文“笔之犀利，如刺客一寸之匕，所摘必中要害，血濡缕，即立死。”

【冯谖客孟尝君】

《战国策》

齐人有冯谖者[①]，贫乏不能自存，使人属孟尝君[②]，愿寄食[③]门下。孟尝君曰：“客何好？”曰：“客无好也。”曰：“客何能？”曰：“客无能也。”孟尝君笑而受之曰：“诺[④]。”

左右以君贱之也，食以草具[⑤]，居有顷[⑥]，倚柱弹其剑，歌曰：“长铗归来乎[⑦]！食无鱼。”左右以告。孟尝君曰：“食[⑧]之，比门下之客[⑨]。”居有顷，复弹其铗，歌曰：“长铗归来乎！出无车。”左右皆笑之，以告。孟尝君曰：“为之驾[⑩]，比门下之车客。”于是乘其车，揭其剑，过其友，曰：“孟尝君客我[⑪]。”后有顷，复弹其剑铗，歌曰：“长铗归来乎！无以为家。”左右皆恶之，以为贪而不知足。孟尝君问：“冯公有亲乎？”对曰：“有老母。”孟尝君使人给其食用，无使乏。于是冯谖不复歌。

后孟尝君出记，问门下诸客：“谁习计会[⑫]，能为文收责[⑬]于薛者乎？”冯谖署[⑭]曰：“能。”孟尝君怪之，曰：“此谁也？”左右曰：“乃歌夫‘长铗归来’者也！”孟尝君笑曰：“客果有能也，吾负之[⑮]，未尝见也。”请而见之。谢曰：“文倦于事，愦于忧，而性懧愚，沉于国家之事，开罪于先生。先生不羞，乃有意欲为收责于薛乎？”冯谖曰：“愿之。”于是约车治装[16]，载券契而行，辞曰：“责毕收，以何市而反[17]”孟尝君曰：“视吾家所寡有者。”

驱而之薛，使吏召诸民当偿者，悉来合券[18]。券遍合，起，矫命以责赐诸民。因烧其券，民称万岁。

长驱到齐，晨而求见。孟尝君怪其疾也，衣冠而见之，曰：“责毕收乎？来何疾也！”曰：“收毕矣！”“以何市而反？”冯谖曰：“君云：‘视吾家所寡有者。’臣窃计：君宫中积珍宝，狗马实外厩，美人充下陈[19]；君家所寡有者以义耳。窃以为君市义。”孟尝君曰：“市义奈何？”曰：“今君有区区之薛，不拊爱子其民[20]，因而贾利[21]之。臣窃矫君命，以责赐诸民，因烧其券，民称万岁。乃臣所以为君市义也。”孟尝君不说[22]，曰：“诺。先生休矣！”

后期年，齐王[23]谓孟尝君曰：“寡人不敢以先王之臣为臣！”孟尝君就国[24]于薛。未至百里，民扶老携幼，迎君道中正日。孟尝君顾谓冯谖曰：“先生所为文市义者，乃今日见之！”

冯谖曰：“狡兔有三窟，仅得免其死耳。今君有一窟，未得高枕而卧也。请为君复凿二窟。”孟尝君予车五十乘，金五百斤，西游于梁[25]。谓惠王曰：“齐放其大臣孟尝君于诸侯。诸侯先迎之者，富而兵强。”于是梁王[26]虚上位，以故相为上将军，遣使者黄金千斤，车百乘，往聘孟尝君。冯谖先驱，诫孟尝君曰：“千金，重币也；百乘，显使也。齐其闻[27]之矣！”梁使三反，孟尝君固辞不往也。

齐王闻之，君臣恐惧，遣太傅赍[28]黄金千斤，文车二驷[29]，服剑一，封书谢孟尝君曰：“寡人不祥，被于宗庙之祟[30]，沉于谄谀之臣，开罪于君。寡人不足为[31]也，愿君顾先王之宗庙，姑反[32]国统万人乎？”冯谖诫孟尝君曰：“愿请先王之祭器，立宗庙于薛。”庙成，还报孟尝君曰：“三窟已就，君姑高枕为乐矣！”

孟尝君为相数十年，无纤介[33]之祸者，冯谖之计也。

【注释】

①冯谖（xuān）：孟尝君的门客。②属（zhǔ）：通“嘱”，嘱托。孟尝君：战国时齐人，姓田名文。其父田婴曾任齐相，受封于薛（今山东滕县南四十里）。田文为田婴庶

子，因其负责接待宾客，享誉诸侯，诸侯请以田文为嗣，田婴许之。田文袭其父封爵，封于薛，号孟尝君。是时为齐相，门下有客数千。 ③寄食：依附他人为生。 ④诺：答应声。 ⑤食（sì）：给食。草具：粗劣的饭食。 ⑥有顷：形容时间短。 ⑦长铗（jiá）：长剑，一说指剑柄。来乎：句末语助词，无义。 ⑧食（sì）：动词，给吃的。 ⑨比：比照，仿效。《战国策》吴师道注引《列士传》云："孟尝君厨有三列：上客食肉，中客食鱼，下客食菜。"客：亦作"鱼客"。 ⑩驾：把车套在马身上。此处指备办车马。 ⑪客我：以我为客，把我当做客。 ⑫记：文告，也指说账本一类的簿籍。计会（kuì）：会计、计算。 ⑬文：孟尝君自称其名。责：通"债"。 ⑭署：署名，签名。 ⑮负：抱歉，对不起。 ⑯约车治装：拉马套车，整理行装。约，约束，捆扎。治，整治。 ⑰市：买。反：同"返"驱而之薛，使吏召诸民当偿者，悉来合券。券遍合赴，矫命以责赐诸民，因烧其券，民称万岁。《春秋五霸七雄列国志传》版画"冯煖设酒焚约"图，讲述孟尝君的门客冯煖假托孟尝君之命，当众免除了所欠孟尝君的债务，烧毁债券，为孟尝君收买人心之事。 ⑱合券：验对债券。古代的契据常用竹木等刻成，分为左右两半，借贷双方各持其半，作为凭信，对证时，将两半合一，称之为合券。 ⑲下陈：此指位于堂下的庭中。古时歌舞，奏乐在堂（台阶之上），舞者在庭（台阶之下）。陈本指由堂到门之路，因其经过庭中，故可代指庭；因在阶下，故称"下陈"。 ⑳拊：通"抚"。子其民：把人民当做自己的子女一样疼爱。子，用作动词。一说"子"通"慈"。"抚爱子"三字同义连文。 ㉑贾利：求取利益。 ㉒说：通"悦"。 ㉓齐王：指齐湣（mǐn）王田地，齐宣王之子，公元前 300 年至公元前 284 年在位。 ㉔就国：指前往封邑。 ㉕梁：即魏国。当时魏国都城在大梁（今河南开封），故称梁国。 ㉖梁王：指魏襄王，公元前 318 年至公元前 296 年在位。一说指魏惠王，恐未确。 ㉗齐：指齐王。其：语助词，表推测。 ㉘太傅：古代三公之一，多以年高有德者任之。赍（jī）：送物给人。 ㉙文车：具有彩绘的马车。驷：四匹马拉的车。 ㉚被：受。宗庙之祟：祖先神灵做出的祸害。 ㉛不足为：不足以为，谓不值得辅助。为，通"谓"。一说，不值得辅佐。为，作为。 ㉜姑：姑且，不妨。反：通"返"。 ㉝纤介：细微。纤，细丝。介，通"芥"，小草。

【赏析】

本篇讲述战国时冯谖为孟尝君门客，起初得不到重用，于是冯煖弹铗抱怨，以期引起孟尝君注意的故事。

文章开头以"贫乏不能自存"交代了冯谖的身份，接着写冯谖三次弹铗而歌，向孟尝君要鱼肉、要车、要钱财奉送老母，体现出冯谖豪放的性格，也表达了他对孟尝君不识人才的不满态度。接下来写冯谖为孟尝君"收责于薛"，这是他展示才华的第一步，为了让孟尝君取信于民，竟把所有的债券烧掉，名曰："市义"，说明冯谖充分了解"得民心者得天下"的道理。但孟尝君没有理解冯谖的用心良苦，反而显得"不悦"。但后来发生的事情让转变了他对冯谖的态度，也证明冯谖当初的做法是对的，完全是为了孟尝君的长久利益着想。孟尝君也在冯谖的帮助下而"高枕为乐"。

全文情节生动，故事性强，在复杂的社会背景和人与人之间的复杂关系中，十分生动的展示了人物性格，尤其是冯谖的幽默言辞以及深谋远虑，刻画得很生动。后人评价其

"三番弹铗，想见豪士沦落，胸中块垒勃不自禁。通篇写来波澜层出，姿态横生，能使冯公须眉浮动纸上。沦落之士，遂尔顿增气色"（吴楚材、吴调侯《古文观止》卷四）。这篇文章的笔法也很老练，叙事清晰。清人储欣认为此文"叙事颖脱，此等文亦已变左氏而开史迁"可谓十分中肯。

此外，从本文也可以看出，在战国时期，各国统治集团之间为了维护自身的权益，大力网罗人才、培植亲信的社会风气。

【赵威后问齐使】

《战国策》

齐王使使者问[1]赵威后。书未发，威后问使者曰："岁亦无恙耶？民亦无恙耶？王亦无恙耶？"使者不说，曰："臣奉使使威后，今不问王，而先问岁与民，岂先贱而后尊贵者乎？"威后曰："不然。苟无岁，何以有民？苟无民，何以有君？故有舍本而问末者耶？"

乃进而问之曰："齐有处士日钟离[2]子，无恙耶？是其为人也，有粮者亦食[3]，无粮者亦食；有衣者亦衣，无衣者亦衣。是助王养其民者也，何以至今不业[4]也？叶阳子[5]无恙乎？是其为人，哀鳏寡，恤孤独，振[6]困穷，补不足。是助王息其民者也，何以至今不业也？北宫之女婴儿子无[7]恙耶？彻其环瑱[8]，至老不嫁，以养父母。是皆率民而出于孝情者也，胡为至今不朝也[9]？此二士弗业，一女不朝，何以王齐国、子万民[10]乎？於陵子仲[11]尚存乎？是其为人也，上不臣于王，下不治其家，中不索交诸侯。此率民而出于无用者，何为至今不杀乎？"

【注释】

①使者：奉使命的人。问：聘问，当时诸侯之间的一种礼节。 ②处士：未作官或不作官的士人。钟离：复姓。 ③食：拿食物给人吃。作动词。 ④业：使之作官而成就功业。用作动词 ⑤叶阳子：齐处士。叶（shè）阳：复姓。 ⑥振：通"赈"。 ⑦北宫：复姓。婴儿子，是其名。 ⑧彻：通"撤"。环瑱（zhèn）：耳环和戴在耳垂上的玉。 ⑨朝：谓使之为命妇而朝见君主。 ⑩王：统治。子万民：以万民为子，意谓为民父母。 ⑪於陵子仲：於陵，地名；子仲，人名。

【赏析】

本文出自《战国策·齐策》，赵威后即赵太后，惠文王之妻。她虽然年事已高，但对国家政治的清明有着最朴素的理解，她仅仅从国家对个别人才的褒贬任用上就指出了齐王治国政策弊端，虽然简单但却很有道理。

本文记叙赵威后和齐国使者的一次谈话。全文围绕一个“民”字展开。开头写齐国使者来见，赵威后先问年岁，次问百姓，最后才问到齐王，而使者则认为赵威后把齐王放在最后是对齐王的不尊敬，威后进一步解释：“苟无岁，何以有民？苟无民，何以有君？故有舍本而问末者耶？”从中可以看出赵威后的“民本”思想，她十分重视百姓的生活，深得治理国家之要。接下来又问到齐国的三位贤士，体现了赵威后对人才的重视，也可以看出她对邻国国情十分关注。

此文通篇只是记言，对人物的外貌、举止、行为、心态之类没有一句描写，也无任何环境烘托或细节刻画，只紧扣题目中一个“问”字，主要通过赵威后的七次提问，就鲜明而生动地勾画出一位洞悉别国政治民情、明察贤愚是非、重视“民本”思想的的女政治家形象。写七问又非一气连问，而是笔法富于变化顿挫，时而是参差错落的零散问句，时而是整齐的排比句式，如开始会见齐使，尚未拆开齐王来信，就连珠炮似的连发三问：“年成还不错吧？百姓也平安无事吧？齐王也还健康宁泰吧？”活画出她的坦率爽直，不拘常规的气度以及她对问题的关切。后人对此文评价很高，如金圣叹评此文的特点是：“章法越整齐、越参差；越参差、越整齐；真可谓奇绝之文！”吴楚材认为此文“通篇以民为主，直问到底，而文法各变，全于用虚字处著神。问固奇，而心亦热。末一问，胆识尤自过人。”

【触龙说赵太后】

《战国策》

赵太后[①]新用事，秦急攻之。赵氏求救于齐。齐曰：“必以长安君为质[②]，兵乃出。”太后不肯，大臣强谏。太后明谓左右：“有复言令长安君为质者，老妇必唾其面。”

左师触龙[③]愿见。太后盛气而揖[④]之。入而徐趋[⑤]，至而自谢，曰：“老臣病足，曾不能疾走，不得见久矣。窃自恕，恐太后玉体之有所郄[⑥]也，故愿望见太后。”太后曰：“老妇恃辇而行。”曰：“日食饮得无衰乎？”曰：“恃鬻耳[⑦]。”曰：“老臣今者殊不欲食，乃自强步，日三四里，少益耆食，和于身也。”太后曰：“老妇不能。”太后之色少解。

左师公曰：“老臣贱息[⑧]舒祺，最少，不肖[⑨]。而臣衰，窃爱怜之。愿令补黑衣之数[⑩]，以卫王宫，没死以闻。”太后曰：“敬诺。年几何矣？”对曰：“十五岁矣。虽少，愿及未填沟壑[⑪]

而托之。”太后曰：“丈夫亦爱怜其少子乎？”对曰：“甚于妇人。”太后笑曰：“妇人异甚。”对曰：“老臣窃以为媪之爱燕后，贤于⑫长安君。”曰：“君过矣，不若长安君之甚。”左师公曰：“父母之爱子，则为之计深远。媪之送燕后也，持其踵，为之泣⑬，念悲其远也，亦哀之矣。已行，非弗思也；祭祀必祝之，祝曰：‘必勿使反⑭。’岂非计久长、有子孙相继为王也哉？”太后曰：“然。”左师公曰：“今三世⑮以前，至于赵之为赵⑯，赵主之子孙侯者，其继有在者乎？”曰：“无有。”曰：“微独⑰赵，诸侯有在者乎？”曰：“老妇不闻也。”“此其近者祸及身，远者及其子孙。岂人主之子孙则必不善哉？位尊而无功，奉厚而无劳，而挟重器多也。今媪尊长安君之位，而封之以膏腴之地，多予之重器⑱，而不及今令有功于国。一旦山陵崩⑲，长安君何以自托于赵？老臣以媪为长安君计短也，故以为其爱不若燕后。”太后曰：“诺。恣⑳君之所使之。”于是为长安君约㉑车百乘，质于齐，齐兵乃出。

子义闻之，曰：“人主之子也，骨肉之亲也，犹不能恃无功之尊，无劳之奉，而守金玉之重也，而况人臣乎？”

【注释】

①赵太后：即赵威后。 ②长安君：赵太后小儿子的封号。质：人质。当时各国之间结盟，常要国君的儿子或兄弟留住在盟国，作为执行盟约的人质。 ③左师：官名，属闲散之官，所封之人大多为贵族，俸禄优厚。触龙：原作触詟，据1973年长沙马王堆汉墓出土的《战国策》帛书残本作“触龙”。《史记》、《说苑》亦作“触龙”。应作“触龙”。为是，今据改。 ④揖：《史记·赵世家》作“胥”。“揖”，当是“胥”字，传写之误。胥，同“须”，等待的意思。 ⑤徐趋：慢慢地跑。古代臣见君应快步走，以示恭敬。触龙托言足疾，不能急行，故做出“趋”的姿态，以表恭敬。 ⑥郄（xì）：同“隙”，疲劳。有所郄：有所欠缺，意为有些不舒服。 ⑦鬻（zhù）：同“粥”。 ⑧贱息：贱子对人谦称自己的儿子。息，子。 ⑨不肖：原指不像父亲那样好，引申为不贤、不成材。 ⑩愿令补黑衣之数：希望能让他补进黑衣卫士的数目里。黑衣，指王宫卫士，当时这种卫士都穿黑色军衣。 ⑪填沟壑：这是古代谦称自己死的说法，意既死后无人埋葬，被扔在山沟里。 ⑫媪（ǎo）：对年老妇人的敬称。燕后：赵太后的女儿，嫁给燕王为后，故称燕后。贤于：胜过，超过。 ⑬持其踵为之泣：握住燕后的脚后跟为她哭泣，因燕后登车后，赵太后在车下，只能摸着女儿的脚后跟为之哭泣，表示舍不得女儿远嫁。 ⑭必勿使反：一定别让她回来。古代诸侯的女儿嫁到别国后，只有亡国或被废弃才回到本国。反，同“返”。这句句意为赵太后祈祷女儿不要遭到不幸。 ⑮三世：三代，指赵武灵王，赵惠文王，赵孝成王。 ⑯赵之为赵：言赵氏由一个大夫之家建立赵国的时候。赵烈侯原是

晋国大夫，后与韩、魏共分晋国，于公元前403年，才开始建为赵国。 ⑰微独：不单。 ⑱重器：金玉钟鼎等贵重物品。 ⑲山陵崩：古时对国君、王后死去的避讳说法。 ⑳恣：任凭。 ㉑约：置办配备。

【赏析】

本文选自《战国策·赵策》。赵惠文王死后，孝成王年幼，由威太后摄政，赵国政局不稳，秦国趁机攻赵，连下三城，形势十分危急。赵国向齐国求救，齐国则提出必须以太后爱子为人质方肯出兵，太后坚决不肯，并言辞激烈，弄得满朝文武无可奈何，于是触龙出来游说太后。

此文突出的成就在于说话的艺术，古人云："一言可以兴邦，一言也可以误国。"说话要讲求艺术，此文中的触龙就是个把说话艺术发挥到极致的人。见到赵太后时，先是察言观色，避其锋芒，在太后暴怒，说"有复言令长安君为质者，老妇必唾其面"的时候，深谙说话艺术的触龙并没有像别的朝臣那样一味地犯颜直谏，而是察言观色，相机行事。接下来对赵太后又是关心问候，用来缓和气氛，他从扯家常入手，用亲切而富人情味的语言打动太后，提出"父母之爱子，则为之计深远"，然后又晓之以理，循循善诱，对太后喻以大义，进而提出"位尊而无功，奉厚而无劳"必然危及自身、祸及子孙，对太后晓以利害。在大义和利害面前，太后终于答应以长安君为质，使赵国度过了一场危机。余诚在《古文释义新编》卷四中评价此文语言艺术"字字机警，笔笔针锋，目送手挥，旁敲远击，绝不使直笔，绝不犯正面，而未言之隐，自能令人首肯，真是异样出色。"可见此文语言艺术是何等纯熟。

本文情节曲折，波澜起伏，结构严谨，描写生动。运用对话塑造了左师触龙这位深谋远虑，能言善辩的谋臣形象，非常生动传神。另外，此文提出的疼爱子女必须为他们"计深远"，对那些出身高贵的子女"不能恃无功之尊，无劳之奉"，这些思想直到今天仍值得我们借鉴。

【唐雎为安陵君劫秦王】

《战国策》

秦王使人谓安陵君[①]曰："寡人欲以五百里之地易安陵[②]，安陵君其许寡人！"安陵君曰："大王加惠，以大易小，甚善。虽然，受地于先王，愿终守之，弗敢易。"秦王不说[③]。安陵君因使唐雎[④]使于秦。秦王谓唐雎曰："寡人以五百里之地易安陵，安陵君不听寡人，何也？且秦灭韩亡魏[⑤]，而君以五十里之地存者，以君为长者，故不错意[⑥]也。今吾以十倍之地，请广[⑦]于君，而君逆寡人者，轻寡人与[⑧]？"唐雎对曰："否，非若是也。安陵君受地于先王而守之，虽千里不敢易也，岂直[9]五百里哉?”

秦王怫然[10]怒，谓唐雎曰：“公尝闻天子之怒乎?”唐雎对曰：“臣未尝闻也。”秦王曰：“天子之怒，伏尸百万，流血千里。”唐雎曰：“大王尝闻布衣之怒乎?”秦王曰：“布衣之怒，亦免冠徒跣[11]，以头抢[12]地尔。”唐雎曰：“此庸夫之怒也，非士之怒也。夫专诸之刺王僚[13]也，彗星袭月[14]；聂政之刺韩傀[15]也，白虹贯日[16]；要离之刺庆忌[17]也，仓鹰击于殿上[18]。此三子者，皆布衣之士也，怀怒未发，休祲[19]受降于天，与臣而将[20]四矣。若士必怒，伏尸二人，流血五步，天下缟素[21]，今日是也。”挺剑而起。秦王色挠，长跪而谢之曰[22]：“先生坐，何至于此！寡人谕[23]矣，夫韩、魏灭亡，而安陵以五十里之地存者，徒以有先生也。”

【注释】

①本文选自《战国策·魏策四》。秦王：秦始皇嬴政，时秦尚未统一全国而称帝，故仍称秦王。安陵君：魏襄王之弟，其封地在安陵，故称。此为安陵君的后人。 ②安陵：魏邑名，在今河南省鄢陵县西北。 ③不说（yuè）：不高兴。 ④前“使”字释为“派遣”，后“使”字释为“出使。”唐雎（jū）：又作“唐且”，魏国人。与上文《唐雎说信陵君》的“唐雎”并非一人。 ⑤秦灭韩：事在秦王政十七年（前230）。亡魏：事在秦王政二十二年（前225）。 ⑥错（cù）意：在意，注意。错，通“措”。 ⑦广：增大，扩大。 ⑧与（yú）：语气词，表示疑问。 ⑨直：只。 ⑩怫（fèi）然：愤怒貌。 ⑪徒跣（xiǎn）：光脚，赤足。 ⑫抢（qiāng）：冲，撞。 ⑬专诸：春秋时吴国勇士。王僚：春秋时吴国君主，名僚。公元前515年，吴公子光谋弑吴王僚，设宴诱吴王至，专诸将匕首藏在鱼腹中，捧鱼近前，抽匕首刺杀吴王，专诸亦被左右所杀。 ⑭彗星袭月：慧星袭掩月亮，是一种罕见的天象，既喻专诸手刃王僚动作疾速，又谓专诸之举感动了上天。 ⑮聂政：战国时韩国勇士。韩傀（guī）：韩相，字侠累。据《史记·刺客列传》，韩王之卿严遂（字仲子）与韩相韩傀有仇，请聂政刺杀韩傀。聂政独自杖剑闯入侍卫众多的韩府，力杀韩傀，然后破面抉目，自杀身亡。 ⑯白虹贯日：白色长虹穿日而过，是一种罕见的天象，既喻聂政剑法疾速，又谓聂政之举感动上天。 ⑰要（yāo）离：春秋时吴国勇士。庆忌：春秋时吴王僚之子。吴公子光谋弑吴王僚之后，庆忌逃往卫国。公子光请要离刺杀庆忌。要离诈以负罪出奔，取得庆忌信任，乘庆忌不备，以剑刺中庆忌要害。 ⑱苍鹰击于殿上：苍鹰撞击在宫殿之上，是一种罕见的物象，既喻要离剑法疾猛，又谓要离之举感动上天。 ⑲休祲（jìn）：泛指上天的吉凶征兆。 ⑳将：犹“为”。 ㉑缟（gǎo）素：白色丧服。色挠：脸上表现出屈服的神态。 ㉒长跪：直身而跪。由坐姿改为长跪，是对谈话对方表示庄敬的动作。谢：道歉，认错。 ㉓谕：明白，领会。

【赏析】

本篇选自《战国策·魏策》。安陵是战国魏的附庸小国，在今河南鄢陵西北。初为魏襄王弟安陵君的封地，本文所写安陵君即其后裔。

文章开头写唐雎出使秦国的背景。秦王派人向安陵君提出“以五百里之地易安陵”的要求，这是一个骗局，安陵君看出秦王的野心，委婉地加以拒绝，并派唐雎出使秦国，意在修好；接下来写唐雎坚决抵制秦王的骗局，表现出维护国土的严正立场；紧接着又写秦王的骗局既被揭穿，炫耀武力也没有达到预期的目的，于是进一步用战争进行恫吓，极力描绘由“天子之怒”引起的战争的可怕场景。对此，唐雎也毫不示弱，立即接过话题，以“士之怒”进行反击，自然而然地引出专诸、聂政、要离行刺的故事，并表示自己要效法他们，意即要跟秦王拼命。说罢，立即付诸行动，“挺剑而起”，展现了唐雎英勇无畏的个性，这也是这场斗争中的高潮。最后文章写唐雎在这场斗争中得到了胜利。秦王没有料到唐雎敢于跟他拼命，只好“长跪而谢之”，表示屈服。这种表示虽属权宜之计，但也反映出他确实看到了唐雎在保存安陵五十里地这件事情上的作用，这是斗争的结局。

唐雎为维护安陵的主权和尊严，面对骄横不可一世的秦王（即后来建秦王朝的始皇帝），针锋相对，寸步不让，迫使秦王敛失凶焰，长跪致歉，承认安陵虽小而不可欺侮。文章旨在鞭挞秦王的狡伪凶险，颂扬唐雎不畏强暴、坚持正义的高尚精神，与宁为玉碎、不为瓦全的非凡胆魄。

文章节奏紧凑，语言生动，展现出独道的写作技巧，读起来凛凛有生气，让人快意。金圣叹称此文是“俊绝、宕绝、峭绝、快绝之文”。

【乐毅报燕惠王书[1]】

《战国策》

昌国君乐毅为燕昭王合五国[2]之兵而攻齐，下七十余城，尽郡县之[3]以属燕。三城[4]未下，而燕昭王死。惠王即位，用齐人反间[5]，疑乐毅，而使骑劫代之将[6]。乐毅奔赵，赵封以为望诸君。齐田单[7]诈骑劫，卒败[8]燕军，复收七十余城以复齐。燕王悔，惧赵用乐毅承燕之弊[9]以伐燕。燕王乃使人让[10]乐毅，且谢之曰：“先王举国而委[11]将军，将军为燕破齐，报先王之仇，天下莫不振动，寡人岂敢一日而忘将军之功哉！会先王弃群臣，寡人新即位，左右误寡人。寡人之使骑劫代将军，为将军久暴露于外，故召将军，且休计[12]事。将军过听[13]，以与寡人有隙，遂捐燕而归赵，将军自为计则可矣，而亦何以报先王之所以遇将军之意乎?”

望诸君乃使人献书报燕王曰：“臣不佞[14]，不能奉承先王之教，以顺左右之心，恐抵斧质[15]之罪，以伤先王之明，而又害于足下之义，故遁逃奔赵。自负以不肖之罪，故不敢为辞说。今王使使者数之罪，臣恐侍御者之不察先王之所以畜[16]幸臣之理，而又不白于臣之所以事先王之心，故敢以书对。

“臣闻贤圣之君，不以禄私其亲，功多者授之；不以官随其爱，能当者处之。故察能而授官者，成功之君也；论行[17]而结交者，立名之士也。臣以所学者观之，先王之举错[18]，有高世之心。故假节[19]于魏王，而以身得察于燕。先王过举[20]，擢之乎宾客之中，而立之乎群臣之上，不谋于父兄[21]，而使臣为亚卿。臣自以为奉令承教，可以幸无罪矣，故受命而不辞。先王命之曰：‘我有积怨深怒于齐，不量轻弱，而欲以齐为事。’臣对曰：‘夫齐，霸国之馀教[22]，而骤胜之遗事也。闲[23]于兵甲，习于战攻。王若欲攻之，则必举天下而图之。举天下而图之，莫径[24]于结赵矣。且又淮北、宋地，楚魏之所同愿也。赵若许，约楚、魏、宋尽力，四国攻之，齐可大破也。’先王曰：‘善!’臣乃口受令[25]，具符节，南使臣于赵，顾反命[26]，起兵随而攻齐。以天之道，先王之灵，河北[27]之地，随先王举而有之于济上[28]。济上之军，奉令击齐，大胜之。轻卒锐兵，长驱至国，齐王逃遁走莒[29]，仅以身免。珠玉财宝，车甲珍器，尽收入燕，大吕陈于元英[30]，故鼎返于历室[31]，齐器设于宁台，蓟丘之植植于汶篁[32]。自五伯以来，功未有及先王者也。先王以为惬其志，以臣为不顿命[33]，故裂地而封之，使之得比乎小国诸侯。臣不佞，自以为奉令承教，可以幸无罪矣，故受命而弗辞。

“臣闻贤明之君，功立而不废，故著于《春秋》；蚤知[34]之士，名成而不毁，故称于后世。若先王之报怨雪耻，夷[35]万乘之强国，收八百岁之蓄积，及至弃群臣之日，馀令诏后嗣之遗义[36]。执政任事之臣，所以能循法令，顺庶孽[37]者，施及萌隶[38]，皆可以教于后世。

“臣闻善作者不必善成，善始者不必善终。昔者伍子胥说听乎阖闾，故吴王远迹至于郢；夫差弗是也，赐之鸱夷[39]而浮之江。故吴王夫差不悟先论[40]之可以立功，故沉子胥而不悔。

子胥不蚤见主之不同量，故入江而不改。夫免身全功[41]以明先王之迹者，臣之上计也；离[42]毁辱之非，堕先王之名者，臣之所大恐也；临不测之罪，以幸为利者，义之所不敢出也。

“臣闻古之君子，交绝不出恶声；忠臣之去也，不洁其名。臣虽不佞，数奉教于君子矣。恐侍御者之亲左右之说，而不察疏远之行也，故敢以书报，唯君之留意焉！”

【注释】

①本文选自《战国策·燕策（二）》。乐毅，战国时中山灵寿人。 ②合：集合，会合。五国：指韩、赵、魏、楚、燕。 ③郡县之：把它们收做郡县。郡县，当动词用。之，指已攻占的齐地。 ④三城：指齐国的莒、聊、即墨三个城池。 ⑤用：因为，由于。反间（jiàn）：指离间敌人，使之引起内讧。 ⑥骑劫（jié）：燕将。代之将：代替他（乐毅）领兵。将，带兵。 ⑦田单：齐人，因打败了燕国，恢复了齐国，被封为平安君。 ⑧卒：终于，到底。 ⑨弊：疲乏。 ⑩让：责备。 ⑪举：全。委：委托。 ⑫休：休息。计：谋划。 ⑬过听：误听他人言语。 ⑭不佞（nìng）：谦词，犹言不才。 ⑮斧质（zhì）：刑具。斧，刀斧。质，古代腰斩用的垫座。 ⑯畜：养。 ⑰论行：讲求品行。 ⑱举错：举止，举动。错，同“措”。 ⑲假节：拿着符节。古时使臣拿着君王赐给的符节以表示信用。 ⑳过举：破格提拔。 ㉑父兄：指昭王的宗室大臣。 ㉒馀教：遗业。 ㉓闲：同“娴”，娴熟，熟练。 ㉔径：直截了当。 ㉕口受令：亲自接受先王的口头命令。 ㉖顾：旋即，立刻。反命：指还燕复命。 ㉗河北：黄河以北。文中具体指今天北京密云县一带。 ㉘济上：齐国边境上的一个地方，在济水之西。 ㉙齐王：齐闵王。莒（jǔ）：今山东莒县。 ㉚大吕：齐国钟名。元英：燕国宫名。 ㉛故鼎：齐军从燕国掠走的燕鼎。历室：燕国宫名。 ㉜汶：今山东大汶河。篁（huáng）：竹田。 ㉝顿命：辱命。 ㉞蚤知：先知。蚤，同“早”。 ㉟夷：镇服，平定。 ㊱遗义：遗训。 ㊲顺：同“慎”，慎防。庶孽（niè）：庶子，即妾所生的儿子。 ㊳萌隶：百姓。萌，则“氓”。隶，隶役。 ㊴鸱（chī）夷：皮袋。 ㊵先论：远见之论。 ㊶同量：容纳。免身全功：免除身受刑罚，保全取齐的功劳。 ㊷离：同“罹（lí）”，遭受。

【赏析】

本文选自《战国策·燕策（二）》。燕王哙时，齐湣王因燕乱起兵攻燕，掳掠燕国宝器运回齐国。燕人共立太子平为燕昭王。昭王用乐毅为上将军，联合五国的军队攻破齐国。后来燕国中了齐国的反间计，乐毅被迫出逃，齐人大破燕军。燕惠王因而写信给乐毅，乐毅写这封信来回答。这是一篇自明心迹、十分感人的书信体散文，徐学乾《古文渊鉴》称之为“文辞深婉，固书牍之祖也”。

本文由两部分构成，前一部分是史官的记叙，后一部分是乐毅的书信。前后两部分构成一个整体。通观全篇，作者极力写燕昭王待己之厚，则燕惠王待己之薄，不言而喻矣；又极力写己之有大功于燕，则燕惠王之忘恩负义，昭然若揭矣；再掉笔锋，写伍子胥之遭遇，而接入：“夫免身全功，以明先王之迹者，臣之上计也。离毁辱之非，堕先王之名者，臣之所大恐也。临不测之罪，以幸为利者，义之所不敢出也。”一句话则使己之冤情大白于天下，而众人亦赞乐毅能适可而止也。最后再说明“君子交绝不出恶声，忠臣之去也不洁其名。”这封信，回答燕惠王的责问，措辞极为婉转得体；又恰到好处地显示出乐毅的善于谋划，善于用兵，以及善于全身保名。

全文包涵着深沉的忧愤，表达出乐毅对燕昭王的一片赤忱，情致委曲，激动人心。文章紧扣奔赵的目的，反复论述，旁征博引，步步深入，是一封经过苦心构思、千锤百炼的著名书信。《史记·乐毅传》说：“始齐之蒯通及主父偃读乐毅之《报燕王书》，未尝不废书而泣也。”姚鼐《古文辞类纂》评价此文：辞气渊雅似西汉人，于战国文尧然而出其类。”唐德宜对此文也是推崇备至：“此书自陈功罪，意思委曲，而词气谦逊，深得奏书之体。读者熟此文，作文自无躁急简略之病”（《古文翼》）。高塘在《公穀国语国策钞》中也说：“此文无一语遮盖，无一语粉饰，深厚平直，高明磊落，乃战国第一流人，第一等文。”可知此文对后世影响之大。

【子路曾皙冉有公西华侍坐章】

《论语》

子路、曾皙、冉有、公西华侍坐[①]。

子曰：“以吾一日长乎尔，毋吾以也。居则曰：‘不吾知也！’如或知尔，则何以哉？”

子路率尔[②]而对曰：“千乘之国[③]，摄[④]乎大国之间，加之以师旅[⑤]，因之以饥馑[⑥]；由也为之，比及三年，可使有勇，且知方[⑦]也。”

夫子哂[⑧]之。

“求，尔何如？”

对曰：“方六七十，如五六十[⑨]，求也为之，比及三年，可以使民如其礼乐，以俟君子。”

“赤，尔何如？”

对曰：“非曰能之，愿学焉。宗庙之事[⑩]，如会同[⑪]，端章甫[⑫]，愿为小相焉。”

“点，尔何如？”

鼓瑟希，铿尔[⑬]，舍瑟而作。对曰：“异乎三子者之撰[⑭]。”

子曰：“何伤乎，亦各言其志也。”

曰：“莫春者，春服既成[⑮]，冠者[⑯]五六人，童子六七人，浴乎沂[17]，风乎舞雩[18]，咏而归。”

夫子喟然[19]叹曰：“吾与[20]点也。”

三子者出，曾皙后。曾皙曰：“夫三子者之言何如?”

子曰：“亦各言其志也已矣。”

曰：“夫子何哂由也?”

曰：“为国以礼，其言不让，是故哂之。”

“唯求则非邦也与?”

“安见方六七十、如五六十而非邦也者?”

“唯赤则非邦也与?”

“宗庙、会同，非诸侯而何？赤也为之小，孰能为之大?”

【注释】

①子路：姓仲，名由，字子路。曾皙：姓曾，名点，字子皙。曾参的父亲。冉有：姓冉，名求，字子有。公西华：姓公西，名赤，字子华。以上四人都是孔子的学生。侍坐：卑者在尊者身旁陪伴叫“侍”。单用“侍”是陪伴者站着。用“侍坐”指双方都坐着；陪侍长者闲坐。 ②率尔：轻率地、毫不思索地样子。 ③千乘之国：拥有一千辆兵车的国家。古时一车四马为“一乘”。能出车千乘的国家，在当时是一个中等国家。 ④摄：迫近。 ⑤师旅：古时军队的编制。 ⑥饥馑：谷的不熟为“饥”，果蔬不熟为“馑”。 ⑦方：正道。这里指辨别是非的道理。 ⑧哂（shěn）笑：这里略含讥讽的意思。 ⑨方六七十，如五六十：一个纵横六七十里，或者五六十里的小国家。方，见方，方圆。计量面积或体积的一种单位。面积一方即一丈见方。方六七十，即国土边长为六七十里。如：或者，连词，表示选择关系。 ⑩宗庙之事：指诸侯的祭祀活动。其中以祭祀祖宗为代表。祭祖必在宗庙（祖庙），故以“宗庙之事”泛指。 ⑪如会同：或者在诸侯的盟会典礼中。如：或者，连词，表示选择关系。会同：诸侯会盟。 ⑫端章甫：穿着礼服，戴着礼帽。端，礼服。章甫：礼帽。在这里都是名词活用作动词。 ⑬铿（kēng）尔：铿的一声，琴瑟声止住了。铿：象声词。指弹瑟完毕时最后一声高音。尔：“铿”的词尾。 ⑭撰：才能，指为政的才能。 ⑮莫（mù）春：指夏历三月，天气已转暖的时节。莫：通假“暮”。春服既成：春天的衣服已经穿上了。春服，指夹衣或单衫。成，定。 ⑯冠者：古代男子二十岁时要举行冠礼，束发、加帽，表示成人。“冠者”指成年人。 ⑰浴乎沂（yí）：到沂河里去洗洗澡。乎：介词，用法同“于”状语后置，乎沂是状语。沂，水名，在今山东曲阜县南。此水因有温泉流入，故暮春时即可人浴。 ⑱风乎舞雩（yú）：到舞雩台上吹吹风。风：吹风，乘凉。名词活用作动词。舞雩。鲁国祭天求雨的地方，设有坛，在今山东曲阜县南。“雩”是古代为求雨而举行的祭祀。古人行雩时要伴以音乐和舞蹈，故称“舞雩”。 ⑲喟（kuì）然：长叹的样子。喟，叹息声。 ⑳与：赞许，同意。

【赏析】

此文选择自《论语·先进篇》。看起来文字不多，篇幅不长，但在语录体的《论语》

中算得上是难得的长篇了。这篇文章的突出之处是塑造了孔子几位弟子的形象，而且都是通过语言来塑造的。

如通过“率尔”一词可以看出子路的直爽、豪放、自负。相比之下，冉有显得就较为谨慎，说自己治理一个小国的话，仅能“足民”，至于礼乐，需要其他高明之士。公西华更为谦虚，说自己做不了什么事，希望能有学习的机会。这些回答都没能让孔子十分满意，而曾皙的回答不同于其他几位，没有直接豁达自己有什么才能，胜任什么样的工作，而是描绘了一幅春日郊游图，几个成年人领着一群童子，在优美的自然环境中愉快的玩乐非常生动。从中可以看出他向往悠闲自在的生活，在这种生活图景中寄寓了曾皙淡泊的情怀。孔子十分赞赏他的这种志向，故说“吾与点也”。

通过这篇文章，我们也可以了解平时孔子教导弟子的时候气氛是十分活跃的，可以自由发言，各言其志。按照循循善诱的方法和因材施教的原则，对弟子们的看法作出臧否和评价，这是孔门教育的重要方式。孔子宽阔的胸怀和和蔼的态度让弟子们如沐春风，这种教育方式就算放在今天也是值得提倡的。

【长沮桀溺耦而耕章】

《论语》

长沮、桀溺耦而耕①。孔子过之，使子路问津②焉。

长沮曰：“夫执舆③者为谁？”子路曰：“为孔丘。”曰：“是鲁孔丘与？”曰：“是也。”曰：“是知津矣④！”

问于桀溺。桀溺曰：“子为谁？”曰：“为仲由。”曰：“是鲁孔丘之徒与？”对曰：“然。”曰：“滔滔⑤者天下皆是也，而谁以⑥易之？且而与其从辟人之士也，岂若从辟世之士⑦哉？”耰⑧而不辍。

子路行以告。夫子怃然⑨曰：“鸟兽不可与同群⑩，吾非斯人⑪之徒与而谁与！天下有道，丘不与易也⑫。”

【注释】

①长沮、桀溺：都是虚拟的人名。耦而耕：两人并耕。 ②津：渡口。 ③执舆：即执辔。辔：马缰绳。 ④是知津矣：讥讽孔子周游列国，他自己早该知道渡口在哪里。 ⑤滔滔：形容水势浩大，四处流衍的样子，比喻天下纷乱。 ⑥而：同“尔”，你，你们。以：与。谁与：“与谁”的倒装。 ⑦辟世之士：隐者，长沮、桀溺自谓。易：改变。 ⑧耰：播种后，平整土粒，掩盖种子。 ⑨怃然：失望的样子。 ⑩鸟兽不可与同群：即“不可与鸟兽同群”，意思是不能生活在山林里，与鸟兽结邻，做一位隐者。 ⑪

斯人：指世人。斯，这，这些。这句说，我不跟世人生活在一起，还跟谁生活在一起呢？
⑫天下有道，丘不与易也：如果天下太平，我就不会参与改变这种局面的工作了。

【赏析】

本文选自《论语·微子》。记载了孔子率领弟子周游列国时的一段小故事，写出了当时社会中处世态度不同的两类人物形象。

长沮、桀溺是一对以“避世之士”自居的人，他们对当时社会斗争漠不关心，躲到深山野林之中，自食其力。而孔子及其弟子，则是致力于改革社会的人，他们倡导以仁礼学说来维护奴隶制社会秩序。长沮、桀溺这类隐士对孔子四处奔走游说的行为不以为然，孔子迷途使子路问津，长沮态度冷淡，不予直接回答，却加以奚落。桀溺认为孔子是“避人之士”，应该懂得人生的道路，不要知其不可为而为之，劝说孔子及弟子迷途知返，仍不直接回答子路“问津”的具体问题，最后以“而不辍”的动作，表示出“不同道者无以言”的傲慢态度，使子路狼狈不堪。对此“夫子怃然”，心情迷惘矛盾。但尽管孔子到处奔波却不能行其道，然而终究不愿做隐士，与鸟兽同群，针对当时天下无道的形势，表示了要“以天下为已任”的社会责任感。

这则故事以记言为主，情节简单，但却通过人物对话并穿插必要的叙述交代及动作、神态点染，就把两种不同的处世态度和心情勾勒得很鲜明，颇具文学色彩。此外，人物语言富于哲理意味，含蓄深长。正如方存之《论文章本原》所评：“记二人（指长沮、溺）傲倪、孤高如画。记孔子一叹，深情至切。”

【季氏将伐颛臾章】

《论语》

季氏将伐颛臾[①]，冉有、季路见[②]于孔子，曰：“季氏将有事[③]于颛臾。”孔子曰：“求！无乃尔是过与[④]？夫颛臾，昔者先王以为东蒙主[⑤]，且在邦域之中矣。是社稷之臣也[⑥]，何以伐为[⑦]？”

冉有曰：“夫子[⑧]欲之，吾二臣者，皆不欲也。”孔子曰：“求！周任[⑨]有言曰：‘陈力就列，不能者止[⑩]。’危而不持[⑪]，颠而不扶[⑫]，则将焉用彼相[⑬]矣？且尔言过矣，虎兕‘出于柙[⑭]，龟玉毁于椟[⑮]中，是谁之过与？”

冉有曰：“今夫颛臾，固而近于费[⑯]，今不取，后世必为子孙忧。”孔子曰：“求！君子疾夫舍日‘欲之’而必为之辞[⑰]。丘也闻有国有家者[⑱]，不患寡而患不均，不患贫而患不安[⑲]。盖均无贫[21]，和无寡[22]，安无倾[22]。夫如是，故远人不服，则修文德以来[23]之；既来之，则安[24]之。今由与求也，相[25]夫子，远人不服而不能来也，邦分崩离析而不能守[26]也，而谋动干戈[27]于邦内；吾恐季孙之忧，不在颛臾，而在萧墙[28]之内也。”

【注释】

①季氏：季康子，春秋鲁国大夫，把持朝政，名肥。颛臾（zhuān yú），小国，是鲁国的属国，故城在今山东费县西北。 ②冉有和季路当时都是季康子的家臣。冉有，名求，字子有。季路，姓仲，名由，字子路。两人都为孔子弟子。见：谒见。 ③有事：这里指军事行动。古代把祭祀和战争称为国家大事。当时季氏专制国政，与鲁哀公的矛盾很大。他担忧颛臾会帮助鲁哀公削弱自己的实力，所以抢先攻打颛臾。 ④无乃尔是过与：恐怕该责备你吧？“无乃……与”相当于现代汉语的“恐怕……吧”。尔是过，责备你，这里的意思是批评对方没尽到责任。是：结构助词，提宾标志。过：责备。 ⑤东蒙主：主管祭祀蒙山的人。东蒙，山名，及蒙山，在今山东蒙阴南。主：主管祭祀的人。 ⑥是社稷之臣也：是，代词，指颛臾。社稷：社，指土神，稷，指谷神。社稷是祭祀谷神和土神的祭坛。有国者必立社稷。国亡，社稷被覆盖起来废掉，故社稷为国家的象征。这里指鲁国。 ⑦何以伐为：为什么要攻打它呢？何以：为什么。何……为：表反问语气。 ⑧夫子：季康子。春秋时，对长者，老师以及贵族卿大夫等都可以尊称为夫子 ⑨周任：上古时期的史官。 ⑩陈力就列：能施展自己才能，就接受职位；如若不能，就应辞去职务。陈：施展。就：担任。列：职位。止：不去。 ⑪危：不稳，这里指站不稳。持：护持。 ⑫颠：跌倒。扶：搀扶。 ⑬相（xiàng）：搀扶盲人走路的人。 ⑭兕（sì）：独角犀。柙（xiá）：关猛兽的笼子。 ⑮龟玉都是宝物。龟：龟版，用来占卜。玉，在：指玉瑞和玉器。玉瑞用来表示爵位，玉器用于祭祀。椟（dú）：匣子。 ⑯固：指城郭坚固。近：靠近。费（古读 bì）：季氏的私邑，及今山东费县。 ⑰君子疾夫舍曰欲之而必为之辞：君子厌恶那些不肯说（自己）想要那样而偏要找借口的人。疾：痛恨。夫：代词，那种。舍：舍弃，撇开。 ⑱有国有家者：有国土的诸侯和有封地的大夫。国：诸侯统治的政治区域。家：卿大夫统治的政治区域。 ⑲不患寡而患不均，不患贫而患不安：不担心分的少，而是担心分配的不均匀；不担心生活贫穷，而担心生活不安定；又有一说法为“不患贫而患不均，不患寡而患不安。”寡：指人口少。 ⑳盖均无贫：财富分配公平合理，上下各得其分，就没有贫穷。 ㉑和无寡：上下和睦，人民都愿归附，就没有人口少的现象。 ㉒安无倾：国家安定，就没有倾覆的危险。 ㉓文：文教，指礼乐。来：使……来（归附）。 ㉔安：使……安定。 ㉕相：（xiàng）辅佐。 ㉖分崩离析：国家四分五裂，不能守全。守：守国，保全国家。 ㉗干：盾牌。戈：古代用来刺杀的一种长柄兵器。干戈：指军事。 ㉘萧墙：国君宫门内迎门的小墙，又叫做屏。因古时臣子朝见国君，走到此必肃然起敬，故称“萧墙”。萧：古通“肃”，这里借指宫廷。

【赏析】

本文选自《论语·季氏》，在《论语》中也属于较长的一篇文字。季氏伐颛臾一事，不见经传记载。后世注家认为是子路、冉有向季氏转达了孔子的意见，季氏惧祸而止。《史记·孔子世家》载："仲由为季氏宰"在公元前497年（定公十三年）；季康子召冉有在公元前492年（鲁哀公三年），其时子路随孔子在陈。至于二人何时同为季氏家臣，则不得而知。《史记·仲尼弟子列传》载有季康子向孔子询问季路、冉有才能的事，也不著年代。据推测当在鲁哀公初年。

文章主要记录了孔子就季氏将伐颛臾这件事发表的三段议论。第一段话说明了他反对季氏攻打颛臾的理由：一是"昔者先王以为东蒙主"，说明颛臾在鲁国有名正言顺的政治地位；二是"且在邦域之中矣"，即颛臾的地理位置本就在鲁国境内，对鲁国一向不构成威胁；三是"是社稷之臣也"，是说颛臾素来谨守君臣关系，没有攻打的理由。孔子的话体现了他治国以礼，为政以德的政治主张，反对强行霸道，诉诸武力。第二段孔子引用周任的名言："陈力就列，不能者止"批评冉有、季路推卸责任的态度。第三段话孔子则阐述他的政治主张。

文中的比喻用的也十分精彩。"危而不持，颠而不扶，则将焉用彼相矣？"用盲人搀扶者的失职来比喻冉有、季路作为季氏家臣而没有尽到责任。"虎兕出于柙，龟玉毁于椟中"把冉有、季路比作虎兕、龟玉的看守者，虎兕出柙伤人，龟玉毁于椟中，是看守者的失职。冉有、季路作为季氏家臣若不能劝谏季氏放弃武力，致使颛臾被灭，也是他们的失职。

此文借对话形式展开批驳，尖锐有力，通过阐述历史事实，引用名人名言，立论坚实，驳斥也有理有据。反诘句的运用使句子感情色彩强烈，批驳力较强；也使肯定的答案寓于反问当中，使肯定更为有力，语气亦更加含蓄，引人思索。

【公　输】

《墨子》

公输盘[①]为楚造云梯之械，成，将以攻宋。子墨子[②]闻之，起于齐[③]，行十日十夜而至于郢，见公输盘。

公输盘曰："夫子何命焉为[④]？"

子墨子曰："北方有侮臣[⑤]者，愿藉子杀之。"

公输盘不说。

子墨子曰："请献千金[⑥]。"

公输盘曰："吾义固[⑦]不杀人。"

子墨子起，再拜，曰："请说之[⑧]。吾从北方闻子为[⑨]梯，将以攻宋。宋何罪之有？荆国有余于地而不足于民，杀所不足而争所有余，不可谓智[⑩]；宋无罪而攻之，不可谓仁；知而不争[11]，不可谓忠；争而不得，不可谓强；义不杀少而杀众，不可谓知类[12]。”

公输盘服[13]。

子墨子曰：“然胡不已[14]乎”

公输盘曰：“不可，吾既已言之王矣。”

子墨子曰：“胡不见我于王[15]？”

公输盘曰：“诺。”

子墨子见王，曰：“今有人于此，舍其文轩[16]，邻有敝舆[17]而欲窃之；舍其锦绣，邻有短褐[18]而欲窃之；舍其粱肉[19]，邻有糠糟而欲窃之。此为何若人？”

王曰：“必为有窃疾[20]矣。”

子墨子曰：“荆之地，方五千里，宋之地，方五百里。此犹文轩之与敝舆也。荆有云梦[21]，犀兕麋鹿[22]满之，江、汉之鱼鳖鼋鼍为天下富[23]，宋所为无雉兔鲋鱼[24]者也，此犹粱肉之与糠糟也。荆有长松、文梓、楩、楠、豫章[25]，宋无长木，此犹锦绣之与短褐也。臣以王之攻宋也[26]，为与此同类。臣见大王之必伤义而不得。”

王曰：“善哉！虽然，公输盘为我为云梯，必取宋。”

于是见公输盘。子墨子解带为城，以牒为械。公输盘九设攻城之机变，子墨子九距[27]之；公输盘之攻械尽，子墨子之守围[28]有馀。

公输盘诎[29]，而曰：“吾知所以距子矣，吾不言。”

子墨子亦曰：“吾知子之所以距我，吾不言。”

楚王问其故。

子墨子曰：“公输子之意，不过欲杀臣；杀臣，宋莫能守，可攻也。然臣之弟子禽滑厘等三百人，已持臣守围之器，在宋城上而待楚寇[30]矣。虽杀臣，不能绝也。”

楚王曰：“善哉！吾请无攻宋矣。”

子墨子归，过宋，天雨，庇其闾[31]中，守门者不内[32]也。故曰：“治于神[33]者，众人不知其功；争于明[34]者，众人知之。”

【注释】

①公输盘：鲁国人，公输是姓，盘是名。能制造奇巧的器械，民间称他鲁班。 ②子墨子：指墨翟。前一个“子”是夫子的意思，是弟子们对墨翟的尊称。 ③起于齐：起，

起身，出发；于，从：从齐国出发。 ④何命焉为：有什么见教呢？“焉”与“为”合用，表示疑问语气。 ⑤侮：欺侮。臣：墨子的自我谦称。 ⑥请献千金：请允许我献上千金。 ⑦义：崇尚道义。固：本来，从来。 ⑧请说之：请允许我向你说一些话。 ⑨为：造。 ⑩智：聪明。 ⑪知而不争：知道这（道理）而不（对楚王）谏诤。意思是不劝阻楚王。争：通“诤”，劝阻。 ⑫类：对事物作类比进而明白它的事理。知类：明白类推的道理。 ⑬服：被说服。 ⑭胡：为什么。已：停止。这里指停止攻宋。既已：已经。 ⑮见：引见。王：指楚惠王。 ⑯文轩：华丽的车子。 ⑰敝舆：破旧的车子。 ⑱短褐：古代贫贱者所穿的粗布衣。 ⑲粱肉：精美的饭菜。 ⑳窃疾：喜欢偷窃的毛病。 ㉑云梦：即云梦泽，楚国境内的大湖，包括现在的洞庭湖和洪湖。 ㉒犀：雄性的犀牛。兕（sì）：雌性的犀牛。麋（mí）：像鹿，体大。 ㉓江汉：长江和汉水。鼋（yuán）：比鳖大，俗称癞头鼋。鼍（tuó）：鳄鱼的一种，产长江下游，俗称猪婆龙，即今扬子鳄。 ㉔雉（zhì）：俗称野鸡。鲋（fù）鱼：像鲫鱼的一种小鱼。 ㉕长松：大松树。文梓：梓树。楩（pián）：黄楩木。楠：楠树。豫章：樟树。 ㉖臣以王之攻宋也：指楚王派遣攻宋的将吏。 ㉗距：通“拒”，抵挡，抵抗。 ㉘圉：通“御”，抵御。 ㉙诎：通“屈”，指理屈。所以：用来……的方法。和现代汉语里用来表示因果关系的连词“所以”不同。 ㉚寇：入侵。 ㉛庇：遮蔽。闾：里门。古以二十五家为里。 ㉜内：通“纳”。 ㉝治：致力。神：指建立宏伟功业于无形的大智大慧。 ㉞明：指易于为人所见的小智小慧。

【赏析】

本文记叙了墨子劝阻楚国进攻宋国的故事。文章的主体部分详细叙述了墨子同公输盘、楚王作斗争的经过，可分为三个步骤：

第一步：墨子先设下圈套，诱使公输盘说出“吾义固不杀人”这句话。接着，墨子就抓住公输盘这句话来做文章。“宋何罪之有”一句，轻描淡写而又咄咄逼人，立刻将帮助楚国攻打宋国的公输盘置于理亏的境地；接着，墨子用“不可谓智”、“不可谓仁”、“不可谓忠”、“不可谓强”、“不可谓知类”，从各个角度批判了公输盘的行为，让公输盘无法为自己的行为作任何辩解，等于是断了公输盘的退路。第二步：对楚王，墨子采取了和对付公输盘相同的策略，先让他陷入以子之矛攻子之盾的困境。不过，在楚王面前，墨子更注意劝说的婉转和艺术性。他先用一个假设，说有这样一个人，自己有华丽的车子不坐，而去偷邻居的破车；自己有丝绸衣服不穿，而去偷邻居的粗布衣服；自己有好饭好菜不吃，而去偷邻居的粗劣食物。接着问：“此为何若人？”诱使楚王说出“必为有窃疾矣”，这正是墨子要楚王说出的话。墨子随即一连用了颇有夸张意味的三个对比，极言楚国的物产丰富和宋国的物产贫乏，从而类推出楚国攻宋是和有“窃疾”、“同类”的结论。第三步：写墨子以实力迫使楚王放弃攻宋的企图。先简要记述墨子与公输盘演练的攻守战。用“九攻”、“九距”点明战斗之激烈，用“攻械尽”、“守有余”交代激战结果，用“诎（屈）”点明公输盘已经技穷。在意识到墨子将是攻宋的一个极大障碍时，公输盘陡起杀机。墨子敏锐地加以揭穿，并明白告诉公输盘与楚王，宋国已做好了充分准备，“虽杀臣，不能绝也”，这才使公输盘与楚王不敢轻举妄动，楚王不得不取消攻宋的打算。这一段记述，说明要制止侵略，单靠说理是不够的，还得有足够的实力做后盾。

本文的人物语言很富有表现力，能从中彰显出人物的精神和性格特征，墨子的语言尤其如此。如他一连用五个“不可谓”，极有气势，使公输盘无从辩驳；而在和楚王的对话中，采用夸饰的手法，极言楚国之幅员辽阔、物产丰富，宋国之面积狭小、物产贫乏，感染力很强，既满足了楚王的虚荣心，又使他醒悟到攻打宋国是无意义的乃至愚蠢的举动；而揭露公输盘的杀机并最后打消楚国的攻宋企图的这一段话，长短句交错，语气时缓时急，既从容又有威慑力，充分显示了墨子无所畏惧、镇定自若的特点。

【齐桓晋文之事章】

《孟子》

齐宣王问曰：“齐桓、晋文[1]之事，可得闻乎？”

孟子对曰：“仲尼之徒无道[2]桓文之事者，是以后世无传焉，臣未之闻也。无以，则王乎[3]？”

曰：“德何如则可以王矣？”

曰：“保民而王，莫之能御也。”

曰：“若寡人者，可以保民乎哉？”

曰：“可。”

曰：“何由知吾可也？”

曰：“臣闻之胡龁[4]曰：王坐于堂上，有牵牛而过堂下者，王见之，曰：‘牛何之？’对曰：‘将以衅钟[5]。’王曰：‘舍之！吾不忍其觳觫[6]，若无罪而就死地。’对曰：‘然则废衅钟与？’曰：‘何可废也，以羊易之。’不识有诸[7]？”

曰：“有之。”

曰：“是心足以王矣。百姓皆以王为爱[8]也，臣固知王之不忍也。”

王曰：“然，诚有百姓者。齐国虽褊小[9]，吾何爱一牛？即不忍其觳觫，若无罪而就死地，故以羊易之也。”

曰：“王无异于[10]百姓之以王为爱也，以小易大，彼恶[11]知之？王若隐[12]其无罪而就死地，则牛羊[13]何择焉？”

王笑曰：“是诚何心哉？我非爱其财。而易之以羊也，宜乎百姓之[14]谓我爱也。”

曰："无伤[15]也，是乃仁术也，见牛未见羊也。君子之于禽兽也，见其生不忍见其死，闻其声不忍食其肉。是以君子远庖厨也。"

王说曰："诗云：'他人有心，予忖度[16]之。'夫子之谓也。夫我乃行之，反而求之，不得吾心；夫子言之，于我心有戚戚[17]焉。此心之所以合于王者，何也？"

曰："有复于王者曰：'吾力足以举百钧[18]，而不足以举一羽；明足以察秋毫之末，而不见舆薪[19]。'则王许之乎？"

曰："否。"

"今恩[20]足以及禽兽，而功不至于百姓者，独何与？然则一羽之不举，为不用力焉；舆薪之不见，为不用明焉；百姓之不见[21]保，为不用恩焉。故王之不王，不为也，非不能也。"

曰："不为者与不能者之形[22]何以异？"

曰："挟太山以超北海[23]，语人曰：'我不能。'是诚不能也。为长者折枝[24]，语人曰：'我不能。'是不为也，非不能也。故王之不王，非挟太山以超北海之类也；王之不王，是折枝之类也。老吾老，以及人之老；幼吾幼，以及人之幼[25]；天下可运于掌[26]。诗云：'刑于寡妻，至于兄弟，以御于家邦[27]。'言举斯心加诸彼而已。故推恩足以保四海，不推恩无以保妻子。古之人之所以大过[28]人者无他焉，善推其所为而已矣。今恩足以及禽兽，而功不至于百姓者，独何与？权[29]，然后知轻重；度[30]，然后知长短。物皆然，心为甚，王请度之！抑王兴甲兵，危士臣，构怨[31]于诸侯，然后快于心与？"

王曰："否，吾何快于是，将以求吾所大欲也。"

曰："王之所大欲，可得闻与？"

王笑而不言。

曰："为肥甘不足于口与？轻暖不足于体与？抑为采色不足视于目与？声音不足听于耳与？便嬖[32]不足使令于前与？王之诸臣皆足以供之，而王岂为是哉？"

曰："否，吾不为是也。"

曰："然则王之所大欲可知已；欲辟[33]土地，朝[34]秦楚，莅中国[35]而抚四夷也。以若所为，求若所欲，犹缘木而求鱼[36]也。"

王曰："若是其甚与？"

曰："殆有甚焉。缘木求鱼，虽不得鱼，无后灾；以若所为，求若所欲，尽心力而为之，后必有灾。”

曰：“可得闻与？”

曰：“邹人与楚人[37]战，则王以为孰胜？”

曰：“楚人胜。”

曰：“然则小固不可以敌大，寡固不可以敌众，弱固不可以敌强。海内之地，方千里者九，齐集[38]有其一。以一服八，何以异于邹敌楚哉？盖亦反其本矣。今王发政施仁，使天下仕者皆欲立于王之朝，耕者皆欲耕于王之野，商贾皆欲藏于王之市，行旅皆欲出于王之途，天下之欲疾[39]其君者，皆欲赴愬[40]于王；其若是，孰能御之？”

王曰：“吾惛不能进于是矣，愿夫子辅吾志，明以教我；我虽不敏，请尝试之。”

曰：“无恒产而有恒心[41]者，惟士为能。若民，则无恒产，因无恒心。苟无恒心，放辟邪侈[42]，无不为已。及陷于罪，然后从而刑之，是罔民[43]也。焉有仁人在位，罔民而可为也？是故明君制[44]民之产，必使仰足以事父母，俯足以畜妻子[45]；乐岁终身饱，凶年免于死亡；然后驱而之[46]善，故民之从之也轻[47]。今也制民之产，仰不足以事父母，俯不足以畜妻子；乐岁终身苦，凶年不免于死亡。此惟救死而恐不赡[48]，奚暇治礼义哉？王欲行之，则盍反其本矣。五亩之宅[49]，树之以桑，五十者可以衣帛矣；鸡豚狗彘[50]之畜，无失其时，七十者可以食肉矣；百亩之田[51]，勿夺其时，八口之家可以无饥矣。谨庠序之[52]教，申[53]之以孝悌之义，颁白者[54]不负戴于道路矣。老者衣帛食肉，黎民[55]不饥不寒；然而不王者，未之有也。”

【注释】

①齐宣王：田氏，名辟疆，齐国国君，公元前342年至公元前324年在位。齐桓、晋文：指齐桓公小白和晋文公重耳，春秋时先后称霸，为当时诸侯盟主。宣王有志效法齐桓、晋文，称霸于诸侯，故以此问孟子。②仲尼：孔子的字。道：说。儒家学派称道尧舜禹汤文武等先王之道，不主张霸道，所以孟子这样说。③无以：不得已。王（wàng）：用作动词，指王天下，即用王道（仁政）统一天下。④胡龁（hé）：齐王的近臣。⑤衅（xìn）钟：古代新钟铸成，用牲畜的血涂在钟的缝隙中祭神求福，叫衅钟。⑥觳（hú）觫（sù）：恐惧颤抖的样子。⑦识：知道。诸："之乎"的合音。⑧爱：爱惜，这里含有吝啬之意。⑨褊（biǎn）小：土地狭小。⑩无异：莫怪，不要惊异。于：对。⑪恶（wū）：怎，如何。⑫隐：哀怜。⑬何择：有什么分别。择：区

别，分别。 ⑭宜：应当。乎：在这里表示感叹。之：介词。 ⑮无伤：没有什么妨碍。 ⑯《诗》云二句：见于《诗经·小雅·巧言》，意思是他人有心思，我能推测它。忖(cǔn)度(duó)：揣测。 ⑰戚戚：心动的样子，指有同感。 ⑱钧：古代以30斤为一钧。 ⑲舆薪：一车薪柴。 ⑳"今恩"句以下是孟子的话，省去"曰"字，表示语气急促。 ㉑见保：受到保护或安抚。见：被。 ㉒形：具体的外在区别和表现。 ㉓挟(xié)：夹在腋下。太山：泰山。超：跳过。北海：渤海。 ㉔枝：枝同"肢"。这句意谓，为年长者按摩肢体。一说指向老者折腰行鞠躬礼，一说替长者攀摘树枝。皆指轻而易举之事。 ㉕老吾老：第一个"老"字作动词用，意动用法，可译为尊敬；第二个"老"作名词，是老人的意思。其下句"幼吾幼"句法相同。 ㉖运于掌：运转在手掌上，比喻称王天下很容易办到。 ㉗"《诗》云"句：见于《诗经·大雅·思齐》，意思是给妻子做好榜样，推及兄弟，以此德行来治理国家。刑：同"型"，这里作动词用，指以身作则，为他人示范。寡妻：国君的正妻。御：治理。家邦：国家。 ㉘大过：大大超过。 ㉙权：秤锤，这里作动词用，指用秤称重。 ㉚度(duó)：衡量，揣度。 ㉛抑：选择连词，还是。构怨：结仇。 ㉜便嬖(piánbì)：国王宠爱的近侍。 ㉝辟：开辟，扩大。 ㉞朝：使……称臣(或朝见)。 ㉟莅(lì)：居高临下，引申为统治。中国：指中原地带。 ㊱缘木而求鱼：爬到树上去捉鱼，比喻不可能达到目的。 ㊲邹：与鲁相邻的小国，在今山东邹县。楚：南方的大国。 ㊳集：凑集。这句说，齐国土地合起来约有一千个平方里。 ㊴疾：憎恨。 ㊵赴愬：前来申诉。 ㊶恒产：用以维持生活的固定的产业。恒心：安居守分之心。 ㊷放辟邪侈：纵逸放荡、行为不轨的意思。 ㊸罔民：张开罗网陷害百姓。罔，同"网"，用作动词。 ㊹制：规定。 ㊺畜：同"蓄"，养活，抚育。妻子：妻子儿女。 ㊻驱：督促，驱使。之：往，到。 ㊼轻：容易。 ㊽赡(shàn)：足，及。 ㊾五亩之宅：五亩大的住宅。传说古代一个男丁可以分到五亩土地建筑住宅。古时五亩合现在一亩二分多。 ㊿豚(tún)：小猪。彘(zhì)：大猪。 (51)百亩之田：传说古代实行井田制，每个男丁可以分到土地一百亩。 (52)谨：重视，谨慎地对待。庠(xiáng)序：古代学校的名称。周代叫庠，殷代叫序。 (53)申：反复教导。 (54)颁白者：头发半白半黑的老人。颁，同"斑"。 (55)黎民：黑头发的民众。这里指少壮者，与上文老者对举。

【赏析】

这篇文章记述了孟子游说宣王推行仁政的事件。孟子从齐宣王祭祀时以羊易牛之事来说明人皆有不忍之心。为国君者，只要能发扬心中这种善端，推己及人，恩及百姓，就可以保民而王。文章通过孟子与齐宣王的对话，表现了孟子"保民而王"的王道思想和"富民、教民"的政治主张，也表现了孟子善辩的性格和高超的论辩技巧。孟子主张：要使人民发展农业、畜牧业，"五亩之宅，树之以桑，五十者可以衣帛矣；鸡豚狗彘之畜，无失其时，七十者可以食肉矣；百亩之田，勿夺其时，八口之家可以无饥矣"。先使他们能养家活口，安居乐业。在解决温饱问题之后然后再"礼义"来引导民众，加强伦理道德教育，即"谨庠序之教，申之以孝悌之义，颁白者不负戴于道路矣。"这样就可以实现王道理想。孟子的这种主张反映了人民要求摆脱贫困，向往安定生活的愿望，表现了孟子关心民众疾苦、为民请命的精神，这是值得肯定的。但孟子的思想也有其局限性，一是战国时期，由分裂趋向统一，战争难以避免。孟子往往笼统反对武力，显得脱离实际不合潮流；二是他的仁政主张完全建立在“性善论”基础上，显得过于简单。当然，孟子的思想代表了人们共同的美好愿望，没有战争、没有饥饿、人民幸福快乐的生活，只有这样整个社会才会逐步发展富强。这种思想还是值得我们学习的。

这篇文章是用对话形式写成的，显示出很高的语言技巧，结构严谨，说理透辟，有很强的逻辑性。另外，文中还运用了对比、反诘、对偶、排比、比喻等修辞手法，尤其是比喻的运用，既生动形象又能使人很容易地明白所要表达的意思，而且还为整篇文章增加了文采，可谓是气势充沛、流畅自然。

【天时不如地利章】

《孟子》

孟子曰：天时不如地利，地利不如人和①。

三里之城，七里之郭②，环③而攻之而不胜。夫环而攻之，必有得天时者矣；然而不胜者，是天时不如地利也。

城非不高也，池非不深也，兵革非不坚利也，米粟非不多也，委④而去⑤之，是地利不如人和也。

故曰：域民⑥不以封疆之界⑦，固国⑧不以山溪之险，威⑨天下不以兵革之利。得道者⑩多助，失道者⑪寡助。寡助之至⑫，亲戚⑬畔之；多助之至，天下顺之。以天下之所顺，攻亲戚之所畔，故君子有不战，战必胜矣⑭。

【注释】

①天时、地利、人和：《荀子·王霸篇》说：“农夫朴力而寡能，则上不失天时，下不失地利，中得人和而百事不废”。荀子所指的天时指指适合作战的时令、气候，地利指有利于作战的地形，“人和是指得人心，上下团结。而孟子在这里所说的天时则指适宜作战的时令，气候；地利是指有利于作战的地形；人和则指得人心，上下团结。 ②三里之城，七里之郭：内城墙叫城，外城墙叫郭。内外城墙比例一般是三里之城，七里之郭。 ③环：包围。 ④委：抛弃。 ⑤去：离开。 ⑥域民：限制百姓。域，限制、管理。 ⑦封疆之界：划定的边疆界线。 ⑧固国：巩固国防。 ⑨威：建立威信。 ⑩得道者：施行仁政，得到民心的人。 ⑪失道者：没有施行仁政，没有得到民心的人。 ⑫之至：达到极点。 ⑬亲戚：古代指亲属，即跟自己有血缘关系或婚姻关系的人。亲：指族内亲属。戚：指族外亲属。 ⑭这“故君子”二句：实施仁政的人要么不打仗，若进行战争，则必定胜利。

【赏析】

本文从天气时令、地理形势、人心所向等方面分析了决定战争胜负的诸多因素。文章开门见山，提出“天时不如地利，地利不如人和”的论点；接下来孟子把天时、地利、人和三者相比较，层层递进；最后将论点范围由战争扩大到治国之道。

经过论述，得出了“得道者多助，失道者寡助”的结论。从“天时不如地利，地利不如人和”的论断中可以看出孟子把“人和”看作是决定战争胜负诸因素中的关键所在，显示了他对人的因素的重视。一个国家也不是靠山川险阻就可以保住的，也不是兵强马壮就可以长久的，这些都是表面的。而根本之点在于要发扬“民本”思想，让老百姓安居乐业，使民心所向，只要做到了这一点，就会“得道者多助”，国家自然就会长久了。在孟子所处的时代，能有这样的认识，应当说是了不起的。良好的时机是可以创造的，恶劣的环境是可以改变的，而一旦丧失良好的人群合作关系，我们只能走向失败。不过也应当看到，天时、地利、人和三者关系是密不可分的，而在一定的条件下，其重要位置的主次先后也会发生变化。因此，不宜把三者割裂甚至对立起来，对何者更重要作绝对化的一成不变的理解。

本文能够紧扣中心论点逐层论证，层层递进。主旨突出，说理充分，观点鲜明，有气势，有条理，语言流畅。

【有为神农之言者许行章】

《孟子》

有为神农之言[1]者许行，自楚之滕，踵[2]门而告文公曰：“远方之人闻君行仁政，愿受一廛而为氓[3]。”文公与之处。其徒数十人，皆衣褐，捆屦织席以为食。陈良之徒陈相与其弟辛，负耒耜[4]而自宋之滕，曰：“闻君行圣人之政，是亦圣人也，愿为圣人氓。”陈相见许行而大悦，尽弃其学而学焉。陈相见孟子，道许行之言曰：“滕君则诚贤君也；虽然，未闻道也。贤者与民并耕而食，饔飧[5]而治。今也滕有仓廪府库，则是厉[6]民而以自养也，恶得贤！”

孟子曰：“许子必种粟而后食乎？”曰：“然。”“许子必织布然后衣乎？”曰：“否，许子衣褐。”许子冠乎？”曰：“冠。”曰：“奚冠？”曰：“冠素。”曰：“自织之与？”曰：“否，以粟易之。”曰：“许子奚为不自织？”曰：“害于耕。”曰：“许子以釜甑爨[7]，以铁耕乎？”曰：“然。”“自为之与？”曰：“否，以粟易之。“以粟易械器者，不为厉陶冶；陶冶亦以其械器易粟者，岂为厉农夫哉？且许子何不为陶冶，舍皆取诸其宫[8]中而用之？何为纷纷然与百工交易？何许子之不惮烦？”曰：“百工之事固不可耕且为也。”

“然则治天下独可耕且为与？有大人之事，有小人之事。且一人之身而百工之所为备。如必自为而后用之，是率天下而路也。故曰：或劳心，或劳力；劳心者治人，劳力者治于人；治于人者食人，治人者食于人，天下之通义也。当尧之时，天下犹未平，洪水横流，泛滥于天下；草木畅茂，禽兽繁殖，五谷不登[9]，禽兽逼人，兽蹄鸟迹之道，交于中国。尧独忧之，举舜而敷治焉。舜使益掌火，益烈山泽而焚之，禽兽逃匿。禹疏九河，瀹济、漯[10]而注诸海；决汝、汉，排淮、泗而注之江；然后中国可得而食也。当是时也，禹八年于外，三过其门而不入，虽欲耕，得乎？后稷[11]教民稼穑，树艺[12]五谷，五谷熟而民人育。人之有道也，饱食暖衣，逸居而无教，则近于禽兽。圣人有忧之，使契[13]为司徒，教以人伦；父子有亲，君臣有义，夫妇有别，长幼有叙，朋友有信。放勋[14]曰：‘劳之来之[15]，匡之直之，辅之翼之，使自得之，又从而振德之。’圣人之忧民如此，而暇耕乎？尧以不得舜为己忧，舜以不得禹、皋陶为己忧。夫以百亩之不易[16]为己忧者，农夫也。分人以财谓之惠，教人以善谓之忠，为天下得人者谓之仁。是故以天下与人易，为天下得人难。孔子曰：‘大哉尧之为君！惟天为大，惟尧则之，荡荡乎民无能名焉！君哉舜也！巍巍[17]乎有天下而不与焉！’尧舜之治天下，岂无所用其心哉？亦不用于耕耳。

“吾闻用夏变夷者，未闻变于夷者也。陈良，楚产也，悦周公、仲尼之道，北学于中国；北方之学者，未能或之先也，彼所谓豪杰之士也。子之兄弟事之数十年，师死而遂倍[18]之。昔者孔子没，三年之外，门人治任[19]将归，入揖于子贡，相向而哭，皆失声，然后归。子贡反，筑室于场，独居三年，然后归。他日，子夏、子张、子游，以有若似圣人，欲以所事孔子事之，强曾子。曾子曰：‘不可，江、汉以濯之，秋阳以暴之，皓皓[20]乎不可尚已。’今也南蛮鴃舌[21]之人，非先王之道，子倍子之师而学之，亦异于曾子矣。吾闻出于幽谷，迁于乔木[22]者，未闻下乔木而入于幽谷者。《鲁颂》曰：‘戎狄是膺，荆舒[23]是惩。’周公方且膺[24]之，子是之学，亦为不善变矣。”

“从许子之道，则市贾不贰，国中无伪；虽使五尺之童适市，莫之或欺。布帛长短同，则贾相若；麻缕、丝絮轻重同，则贾相若；五谷多寡同，则贾相若；屦大小同，则贾相若。”

曰：“夫物之不齐，物之情也；或相倍蓰[25]，或相什百，或相千万。子比而同之，是乱天下也。巨屦小屦[26]同贾，人岂为之哉？从许子之道，相率而为伪者也，恶能治国家！”

【注释】

①神农之言：指农家学说。神农是上古传说中发明农具，教人们稼穑的人。 ②踵：至、到。 ③氓：从别处迁来的人。 ④陈良：楚国的儒者。耒耜：翻土的农具。 ⑤饔飧：熟食，此处指做饭。 ⑥厉：病、残害。 ⑦釜：锅。甑：陶制烹饪器。爨：做饭。 ⑧舍：止。宫：房。 ⑨登：成熟。 ⑩敷：全部。瀹：疏导。济、漯：二水名。 ⑪后稷：名弃，周人始祖。 ⑫艺：种植。 ⑬契：商人始祖。 ⑭放勋：尧的名。 ⑮劳之来之：使他们勤劳。 ⑯易：治。 ⑰荡荡：广大的样子。巍巍：高大的样子。 ⑱倍：通“背”。 ⑲任：担、负。 ⑳皓皓：洁白的样子。 ㉑鴃舌：鴃，伯劳鸟，形容人说话怪腔怪调。 ㉒出于幽谷迁于乔木：出自《诗经》：“出自幽谷，迁于乔木。” ㉓荆：楚国的别名。舒：楚的属国。 ㉔膺：抵挡。 ㉕蓰：五倍。 ㉖巨屦：粗糙的鞋。小屦：精细的鞋。

【赏析】

此文选自《孟子·滕文公上》，文章一共论述了几个问题：第一，驳斥农家“贤者与民并耕”的主张，论证社会分工的必然性和必要性。作者采取巧设机关、请君人彀的论证方法。首先借陈相之口摆出农家学派的观点并不直接反驳，而是从许行的日常生活人手，设下一个大圈套，然后再以一连串的问话，诱使陈相钻进圈套中，使之明白一人之力不可能尽百工之职。“贤者与民并耕”的片面观点不攻自破，从而自然而然地演绎出圣人治理天下同样不可耕且为的正面结论。第二，证明“劳心者治人”的观点。作者花大量笔墨铺陈尧、舜、禹、益、后稷等圣人治国安民的大量事实，宣扬了他们治国安邦、为民造福的伟大业绩，正因为圣人全心治国而没有余力做农业。然后用几个反诘句，如：“虽欲耕，得乎？”、“圣人之忧民如此，而暇耕乎？”进一步证明“劳心者治人”的观点。第三，文章还驳斥了农家“市贾不贰，国中无伪”的观点，指出“市贾不贰”会带来人情作伪和扰乱国家的恶果。此外，文中还斥责陈相的背叛师道为不义之行为。最后孟子又批评陈相兄弟背叛师道之不义。作者分别列举陈相兄弟“师死遂倍之”的不义之举与子贡、曾子等人怀念孔子的感人行为，两者一对比，陈相兄弟背师叛道之不义就更加鲜明突出了。

本文在行文上运用了大量的修辞手法，如多次运用了排比的修辞手法，或使论点层次清晰，或使论证的论据充分，其作用是大大增强了文章的雄辩气势。如：“草木畅茂，禽兽繁殖，五谷不登，禽兽逼人”；“父子有亲，君臣有义，夫妇有别，长幼有序，朋友有信”；“放勋日劳之来之，匡之直之，辅之翼之”等等。其次，文章大量运用了反问的手法，先列举大量论据进行充分论证，而后用简练的反问句收结。如：“虽欲耕，得乎?”、“圣人之忧民如此，而暇耕乎?”、“岂无所用其心哉?”这样的行文更有启发诱导力量，而且语气更有逼人气势，使人难以招架。孟子讲话往往是气势充沛，理直气壮，这与他“善养吾浩然之气”有很大关系。此文无论从思想上还是艺术上都是十分优秀的。

【齐人有一妻一妾章】

《孟子》

齐人有一妻一妾而处室①者，其良人②出，则必餍③酒肉而后反④。其妻问所与饮食者，则尽富贵也。其妻告其妾曰：“良人⑤出，则必餍酒肉而后反，问其与饮食者，尽富贵也；而未尝有显者⑥来，吾将瞷⑦良人之所之也。”

蚤⑧起，施⑨从良人之所之，遍国中无与立谈者。卒之东郭墦间⑩，之祭者乞其馀；不足，又顾而之他⑪。此其为餍足之道⑫也。

其妻归，告其妾曰：“良人者，所仰望而终身也，今若此!”与其妾讪⑬其良人，而相泣于中庭；而良人未之知也，施施⑭从外来，骄其妻妾。

由君子观之，则人之所以求富贵利达者，其妻妾不羞也，而不相泣者几希⑮矣。

【注释】

①处室：居家过日子，共同生活。　②良人：古时妻子对丈夫的称呼。　③餍：满足、饱食。　④反：通“返”。　⑤其：指良人。　⑥显者：有地位有声望的人。　⑦瞷(jiàn)：窥视，暗中看。　⑧蚤：通“早”。　⑨施（yí）：通“迤”，逶迤斜行。这里指暗中跟踪。　⑩卒之东郭墦（fán）间：最后到了东门外的墓地。卒，最后。之，去、往。东郭，城之东门外。坟墓。　⑪顾而之他：掉头到另一个墓地去。　⑫道：方法。　⑬讪(shàn)：讥讽。　⑭施施（yíyí）：喜悦自得的样子。　⑮希：通“稀”。

【赏析】

本文选自《孟子·离娄下》，孟子为我们勾画了一个内心极其卑劣下贱，外表却趾高气扬，不可一世的齐人形象。此人在妻妾面前毫无羞耻的摆阔气，抖威风，自吹每天都有大富大贵之人请他大吃大喝，实际上却每天都在坟地里乞讨，“之祭者乞其馀；不足，又顾而之他。此其为餍足之道也”，这才是他的本性。妻妾发现了他的秘密后痛苦不堪，而他却并不知道事情已经败露，还在妻妾面前得意洋洋。

本文无情地讽刺了那些无耻的为钻营富贵利达而抛弃人格尊严、进行狡诈欺骗的无耻之徒，他们在光天化日下冠冕堂皇、自我炫耀，暗地里却行径卑劣，干着见不得人的勾当。孟子辛辣地揭露了他们表面上道貌岸然而实则内心肮脏的本性。这则故事已经成为一个很著名的寓言，给以我们很大启示。

【鱼我所欲也章】

《孟子》

孟子曰：鱼，我所欲[①]也；熊掌，亦我所欲也；二者不可得兼，舍鱼而取熊掌者也。生，亦我所欲也；义，亦我所欲也；二者不可得兼，舍生而取义者也。

生亦我所欲，所欲有甚于生者，故不为苟得[②]也；死亦我所恶，所恶有甚于死者，故患[③]有所不辟也。

如使人之所欲莫甚于生，则凡可以得生者，何不用也[④]？使人之所恶莫甚于死者，则凡可以辟患者，何不为也？由是则生，而有不用也[⑤]；由是则可以辟患，而有不为也。是故所欲有甚于生者，所恶有甚于死者。非独[⑥]贤者有是心也，人皆有之，贤者能勿丧[⑦]耳。

一箪[⑧]食，一豆[⑨]羹，得之则生，弗得则死；嘑尔而与之，行道之人弗受；蹴尔[⑩]而与之，乞人不屑[⑪]也。万钟[⑫]则不辩礼义而受之，万钟于我何加[⑬]焉？为宫室之美，妻妾之奉，所识穷乏者得我与[⑭]？乡为身死而不受，今为宫室之美为之；乡为身死而不受，今为妻妾之奉为之；乡为身死而不受[⑮]，今为所识穷乏者得我而为之；是亦不可以已[⑯]乎？此之谓失其本心[⑰]。

【注释】

①欲：想要，喜欢。所欲：想要的东西。 ②苟得：苟且取得，这里是“苟且偷生”的意思。 ③患：祸患，灾难。 ④何不用也：什么手段不可以使用呢？ ⑤由是则生，而有不用也：通过这个办法获得生存手段而不用的人。是，指示代词，指某种办法。 ⑥非独：不单，不仅。独，只，仅仅。 ⑦勿丧：不丢掉，不丧失。丧：丧失，丢失。 ⑧箪：古代

盛饭用的圆竹器。 ⑨豆：古代一种食器，高足，上呈圆盘形。有木制，陶制等，用来盛肉或其它食品。 ⑩蹴（cù）尔：踩踏食物的样子。蹴：用脚踢。 ⑪不屑：因轻视而不肯接受。 ⑫万钟：这里指高官厚禄。钟，古代的一种量器，六斛四斗为一钟。则，连词，却。 ⑬何加：有什么益处。加：好处。 ⑭所识穷乏者得我与：所认识的穷困贫苦的人感激我的恩德。 ⑮乡为身死而不受：从前（为了"礼义"），宁愿死也不接受（施舍）。乡，通"向"，原先，从前。 ⑯已：停止，放弃。 ⑰本心：天性，天良。

【赏析】

本文选自《孟子·告子上》，它论述了孟子的一个重要主张：即义重于生，当义和生不能两全时应该舍生取义。

文章开头说："鱼，我所欲也，熊掌，亦我所欲也；二者不可得兼，舍鱼而取熊掌者也。生，亦我所欲也，义，亦我所欲也；二者不可得兼，舍生而取义者也。"在这里，孟子把生命比作鱼，把义比作熊掌，认为义比生命更珍贵就像熊掌比鱼更珍贵一样，这样就很自然地引出了"舍生取义"的主张。这个主张是全篇的中心论点。

为了使这种道理更令人信服，更容易被人接受，孟子接着用具体的事例来说明。"一箪食，一豆羹，得之则生，弗得则死。呼尔而与之，行道之人弗受；蹴尔而与之，乞人不屑也。"孟子认为"所恶有甚于死者"，当面忍受别人的侮辱比死亡更令人厌恶，所以宁愿饿死也不愿接受别人侮辱性的施舍。连无人认识的路人和贫困低贱的乞丐都能这样做，常人更不用说了。这一事例生动地说明了人们把义看得比生更为珍贵，在二者不可兼得时就会舍生取义。

那什么是义呢？孟子认为："羞恶之心，义也。"（《告子上》）又说："义，路也。……惟君子能由是路"（《万章下》）。孟子认为自己做了坏事感到耻辱，别人做了坏事感到厌恶，这就是义；因为人只有拥有"羞恶之心"，才能分清哪些是道德的事，哪些是不道德的事，这样才能不被"宫室之美"、"妻妾之奉"所诱惑，而像"不食嗟来之食"的人一样，内心有一种凛然的义。总而言之，义是有道德的君子所必须遵循的正路。

本文感情强烈，生动活泼，充分体现了孟子大义凛然的个性，表现了孟子雄辩、善辩的才华。他喜欢使用排比的修辞手法，这样既可以加强气势、增强了感情，又显示出说话人的义正词严。其次，孟子喜欢使用比喻，这样可以把道理说得深入浅出、生动有趣。本篇中还大量运用了对比的手法，如把鱼与熊掌对比，把生与义对比，把重义轻生的人与贪利忘义的人对比，从而给人的印象特别深刻，加强了文章的说服力。

【逍遥游】

《庄子》

北冥[①]有鱼，其名为鲲[②]。鲲之大，不知其几千里也；化而为鸟，其名为鹏[3]。鹏之背，不知其几千里也；怒[4]而飞，其翼若垂天之云。是鸟也，海运则将徙[5]于南冥；南冥者，天池也。《齐谐》[6]者，志怪者[7]也。《谐》之言曰：“鹏之徙于南冥也，水击三千里，抟扶摇[8]而上者九万里，去以六月息[9]者也。”野马[10]也，尘埃[11]也，生物之以息[12]相吹也。天之苍苍，其正色邪？其远而无所至极邪？其视下也，亦若是则已矣。且夫水之积也不厚，则其负大舟也无力。覆杯水于坳堂[13]之上，则芥为之舟，置杯焉则胶，水浅而舟大也。风之积也不厚，则其负大翼也无力。故九万里则风斯在下矣，而后乃今培风；背负青天而莫之夭阏[14]者，而后乃今将图南。蜩与学鸠[15]笑之曰：“我决[16]起而飞，抢榆枋而止[17]，时则不至，而控[18]于地而已矣；奚以之九万里而南为！”适莽苍[19]者，三飡而反[20]，腹犹果然[21]；适百里者，宿舂粮；适千里者，三月聚粮。之二虫又何知！小知不及大知，小年不及大年。奚以知其然也？朝菌不知晦朔[22]，蟪蛄[23]不知春秋，此小年也。楚之南有冥灵[24]者，以五百岁为春，五百岁为秋；上古有大椿者，以八千岁为春，八千岁为秋，此大年也。而彭祖[25]乃今以久特闻[26]，众人匹[27]之，不亦悲乎？

汤之问棘也是已：“穷发[28]之北，有冥海者，天池也。有鱼焉，其广数千里，未有知其修者，其名为鲲。有鸟焉，其名为鹏，背若泰山，翼若垂天之云；抟扶摇羊角[29]而上者九万里，绝云气，负青天，然后图南，且适南冥也。斥鴳[30]笑之曰：‘彼且奚适也！我腾跃而上，不过数仞[31]而下，翱翔蓬蒿之间，此亦飞之至[32]也。而彼且奚适也！’”此小大之辨也。

故夫知效[33]一官，行[34]比一乡，德合一君，而徵一国者，其自视也亦若此矣。而宋荣子犹然[35]笑之。且举世誉之而不加劝[36]，举世非之而不加沮，定乎内外[37]之分，辩乎荣辱之境，斯已矣；彼其于世，未数数然[38]也。虽然，犹有未树也。夫列子御[39]风而行，泠然[40]善也，旬有五日而后反；彼于致[41]福者，未数数然也。此虽免乎行，犹有所待者也。若夫乘天地之正[42]，而御六气之辩[43]，以游无穷者，彼且恶乎待哉！故曰：至人无己[44]，神人无功[45]，圣人无名[46]。

尧让天下于许由[47]，曰：“日月出矣，而爝火[48]不息，其于光也，不亦难乎！时雨降矣，而犹浸灌，其于泽也，不亦劳[49]乎！夫子立而天下治，而我犹尸[50]之，吾自视缺然[51]，请致天下。”许由曰：“子治天下，天下既已治也；而我犹代子，吾将为名乎？名者，实之宾也；吾将为宾[52]乎？鹪鹩[53]巢于深林，不过一枝；偃鼠[54]饮河，不过满腹。归休乎君，予无所用天下为！庖人[55]虽不治庖，尸祝不越樽俎[56]而代之矣！”

肩吾问于连叔[57]曰：“吾闻言于接舆[58]；大而无当[59]，往而不反；吾惊怖其言，犹河汉[60]而无极也；大有径庭[61]，不近人情焉。”连叔曰：“其言谓何哉？”曰：“藐姑射[62]之山，有神人居焉；肌肤若冰雪，淖约若处子[63]，不食五谷，吸风饮露，乘云气，御飞龙，而游乎四海之外；其神凝，使物不疵疠[64]而年谷熟。吾以是狂而不信[65]也。”连叔曰：“然。瞽者无以与乎文章[66]之观，聋者无以与乎钟鼓之声；岂唯形骸有聋盲哉，夫知亦有之。是其言也，犹时女[67]也。之人也，之德也，将旁礴[68]万物以为一，世蕲乎乱[69]，孰弊弊焉[70]以天下为事！之人也，物莫之伤；大浸稽[71]天而不溺，大旱金石流、土山焦而不热。是其尘垢秕糠[72]，将犹陶铸尧舜者也，孰肯分分然以物为事！”宋人资章甫[73]而适诸越，越人断发文身，无所用之。尧治天下之民，平海内之政，往见四子[74]藐姑射之山、汾水之阳，窅然丧[75]其天下焉。

惠子[76]谓庄子曰：“魏王贻我大瓠[77]之种，我树之成而实五石[78]。以盛水浆，其坚不能自举也。剖之以为瓢，则瓠落[79]无所容。非不呺然大也，吾为其无用而掊[80]之。”庄子曰：“夫子固拙于用大矣！宋人有善为不龟[81]手之药者，世世以洴澼絖[82]为事。客闻之，请买其方百金。聚族而谋曰：‘我世世为洴澼絖，不过数金；今一朝而鬻[83]技百金，请与之。’客得之，以说吴王。越有难[84]，吴王使之将，冬与越人水战，大败越人，裂地而封之。能不龟手一也；或以封，或不免于洴澼絖，则所用之异也。今子有五石之瓠，何不虑以为大樽[85]而浮乎江湖，而忧其瓠落无所容；则夫子犹有蓬[86]之心也夫！”

惠子谓庄子曰：“吾有大树，人谓之樗[87]；其大本臃肿而不中绳墨[88]，其小枝卷曲而不中规矩[89]。立之涂[90]，匠者不顾。今子之言，大而无用，众所同去也。”庄子曰：“子独不见狸狌[91]乎？卑身而伏，以候敖者；东西跳梁[92]，不辟[93]高下，中于机辟[94]，死于网罟[95]。今夫斄牛，其大若垂天之云；此能为大矣，而不能执鼠。今子有大树，患其无用，何不树之于无何有之乡[96]，广莫[97]之野，彷徨[98]乎无为其侧，逍遥乎寝卧其下；不夭斤斧[99]，物无害者。无所可用，安所困苦哉?”

【注释】

①冥：亦作溟，海之意。②鲲：上古传说中的大鱼。③鹏：这里用表大鸟之名。④怒：奋起的样子，这里指鼓起翅膀。⑤海运：海动。古有六月海动的说法。海水翻动而引起大风，鹏可以乘风南飞。徙：迁移。⑥齐谐：书名，出于齐国。一说人名。⑦志怪：记载怪异的事物。志，记载。怪，怪异。⑧抟：环旋着往上飞，拍击的意思。扶摇：又名叫飙，由地面急剧盘旋而上的暴风。⑨去：离，这里指离开北海。息：风。⑩野马：春天林泽中的雾气。雾气浮动状如奔马，故名。⑪尘埃：扬在空中的土叫“尘”，细碎的尘粒叫“埃”。⑫生物：概指各种有生命的东西。息：这里指有生命的东西呼吸所产生的气息。⑬覆：倾倒。坳：坑凹处，“坳堂”指厅堂地面上的坑凹处。⑭莫：这里作没有什么力量讲。夭阏（è）：又写作“夭遏”，意思是遏阻、阻拦。“莫之夭阏”即“莫夭阏之”的倒装。⑮蜩（tiáo）：蝉。学鸠：一种小灰雀，这里泛指小鸟。⑯决（xuè）：通作“翅”，迅疾的样子。⑰抢（qiāng）：触、碰。“抢”也作“枪”。榆枋：两种树名。“抢榆枋而止”另有版本也作“枪榆坊而止”。⑱控：投下，落下来。⑲适：往，去到。莽苍：指迷茫看不真切的郊野。这里引申为近郊。⑳三飡：一日的意思。意思是只需一日之粮。反：返回。㉑犹：还。果然：饱的样子。㉒朝：清晨。晦朔：晦，农历每月的最后一天，朔，农历每月的第一天。一说“晦”指黑夜，“朔”指清晨。㉓蟪蛄：即寒蝉，春生夏死或夏生秋死。㉔冥灵：传说中的大龟，一说树名。㉕彭祖：古代传说中年寿最长的人。㉖乃今：而今。以：凭。特：独。闻：闻名于世。㉗匹：配，比。㉘穷发：不长草木的地方。㉙羊角：旋风，回旋向上如羊角状。㉚斥鴳：即暧雀，喻志向狭隘。鸟名。㉛仞：古代长度单位，周制为八尺，汉制为七尺；这里应从周制。㉜至：极点。㉝效：功效；这里含有胜任的意思。官：官职。㉞行（xíng）：品行。比：比并。㉟宋荣子：一名宋钘，宋国人，战国时期的思想家。犹然：喜笑的样子；犹，通“繇”，喜。㊱举：全。劝：劝勉，努力。㊲内外：这里分别指自身和身外之物。在庄子看来，自主的精神是内在的，荣誉和非难都是外在的，而只有自主的精神才是重要的、可贵的。㊳数数（shuò）然：指急迫用世，谋求名利的样子。㊴列子：郑国人，名叫列御寇，战国时代思想家。御：驾驭。㊵泠（líng）然：轻快的样子。㊶致：罗致，这里有寻求的意思。㊷乘：遵循，凭借。天地：这里指万物，指整个自然界。正：本，这里指自然的本性。㊸御：含有因循、顺着的意思。六气：指阴、阳、风、雨、晦、明。辩：通作“变”，变化的意思。㊹至人：这里指道德修养最高尚的人。无己：清除外物与自我的界限，达到忘掉自己的境界。㊺神人：这里指精神世界完全能超脱于物外的人。无功：不建立功业。㊻圣人：这里指思想修养臻于完美的人。无名：不追求名誉地位。㊼尧：我国历史上传说时代的圣明君主。许由：古代传说中的高士，字仲武，隐于箕山。相传尧要让天下给他，他自命高洁而不受。㊽爝（jué）火：炬火，木材上蘸上油脂燃起的火把。㊾劳：这里含有徒劳的意思。㊿尸：庙中的神主，这里用其空居其位，虚有其名之义。(51)缺然：不足的样

子。 ⑫宾：次要的、派生的东西。 ⑬鹪鹩（jiāoliáo）：一种善于筑巢的小鸟。 ⑭偃鼠：鼹鼠。 ⑮庖人：厨师。 ⑯尸祝：祭祀时主持祭祀的人。樽：酒器。俎：盛肉的器皿。 ⑰肩吾、连叔：旧说皆为有道之人，实是庄子为表达的需要而虚构的人物。 ⑱接舆：楚国的隐士，姓陆名通，接舆为字。 ⑲当：底，边际。 ⑳河汉：银河。极：边际，尽头。 ㉑迳：门外的小路。庭：堂外之地。"迳庭"连用，这里喻指差异很大。成语"大相迳庭"出于此。 ㉒藐：遥远的样子。姑射（yè）：传说中的山名。 ㉓淖约：柔弱、美好的样子。处子：处女。 ㉔疵疠（lì）：疾病。 ㉕以：认为。狂：通作"诳"，虚妄之言。信：真实可靠。 ㉖瞽：盲。文章：花纹、色彩。 ㉗时：是。女：汝，你。旧注指时女为处女，联系上下文实是牵强，故未从。 ㉘旁礴：混同的样子。㉙蕲（qí）：祈，求的意思。乱：这里作"治"讲，这是古代同词义反的语言现象。 ㉚弊弊焉：忙忙碌碌、疲惫不堪的样子。 ㉛大浸：大水。稽：至。 ㉜秕：瘪谷。穅："糠"字之异体。陶：用土烧制瓦器。铸：熔炼金属制成器物。 ㉝资：贩卖。章甫：古代殷地人的一种礼帽。适：往。 ㉞四子：旧注指王倪、啮缺、被衣、许由四人，实为虚构的人物。阳：山的南面或水流的北面。 ㉟窅（yǎo）然：怅然若失的样子。丧（sàng）：丧失、忘掉。 ㊱惠子：宋国人，姓惠名施，做过梁惠王的相。惠施本是庄子的朋友，为先秦名家代表，但本篇及以下许多篇章中所写惠施与庄子的故事，多为寓言性质，并不真正反映惠施的思想。 ㊲魏王：即梁惠王。贻：赠送。瓠：葫芦。 ㊳实：结的葫芦。石（dàn）：容量单位，十斗为一石。 ㊴瓠落：又写作"廓落"，很大很大的样子。 ㊵为：因为。掊（pǒu）：砸破。 ㊶龟（jūn）：通作"皲"，皮肤受冻开裂。 ㊷洴（píng）：浮。澼（pí）：在水中漂洗。絖（kuàng）：丝絮。 ㊸鬻（yù）：卖，出售。 ㊹难：发难，这里指越国对吴国有军事行动。 ㊺虑：考虑。一说通作"摅"，用绳络缀结。樽：本为酒器，这里指形似酒樽，可以拴在身上的一种凫水工具，俗称腰舟。 ㊻蓬：草名，其状弯曲不直。"有蓬之心"喻指见识浅薄不能通晓大道理。 ㊼樗：一种高大的落叶乔木，但木质粗劣不可用。 ㊽大本：树干粗大。拥（拥）肿：今写作"臃肿"，这里形容树干弯曲、疙里疙瘩。中：符合。绳墨：木工用以求直的墨线。 ㊾规矩：即圆规和角尺。 ㊿涂：通作"途"，道路。 ⑼狸：野猫。狌：黄鼠狼。 ⑽跳梁：跳踉，跳跃、窜越的意思。 ⑾辟：避开，这个意义后代写作"避"。 ⑿机辟：捕兽的机关陷阱。 ⒀罔：网。罟：网的总称。 ⒁无何有之乡：指什么也没有生长的地方。 ⒂莫：大。 ⒃彷徨：徘徊，纵放。无为：无所事事。 ⒄夭：夭折。斤：伐木之斧。

【赏析】

本文是《庄子》中的第一篇，"逍遥"也写作"消摇"，意思是优游自得的样子；"逍遥游"就是没有任何束缚地、自由自在地活动。它道出了庄子人生哲学的最高境界，也是其哲学的出发点和归宿。所谓"逍遥游"，就是"乘天地之正，而御六气之辩"，"无所待，以游无穷"这样的一种生活状态。也就是指充分撑握自然规律，获得精神与物质上的绝对自由。

全文可分为三个部分，第一部分从开头号至"圣人无名"，是本篇的主体，从对比许多不能"逍遥"的例子说明，要得真正达到自由自在的境界，必须"无己"、"无功"、"无名"。第二部分至"窅然丧其天下焉"，这一段一共写了两级对话，一是借尧让天下与许由，而许由拒绝，点明“无所用”；二是借肩吾与连叔的对话道出神人超载世俗，超越自然的品质，也说明了“无己”是摆脱各种束缚和依凭的唯一途径，只要真正做到忘掉自己、忘掉一切，就能达到逍遥的境界，也只有“无己”的人才是精神境界最高的人。余下为第三部分，论述什么是真正的有用和无用，说明不能为物所滞，要把无用有用，进一步表达了反对积极投身社会活动，志在不受任何拘束，追求优游自得的生活旨趣。

全篇一再阐述无所依凭的主张，追求精神世界的绝对自由。在庄子的眼里，客观现实中的一事一物，包括人类本身都是对立而又相互依存的，这就没有绝对的自由，要想无所依凭就得无己。因而他希望一切顺乎自然，超脱于现实，否定人在社会生活中的一切作用，把人类的生活与万物的生存混为一体；提倡不滞于物，追求无条件的精神自由。

本篇是《庄子》的代表篇目之一，充满奇特的想象和浪漫的色彩，构思奇特，寓说理于寓言和生动的比喻中，形成独特的风格。可谓神思飞跃、想落天外、行文自然、汪洋恣肆、仪态万千、波澜起伏，极具感染力，成为历代吟诵不绝的名篇。

【庖丁解牛】

《庄子》

庖丁为文惠君解牛①，手之所触，肩之所倚②，足之所履，膝之所踦，砉然③响然，奏刀騞然④，莫不中音。合于《桑林》⑤之舞，乃中《经首》之会⑥。

文惠君曰：“嘻，善哉！技盖至此乎！”

庖丁释刀对曰：“臣之所好者道⑦也，进⑧乎技矣。始臣之解牛之时，所见无非全牛者；三年之后，未尝见全牛也。方今之时，臣以神遇⑨而不以目视，官知止而神欲⑩行。依乎天理⑪，批大郤⑫，导大窾⑬，因其固然⑭，技经肯綮之未尝⑮，而况大軱乎⑯！良庖岁更刀，割也；族⑰庖月更刀，折⑱也。今臣之刀十九年矣，所解数千牛矣，而刀刃若新发于硎⑲。彼节者有间⑳，而刀刃者无厚；以无厚入有间，恢恢乎㉑其于游刃必有馀地矣！是以十九年而刀刃若新发于硎。虽然，每至于族㉒，吾见其难为；怵然㉓为戒，视为止，行为迟。动刀甚微，謋㉔然已解，如土委地㉕。提刀而立，为之四顾，为之踌躇满志㉖，善刀㉗而藏之。”

文惠君曰：“善哉！吾闻庖丁之言，得养生㉘焉。”

【注释】

①庖（páo）丁：名丁的厨工。文惠君：即梁惠王，也称魏惠王。解牛：宰牛，这里指把整个牛体开剥分剖。 ②踦（yǐ）：支撑，接触。 ③砉（huā）然：象声词，形容皮骨相离声。 ④騞（huō）然：象声词，形容比砉然更大的进刀解牛声。 ⑤《桑林》：传说中商汤王的乐曲名。 ⑥《经首》：传说中尧乐曲《咸池》中的一章。会：音节。以上两句互文，即“乃合于桑林、经首之舞之会”之意。 ⑦道：天道，超过。 ⑧进：自然的规律。 ⑨遇：会合，接触。 ⑩官知：这里指视觉。神欲：指精神活动。 ⑪天理：指牛体的自然的肌理结构。 ⑫批：击，劈开。郤：空隙。 ⑬导：顺着，循着，这里有导入的意思。窾（kuǎn）：款；空。 ⑭因：依。固然：指牛体本来的结构。 ⑮技经：犹言经络。技，据清俞樾考证，当是“枝”字之误，指支脉。经，经脉。肯：紧附在骨上的肉。綮（qìng）：筋肉聚结处。技经肯綮之未尝，即“未尝技经肯綮”的宾语前置。 ⑯軱（gū 孤）：股部的大骨。 ⑰族：众，指一般的。 ⑱折：断，指用用刀折骨。 ⑲发：出。硎（xíng）：磨刀石。 ⑳节：关节。间：间隙。 ㉑恢恢乎：宽绰的样子。 ㉒族：指筋骨交错聚结处。 ㉓怵（chù 处）然：警惕的样子。 ㉔谍（huò）：骨肉分离的声音。 ㉕委地：委：卸落，坠下。散落在地上。 ㉖踌躇满志：悠然自得心满意足。 ㉗善刀：善通“缮”。擦拭刀。 ㉘养生：指养生之道。

【赏析】

本文用寓言的方式给我们讲述了养生的道理。文章开始写文惠君惊叹于疱丁解牛的技术十分高超，于是向他请教，疱丁接着就讲述了一大番道理。

他首先说：“始臣之解牛之时，所见无非牛者。三年之后，未尝见全牛也。”是说不管对于任何人或任何事，都要进行全面的掌握，了解事物的方方面面。“臣以神遇而不以目视，官知止而神欲行。”这里说得是熟悉，熟悉到心领神会，而不是盯住不放。然后“依乎天理，批大郤，道大窾，因其固然。”这是庖丁解牛的技术关键，沿着牛体内的空隙走刀。这告诉我们要绕开障碍走路，绕开障碍走路，比跨越障碍省力而且顺畅，这既是解决问题的捷径，也是解决问题效果最佳的方法。“技经肯綮之未尝，而况大軱乎?”解决问题不要在硬节上碰，硬碰不但自己费力丧气，更糟糕的是容易击到对方的最痛处，致使对方痛的对你不可饶恕。那样不但解决不了问题，还会在合作的关键门路上打上难以解开的死结。世界上的事情虽然千差万别，但是对于每个人每件事，都有规律可循。庖丁因为熟悉了牛的机理，自然懂得何处下刀。生活也一样，如果能透解了、领悟了生活的道理，摸准了其中的规律，就能和庖丁一样，做到目中有牛又无牛，就能化繁为简，真正获得轻松。

做事不仅要掌握规律，还要持着一种小心谨慎的态度，收敛锋芒，并且在懂得利用规律的同时，更要去反复实践，向庖丁“所解数千牛矣”一样，不停地重复，终究会悟出事物的真理所在。所以，做事要像“庖丁解牛”一样，既不能把自己刀子的锋芒磨损，还要把牛顺利解开，达到一种踌躇满志不败的境界。对于人事就是要善于掌握规律，运用规律。运用规律办事就顺利，办事顺利心情就愉快，这也就掌握了养生之道了。

本文在艺术上也有很高成就，比喻生动形象，语言流畅自然，道理明晰深刻，而且还为后人贡献了几个成语，如：游刃有余、目无全牛、踌躇满志，直到现在还是人们常用的话。

【胠　箧】

《庄子》

将为胠箧探囊发匮之盗而为守备[1]，则必摄缄縢，固扃鐍[2]，此世俗之所谓知也。然而巨盗至，则负匮揭箧担囊而趋[3]，惟恐缄縢扃鐍之不固也。然则乡[4]之所谓知者，不乃为大盗积者也？

故尝试论之，世俗之所谓知者，有不为大盗积者乎？所谓圣者，有不为大盗守者乎？何以知其然邪？昔者齐国邻邑相望，鸡狗之音相闻，网罟[5]之所布，耒耨之所刺[6]，方二千馀里，阖四竟[7]之内，所以立宗庙社稷[8]，治邑屋州闾乡曲[9]者，曷尝不法圣人哉？然而田成子[10]一旦杀齐君而盗其国，所盗者岂独其国邪？并与其圣知之法而盗之。故田成子有乎盗贼之名，而身处尧舜之安，小国不敢非，大国不敢诛，十二世有齐国[11]，则是不乃窃齐国，并与其圣知之法以守其盗贼之身乎？

尝试论之，世俗之所谓至知者，有不为大盗积者乎？所谓至圣者，有不为大盗守者乎？何以知其然邪？昔者龙逄[12]斩，比干[13]剖，苌弘胣[14]，子胥[15]靡。故四子[16]之贤而身不免乎戮。故跖之徒问于跖曰："盗亦有道乎？"跖曰："何适而无有道邪？夫妄意[17]室中之藏，圣也；入先，勇也；出后，义也；知可否，知也；分均，仁也。五者不备而能成大盗者，天下未之有也。"由是观之，善人不得圣人之道不立，跖不得圣人之道不行；天下之善人少而不善人多，则圣人之利天下也少而害天下也多。故曰：唇竭[18]则齿寒，鲁酒薄而邯郸围[19]，圣人生而大盗起。掊击[20]圣人，纵舍[21]盗贼，而天下始治矣！

夫川竭而谷虚，丘夷而渊实，圣人已死，则大盗不起，天下平而无故[22]矣。圣人不死，大盗不止。虽重圣人而治天下，则是重利盗跖也。为之斗斛以量之，则并与斗斛而窃之；为之权衡以称之，则并与权衡而窃之；为之符玺[23]以信之，则并与符玺而窃之；为之仁义以矫之，则并与仁义而窃之。何以知其然邪？彼窃钩[24]者诛，窃国者为诸侯，诸侯之门而仁义存焉，则是非窃仁义圣知邪？故逐于大盗、揭诸侯、窃仁义并斗斛权衡符玺之利者，虽有轩冕之赏弗能劝[25]，斧钺之威[26]弗能禁。此重利盗跖而使不可禁者，是乃圣人之过也。

故曰："鱼不可脱于渊，国之利器不可以示人[27]。"彼圣人者，天下之利器也，非所以明天下也。故绝圣弃知[28]，大盗乃止；擿[29]玉毁珠，小盗不起；焚符破玺，而民朴鄙[30]；掊[31]斗折衡，而民不争；殚残天下之圣法，而民始可与论议；擢乱六律，铄绝竽瑟[32]，塞瞽旷[33]之耳，而天下始人含其聪[34]矣；灭文章[35]，散五采，胶离朱[36]之目，而天下始人含其明矣；毁绝钩绳而弃规矩，攦工倕之指，而天下始人有其巧矣。故曰："大巧若拙[37]。"削曾、史之行[38]，钳杨、墨[39]之口，攘弃[40]仁义，而天下之德始玄同[41]矣。彼人含其明，则天下不铄[42]矣；人含其聪，则天下不累[43]矣；人含其知，则天下不惑矣；人含其德，则天下不僻矣。彼曾、史、杨、墨、师旷、工倕、离朱，皆外立其德而以爚乱[44]天下者也，法[45]之所无用也。

【注释】

①胠箧（qūqiè）：胠，腋下胁上部分。此作动词用，从侧面打开之意。箧为小箱子，胠箧即是从侧面把小箱子打开。探囊：把手伸进袋子里窃取财物。匮（guì）：同柜，发匮即打开柜子，三者皆指偷窃行为。为守备：预先为之作好防备。 ②摄缄縢（jiānténgì）：摄为收敛收束。缄，封闭牢固，或指以针线缝牢。縢，用绳子束紧。肩鐍（jiōngiué）：扃为门窗的插关，用以从里面把门窗关牢。鐍为箱柜用以加锁的钮环。上面几种办法皆为防盗贼而设。 ③负：背着。揭：举、持。可解作用肩扛或用手提。因箧为小箱子，用手提似更为便当。趋：快步疾走。 ④乡：从前。 ⑤罔罟（wǎnggǔ）：罔即网，古时捕鱼和禽兽所用的工具。罟亦网也，有时单指鱼网。网罟遍布之处，泛指江河湖泊山泽等可以渔猎之处。 ⑥耒（lěi），手耕之曲木，用以翻耕土地，是一种原始的农具。耨：小锄头。刺：插入土地，指用耒耨耕地锄草。耒耨之所刺：指可以耕作的土地。 ⑦阖（hé），同"合"，总括之意。竟：同境。 ⑧宗庙：古代天子、诸侯、大夫、士祭祀祖宗的处所。社稷：祭祀土地和五谷之神的场所。宗庙社稷为一个国家的代称。 ⑨治：治理，管理。邑屋州闾乡曲：为当时行政区划单位，有以户口计算划分的，有以土地计算划分的，各国的情况不同，又时有变化，确切情况已难于搞清，只能概而论之。据成玄英疏引司马法曰："六尺为步，步百为亩，亩百为夫，夫三为屋，屋三为井，井四为邑。"则屋邑等是按土地划分的。又说："五家为比，五比为闾，五闾为族，五族为党，五党为州，五州为乡，"郑玄也说："二十五家为闾，二千五百家为州，万二千五百家为乡。"则闾州

乡是按户口计算划分的。⑩田成子，又称田常、陈恒，齐国大夫，成为其谥号。⑪十二世有齐国：田恒于公前481年篡齐，还保留齐侯的名号，五代以后至田和，把齐康公流放到海岛，自立为齐侯，姜氏之齐国至此灭亡。由田和至齐王建凡七代，为秦所灭。则由田恒篡4齐至齐王建，共十二世，二百六十余年。对此尚有其他说法，皆不取。⑫龙逢：关龙逢，夏桀之贤臣，为桀所杀。⑬比干：殷纣王之叔父，为少师之官，因多次劝谏纣王，被剖心而死。孔子称其为殷代三位仁人之一。⑭苌弘：春秋末年周灵王之臣，在周王室派系之争中被杀。胣（nǐ）：剖腹挖出内脏，或指车裂之刑。⑮子胥，伍员，字子胥，佐吴国创业之臣，因劝谏吴王拒绝越国求和并停止出兵伐齐，不被听从，而遭疏远。后吴王听信谗言，赐与属镂之剑，令其自杀。死后抛尸江中，任其自行糜烂。⑯四子：指关龙逢、比干、苌弘、伍子胥四位贤臣。⑰妄意：凭空推断，度量猜测。圣：干事无不通为圣。⑱竭：举起。唇竭：上下嘴唇分别向上下翻起。⑲鲁酒薄而邯郸围：据古注有两种说法，一为陆德明《经典释文庄子音义》：楚宣王会见诸侯，鲁慕公后至而献酒味薄，宣王怒，打算羞辱鲁公。鲁公不受说，鲁为周公后代，诸侯之长，可奉行天子礼乐，对周王室卓有勋劳，为楚王献酒已经失礼，还要责备酒味淡薄，不是太过分了吗？于是不辞别楚王而归国。楚王怒，联合齐国一起攻伐鲁国。梁惠王早就打算攻打赵国，只是担心楚国救赵，一直未动手，现在趁楚伐鲁无暇顾及之机，发兵围赵国都城邯郸。另一为许慎注《淮南子》：楚王会见诸侯，赵、鲁皆献酒，赵酒醇厚，鲁酒淡薄。司酒之官向赵国讨酒，未得，便将两国之酒对调，又向楚王说了赵国坏话，楚王怒而发兵围攻赵之邯郸。庄子的意思在于说明唇竭本与齿寒无关却引起齿寒，鲁酒味薄本与赵国邯郸无涉却引发出邯郸被围的结果。⑳掊（pǒu）：打，破。掊击：打破，打倒。㉑纵舍：放掉，不加拘禁制裁。㉒无故：太平无事。庄子认为：天下没有了圣人，也就没有了仁义礼法，没有贪欲争竞之心，人入恬淡无为，按自性生活，从而根本上消除盗贼滋生的条件。㉓符：古代君主传达命令或调兵遣将的凭证。甲金玉木竹制成，分为两片，双方各执一片，合起来以验证真伪，如虎符、兵符之类。玺：印。秦以前为通称，官民之印皆可称玺，秦以后专指帝王之印。以玉制成，为国家最高权力的象征。㉔钩：腰带环，比喻不值钱的小物件。㉕轩：古代一种前顶较高而有帷幕的车子，供大夫以上资格的官员乘坐。冕：古代帝王、诸侯、卿大夫所戴之礼帽，后来专指王冠。劝：劝止。㉖钺：大斧。古时处死犯人，多用斧钺砍头。斧钺之威，就是用杀头来威慑。㉗此语出自《老子》三十六章。不可以示人：不能拿出来给人看，也就是根本没有什么方法的无为而治。这种没有具体方法的无为，便是治国的利器。因为，凡是可以显示给人的方法都可被人窃去干坏事，都不是好方法；惟独无为而治，不能被盗窃，所以是最好方法。㉘绝圣去知：见《老子》十九章。圣为聪明通达，知为智慧。彻底摒弃一切聪明智慧，使人反朴归真，回复到物我同一的混沌状态。㉙擿（zhì）：投掷、丢弃之意。㉚朴鄙：朴为淳朴无欲，鄙为浑然无知。㉛掊（pón）：打破。㉜铄绝：销毁。竽瑟：皆为古代乐器。芋为簧管类乐器，形与笙相近，但较大，管数亦较多。㉝瞽旷：师旷，春秋时晋平公乐师，精通音律，古时乐师多为盲人，师旷亦盲人，故称瞽旷。㉞人含其聪：人人都能保存其自性的聪慧。庄子认为，有了音律、乐器、乐师，造出动听的乐曲，人们听了产生羡慕而心驰于外，迷失本性之聪。消除这一切，去掉外在干扰，方能保存和发挥本性之聪慧。㉟文章：错综华美的色彩、花纹。㊱胶：粘台。离朱：又名离娄，一位古代目力极好的人，传说他能于百步之外辨清秋毫之末。 ㊲语出《老子》四十五章。最大的巧是顺任自然，不假人为，从人为技艺看是拙，而顺任自然，蕴含创造一切的功能，是最大的巧。拙，笨拙、无技艺。 ㊳削：除去。曾：指曾参，孔子弟子，以孝著称。史：指史鳅，春秋时卫灵公之臣，以忠直见称。削曾史之行，即废除忠孝行为的尊贵地位。 ㊴钳：闭。杨：指杨朱。墨：指墨翟。杨墨皆为战国时能言善辩的思想家。 ㊵攘弃：排除，舍弃。 ㊶玄同：道家所追求的与大道同一的神秘境界。也就是抛弃一切文化知识、道德礼法，工艺技巧，泯灭物我差别，回复到与自然一体的境界。 ㊷铄：同烁、闪烁，引申为炫耀之意。言人人都能含藏其明，天下就下会有炫耀夸张之举。 ㊸累，带累，使受害。 ㊹爚（yuè）：火光。爚乱：以其光耀使人迷乱。 ㊺法：指曾史杨墨师旷离朱工倕等所创立之法则、规矩之类。

【赏析】

本文选自《庄子·外篇》，“胠箧”的意思是打开箱子。本篇一方面竭力抨击所谓圣人的“仁义”，一方面倡导抛弃一切文化和智慧，使社会回到原始状态中去。竭力宣扬绝圣弃知的思想和返归原始的政治主张，就是本篇的中心。

全篇大体分成两个部分。第一部分至“而天下始治矣”，从讨论各种防盗的手段最终都会被盗贼所利用人手，指出当时治天下的主张和办法，都是统治者、阴谋家的工具，着力批判了“仁义”和“礼法”。第二部分至“法之所无用也”，进一步提出摒弃一切社会文化的观点，使“绝圣”的主张和“弃知”的思想联系在一起。

本篇用事物类比法进行了深刻论辩，用囊、匮、箧、比喻天下、国家；用“摄缄滕，固扃鐍”比喻圣智之法：又以大盗“负匮揭箧担囊而趋”比喻田成子之流不但盗取了国家，而连“圣智之法”也一起盗走了，以小喻大，从而揭露了仁义的虚伪和社会的黑暗，一针见血地指出“窃钩者诛，窃国者为诸侯，诸侯之门而仁义存也”的黑暗社会现实。在这种情况下，作者看不到社会的出路，于是提出“绝圣弃知”的主张，要摒弃社会文明与进步，倒退到人类的原始状态，渴望“小国寡民”的平等社会，可以说这是庄子社会观和政治观的消极面，但其中包含的平等思想是值得赞美的。

从本文中，我们可以窥见庄子的人生追求，他追求自然之美，反对一切人为的束缚，刻意的雕琢，虚伪的华饰。因此他说：“乡之所谓知者，不乃为大盗积者也?”庄子《天道》亦云“朴素而天下莫能与之争美”。这与《胠箧》中所要表达的思想是一致的，也是庄子审美观与文艺思想的总纲。

在艺术上，本文雄论滔滔、气势充沛、一气呵成、文笔十分犀利，气势磅礴，运用比喻的手法把道理形象地讲述出来。

【秋　　水】

《庄子》

秋水时至，百川灌河；泾流[1]之大，两涘渚[2]崖之间，不辩牛马。于是焉河伯[3]欣然自喜，以天下之美为尽在己；顺流而东行，至于北海；东面而视，不见水端。于是焉河伯始旋其面目[4]，望洋向若[5]而叹曰："野语有之曰'闻道百，以为莫己若'者，我之谓也。且夫我尝闻少仲尼之闻而轻伯夷之义[6]者，始吾弗信；今我睹子之难穷也，吾非至于子之门，则殆矣。吾长见笑于大方[7]之家。"

北海若曰："井蛙不可以语于海者，拘于虚也[8]；夏虫不可以语于冰者，笃[9]于时也；曲士[10]不可以语于道者，束于教也。今尔出于崖涘，观于大海，乃知尔丑，尔将可与语大理矣。天下之水，莫大于海。万川归之，不知何时止而不盈；尾闾泄之，不知何时已而不虚；春秋不变，水旱不知；此其过江河之流，不可为量数。而吾未尝以此自多者，自以比[11]形于天地而受气于阴阳[12]，吾在于天地之间，犹小石小木之在大山[13]也。方存乎见少，又奚以[14]自多？计四海之在天地之间也，不似礨空[15]之在大泽乎？计中国之在海内，不似稊米之在太仓乎？号物[16]之数谓之万，人处一焉。人卒[17]九州，谷食之所生，舟车之所通，人处一焉。此其比万物也，不似豪末之在于马体乎？五帝之所连[18]，三王之所争，仁人之所忧，任士[19]之所劳，尽此矣。伯夷辞之以为名，仲尼语之以为博，此其自多也，不似尔向之自多于水乎？"

河伯曰："然则吾大天地而小豪末，可乎？"

北海若曰："否。夫物，量无穷，时无止[20]，分无常[21]，终始无故。是故大知观于远近[22]，故小而不寡，大而不多；知量无穷。证曏今故[23]，故遥而不闷，掇[24]而不跂；知时无止。察乎盈虚，故得而不喜，失而不忧；知分之无常也。明乎坦途，故生而不悦，死而不祸，知终始之不可故也。计人之所知，不若其所不知；其生之时，不若未生之时；以其至小求穷其至大之域，是故迷乱而不能自得也！由此观之，又何以知豪末之足以定至细之倪[25]？又何以知天地之足以穷至大之域？”

河伯曰：“世之议者皆曰：‘至精[26]无形，至大不可围。’是信情乎？”

北海若曰：“夫自细视大者不尽，自大视细者不明。夫精，小之微也；垺[27]，大之殷[28]也；故异便[29]，此势之有也。夫精粗者，期于有形者也。无形者，数之所不能分也；不可围者，数之所不能穷也。可以言论者，物之粗也；可以意致[30]者，物之精也。言之所不能论，意之所不能致者，不期精粗[31]焉。是故大人之行；不出乎害人，不多仁恩；动不为利，不贱门隶；货财弗争，不多[32]辞让；事焉不借人[33]，不多食乎力[34]，不贱贪污；行殊乎俗，不多辟异[35]；为在从众，不贱佞谄；世之爵禄不足以为劝，戮耻[36]不足以为辱；知是非之不可为分，细大之不可为倪[37]。闻曰：‘道人不闻，至德不得，大人无己。’约分之至也[38]。”

河伯曰：“若物之外，若物之内，恶至而倪贵贱[39]？恶至而倪小大？”

北海若曰：“以道观之，物无贵贱。以物观之，自贵而相贱。以俗观之，贵贱不在己。以差观之，因其所大而大之！则万物莫不大；因其所小而小之，则万物莫不小；知天地之为稊米也，知豪末之为丘山也，则差数睹矣。以功观之，因其所有而有之，则万物莫不有；因其所无而无之，则万物莫不无；知东西之相反而不可以相无，则功分定矣。以趣[40]观之，因其所然而然之，则万物莫不然；因其所非而非之，则万物莫不非；知尧、桀之自然而相非，而趣操[41]睹矣。昔者尧、舜让而帝，之、哙让而绝[42]；汤、武争而王[43]，白公争而灭[44]。由此观之，争让之礼，尧、桀之行，贵贱有时，未可以为常也。梁丽可以冲城[45]，而不可以窒穴，言殊器也。骐骥、骅骝[46]一日而驰千里，捕鼠不如狸狌，言殊技也。鸱鸺夜撮[47]蚤，察豪末，昼出瞋目而不见丘山，言殊性也。故曰：盖师是而无非，师治而无乱乎？是未明天地之理、万物之情者也。是犹师天而无地，师阴而无阳，其不可行明矣。然且语而不舍，非愚则诬也！帝王殊禅，三代殊继。差其时[48]，逆其俗者，谓之篡夫；当其时，顺其俗者，谓之义之徒。默默乎河伯！汝恶知贵贱之门，小大之家！”

河伯曰：“然则我何为乎？何不为乎？吾辞受趣舍[49]，吾终奈何？”

北海若曰：“以道观之，何贵何贱，是谓反衍[50]；无拘而志，与道大蹇[51]。何少何多，是谓谢施[52]；无一[53]而行，与道参差。严乎若国之有君，其无私德；繇繇乎若祭之有社[54]，其无私福；泛泛[55]乎若四方之无穷，其无所畛域[56]；兼怀万物，其孰承翼[57]？是谓无方[58]。万物一齐，孰短孰长？道无终始，物有死生，不恃其成。一虚一满，不位乎其形[59]。年不可举，时不可止，消息盈虚[60]，终则有始。是所以语大义之方，论万物之理也。物之生也，若骤若驰，无动而不变，无时而不移。何为乎？何不为乎？夫固将自化。”

河伯曰：“然则何贵于道耶？”

北海若曰：“知道者必达于理，达于理者必明于权[61]，明于权者不以物害己。至德者，火弗能热，水弗能溺，寒暑弗能害，禽兽弗能贼；非谓其薄之也，言察乎安危，宁于祸福，谨于去就，莫之能害也。故曰：天在内，人在外，德在乎天；知天人之行[62]，本乎天，位乎得[63]，蹢躅[64]而屈伸，反要而语极[65]。”

曰：“何谓天？何谓人？”

北海若曰：“牛马四足，是谓天；落[66]马首，穿牛鼻，是谓人。故曰：无以人灭天，无以故灭命[67]，无以得殉名。谨守而勿失，是谓反其真。”

【注释】

①泾流：水流。 ②涘渚：小州 ③河伯：黄河之神。 ④旋：转。面目：指态度。 ⑤若：海神名。 ⑥少：以……为少。轻：轻视。义：气节。 ⑦大方：大道。 ⑧拘：局限。虚：居处。 ⑨笃：局限，浅陋不通。 ⑩曲士：浅陋偏执之人。 ⑪比：借为“庇”，寄托。 ⑫气：元气。阴阳：指天地自然。 ⑬大山：泰山。 ⑭奚以：何以。 ⑮礨空：小穴。 ⑯号物：称呼物类。 ⑰卒：借为“萃”，聚。 ⑱连：读为“禅”，禅让。 ⑲任士：操劳务事之人。 ⑳时无止：时间的流逝是没有止境的。 ㉑分：得与失的分际。无常：无定。 ㉒大知：指得道的人。观于远近：远近都可以看到。 ㉓今故：故，读作古，犹古今。 ㉔掇：拾取。 ㉕倪：读作“仪”，尺度，标准。 ㉖精：细小。 ㉗埒：大，宏大。 ㉘殷：大。 ㉙异便：物虽相关异但各有自己的所宜。 ㉚意致：意识到。 ㉛不期精粗：指不能用精细和粗大来限定事物。 ㉜多：赞

美。 ㉝事焉不借人：做事不借助他人之力。 ㉞不多食乎力：不赞美自食其力。 ㉟辟：邪辟。异：怪异。 ㊱戮耻：刑戮和罢官的耻辱。 ㊲倪：限定，区别。 ㊳“道人”三句：道人、至德、大人，均指体道的人。 ㊴贱：轻贱。 ㊵趣：趋向，取向。 ㊶趣操：志趣和情操。 ㊷之、哙让而绝：指燕王哙将王位让给子之，子之即位，国人不服。齐宣王兴师伐燕，杀死哙与子之，燕国几乎灭绝。 ㊸汤武争而王：商汤伐夏，武王伐纣，都因争战而称王。 ㊹白公争而灭：指白公胜因郑人杀其父，请兵报仇，不许，于是自起封邑之兵反楚。楚王派叶公子高伐而灭之。 ㊺梁丽：梁栋。冲城：冲击防城。窒穴：堵塞小洞。 ㊻骐骥骅骝：四种良马。 ㊼鸱鸺：猫头鹰。撮：抓取。 ㊽差其时：不合时宜。 ㊾辞受趣舍：辞让、接受、趋就、舍弃。 ㊿反衍：向相反的方向发展。 51蹇：阻塞 52谢施：相互转化。 53一：执一，固守。 54繇繇：即悠悠，悠然自得的样子。社：土地神。 55泛泛：广阔的样子。 56畛域：界限。 57承翼：得到庇护。 58无方：无所偏向。 59不位乎其形：形无定位，没有固定不变的形态。 60消息盈虚：消亡、生息、充盈、亏虚。 61权：权变。 62“天在”二句：天，自然本性。人，人事，人为。 63位乎得：处于自得的境地。 64蹢躅：进退不定的样子。 65反要：返回道的枢要。语极：谈论万物的至理。 66落：通“络”，指套上马笼头。 67故：有心而为，造作。命：天理。

【赏析】

《秋水》是《庄子》文中的又一长篇，也是最为人称道的一篇。本文的主旨是探讨人们对于万事万物判断的相对性，体现了庄子哲学中十分有影响的相对论观点。作者认为万事万物的大小都是相对的，不要用单一绝对的眼光去看待一切。庄子主张人们：“无以人灭天，无以故灭命，无以得殉名，谨守而勿失，是谓反其真。”即要保存人的天性，顺应自然，从而达到返归人生真谛的境界。

这篇文章写北海海神跟河神的谈话，一问一答一气呵成，构成本篇的主体。根据所问所答的内容，又可分成七个小节，开头至“不似尔向之自多于水乎”是第一小节，论述了多与少的自我判断，说明了认识事物的相对性观点；至“又何以知天地之足以穷至大之域”是第二小节，以确知事物和判定其大小极其不易，说明认知常受事物自身的不定性和事物总体的无穷性所影响；至“约分之至也”是第三小节，承接前一对话，进一步说明认知事物之不易；至“小大之家”是第四小节，从事物的相对性出发，更深一步地指出大小贵贱都不是绝对的，因而最终是不应加以辨知的；至“夫固将自化”是第五小节，指出人们认知外物必将无所作为，只能等待它们的自化；至“反要而语极”是第六小节，通过为何要看重“道”的谈话，阐明懂得了“道”就能通晓事理，就能认识事物的变化规律；至“是谓反其真”是第七小节，即河神与海神谈话的最后一部分，提出了返归本真的主张，即不以人为毁灭天然，把“自化”的观点又推进了一步。

这篇文章延续了庄子文风的特色，使用大量的寓言故事，运用神奇飞跃的想象、奇特的比喻来阐述道理，堪称文学殿堂的精品。

【晏子使楚】

《晏子春秋》

晏子使[1]楚。以晏子短，楚人为小门于大门之侧而延[2]晏子。晏子不入，曰："使狗国者，从狗门入；今臣使楚，不当从此门入。"傧者[3]更道[4]从大门入，见楚王。王曰："齐无人耶?"晏子对曰："齐之临淄三百闾[5]，张袂[6]成阴，挥汗成雨，比肩继踵[7]而在，何为无人?，'王曰："然则子何为使乎?"晏子对曰："齐命[8]使，各有所主[9]，其贤者使使贤王，不肖者使使不肖[10]王。婴最不肖，故直使楚矣。"

晏子将至楚，楚闻之，谓左右曰："晏婴，齐之习辞者[11]也，今方来，吾欲辱之[12]，何以也[13]?"左右对曰："为某来也，臣请缚一人过王而行。王曰：'何为者也?'对曰：'齐人也。'王曰：'何坐?[14]'曰：'坐盗。'"晏子至，楚王赐晏子酒。酒酣，吏二缚[15]一人诣王[16]。王曰："缚者曷为者也?"对曰："齐人也，坐盗。"王视晏子曰："齐人固善盗乎?"晏子避席[17]对曰："婴闻之，橘生淮南则为橘，生于淮北则为枳，叶徒[18]相似，其实味不同。所以然者何[19]？水土异也。今民生长于齐不盗，入楚则盗，得无[20]楚之水土使民善盗耶?"王笑曰："圣人非所与熙[21]也，寡人反取病焉。"

【注释】

①使：出使，被派遣前往别国。后面的两个使字，一个作名词即使者，一个作动词即委派。 ②延：作动词用，就是请的意思。 ③傧者：傧，音 bīn。傧者，就是专门办理迎接招待宾客的人。 ④更道：改而引导道通导。 ⑤闾：音 lǘ，古代的社会组织单位，二十五户人家编为一闾。三百闾，表示人口众多。 ⑥袂：音 mèi，衣袖。 ⑦踵：音 zhǒng，就是人的脚后跟。 ⑧命：命令，这里是委任、派遣的意思。 ⑨主：主张，这里是规矩、章程的意思。后面的主字，是指主人、国君。 ⑩不肖：不出息。 ⑪习辞者：善于辞令的人。习，熟练。辞，言辞。 ⑫吾欲辱之：我想要羞辱他。之，他，代晏子。 ⑬何以也：及"以何也"，用什么方法呢？以：用。 ⑭何坐：犯了什么罪。坐：犯罪。 ⑮缚：捆绑。 ⑯诣：到（指到尊长那里去）。 ⑰避席：离开座位，表示郑重。避：离开。 ⑱徒：只，仅仅。 ⑲所以然者何：然，这样。所以，……的原因 ⑳

得无：莫非。 ㉑熙：同“嬉”，开玩笑。

【赏析】

本文选自《晏子春秋·内篇·杂下》，《晏子春秋》是一部记载晏子言行的著作。晏子（？－前500）名婴，字平仲，春秋时齐国的大夫，夷维（今山东高密）人。春秋时期著名的政治家和外交家。这篇课文主要记述了春秋时期齐国大夫晏子出使楚国，楚王想侮辱他，他以自己的聪明才智，针锋相对，反驳了楚王，从而维护了国家的尊严。本文共记述了晏子与楚王的三次智斗。第一次楚王抓住晏子身材矮小的特点，关闭城门，挖了五尺来高的洞让晏子入城，来侮辱晏子，进而达到侮辱齐国的目的。晏子则十分巧妙地给予反驳，曰：“使狗国者，从狗门入；今臣使楚，不当从此门入。”不仅维持了国家尊严，也维护了个人尊严。第二次楚王借口齐国无人，讽刺晏子无能，讽刺齐国无能人。面对楚王有一次对自己和国家的侮辱，晏子大义凛然，再一次回敬楚王：“齐命使，各有所主，其贤者使使贤王，不肖者使使不肖王。婴最不肖，故直使楚矣。”晏子在不动声色中，回击了楚王，让楚王有苦难言。第三次楚王讥笑齐国人没出息，而晏子举了一个楚国上下都熟知的现象，再用同样的道理证明，齐国人在齐国能安居乐业，好好劳动，一到楚国就做了盗贼，也是因为两国水土不同。外交是关乎国家利益尊严的大事，尤其在牵涉到国格的时候，更是丝毫不可侵犯。晏子到楚国后，以他的聪明机智、能言善辩，维护了齐国的尊严。

本文的人物形象塑造十分鲜明，晏子是一位聪明、机智、能言善辩、善于辞令，不卑不亢的优秀人才。楚王作为一国之君，则是仗势欺人、傲慢无礼、自作聪明。

【谋　攻】

《孙子》

孙子曰：凡用兵之法，全国为上①，破国次之；全军为上，破军次之；全旅为上，破旅次之；全卒为上，破卒次之；全伍为上，破伍②次之。是故百战百胜，非善之善者也；不战而屈人之兵，善之善者也。

故上兵伐谋，其次伐交③，其次伐兵，下政攻城，攻城之法，为不得已。修橹轒辒④，具器械⑤，三月而后成；距闉⑥，又三月而后已。将不胜其忿⑦，而蚁附之⑧，杀士三分之一，而城不拔者，此攻之灾也。故善用兵者，屈人之兵，而非战也；拔人之城，而非攻也；毁人之国。而非久也。必以全争于天下，故兵不顿而利可全⑨。此谋攻之法也。

故用兵之法，十则围之，五则攻之，倍则分之，敌则能战之，少则能逃之[10]，不若则能避之。故小敌之坚[11]，大敌之擒也[12]。

夫将者，国之辅[13]也。辅周则国必强[14]，辅隙则国必弱。

故君之所以患于军者三[15]：不知军之不可以进，而谓之进，不知军之不可以退，而谓之退，是谓縻军[16]。不知三军之事，而同三军之政[17]者，则军士惑矣。不知三军之权，而同三军之任，则军士疑矣。三军既惑且疑，则诸侯之难[18]至矣。是谓乱军引胜[19]。

故知胜有五：知可以战与不可以战者胜；识众寡之用者胜[20]；上下同欲[21]者胜；以虞待不虞[22]者胜；将能而君不御者胜[23]。此五者，知胜之道也。

故曰：知彼知己，百战不殆；不知彼而知己，一胜一负；不知彼，不知己，每战必殆。

【注释】

①全国为上：完整地取得敌国是上策。全，用作动词，完整地取得。以下“全军”、“全旅”、“全卒”“全伍”用法同此。 ②军：古制一万二千五百人为军。旅：古制五百人为旅。卒：古制百人为卒。伍：古制五人为伍。以上“军”、“旅”、“卒”、“伍”都是古代军队的编制单位。 ③伐交：拆散敌国的联盟，使其孤立。 ④修橹轒辒：制造大盾牌和攻城用的四轮战军。修，治，制造。橹，防御矢石的大盾牌，多在攻城时护身用。轒辒，攻城时用的四轮战车，以木制成，上蒙以生牛皮做甲，下可容十人，从内推行，往来运土，以填平敌方城壕。轒辒又叫木驴。 ⑤具器械：准备攻城的工具，如云梯之类工具。 ⑥距闉：在距离敌城很近的地方，垒成高出城墙的土山。垒筑土山，为的是用以侦察敌情和掩护攻城部队作战。堙，积土填高。已：动词，完毕。 ⑦将不胜其忿：意思是将帅愤怒得沉不住气。不胜，承受不住。忿，愤怒。 ⑧蚁附之：（驱使士卒）象蚂蚁那样攀附城墙。蚁，名词状语。 ⑨兵不顿：军队不受损失。顿，挫，损伤。利可全：胜利可以完满地取得。 ⑩少：兵力少。逃之：指遇敌人后，设法退却。逃，逃离，退却。 ⑪小敌之坚：弱小的军队（不顾实力）固执坚守。小敌，双方对战，互称敌，故兵力弱小的一方称“小敌”，强大的一方称“大敌”。坚，坚守。 ⑫大敌之擒也：（就要成为）强大军队的俘虏。擒，擒获，俘虏。 ⑬国之辅：国君的助手。国，这里指国君。辅，作名词用，助手。 ⑭辅周则国必强：辅佐得周密完好，国家就一定强盛。辅，动词，辅佐，帮助。周，周密。 ⑮君之所以患于军者三：君主危害军队的有三个方面。患，危害，妨碍。 ⑯縻军：牵制军队。縻，缠绊，牵制。 ⑰同三军之政：干涉三军的行政事务。同，参与，干涉。政，政务，指军队的行政事务。 ⑱诸侯之难：其他诸侯造成的灾难。 ⑲乱军引胜：扰乱自己的军队，而导致敌的胜利。乱，扰乱。引，引导，导致。 ⑳识众寡之用者胜：了解兵多和兵少的用法的能取胜。识，了解，懂得。众寡，指兵力的

多与少。 ㉑同欲：同心，目的一致。 ㉒虞：准备，事前考虑周到。 ㉓将能而君不御者胜：将帅有能力而君王不牵制的取胜。

【赏析】

本文是《孙子兵法》中的第三篇，是一篇关于战争科学的论文。它论述了用兵作战的原则和取得战争胜利的必要条件；提出了“知彼知已，百战不殆”的科学结论；强调了用智谋取胜的重要性。

本文分为两部分，第一部分从开头到“大敌之擒也”。这部分主要的论述内容可分为几点：首先，文章论述指导战争的总原则：“全国为上，破国次之”，“全军为上，破军次之”，即通过军事斗争，使用智谋，迫使敌人举国降服，这才是战争的最佳方案，是“善之善者”。其次，文章论述了贯彻这一原则的方法和意义。和指导战争的总原则一致，在战争过程中，最好的办法是粉碎敌人的战略计划；其次是通过外交斗争，拆散敌人的联盟；再其次是攻击敌军；最下策才是攻城。作者强调攻城的办法是不得已而为之。因为当时的生产力和技术水平，决定了攻打城池就是拚人力、拚消耗，结果只能是迁延用兵时日，过多地伤亡士卒。所以在战争过程中进攻的最好办法就是：“拔人之城，而非攻也；毁人之国，而非久也。必以全争于天下，故兵不顿，而利可全”。这样既可速战速决，又不失兵卒，而达到拔城、毁国的目的。再次，文章论述了战争的用兵原则：根据敌我双方力量对比情况，分别采取战术措施：或包围；或攻击；或分散击破；或暂时退却；或避实就虚。文章指出，弱小的兵力如果固执坚守，不根据敌我兵力情况，采取必要的退却就要失败。

第二部分从第四段到结尾。这部分主要也是从三个方面论述的。首先作者指出将帅在战争中的作用。文章指出：“将者，国之辅也”，所以将帅和国君的关系，直接关系到战争的胜负，所谓“辅周则国必强，辅隙则国必弱”。其次，作者讲了国君作为最高统帅在战争中的作用。文章还论述在战争开始之前，就可以预见战争胜利的情况：知道可以打或不可以打的；了解兵多或兵少的具体用法的；上下同心协力的；已方有准备以待敌方疏忽懈怠的；将帅有才能而国君又不予牵制的。这实际上是从正面提出了战争取胜的条件。

在提出战争取胜的条件之后，文章提出“知彼知已，百战不殆；不知彼而知已，一胜一负；不知彼，不知已，每战必殆”的著名结论。它告诉人们，在对敌作战中，既要正确地了解敌方的情况，又要准确地了解自己的情况，以便进行科学的分析和判断，确定战略和战役计划，取得战争的胜利，否则就不能取得胜利，或必然招致战争的失败。

文章逻辑严密，层次分明，议论深刻，语言也十分生动。刘勰在《文心雕龙》中就曾作过评价：“孙武兵经，辞如珠玉，岂以习武而不晓文邪?”宋代郑厚在《艺圃折衷》中把《孙子兵法》视为古代散文之最而加以称道：“孙子十三篇，不惟武人之根本，文士亦当尽心焉。其词约而缛，易而深，畅而可用，《论语》、《易》、《大传》之流，孟、荀、杨著书皆不及也。以正合，以奇胜，非善也；正变为奇，奇变为正，非善之善也；即奇为正，即正为奇，善之善也”。由此可见，孙武非不能文也，而是孙武的文有其个人的艺术特色。

【天　　论】

《荀子》

天行有常[1]，不为尧存，不为桀亡。应之以治则吉，应之以乱[2]则凶。强本而节用，则天不能贫；养备而动时，则天不能病[3]；循道而不忒[4]，则天不能祸。故水旱不能使之饥，寒暑不能使之疾，袄怪[5]不能使之凶。本荒而用侈，则天不能使之富；养略而动罕，则天不能使之全；倍[6]道而妄行，则天不能使之吉。故水旱未至而饥，寒暑未薄[7]而疾，袄怪未生而凶。受时与治世同，而殃祸与治世异，不可以怨天，其道[8]然也。故明于天人之分，则可谓至人矣。

不为而成，不求而得，夫是之谓天职。如是者，虽深，其人不加虑焉；虽大，不加能焉；虽精，不加察焉；夫是之谓不与天争职。天有其时[9]，地有其财[10]，人有其治[11]，夫是之谓能参。舍其所以[12]参，而愿其所参，则惑矣。

列星随旋[13]，日月递炤[14]，四时代御，阴阳大化[15]，风雨博施[16]，万物各得其和以生，各得其养以成，不见其事而见其功，夫是之谓神。皆知其所以成，莫知其无形，夫是之谓天。唯圣人为不求知天。

天职既立，天功既成，形具而神生。好恶、喜怒、哀乐臧焉，夫是之谓天情[17]；耳、目、鼻、口、形，能各有接而不相能也，夫是之谓天官；心居中虚，以治五官，夫是之谓天君；财非其类，以养其类，夫是之谓天养；顺其类者谓之福，逆其类者谓之祸，夫是之谓天政[18]。暗其天君，乱其天官[19]，弃其天养，逆其天政，背其天情，以丧天功，夫是之谓大凶。圣人清其天君，正其天官，备其天养，顺其天政，养其天情，以全其天功。如是，则知其所为，知其所不为矣，则天地官而万物役矣。其行曲治[20]，其养曲适[21]，其生不伤，夫是之谓知天[22]。

故大巧在所不为，大智在所不虑。所志[23]于天者，已其见象之可以期者矣，所志于地者，已其见宜之可以息[24]者矣。所志于四时者，已其见数[25]之可以事者矣，所志于阴阳者，已其见和之可以治者矣。官人守天而自为[26]守道也。

治乱，天邪？曰：日月，星辰，瑞历[27]，是禹桀之所同也，禹以治，桀以乱，治乱非天也。时邪？曰：繁启蕃长于春夏，畜[28]积收臧于秋冬，是又禹桀之所同也，禹以治，桀以乱，治乱非时也。地邪？曰：得地则生，失地则死，是又禹桀之所同也，禹以治，桀以乱，治乱非地也。《诗》曰："天作高山，大王荒之；彼作矣，文王康之。[29]"此之谓也。

天不为人之恶寒也辍[30]冬，地不为人之恶辽远也辍广，君子不为小人之匈匈也辍行。天有常道矣，地有常数矣，君子有常体[31]矣。君子道其常，而小人计其功。《诗》曰："礼义之不愆，何恤人之言兮。"此之谓也。

楚王后车千乘。非知也；君子啜菽饮水，非愚也，是节然也。若夫心意修，德行厚，知虑明，生于今而志乎古，则是其在我者也。故君子敬其在己者，而不慕其在天者；小人错[32]其在己者，而慕其在天者。君子敬其在己者，而不慕其在天者，是以日进也；小人错其在己者，而慕其在天者，是以日退也。故君子之所以日进，与小人之所以日退，一也。君子小人之所以相县者在此耳。

星队木鸣，国人皆恐。曰：是何也？曰：无何也。是天地之变，阴阳之化，物之罕至者也。怪之，可也；而畏之，非也。夫日月之有蚀，风雨之不时，怪星之党见[33]，是无世而不常有之。上明而政平，则是虽并世起，无伤也；上闇[34]而政险，则是虽无一至者，无益也. 夫星之队，木之鸣，是天地之变，阴阳之化，物之罕至者也。怪之。可也；而畏之，非也。

物之已至者，人祅则可畏也。楛耕伤稼[35]，耘耨失岁[36]，政险失民，田薉稼恶[37]，籴贵民饥，道路有死人；夫是之谓人祅。政令不明，举错不时[38]，本事[39]不理；夫是之谓人祅。礼义不修，内外无别，男女淫乱，父子相疑，上下乖离[40]，寇难并至；夫是之谓人祅。祅是生于乱。三者错，无安国。其说甚尔，其菑甚惨。勉力不时，则牛马相生，六畜作祅。可怪也，而不可畏也。传曰："万物之怪，书不说。无用之辩，不急之察，弃而不治。"若夫君臣之义，父子之亲，夫妇之别，则日切磋而不舍也。

雩[41]而雨，何也？曰：无何也，犹不雩而雨也。日月食而救之，天旱而雩，卜筮而后决大事，非以为得求也，以文之也。故君子以为文，而百姓以为神。以为文则吉，以为神则凶也。

在天者莫明于日月，在地者莫明于水火，在物者莫明于珠玉，在人者莫明于礼义。故日月不高，则光晖不赫[42]；水火不积，则晖润不博；珠玉不睹乎外，则王公不以为宝；礼义不加于国家，则功名不白。故人之命在天，国之命在礼。君人者，隆礼尊贤而王，重法爱民而霸，好利多诈而危，权谋倾覆幽险而尽亡矣。

大天而思之，孰与物[43]畜而制之？从天而颂之，孰与制天命[44]而用之？望时而待之，孰与应时而使之？因物而多之，孰与骋能而化之？思物而物之，孰与理物而勿失之也？愿于物之所以生，孰与有物之所以成？故错[45]人而思天，则失万物之情。……

【注释】

①行：运行。常：常规。 ②治：指礼义。乱：指非礼义。 ③本：古人以农业为本务。病：祸害。 ④忒：差错。 ⑤袄怪：即“妖怪”，这里指自然灾害。 ⑥倍：通“背”，违背。 ⑦薄：迫近。 ⑧受时：遭遇天时。道：指上述两种不同措施。 ⑨天有其时：天有时令节气的变化。 ⑩地有其财：地上生长有禽兽谷物，蕴藏着矿物等财富。 ⑪人有其治：指人类有根据天时地利而进行治理运用的能力。 ⑫所以：用来。⑬列星随旋：天上众多排列的星辰相随着运行。 ⑭日月递炤：太阳和月亮交替照耀大地。 ⑮阴阳大化：阴阳二气在大起变化。 ⑯风雨博施：风雨普遍施及万物。 ⑰天情：天性，天生的感情。 ⑱天政：自然所具有的赏罚功能。 ⑲官：克尽职守。役：服役。 ⑳其行曲治：人们的行动各方面都很周到。曲：周遍，各方面。 ㉑其养曲适：人们的养生之道无不适宜。 ㉒知天：知道自然的发展规律。 ㉓志：认识，通“识”。㉔宜：因地制宜。息：生长。 ㉕数：次序。 ㉖官人：指专职人员。自为：自己做的事。 ㉗瑞历：历象。 ㉘繁：众多。启：萌芽。蕃：茂盛。畜：即“蓄”。 ㉙诗曰四句：是《诗经周颂天作》中的句子。意思是天生巍巍岐山，太王在此开荒经营；太王创业，文王又使人民安康。 ㉚辍：中止。 ㉛常数：正常的法则。常体：指一定的行为准则。 ㉜错：通“措”，指弃置。 ㉝党见：偶然出现。 ㉞闇：错愦。 ㉟楛耕伤稼：粗糙的耕作会伤害庄稼。 ㊱耘耨失岁：指不太时锄草，使田地荒芜。 ㊲田薉稼恶：田地荒芜，庄稼就长的不好。 ㊳举措不时：各种措施不合时宜。 ㊴本事：指农业生产。㊵上下乖离：指君臣上下不和谐。 ㊶雩：祭祀求雨。 ㊷赫：显赫，强烈。 ㊸大：尊重。思：思慕。物：指当作物质。 ㊹天命：指自然界形成的各种现象。 ㊺错：通“措”，放置。

【赏析】

此文是中国历史上第一篇全面论述人们如何对待“天”的文章。荀子在文中提出了“天行有常，不为尧存，不为桀亡”的观点，具有唯物主义思想。大胆反对当时浒的迷信天命的唯心看法。他把自然现象与社会的动乱区分开了，认为自然灾害是正常的，而人为的灾难才是最可怕的，强调自然现象是可以认识的，人们可以利用自然规律为人类造福。文章可以分为五部分：从开头到“官人守天而自为守道也”是第一部分，论说自然现象是客观存在的，有规律的，人们可以利用自然规律为自己造福。第六段至“君子小人之所以相县者在此耳”是第二部分，用问答的形式引出国家的治乱和天道的关系，说明国家的治乱和天道无关，而是取决于人事。第九、十两段是第三部分，论说自然界的奇怪现象是不奇怪的，值得重视的是人为的灾难。治理国家关键在于君王的贤能与否。第十一段是第四部分，认为卜筮的事在君子看来只是一种故弄玄虚，并不是什么天意。余下的是第五部分，归纳全文，提出“制天命而制”的论断，说明人类在自然面前不是无能为力，而是可以发挥人们的能动性，人定胜天。对待自然万物如此，对待社会国家也是如此，一个国家的命运就在于君主治理是否合理。

荀子的这种反天命的唯物思想代表了当时思想界的较高水平反映了古代人民与大自然作斗争的过程中所积累的科学认识，具有很大的前瞻性。文章以历史事实和常见的自然现象为例来论述相关道理，深入浅出，层次分明，说理深刻，具有很强的说服力。另外，此文语言变化多端，多用排比和疑问句，把道理说的很透彻。

【赋篇·箴】

《荀子》

有物于此，生于山阜①，处于室堂。无知无巧，善治衣裳。不盗不窃，穿窬②而行。日夜合离，以成文章。以能合从③，又善连衡④。下覆百姓，上饰帝王。功业甚博，不见⑤贤良。时用则存，不用则亡。臣愚不识，敢请之王！王曰：此夫始生巨其成功小⑥者邪？长其尾而锐其剽⑦者邪？头铦达而尾赵缭⑧者邪？一往一来，结尾以为事。无羽无翼，反覆甚极⑨。尾生而事起，尾邅而事已。簪⑩以为父，管⑪以为母。既以缝表，又以连里。夫是之谓箴理。

【注释】

①生于山阜：针用铁制，而铁矿在山中，所以说“生于山阜”。 ②窬：洞。穿窬：

打通洞。这里语意双关，表面指打通墙洞而入室偷窃的行为，实指针钻洞缝纫的动作。③以：通“已”，既。从：通“纵”，竖向，南北方向。合从：战国时，苏奉游说山东六国诸侯联合抗秦，六国的位置呈南北向，故称合纵。此文字面上借用这“合从”一词，实际上喻指针能将竖向的东西缝合在一起。④衡：通“横”，横向，东西方向。连衡：战国时，秦国为了对付合纵，采纳张仪的主张，与六国分别结成联盟，以便各个击破。秦在六国之西，东西联合，故称连横。此文字面上借用这“连衡”一词，实际上喻指针缝合横向的东西。⑤见（xiàn 现）：同“现”，表现，显示。⑥始生钜：指制针的铁很大。成功小：指制成的针很小。⑦尾：指线。剽（piāo 瞟）：末稍，指针尖。⑧锯（xiān 先）：锐利。达（tá 挞）：挑达（tāotá 滔挞），畅通无阻、来去自由的样子。赵（diao 掉）：通“掉”，摇。掉缭：摇曳而缠绕的样子，形容线的长。⑨极：通“亟”，急。⑩簪：可以把衣服之类别在一起的一种大针。一般的针由这种大针磨细后再打上穿线孔而成，所以说以簪为父。⑪管：盛装针的工具。

【赏析】

赋，本指铺叙朗诵，后来引申而为一种着意铺陈事物的文体名称，班固称“不歌而诵谓之赋”。它像诗一样全篇押韵，所以自古以来就被认为是古诗的一个流别，但它的句式又不很像诗而像散文，没有固定的格式，所以它实是一种用韵的散文，介乎诗歌与散文之间。把赋作为一种文体的名称，即始于荀子这《赋篇》，所以本篇在中国文学史上具有特别重要的地位。当然，赋作为一种文体，有其发展过程。荀子的《赋篇》，与后来的古赋、骈赋、律赋、文赋等相比，具有不同的特点。本篇中的赋，描写的是一件事物。其前半部分是一种句式较为整练而接近于诗的谜语，后半部分是一种句式较为散文化而接近于《楚辞·卜居》的猜测之辞，末尾则点出谜底。

此篇对“针”的描画，别具深意，如云针“下覆百姓，上饰帝王”等等，无不寄寓着作者的主张。这种托物讽谕的特点对后代“劝百讽一”的赋颂传统的形成具有极大的影响。

【说　难】

《韩非子》

凡说[1]之难，非吾知之，有以说之之难也，又非吾辩[2]之，能明吾意之难也，又非吾敢横失[3]，而能尽之难也。凡说之难，在知所说之心，可以吾说当[4]之。所说出于为名高者也[5]，而说之以厚利，则见下节而遇卑贱[6]，必弃远矣。所说出于厚利者也，而说之以名高，则见无心而远事情[7]，必不收矣。所说阴为厚利而显[8]为名高者也，而说之以名高，则阳收其身而实疏之；说之以厚利，则阴用其言显弃其身矣。此不可不察也。

夫事以密成，语以泄败。未必其身泄之也，而语及所匿之事，如此者身危。彼显有所出事[9]，而乃以成他故，说者不徒知所出而已矣，又知其所以为，如此者身危。规异事而当，知者揣之外而得之，事泄于外，必以为己也[10]，如此者身危。周泽未渥也[11]，而语极知[12]，说行而有功则德忘，说不行而有败则见疑，如此者身危。贵人有过端，而说者明言礼义以挑其恶，如此者身危。贵人或得计而欲自以为功，说者与知焉，如此者身危。强以其所不能为，止以其所不能已，如此者身危。故与之论大人[13]则以为间己矣，与之论细人[14]则以为卖重[15]，论其所爱则以为藉资[16]，论其所憎则以为尝己也。径省其说[17]则以为不智而拙之[18]，米盐博辩[19]则以为多而交[20]之，略事陈意则曰怯懦而不尽，虑事广肆则曰草野而倨侮[21]。此说之难，不可不知也。

凡说之务[22]，在知饰所说之所矜而灭其所耻[23]。彼有私急也，必以公义示而强之[24]。其意有下也[25]，然而不能已，说者因为之饰其美而少其不为也。其心有高也，而实不能及，说者为之举其过，而见其恶而多[26]其不行也。有欲矜以智能，则为之举异事之同类者，多为之地[27]，使之资[28]说于我，而佯不知也以资其智。欲内相存之言[29]，则必以美名明之，而微见[30]其合于私利也。欲陈危害之事，则显其毁诽而微见其合于私患也。誉异人与同行者，规异事与同计者。有与同污[31]者，则必以大饰其无伤也[32]；有与同败者，则必以明饰其无失也。彼自多其力，则毋以其难概之也[33]；自勇其断，则无以其谪怒之；自智其计，则毋以其败穷之[34]。大意无所拂悟[35]，辞言无所系縻[36]，然后极骋智辩焉[37]。此道所得，亲近不疑而得尽辞也。伊尹为宰，百里奚为虏，皆所以干其上也[38]。此二人者，皆圣人也，然犹不能无役身[39]以进，如此其污也。今以吾言为宰虏[40]，而可以听用而振世，此非能士之所耻也。夫旷日弥久[41]，而周泽既渥，深计而不疑，引争而不罪，则明割[42]利害以致其功，直指是非以饰其身[43]。以此相持，此说之成也。

昔者郑武公[44]欲伐胡，故先以其女妻胡君以娱其意，因问于群臣："吾欲用兵，谁可伐者？"大夫关其思[45]对曰："胡可伐。"武公怒而戮之，曰："胡，兄弟之国也，子言伐之，何也？"胡君闻之，以郑为亲己，遂不备郑。郑人袭胡，取之。

宋有富人，天雨墙坏，其子曰："不筑，必将有盗。"其邻人之父[46]亦云。暮而果大亡其财。其家甚智其子[47]，而疑邻人之父。此二人说者皆当矣，厚者为戮，薄者见疑，则非知之难也，处之则难也。故绕朝[48]之言当矣，其为圣人于晋[49]而为戮于秦[50]也，此不可不察。

昔者弥子瑕有宠于卫君[51]。卫国之法，窃驾君车者罪刖[52]。弥子瑕母病，人间往[53]夜告弥子，弥子矫驾君车以出。君闻而贤之，曰："孝哉！为母之故，忘其犯刖罪。"异日，与君游于果园，食桃而甘，不尽，以其半啗君。君曰："爱我哉！忘其口味，以啗寡人。"及弥子色衰爱弛[54]，得罪于君，君曰："是固尝矫驾吾车[55]，又尝啗我以馀桃。"故弥子之行未变于初也，而以前之所以见贤而后获罪者，爱憎之变也。故有爱于主，则智当[56]而加亲；有憎于主，则智不当见罪而加疏。故谏说谈论之士，不可不察爱憎之主而后说焉。

夫龙之为虫也[57]，柔可狎[58]而骑也；然其喉下有逆鳞[59]径尺，若人有婴[60]之者则必杀人。人主亦有逆鳞，说者能无婴人主之逆鳞则几矣[61]。

【注释】

①说：游说。②辩：辩才。明：阐明。③横失：通"横佚"，放纵，无所顾忌。④当：迎合，适应，与所说之心保持一致。⑤出于为名高：想博取高名。为：追求。⑥见下节而遇卑贱：被认为品节不高而给予卑贱的待遇。⑦见无心：被认为没有头脑。远事情：脱离实际。⑧阴：暗地里。显：表面上。⑨彼：指君主。有所出事：指做出某件事。⑩必以为也己：君主一定认为是进说者自己泄露的。⑪周泽：交情。渥：深厚。⑫语极知：讲出极为知心的话。⑬大人：大臣。⑭细人：小人，近侍。⑮卖重：出卖国君用人的权力。⑯借资：借君所爱，以为己助。⑰径省其说：指说话简明了当。⑱拙之：以之为笨拙。⑲米盐：极言烦琐。博辩：旁征博引，滔滔不绝。⑳多而久之：语言繁琐，厌其久长。㉑草野：粗野。倨侮：傲慢。㉒务：急务，要领。㉓饰：粉饰。灭：掩盖。㉔强：劝勉、鼓励。㉕其意有下：心中有卑劣的念头。㉖多：称赞。㉗地：根据，依据。㉘资：借取。㉙内：通"纳"，献纳。相存，相安共处。㉚微见：稍加暗示。㉛同污：同样污行。㉜大饰：大力掩饰。无伤：无害，不要紧。㉝概：古代量米时刮平斗斛用的木板，这里引申为压平。㉞败：失策，失算。穷之：使他困窘。㉟拂悟：抵触。㊱系縻：摩擦、抵触。㊲极骋智辩：充分地展示自己的智慧和辩才。㊳所以：用来。干其上：求得君主的任用。㊴役身：身执贱役。㊵宰虏：卑贱的代称。㊶旷日弥久：指说者与国君相处，经历了很长时间。㊷割：剖析。㊸饰其身：正其身。饰：通"饬"，整治，矫正。㊹郑武

公：名掘突，春秋初期郑国君主。 ㊺关其思：郑国大夫。今本伪《竹书纪年》：“周平王八年，郑杀其大夫关其思。”学者多疑之，存疑待考。 ㊻邻人之父：邻家的老者。 ㊼甚智其子：认为他儿子很聪明。 ㊽绕朝：人名，春秋时秦国大夫。晋大夫士会出亡于秦，晋人以诈谋诱之归国，绕朝劝秦伯勿遣之，秦伯不听，士会遂归晋。行时，绕朝谓士会曰：“子毋谓秦无人，吾谋适不用也。”事见《左传》文公十三年。 ㊾为圣人于晋：被晋国看为有见识的圣人。 ㊿为戮于秦：士会回到晋国后，用反间计，说绕朝和他同谋，因此秦国把绕朝杀了。事见马王堆三号汉墓出土的帛书《春秋事语》。 51弥子瑕：人名，卫灵公宠幸的近臣。卫君：卫灵公，名元，春秋时卫国君主。 52窃：私自。刖：砍掉脚的刑罚。 53间往：抄近路去。 54弛：减弱。 55固：原先。尝：曾经。 56智当：智谋合乎国君心意。 57龙之为虫：龙作为一种动物来说。 58狎：亲昵、戏弄。 59逆鳞：倒长着的鳞片。 60婴：通“撄”，触。 61几：近，谓近于善谏。

【赏析】

战国时期的政治斗争非常激烈，策士谋臣到处游说各国君主，他们都希望自己的政治主张被采纳。身处战国时期的韩非子也曾对君主进行过游说，但没有成功。所以他对游说的困难有切深的体会。本文就是专门论述游说君王的困难和游说的具体方法的。

《说难》是从分析宣传游说人主的心理反应着手，而备言宣传游说的危难。但是韩非并没有在危难面前却步，因为如果法家离开宣传游说人主以外便一无所用其技。作为法家代表人物的韩非，自然不会轻易放弃游说。那么韩非是如何游说人主呢？从文中来看，可归之于三句话，一要认真研究人主对于宣传游说的逆反心理；二要注意仰承人主的爱憎厚薄；三是千万不可触动人主的“逆鳞”。

文章分两大部分，前半部分说明游说之困难，后半部分写游说成功。讲说难，第二大段的内容和文采尤堪注意。“夫事以密成，语以泄败”以下，一连排举了七条“如此者身危”，即因宣传游说失当而招致身首异处的危险，不禁使人毛骨悚然！除了“七危”，还有“八难”。其中四难是来自于宣传游说涉及的人事不妥而遇到的，另外四难是由于方法和言辞不当而造成的。文中的七危八难全用排比句式，条分缕析而切中肌理，好比顽强冲击海岸的排浪，必欲吞纳一切阻碍而后息似的，其表现艺术很强。

文章的第二部分是正面论述“凡说之务”，主旨是“在知饰所说之所矜，而灭其所耻”，并抱着“大意无所拂悟，辞言无所系縻”的策略，借以达到和人主“亲近不疑”、“周泽既握”的关系，而后再驰骋辩说而得尽其宣传游说之辞。这种宣传游说的策略，是有感于法家用世心切，而又难遇贤主的战国时势而提出的。

【自相矛盾】

《韩非子》

历山之农者侵畔[①]，舜往耕焉，期年，甽亩正[②]。河滨之渔者争坻[3]，舜往渔焉，期年，而让长[4]。东夷之陶者器苦窳[5]，舜往陶焉，期年而器牢。仲尼叹曰："耕、渔与陶，非舜官也，而舜往为之者，所以救败也[6]，舜其信仁乎[7]！乃躬藉处苦而民从之。故曰，圣人之德化乎！"

或问儒者曰："方此时也，尧安在？"其人曰："尧为天子。""'然则仲尼之圣尧奈何？圣人明察，在上位，将使天下无奸也。今耕渔不争，陶器不窳，舜又何德而化[8]？舜之救败也，则是尧有失也。贤舜则去尧之明察，圣尧则去舜之德化，不可两得也。楚人有鬻[9]楯与矛者，誉之曰：'吾楯之坚，物莫能陷也。'又誉其矛曰：'吾矛之利，于物无不陷也。'或曰：'以子之矛陷子之楯，何如？'其人弗能应也。夫不可陷之楯，与无不陷之矛，不可同世而立。今尧舜之不可两誉，矛楯之说也。且舜救败，期年已一过，三年已三过[10]。舜有尽，寿有尽，天下过无已者[11]，以有尽逐无已，所止者寡矣。赏罚使天下必行之，令曰：'中程者赏，弗中程者诛[12]。'令朝至，暮变；暮至，朝变，十日而海内毕矣，奚待期年？舜犹不以此说尧令从己，乃躬亲，不亦无术乎[13]！且夫以身为苦而后化民者[14]，尧舜之所难也；处势而骄下者，庸主之所易也[15]。将治天下，释[16]庸主之所易，道尧舜之所难，未可与为政也。"

【注释】

①畔：田地的界限。 ②甽亩正：田界不再被破坏侵占。 ③坻：水中的高地。 ④让长：把水中高地让与年长者。 ⑤窳：粗劣，不结实。 ⑥救败：挽救社会风气的败坏。 ⑦舜其信仁乎：舜确实称得上仁啊！ ⑧舜又何德而化：舜又哪里用得着挽救社会风气的败坏呢？ ⑨鬻：卖。 ⑩期年已一过，三年已三过：一年只能消除一件过错，三年不过消除三件过错。 ⑪天下过无已者：天下的过失没有完结的时候。 ⑫中程者赏，弗中程者诛：符合规定的就奖赏，不符合规定的就惩罚。 ⑬不亦无术乎：不是太没有办法了吗！ ⑭以身为苦而后化民者：亲自做劳苦的事然后才能感化百姓。 ⑮处势而骄下者，庸主之所易也：处在有权势的地位用命令矫正百姓的错误，这是平庸的君主也感到容易的事。 ⑯释：放弃。

【赏析】

本文选自《韩非子》，韩非子是法家的代表人物，他的主张和儒家多有不同，此文就是他排斥儒家而宣扬法家思想的代表。

文章开头先举了一个例子，儒家最为推崇的舜用道德来感化人民，认为"耕、渔与陶，非舜官也，而舜往为之者，所以救败也。舜其信仁乎！乃躬藉处苦而民从之。故曰：

"圣人之德化乎!"看起来似乎是推崇舜的行为，但紧接着话锋一转，通过别人的嘴说："方此时也？尧安在?"其人曰："尧为天子。"于是作者便通过这一漏洞对儒家进行驳斥，认为孔子把尧称作圣君是不对的，因为"圣人明察，在上位，将使天下无奸也。"然而舜的所做所为恰恰说明了天下并不清明，于是认为"舜之救败也，则是尧有失也。贤舜则去尧之明察，圣尧则去舜之德化，不可两得也。"之后又用了一个十分有名的寓言故事"自相矛盾"，通过矛和盾不可能并为第一的道理来进一步证明尧舜是不可两得的，从逻辑上来年，韩非子的这一论证是可以成立的。

文章的最后，作者又对舜以道德感化人民的方法是不可行的，因为"期年已一过，三年已三过。舜有尽，寿有尽，天下过无已者以有尽逐无已，所止者寡矣"，一个人的力量是有限的。接着作者提出了自己的主张："赏罚使天下必行之"，用赏罚制度来约束人们，法令一出，天下人都要遵从，如此则"十日而海内毕矣"，所以作者认为"且夫以身为苦而后化民者，尧舜之所难也；处势而骄下者，庸主之所易也。将治天下，释庸主之所易，道尧舜之所难，未可与为政也。"进一步把以法制国的主张提出来。韩非子的这种主张看起来是可行的，但在实行的过程中还是会出现各种问题的。

【扁鹊见蔡桓公】

《韩非子》

扁鹊[①]见蔡桓公[②]，立有间，扁鹊曰："君有疾在腠理[③]，不治将恐深。"桓侯曰："寡人无疾[④]。"扁鹊出，桓侯曰："医之好治不病以为功。"

居十日，扁鹊复见，曰："君之病在肌肤，不治将益深。"桓侯不应。扁鹊出，桓侯又不悦。

居十日，扁鹊复见，曰："君之病在肠胃。不治将益深。"桓侯又不应。扁鹊出，桓侯又不悦。

居十日，扁鹊望桓侯而还走[⑤]。桓侯故[⑥]使人问之。扁鹊曰："疾在腠理，汤熨[⑦]之所及也；在肌肤，针石[⑧]之所及也；在肠胃，火齐[⑨]之所及也；在骨髓，司命之所属[⑩]，无奈何也。今在骨髓，臣是以无请也[⑪]。"

居五日，桓侯体痛，使人索[⑫]扁鹊，已逃秦矣。桓侯遂死。

【注释】

①扁鹊（biǎn què）：姓秦，名越人，战国时鄚（mò）地人，医术高明。所以人们就用传说中的上古神医扁鹊的名字来称呼他。 ②蔡桓（huán）公：实指齐桓公田午（公

元前400－公元前357，44岁），田氏代齐以后的第三位齐国国君，谥号为“齐桓公”，因与“春秋五霸”之一的姜姓齐国的齐桓公小白相同，故史称“田齐桓公”或“齐桓公午”。因为当时蔡国已亡，而齐国都上蔡，故说蔡桓公。（齐国都城是临淄，田氏代齐之后也不曾迁都，何来“齐国都上蔡”一说，难道此上蔡非彼上蔡？） ③腠（còu）理：皮肤的纹理。 ④寡人：古代君主谦称自己。这个词的用法比“孤”复杂些。君王自称。春秋战国时，诸侯王称寡人。 ⑤还（xuán）走：转身就走。还（xuán）：通“旋”，旋转，掉转。走：跑，逃跑。 ⑥故：特意。 ⑦汤（tàng）熨（wèi）：用热水敷烫皮肤。汤，同“烫”，用热水焐（wù）。熨，用药物热敷。 ⑧针石：金属针和石针。指用针刺治病。 ⑨火齐（jì）：火齐汤，一种清火、治肠胃病的汤药。齐，同“剂”。 ⑩司命之所属：司命神所掌管的事。司命，传说掌管生死的神。属：管，掌握。 ⑪臣是以无请也：我因此不再询问（他的病情）了。无请，不再请求，意思是不再说话。 ⑫索：找。

【赏析】

本文选自《韩非子·喻老》，通过记叙蔡桓公因讳疾忌医最终致死的故事，告诉了人们有病要及早医治，要正视自己的缺点和错误，虚心接受别人的意见。

文章主要通过对话、动作与神态的描写对人物进行了生动地刻画。文章语言简练生动，用语准确。如“立有间”，说明扁鹊观察得十分仔细、认真；“望桓侯而还走”，说明扁鹊已看到桓公的病不可救药。写桓公的态度，开始用他自己的话来说明他的盲目自信和对医生的反感，接着又以“不应”、“不悦”的表情描写，进一步表现他在这件事情上的固执己见。扁鹊答桓公使者问，只有几句话，却极其深刻地总结了医治疾病必须“图难于其易，为大于其细”的道理。从文中可以看出扁鹊是一个医术高超、对病人诊断细心、并能善意规劝病人的神医。蔡桓公是一个固执己见、盲目自信、讳疾忌医的人。

这篇文章告诉人们：对待自己的缺点，要像对待疾病一样，决不能讳疾忌医，而应当虚心接受批评，防患于未然。若一意孤行，后果则不堪设想，要在适当的时候听取他人的意见，防微杜渐，对症下药，及时医治。

【猛狗与社鼠】

《韩非子》

宋人有酤[①]酒者，升概[②]甚平，遇客甚谨，为酒甚美，县帜[③]甚高，著[④]然不售，酒酸。怪其故，问其所知闾长者杨倩。倩曰：“汝狗猛耶？”曰：“狗猛则酒何故而不售？”曰：“人畏焉。或令孺子怀钱挈壶瓮而往酤，而狗迓而龁之，此酒所以酸而不售也。”

夫国亦有狗。有道之士怀其术而欲以明万乘之主，大臣为猛狗，迎而龁之。此人主之所以蔽胁⑤，而有道之士所以不用也。

故桓公问管仲曰：“治国最奚患？”对曰：“最患社鼠⑥矣。”公曰：“何患社鼠哉？”对曰：“君亦见夫为社者乎？树木而涂之⑦，鼠穿其间，掘穴托其中。熏之则恐焚木，灌之则恐涂陁⑧，此社鼠之所以不得也。今人君之左右，出则为势重而收利于民，入则比周而蔽恶于君，内间⑨主之情以告外，外内为重⑩，诸臣百吏以为富⑪。吏不诛则乱法，诛之则君不安。据而有之⑫，此亦国之社鼠也。”

故人臣执柄⑬而擅禁，明为己者必利，而不为己者必害，此亦猛狗也。夫大臣为猛狗而龁有道之士矣，左右又为社鼠而间主之情，人主不觉，如此，主焉得无壅⑭，国焉得无亡乎！

【注释】

①酤：同“沽”，卖。 ②升：量酒器。概：古代刮平斗斛等量具的器具。 ③县：同“悬”，悬挂。帜：指酒旗。 ④著：积贮。 ⑤蔽胁：受到蒙蔽和挟制。 ⑥社：古代指土地神，民间常筑坛植树来祭祀它，以祈求幸福。社鼠：在社坛下掘穴而居的老鼠。 ⑦树木：竖立木板。涂之：在木板周围涂上一层泥。这是古代社坛建筑的方法，所以下文说用烟火熏恐怕烧坏了木板，用水灌又恐怕泥土崩坏。 ⑧陁：崩塌。 ⑨间：窥探，侦察。 ⑩外内为重：在外的权臣和在内的国君左右的人互相倚重。 ⑪富：富于权势。一说富当作“辅”。 ⑫据而有之：指国君的左右依靠国君而握有重要的权势。 ⑬执柄：掌权。擅：专擅。禁：禁令，法令。 ⑭壅：堵塞，蒙蔽。

【赏析】

《韩非子》中有很多寓言故事，是作为说理的例证的，这篇短文也是如此。文中写了两个寓言故事，一是说狗猛酒酸，二是说社鼠为患。作者采用了隐喻的手法，揭露和鞭笞了封建社会中一种常见的丑恶现象：奸臣当权，妒贤嫉能，堵塞贤路，蒙蔽君主。作者巧妙地把当道的奸臣比喻为猛狗与社鼠，十分形象，也富有典型性。

两个故事的内容或寓意基本上一致，但又有所侧重。其中猛狗的故事着重说明奸臣疾妒贤能的危害；社鼠的故事是在说明铲除奸臣的艰难。两个故事在叙述中穿插议论，夹叙夹议，相得益彰。在形式上，前者是作者的直接议论，后者则是记管仲对齐桓公的回答。这些都表明了作者行文的巧妙和富于变化。此文也包含着深刻的哲理，即看问题要有全面的观点，事物与事物之间存在着复杂的联系，如猛狗与酒酸的关系，隐蔽而微妙，一经作者揭出，真有振聋发聩之力。

【去　私】

《吕氏春秋》

天无私覆也，地无私载也，日月无私烛也，四时无私行也[①]。行其德而万物得遂长焉。黄帝言曰："声禁重[②]，色禁重，衣禁重，香禁重，味禁重，室禁重。"尧有子十人，不与其子而授舜；舜有子九人，不与其子而授禹，至公也。

晋平公问于祁黄羊[③]曰："南阳无令[④]，其谁可而[⑤]为之？"祁黄羊对曰："解狐可。"平公曰："解狐非子之雠邪？"对曰："君问可，非问臣之雠也。"平公曰："善。"遂用之，国人称善焉。居有间，平公又问祁黄羊曰："国无尉[⑥]，其谁可而为之[⑦]？"对曰："午可。"平公曰："午非子之子邪？"对曰："君问可，非问臣之子也。"平公曰："善。"又遂用之，国人称善焉。孔子闻之曰："善哉，祁黄羊之论也！外举不避雠，内举不避子[⑧]，祁黄羊可谓公矣。"

墨者有巨子腹䵍居秦[⑨]，其子杀人。秦惠王曰："先生之年长矣，非有它子也，寡人已令吏弗诛矣，先生之以此听寡人也。"腹薄对曰："墨者之法曰：'杀人者死，伤人者刑。'此所以禁杀伤人也。夫禁杀伤人者，天下之大义也。王虽为之赐，而令吏弗诛，腹䵍不可不行墨者之法。"不许惠王，而遂杀之。子，人之所私也，忍所私以行大义，巨子可谓公[⑩]矣。

庖人调和而弗敢食，故可以为庖。若使庖人调和而食之，则不可以为庖矣。王伯[⑪]之君亦然，诛暴而不私，以封天下之贤者，故可以为王伯[⑫]。若使王伯之君诛暴而私之，则亦不可以为王伯矣。

【注释】

①"天地"句：天不会为自己而颠覆，大地不会为自己私自储存什么，太阳和月亮没有为自己准备的烛光，四季没有为自己而改变的气候。　②重：过分的意思。　③祁黄羊：名奚，字黄羊，晋国大夫。　④令：县官。　⑤而：同"以"。　⑥尉：军事长官。　⑦其谁可而为之：哪一个是担任这官职的合适人选呢？　⑧"外举"二句：对外人，

不因为和他有仇而避不荐举；对自己，不因为他是自己的亲戚而避不推荐。 ⑨墨者：指墨家。钜子：墨家学派对墨家有成就的人称“钜子”。腹䵍：人名。战国时儒家学派领袖。 ⑩公：公平，大公无私。 ⑪王伯：即王霸。成就王霸之业的君主也是如此。 ⑫诛暴而不私，以封天下之贤者，故可以为王伯：诛杀暴君，自己却不占有他的土地，而是把它分封给有德之人，所以能够成就王霸之业。

【赏析】

此文选自《吕氏春秋·孟春纪》，《吕氏春秋》是秦国丞相吕不韦主编的一部古代类百科全书似的传世巨著，有八览、六论、十二纪，共二十多万言。此文即是其中一篇。

文章可以分为三部分：第一部分是通过对祁黄羊唯贤是举的事迹的描写，赞扬祁黄羊以国家利益为重，不顾个人恩怨的优秀品质。祁黄羊出于公心“外举不避仇，内举不避子”推荐人才的做法值得肯定，公正无私，唯才是举的做法今天仍应大力提倡。第二部分是说腹䵍之子杀人，秦王已免其死罪，并反过来向腹䵍说明原因。在常人正是求之不得，但腹䵍却不这样认为。他心中有大义，执法不隐私，原则面前坚决不让步，哪怕是自己的独子，哪怕是秦王赦免了。这种为真理而牺牲的精神，是我们最可宝贵的精神财富之一。这种大公无私的精神正是今人所缺少的，也是人们应该学习的。第三部分又通过比喻再一次强调不要心存私心，小到作为一个厨师，大到成就王霸之业，就不能有任何私心。

文章通过生动的故事告诫人们做事不要心存私心，说理十分清晰深刻，这种无私的精神也是后人应该谨记的。

【察　　今】

《吕氏春秋》

上胡不法先王之法[①]？非不贤也，为其不可得而法。先王之法，经乎上世而来者也，人或益之[②]，人或损之，胡可得而法！虽人弗损益[③]，犹若不可得而法。东夏之命，古今之法，言异而典殊。故古之命多不通乎今之言者，今之法多不合乎古之法者。殊俗之民，有似于此。其所为欲同，其所为欲异。口惽之命不愉，若舟车衣冠滋味声色之不同。人以自是，反以相诽，天下之学者多辩，言利辞倒，不求其实，务以相毁，以胜为故。先王之法，胡可得而法？虽可得，犹若不可法。

凡先王之法，有要于时也，时不与法俱至，法虽今而至，犹若不可法。故择先王之成法[④]，而法其所以为法。先王之所以为法者，何也？先王之所以为法者，人也，而己亦人也。故察己则可以知人，察今则可以知古[5]。古今一也，人与我同耳。有道之士，贵以近知远[6]，以今知古，以所见知所不见[7]。故审堂下之阴[8]而知日月之行、阴阳之变，见瓶水之冰而知天下之寒、鱼鳖之藏也。尝一脟肉而知一镬之味、一鼎之调。

荆人欲袭宋，使人先表澭水[9]。澭水暴益，荆人弗知，循表而夜涉[10]，溺死者千有馀人，军惊而坏都舍。向其先表之时可导也，今水已变而益多矣[11]，荆人尚犹循表而导之，此其所以败也[12]。今世之主法先王之法也，有似于此[13]。其时已与先王之法亏矣，而曰此先王之法也而法之。以此为治，岂不悲哉！

故治国无法则乱，守法而弗变则悖[14]，悖乱不可以持国。世易时移，变法宜矣。譬之若良医，病万变，药亦万变。病变而药不变，向之寿民[15]，今为殇子矣。故凡举事必循法以动，变法者因时而化[16]。若此论则无过务矣。夫不敢议法者，众庶也；以死守法者，有司也；因时变法者，贤主也。是故有天下七十一圣，其法皆不同；非务相反也[17]，时势异也[18]。故曰：良剑期乎断，不期乎镆铘；良马期乎千里，不期乎骥骜。夫成功名者，此先王之千里也。

楚人有涉江者，其剑自舟中坠于水，遽契其舟，曰："是吾剑之所从坠。"舟止，从其所契者入水求之。舟已行矣，而剑不行。求剑若此，不亦惑乎？以故法[19]为其国[20]，与此同。时已徙[21]矣，而法不徙，以此为治，岂不难哉！

有过于江上者，见人方引婴儿而欲投之江中，婴儿啼。人问其故，曰："此其父善游。"其父虽善游，其子岂遽善游哉！以此任物，亦必悖矣。荆国之为政，有似于此。

【注释】

①法先王之法：效法、取法；法令制度。前一个是动词，后一个是名词。　②人或益之：有的、有的人。代词。人或益之，意思是说，人们有的益补它。　③虽人弗损益：虚词"虽"有虽然、即使两种解释，根据上下句关系选择恰当的解释。这里的"虽"应讲成即使，有假设存在某种情况的意思。　④先王之成法：已成的。成法，已成的法令制度。　⑤察己、察今：明察。　⑥以近知远：形容词用作名词，近处的、远处的。　⑦以所见知所不见："所＋动词"的固定结构，相当于名词，即见到的，没有见到的。　⑧堂下之阴：阴影，影子。指日月的影子。　⑨先表澭水：标志，标准，名词作动词，设标志。　⑩循表而夜涉：表，标志，标准，名词。　⑪益多矣：增加。益多，指河水涨了许

多。和“益之”、“暴益”不同。 ⑫所以：……原因。所以败，失败的原因。 ⑬有似于此：类似，像。似于此，像这种情况，或，和这种情况相类似。 ⑭守法而弗变：遵守、遵循，这里有贬义，即墨守、保守。 ⑮向之寿民：先前；长寿者。即本来可以长寿的人。 ⑯因时而化：根据、依照；变化。即根据时代的变化而变化。 ⑰非务相反：要求得到、追求。务相反，一定要有所不同。 ⑱时势异也：时代，形势。时势异，时代和形势不同了。 ⑲以故法：用；旧。用旧有的法令制度。 ⑳为其国：治理。 ㉑时已徙：变迁。

【赏析】

本文选自《吕氏春秋·慎大览第三》，“察今”，意思即作为统治者制定法规制度要明察眼前的实际情况。通俗的说法就是实事求是，与时俱进，对症下药。

文章以“上胡不法先王之法”设问，之后自解自答：“非不贤也，为其不可得而法。”接着文章就针对战国时期诸子百家争论激烈的“法先王”问题展开议论，坚持法家“因时而变”的观点，认为时代变了，地域不同，世事各异，人情有殊，国家的法规制度也必须有所改变，顺应时代发展的需要，而不必机械地拘泥于古人而效法“不可得”之法。

为了进一步阐明这个道理，文章连用四个例子从不同的角度进行论证。“荆人夜涉，”说的是河水因雨暴涨而荆人仍然循着前一天测的水的深度驱使士兵渡河，结果伤亡惨重的事情，讽喻那些不管时间的变化仍以老一套为依据行事而导致失败的人；“病变药同”说的是因为新的病情有所发展而没有及时换药，导致“向之寿民今为殇子”的事情，讽喻那些不管事情的变化而用老方子致人伤命的人；“刻舟求剑，”以船行剑不行之事讽喻那些用过时的法规来治理国家的糊涂之人；“引婴投江”，以“其父善游”其子并非生而善游的事例，讽喻那些不察个人情况而荒谬处事的人。这四个例子分别从时、地、人、事等各方面来说明：实际情况变了，治国方略就要随时而变。“故治国无法则乱，守法而弗变则悖，悖乱不可以持国。事易时移，变法宜矣”。时代不同了，人心不同了，那么随之变动法令制度是适宜的了。这既可以规范当时的社会秩序和社会风气，顺应民心，也可以保证国家的长治久安，江山永固。文章用寓言故事的形式进行说理，生动形象，可读性很强。

【《檀弓》三则】

《礼记》

曾子寝疾，病[①]。乐正子春[②]坐于床下，曾元、曾申[③]坐于足，童子隅坐而执烛。童子曰：“华而院[④]，大夫之箦与[⑤]？”子春曰：“止！”曾子闻之，瞿然[⑥]曰：“呼！”曰：“华而睆，大夫之箦与？”曾子曰：“然。斯季孙之赐也[⑦]，我未之能易也。

元，起，易箦！”曾元曰：“夫子之病革矣[8]，不可以变[9]。幸[10]而至于旦，请敬易之。”曾子曰：“尔之爱我也，不如彼。君子之爱人也以德，细人[11]之爱人也以姑息。吾何求哉？吾得正[12]而毙焉，斯已矣。”举扶而易之，反席未安而没[13]。

战于郎[14]。公叔禺[15]人遇负杖入保者息，曰：“使之虽病也[16]，任[17]之虽重也，君子不能为谋也[18]，士弗能死也，不可。我则既言矣。”与其邻重汪踦往，皆死焉。鲁人欲勿殇重汪踦，问于仲尼。仲尼曰：“能执干戈以卫社稷。虽欲勿殇[19]也，不亦可乎？”

孔子过泰山侧。有妇人哭于墓者而哀，夫子式[20]而听之，使子路问之曰：“子之哭也，壹[21]似重有忧者？”而曰：“然。昔者吾舅[22]死于虎；吾夫又死焉；今吾子又死焉！”夫子曰：“何为不去也？”曰：“无苛[23]政。”夫子曰：“小子识之[24]，苛政猛于虎也！”

【注释】

①曾子：孔子得弟子，名参，字子舆。寝疾：病倒，卧病。②乐正子春：曾子的学生。 ③曾元、曾申：曾子的儿子。 ④睆（huàn）：光泽。 ⑤箦（zé）：席子。与：表示疑问的语气词。 ⑥瞿（qú）然：惊惧的样子。 ⑦斯：这。季孙：季孙氏，鲁国的大夫。 ⑧革：危急。 ⑨变：意思是移动。 ⑩幸：希望。 ⑪细人：小人。 ⑫得正：合于正礼。 ⑬反：同“返”。没：同“殁”，死去。 ⑭郎：鲁国地名，在今山东曲阜附近。 ⑮公叔禺（yú）人：鲁昭公的儿子。负杖：把杖（扁担之类）放在颈上，两手扶着，等于今天的横挑。 ⑯使：役使。之：代词，指人民。病：劳苦。 ⑰任：指赋税负担。 ⑱君子：指上层贵族统治者。为：筹划。谋：计谋。 ⑲殇：未成年（不满二十岁）而死称殇。 ⑳式：同“轼”，车前的伏手板，这里用作动词。 ㉑壹：真是，实在。 ㉒舅：指公公。古以舅姑称公婆。 ㉓苛政：包括苛烦的政令，繁重的赋役等。 ㉔小子：古时长辈对晚辈，或老师对学生的称呼。识（zhì）：记住。

【赏析】

本篇有三个故事构成，一是“曾子换席”。曾子临死前要求换掉华丽的卧席，并不是因为小气，而是以言行维护他所信奉的“礼”——不是大夫的身份不得受大夫的礼遇。曾子为了维护自己的信念，慎终如始，严于律己，直至去世。常言说：“正人先正己。”要求别人做到的事情自己首先要做到，尤其是细小的事，更能见出真精神。第二个故事是“战于郎”，讲的是一位少年自告奋勇上战场，结果少年战死沙场，鲁国人为了表示尊敬，不想用孩子的丧礼来为他办丧事，便向孔子请教。孔子回答的是“可以”。这表明，“礼”作为一种行为规范，原则上是不允许违背的，不如此则无轨可循，就会乱套。但是，如果拘泥于成规，只注重形式，那么将把一些应享受某些礼遇的情形排除在外了。任何原则和规范，一旦变成僵死的教条，也就成了毫无意义的形式和空壳，它的约束也就变成了一种枷锁。只有规则同内容相结合，真正做到名实相符，表里相称，原则和规范才是有意义和生命力的。注重名实相符，表里相称，恰恰是儒家的一个重要思想。第三个故事是“苛政猛于虎”，说的是一位妇人宁于老虎为伴，死于虎口，也不愿去接受暴虐者的统治，用反衬的方法烘托出社会政治的残暴专横，不堪忍受，暗示了人类社会有时比兽类社会还要黑暗和凶暴，人有时比食人野兽还要残忍。三个故事虽短，但其中所蕴含的道理是很值得人们学习的。

【《学记》三则】

《礼记》

虽有嘉肴①，弗食不知其旨②也；虽有至道，弗学不知其善也。是故学然后知不足，教然后知困③。知不足，然后能自反也；知困，然后能自强④也。故曰：教学相长也。

大学之法⑤，禁于未发之谓豫⑥，当其可之谓时⑦，不陵节而施之谓孙⑧，相观而善之谓摩⑨；此四者，教之所由兴也。发然后禁，则扞格而不胜⑩；时过然后学，则勤苦而难成；杂施而不孙，则坏乱而不修；独学而无友，则孤陋而寡闻；燕朋⑪逆其师；燕辟⑫废其学；此六者，教之所由废也。君子既知教之所由兴，又知教之所由废，然后可以为人师也。

学者有四失⑬，教者必知之。人之学也，或失则多⑭，或失则寡，或失则易⑮，或失则止⑯。此四者，心之莫同也⑰。知其心，然后能救其失也。教也者，长善而救其失者也⑱。

【注释】

①肴：带骨头的肉。 ②旨：甘美的味道。 ③困：不通。 ④强（qiáng）：勉励。 ⑤法：方法。 ⑥豫：同“预”，预防。 ⑦可：适当。时：及时。 ⑧陵：超过。节：限度。孙：同“逊”，顺。 ⑨摩：观摩。 ⑩扞（hàn）格：抵触。胜：克服。

⑪燕朋：轻慢而不庄重的朋友。 ⑫燕辟：轻慢邪辟的言行。 ⑬失：过失，缺点。 ⑭或失则多：有的人失之于学得过多。 ⑮易：不专注。 ⑯或失则止：遇到困难就停止不前。 ⑰心之莫同：心理各有不同。 ⑱长善而救其失者也：助长、纠正。

【赏析】

这篇文字也是由三部分构成。第一部分是讲凡事都要注重实践，只有亲自实践的东西才真正懂得其优点与不足之处。正所谓“虽有嘉肴，弗食不知其旨也；虽有至道，弗学不知其善也。”从这里可以看出儒家思想的一大特点：非常重视实践，要求把明白了的道理付诸于行动，通过行动来证明道理是否正确。学习本身是一种实践活动，要用实事求是的态度来对待，不能掺杂骄傲浮躁。

第二部分专门讲教育和学习的方法，从及时施教、因人施收、启发诱导，到相互切磋。取长补短，可以说非常全面。方法的问题之所以重要，就在于它直接关系到教和学的成败。我们经常所说的“事倍功半”和“事半功倍”，都是就方法问题而言的，也表明了方法问题在实践中的重要性。文中所提到的“因人施教”、“启发诱导”等方法对我们的教学都有很大帮助。

第三部分承接前文，说的是要了解学生的不同心态，然后对症下药。“知其心，然后能救其失也”，教育方法不是一种固定的模式，它必须有一定的针对性。就人而言，针对性的根本是抓住心理状态。就像医生治病，首先要找出病因所在，然后才知道用什么手段进行治疗。学生的学习出了毛病，根本原因就在心理状态。所以，真正好的老师，首先是个好的心理学家，而不是只是懂得一些条条框框的空谈家。

【卜　居】

屈　原

屈原既放，三年不得复见，竭智尽忠，而蔽障于谗[1]；心烦虑乱，不知所从。乃往见太卜郑詹尹曰[2]：“余有所疑，愿因先生决之。”詹尹乃端策拂龟曰[3]：“君将何以教之？”

屈原曰：“吾宁悃悃款款[4]，朴以忠乎？将送往劳来[5]，斯无穷乎[6]？宁诛锄草茅以力耕乎？将游大人以成名乎？宁正言不讳以危身乎？将从俗富贵以媮生乎？宁超然高举以保真乎？将呢訾栗斯[7]，喔咿儒儿[8]，以事妇人乎[9]？宁廉洁正直以自清乎？将突梯滑稽[10]，如脂如韦[11]，以洁楹乎[12]？宁昂昂若千里之驹乎？将氾氾若水中之凫[13]，与波上下，偷以全吾躯乎？宁与骐骥亢轭乎[14]？将随驽马[15]之迹乎？宁与黄鹄[16]比翼乎？将与鸡鹜[17]争食乎？此孰吉孰凶，何去何从？世溷浊[18]而不清，蝉翼为重，千钧为轻；黄钟毁弃[19]，瓦釜雷鸣；谗人高张，贤士无名。吁嗟默默兮，谁知吾之廉贞！”

詹尹乃释策而谢，曰：“夫尺有所短，寸有所长；物有所不足，智有所不明；数有所不逮，神有所不通。用君之心，行君之意，龟策诚不能知此事。”

【注释】

①蔽障：遮蔽阻隔。指屈原遭谗被楚怀王疏远隔绝。②太卜：官名，主掌占卜。③策：蓍（shī）草，用以筮。龟：龟甲，用以卜。端策拂龟是占卜前表示虔诚的准备动作。④宁（nìng）：表选择，宁肯。悃（kǔn）悃款款：诚实勤劳的样子。⑤将：或送往劳来：意谓随处周旋、巧于应酬。⑥斯：连词，乃，则。穷：困境。⑦呢訾（zú zī）：以言献媚。栗斯：阿谀奉承状。栗，恭谨，恭敬。斯，语助词。⑧喔咿儒儿：强颜欢笑的样子。⑨妇人：指楚怀王宠姬郑袖，她与朝中重臣上官大夫等人联合排挤谗毁屈原。⑩突梯滑（gǔ）稽：宛从顺，圆滑随俗。⑪如脂如韦：比喻处世圆转，如油脂般光滑，如兽皮般柔顺。脂，油脂。韦，熟牛皮。⑫洁（xié）楹：指把方状物体做成屋的柱子，引申为削方为圆的处世之态。洁，度量圆形物体周围的长度。楹，屋柱。⑬汜（fán）汜：浮行的样子。凫（fú伏）：野鸭。⑭与骐骥亢轭：指与骏马齐驱。亢轭（gè各），并驾。轭，车辕前套在牲口颈上的横木。⑮驽马：劣马。⑯“黄鹄”（hú）：天鹅。⑰鹜（wù）：鸭。⑱溷（hùn）浊：混乱污浊。⑲“黄钟”两句：贵重的黄钟遭到毁坏遗弃，劣质的瓦器发出雷鸣般的声音，比喻黑白颠倒，小人得志。黄钟，一种形体最大、声音最宏亮的乐器。瓦釜，原始的瓦制击打乐器。

【赏析】

本文选自《楚辞》，《楚辞》是古代诗歌总集，以屈原作品为主，兼收宋玉及汉代人的辞赋，为西汉刘向所辑。

“卜居”即问卜处世之道，文中以排比、拟问的方式列出了现实生活中两种对立的选择取向，表现了屈原的顽强斗志和对黑暗现实的愤慨。在黑暗混浊的社会中，屈原没有随波逐流，而是洁身自好，保持着崇高的精神。“宁溘死以流亡兮，余不忍为此态也”，他宁愿选择死亡也不愿与小人同流合污。在面对“宁廉洁正直以自清乎，昂昂若千里之驹”和“汜汜若水中之凫，与波上下，偷以全吾躯乎”两种生活方式时，屈原毫不犹豫的选择了前者。但是庸俗的众人都不理解屈原的高洁，于是屈原最后发出了“谁知吾之廉贞”的呼喊，展现出内心的苦闷。

《卜居》所展示的是：人生道路的严峻选择，不只屈原面对过，后世的无数志士仁人千年来都曾面对过。即使在今天，这样的选择虽然随时代的变化而改换了内容，但它所体现的不坠时俗、不沉于物欲的伟大精神，却历久而弥新，依然富于鼓舞和感染力量。《卜居》对人们会有很大的人生启迪：它将引导人们摆脱卑琐和庸俗，而气宇轩昂地走向人生的壮奇和崇高。

从形式而上看，《卜居》全篇用对问体，一共提八问，重重叠叠而错落有致，决无呆板凝滞之感，对后世辞赋杂文中宾主问答之体有很大影响。

【渔　　父】

屈　原

屈原既[1]放，游于江潭，行吟泽畔，颜色憔悴，形容枯槁。渔父见而问之曰："子非三闾大夫[2]欤？何故至于斯？"屈原曰："举世皆浊我独清，众人皆醉我独醒，是以见放。"渔父曰："圣人不凝滞于物，而能与世推移。世人皆浊，何不淈[3]其泥而扬其波？众人皆醉，何不餔其糟而啜其醨[4]？何故深思高举[5]，自令放为？"屈原曰："吾闻之，新沐者必弹冠，新浴者必振衣。安能以身之察察[6]，受物之汶汶[7]者乎？宁赴湘流，葬于江鱼之腹中。安能以皓皓[8]之白，而蒙世俗之尘埃乎？"渔父莞尔[9]而笑，鼓枻[10]而去，乃歌曰："沧浪之水[11]清兮，可以濯吾缨[12]；沧浪之水浊兮，可以濯吾足。"遂去，不复与言。

【注释】

①既：已经，引申为"（在）……之后"。　②三闾（lǘ）大夫：掌管楚国王族屈、景、昭三姓事务的官。屈原曾任此职。　③淈（gǔ）：搅浑。　④餔（bū）：吃。糟：酒糟。啜（chuò）：饮。醨（lí）：薄酒。　⑤高举：高出世俗的行为。在文中与"深思"都是渔父对屈原的批评，有贬意，故译为（在行为上）自命清高。举，举动。　⑥察察：皎洁的样子。　⑦汶（mén）汶：污浊。　⑧皓皓：洁白的或高洁的样子。　⑨莞尔：微笑的样子。　⑩鼓枻：摇摆着船桨。鼓：拍打。枻（yì）：船桨。　⑪沧浪：水名，汉水的支流，在湖北境内。或谓沧浪为水清澈的样子。"沧浪之水清兮"四句：按这首《沧浪歌》也见于《孟子·离娄上》，二"吾"字皆作"我"字。　⑫濯：洗。缨：系帽的带子，在颔下打结。

【赏析】

本文也是选自《楚辞》，以简短而凝练的文字塑造了屈原和渔父两个人物形象。渔父是一个懂得与世推移，随遇而安，乐天知命的隐士形象。他的人生观是"圣人不凝滞于物，而能与世推移。世人皆浊，何不淈其泥而扬其波？众人皆醉，何不铺其糟而啜其醨？"他看透了尘世的纷纷扰扰，但决不回避，而是恬然自安，将自我的情操寄托到无尽的大自然中，在随性自适中保持自我人格的节操。渔父是作为屈原的对面存在的，面对社会的黑暗、污浊，屈原则显得执着，决不愿与世俗同流合污，他的人生观是“新沐者必弹冠，新浴者必振衣。安能以身之察察，受物之汶汶者乎？宁赴湘流，葬于江鱼之腹中。安能以皓皓之白，而蒙世俗之尘埃乎？”他始终坚守着人格之高标，追求清白高洁的人格精神，宁愿舍弃生命，也不与污浊的尘世同流合污，虽然理想破灭了，但至死不渝。

很明显，渔父和屈原对待生活的态度是完全不同的，所谓道不同不相为谋，听完屈原的话后，渔父“莞尔而笑，鼓枻而去，乃歌曰：‘沧浪之水清兮，可以濯吾缨；沧浪之水浊兮，可以濯吾足。’”渔父的的生活显然与道家思想较为接近，在混乱之世得以独善其身，而屈原则是一位用世心较强的人，儒家思想的成份多一些。在自己的理想得不到实现，又不为自己的国家所容的情况下，屈原心中苦闷，最终投江身亡，给后人留下了无尽的惋惜，但屈原的高尚人格是很让人敬佩的。

【招　魂】

屈　原

朕[①]幼清以廉洁兮，身服义而未沫[②]；主[③]此盛德兮，牵于俗而芜秽。上无所考此盛德兮，长离[④]殃而愁苦。

帝告巫阳[⑤]曰：“有人在下，我欲辅[⑥]之。魂魄离散，汝筮予之[⑦]！”巫阳对曰：“掌梦[⑧]？上帝命其难从！”“若[⑨]必筮予之，恐后之谢，不能复用[⑩]。”

巫阳焉乃下招曰：魂兮归来！去君之恒幹，何为四方些？舍君之乐处，而离彼不祥些。

魂兮归来！东方不可以托些。长人千仞，惟魂是索些。十日代出，流金铄石些。彼皆习之，魂往必释些。归来归来！不可以托些。

魂兮归来！南方不可以止些。雕题黑齿[⑪]，得人肉以祀，以其骨为醢[⑫]些。蝮蛇蓁蓁[⑬]，封狐[⑭]千里些。雄虺[⑮]九首，往来倏忽[⑯]，吞人以益[⑰]其心些。归来归来！不可以久淫[⑱]些。

魂兮归来！西方之害，流沙千里些。旋入雷渊[⑲]，爢[⑳]散而不可止些。幸而得脱，其外旷宇些。赤蝗若象，玄蠭若壶[㉑]些。五谷不生，藂菅[㉒]是食些，其土烂人，求水无所得些。彷徉无所倚，广大无所极些。归来归来！恐自遗贼[㉓]些。

魂兮归来！北方不可以止些。增[㉔]冰峨峨，飞雪千里些。归来归来！不可以久些。

魂兮归来！君无上天些。虎豹九关[25]，啄害下人些。一夫九首，拔木九千些。豺狼从目，往来侁侁[26]些。悬人以娭，投之深渊些。致命于帝，然后得瞑些。归来归来！往恐危身些。

魂兮归来！君无下此幽都[27]些。土伯九约[28]，其角觺觺[29]些。敦脄[30]血拇，逐人駓[31]些。参[32]目虎首，其身若牛些。此皆甘人[33]，归来归来！恐自遗灾些。

魂兮归来！入修门些。工祝[34]招君，背行先些。秦篝齐缕[35]，郑绵络[36]些。招具[37]该备，永啸呼些。魂兮归来，反故居些。天地四方，多贼奸些。像设[38]君室，静闲安些。高堂邃宇，槛层轩些。层台累榭，临高山些。网户朱缀[39]，刻方连[40]些。冬有突[41]厦，夏室寒些。川谷径复，流潺湲些。光风转蕙，氾崇[42]兰些。经堂入奥[43]，朱尘筵[44]些。砥室翠翘[45]，挂曲琼[46]些。翡翠珠被，烂齐光[47]些。蒻阿[48]拂壁，罗帱[49]张些。纂组绮缟[50]，结琦璜[51]些。室中之观，多珍怪些。兰膏[52]明烛，华容备些。二八侍宿，射递[53]代些。九侯淑女，多迅[54]众些。盛鬋[55]不同制，实满宫些。容态好比，顺弥代些[56]。弱颜固植[57]，謇其有意些。姱容修[58]态，絙[59]洞房些。蛾眉曼睩[60]，目腾光些。靡颜腻理[61]，遗视矊[62]些。离榭修幕，侍君之闲些。翡帷翠帐，饰高堂些。红壁沙版，玄玉梁些。仰观刻桷[63]，画龙蛇些。坐堂伏槛，临曲池些。芙蓉始发，杂芰荷些。紫茎屏风[64]，文缘波些。文异豹饰[65]，侍陂陁[66]些。轩辌既低[67]，步骑罗些。兰薄[68]户树，琼木篱些。魂兮归来！何远为些？

室家遂宗，食多方些。稻粢穱麦[69]，挐黄粱些[70]。大苦咸酸，辛[71]甘行些。肥牛之腱[73]，臑若[74]芳些。和酸若苦，陈吴羹[75]些。胹鳖炮[76]羔，有柘浆[77]些。鹄酸臇凫[78]，煎鸿鸧[79]些。露鸡臛蠵[80]，厉而不爽[81]些。粔籹蜜饵[82]，有餦餭些[83]。瑶浆蜜勺[84]，实羽觞些。挫糟冻饮，酎清凉些。华酌[85]既陈，有琼浆些。归反故室，敬而无妨些。

肴羞未通[86]，女乐罗些。陈钟按鼓，造新歌些。《涉江》《采菱》，发《扬荷》[87]些。美人既醉，朱颜酡[88]些。娭光眇[89]视，目曾[90]波些。被文服纤[91]，丽而不奇些。长发曼鬋，艳陆离[92]些。二八齐容，起郑舞些。衽若交竿[93]，抚案下些[94]。竽瑟狂会，搷[95]鸣鼓些。宫庭震惊，发《激楚》[96]些。吴歈蔡讴[97]，奏大吕些。士女杂坐，乱而不分些。放陈组缨[98]，班其相纷些。郑卫妖玩[99]，来杂陈些。《激楚》之结，独秀先[100]些。菎蔽象棋[101]，有六簙[102]些。分曹[103]并进，遒相迫些。成枭而牟[104]，呼五白[105]些。晋制犀比[106]，费白日些。铿钟摇簴[107]，揳梓瑟[108]些娱酒不废，沈日夜些。兰膏明烛，华镫错些。结撰至思[109]，兰芳假些。人有所极，同心赋些。酎饮尽欢，乐先故[110]些。魂兮归来！反故居些。

乱[111]曰：献岁发春兮，汩[112]吾南征。菉蘋齐叶兮，白芷[113]生。路贯庐江[114]兮，左长薄[115]。倚沼畦瀛兮[116]，遥望博[117]。青骊结驷兮[118]，齐千乘。悬火[119]延起兮，玄颜烝[120]。步及骤处兮[121]，诱[122]骋先。抑骛若[123]通兮，引车右还。与王趋梦[124]兮，课[125]后先。君王亲发兮，惮青兕[126]。朱明[127]承夜兮，时不可以淹。皋兰被径兮，斯路渐[128]。湛湛江水兮，上有枫。目极千里兮，伤春心。魂兮归来，哀江南！

【注释】

①朕：我，屈原自指。②沬（mèi）：微暗。引伸为消减。③主：守、持有。④离：遭遇。殃：祸患。⑤帝：上帝。巫阳：古代神话中的巫师。⑥辅：帮助。特指上天辅助人间帝王。⑦筮予之：通过卜筮知魂魄之所在，招还给予其人。⑧掌梦：掌梦之官，实司其事。巫阳因其难招，故作托词。⑨若：你，指巫阳。⑩离：同“罹”，遭。⑪雕题黑齿：额头上刻花纹，牙齿染成黑色。指南方未开化的野人。题，额头。⑫醢（hǎi）：肉酱。⑬蓁（zhēn）蓁：树木丛生貌，此指积聚在一起。⑭封狐：大狐。⑮虺（huǐ）：毒蛇。⑯儵（shū）忽：同“倏忽”，忽然。⑰益：补。⑱淫：久留。⑲雷渊：神话中的深渊。⑳靡（mǐ）：同“靡”，粉碎。㉑壶：通“瓠”，葫芦。㉒藂（cóng）：聚集。菅（jiān）：一种野草，细叶绿花褐果。㉓贼：残害。㉔增（céng）：通“层”㉕九关：指九重天门。㉖侁（shēn）侁：众多貌。㉗幽都：神话中地下鬼神统治的地方。㉘土伯：地下王国的神灵。约：弯曲。一说，尾也。一说，肚下肉块。㉙觺（yí）觺：尖利貌。㉚敦脄（méi）：很的背肉。疑为神怪名。㉛駓（pī）駓：跑得很快的样子。㉜参：同“三”。㉝甘人：以食人为甘美。㉞工祝：工巧的巫人。㉟秦篝：秦国出产的竹笼，用以盛被招者的衣物。齐缕：齐国出产的丝线。㊱郑绵络：郑国出产的丝棉织品，用作“篝”上遮盖。㊲招具：招魂用品，擅上文“秦篝”、“齐缕”、“郑绵络”等。㊳像设：假想陈设。㊴网户：刻镂网状空格的门户。朱缀：交缀处涂上红色。㊵方连：方格图案，即指“网户”。㊶突（yào）：深密。㊷崇：通“丛”。㊸奥：内室。㊹尘筵：铺在地上的竹席。㊺砥室：形容地面、墙壁都磨平光亮像磨刀石一样。翠翘：翠鸟尾上的毛羽。㊻曲琼：玉钩。㊼齐光：色彩辉映。㊽蒻（ruò）阿：细软的缯帛。㊾帱（chóu）：壁帐。㊿纂组绮缟：指四种颜色不同的丝带。纂，赤色丝带；组，杂色丝带；绮：带花纹丝织品；缟：白色丝织品。51琦璜：美玉。52兰膏：泛言有香气的油脂。53射（yì）：

厌。递：更替。 (54)迅：通"洵"，真正。 (55)盛鬋（jiǎn）：浓密的鬓发。鬋，下垂的鬓发。 (56)顺：通"洵"，诚然。弥代：盖世。 (57)弱颜：容貌柔嫩。固植：身体健康。 (58)姱（kuā）：美好。修：美。 (59)絙（gèng）：绵延。 (60)曼：长。睩（lù）：眼珠转动。 (61)靡：细致。腻：光滑。理：肌肤。 (62)矊（miǎn）：目光深长。 (63)桷（jué）：方的椽子。 (64)屏风：荇菜，又名水葵。一种水生植物。 (65)文异：文彩奇异。豹饰：以豹皮为饰，指侍卫武士的装束。 (66)陂陁（pō tuó）：高低不平的山坡。 (67)轩：有篷的轻车。辌（liáng）：可以卧息的安车。低：通"抵"，到达。 (68)薄：草木丛生。 (69)粢（zī）：小米。穱（zhuō）：早熟麦。 (70)挐（rú）：掺杂。黄粱：黄小米。 (71)辛：辣。行：用。 (73)腱（jiàn）：蹄筋。 (74)臑（ér）：炖烂。若：与"而"意同。 (75)吴羹：吴地浓汤。 (76)胹（ér）：煮。炮：烤。 (77)柘（zhè）浆：甘蔗汁。 (78)鹄酸：据闻一多校。当作"酸鹄"。鹄，天鹅。臇（juàn）：少汁的羹。 (79)鸿鸧（cāng）：鸿，大雁；鸧，即鸧鸹，一种似鹤的水鸟。 (80)露：借为"卤"。一说借为"烙"。臛（huò）：肉羹。蠵（xī）：大龟。 (81)厉：浓烈。爽：败、伤。 (82)粔籹（jù nǚ）：用蜜和面粉制成的环状饼。饵：糕。 (83)餦餭（zhāng huáng）：即麦芽糖，也叫饴糖。 (84)勺：通"酌"。 (85)酎（zhòu）：醇酒。 (86)通：通"彻"，撤去。 (87)扬荷：多作《阳阿》，楚国歌曲名。 (88)酡（tuó）：喝酒脸红。 (89)娭光：形容撩人的目光。眇：通"妙"。 (90)曾：通"层"。 (91)被（pī）：披。文：文绣。纤：细软。 (92)陆离：形容色彩斑斓。 (93)衽：衣襟。交竿：衣襟相交如竿。 (94)抚：通"拊"，拍击。案：同"按"。下：似指弯腰下屈的舞蹈动作。 (95)填（tián）：猛击。 (96)激楚：楚国的歌舞曲名。或谓指激烈的楚歌之声。 (97)吴歈（yú）：吴地之歌。蔡讴：蔡地之歌。 (98)组：系佩饰的丝带。缨：帽带。 (99)妖玩：指妖绕的女子。 (100)秀先：优秀出众。 (101)菎（kūn）蔽：饰玉的筹玛。昆：赌博用具。象棋：象牙棋子。六簙用具。 (102)六簙（bó）：一种棋戏。可用以赌博。 (103)分曹：相对的两方。 (104)枭：博戏术语。成枭棋则可取得棋局上的鱼，得二筹。牟：取。 (105)五白：五颗骰子组成的特彩。得此可胜。 (106)犀比：犀角制的带钩，用作赌胜负的彩注。一说用犀角制成的赌具。 (107)铿：象声词。簴（jù）：钟架。 (108)揳（jiá）：抚。梓瑟：梓木所制之瑟。 (109)结撰：构思。至思：尽心思考。 (110)先故：先祖与故旧。 (111)乱：乱辞，尾声。 (112)汩（yù）：形容匆匆而行。 (113)白芷：一种香草。 (114)庐江：洪兴祖《楚辞补注》云："庐江出陵阳东南，北入江。"谭其骧以为当指今襄阳、宜城界之潼水。春秋时，地为庐戎之国，因有此称。 (115)长薄：杂草丛生的林子。 (116)倚：沿。畦：水田。瀛：大水。 (117)博：旷野之地。 (118)青骊（lí）：青黑色的马。驷：驾一乘车的四匹马。 (119)悬火：焚林驱兽的火把。 (120)玄颜：黑里透红。指天色。烝：上升。 (121)步：步行的随从。骤处：乘车的随从停下。骤，驰；处，止。 (122)诱：导。打猎时的向导。 (123)抑：勒马不前。骛（wù）：奔驰。若：顺，指进退自如。 (124)梦：指云梦泽。这一带是楚国的大猎场，地跨大江南北。 (125)课：比试。 (126)惮青兕：怕射中青兕。兕，犀牛一类的野兽。楚人传说猎得青兕者，三月必死。 (127)朱明：指太阳。 (128)渐（jiān）：遮没。

【赏析】

《招魂》作于公元前296年，即顷襄王三年。三年前楚怀王受秦欺骗，入武关而被拘于秦，逃跑不成，怨愤而死。顷襄王三年，秦欲与楚修好，归怀王丧。“楚人皆怜之，如悲亲戚”，楚人同情怀王这个昏君，除敌忾之心外，还因怀王囚秦时，不肯割地屈服，总算有些骨气。对比只想苟安的顷襄王，自易引起人们的怀念。屈原曾受怀王信用，后来被谗见疏，但总希望怀王有所觉悟。怀王一死，楚国又面临亲秦、拒秦的斗争。屈原写作《招魂》，即认同楚人“如悲亲戚”之情，其中自然就包含了对秦的敌忾之心。

《招魂》全文可分为三个部分，第一部分是序篇，第二部分是正文，第三部分是尾声。

序篇首先描述死者灵魂的哭诉，其中“长离殃而愁苦”，或以为是指屈原遭到放逐，其实是指楚怀王客死秦国；接下来描述上帝同情楚怀王的不幸遭遇，命令巫阳为其招魂；然后描述巫阳以自己的职责是占梦解梦为理由而勉强接受上帝的命令。

正文的内容可分为两个层次，其一描述东南西北、天上地下各有其害，呼吁灵魂不要到那些地方去，而是要返回故居。其二描述巫师引导灵魂返归故里的场景，特别渲染死者生前在故居生活的豪华舒适，诸如“九侯淑女”、“实满宫些”，显然是君王才会有的生活。

尾声描述主持招魂者，回忆当年春天自己曾与怀王到南方狩猎的欢快场景；紧接着对比今日，道路已被荒草遮掩，遥望千里之外的远方（应指怀王客死在秦国之地），伤春之心油然而生，并衷心发出“魂兮归来，哀江南”的呼唤。

诗人最后以“湛湛江水兮，上有枫。目极千里兮，伤春心。魂兮归来，哀江南!”这样极其凄婉的诗句，结束了这一篇千古绝唱。而这结尾几句，堪称《楚辞》中最著名的情景交融片段之一，与《九歌·湘夫人》：“帝子降兮北渚，目眇眇兮愁予。嫋嫋兮秋风，洞庭波兮木叶下”相比也毫不逊色。它对后世的影响甚大，可以说是中国古典文学伤春传统的滥觞。后世如北朝庾信的《哀江南赋》，题目即取自“魂兮归来哀江南”句，感伤时事，眷怀故国，精神也与屈赋相仿佛。可见，此赋对后人影响很深。

【风　　赋】

宋　玉

楚襄王游于兰台[①]之宫。宋玉、景差侍。有风飒然[②]而至。王乃披襟而当之[③]，曰：“快哉此风！寡人所与庶人共者邪?”宋玉对曰：“此独大王之风耳，庶人安得而共之?”

王曰：“夫风者，天地之气，溥畅[④]而至，不择贵贱高下而加焉。今子独以为寡人之风，岂有说乎?”宋玉对曰：“臣闻于师；枳句来巢，空穴[⑤]来风。其所托者然，则风气殊[⑥]焉。”

王曰：“夫风始安生哉?”宋玉对曰：“夫风生于地，起于青蘋之末，侵淫[7]溪谷，盛怒于土囊[8]之口，缘泰山之阿，舞于松柏之下。飘忽淜滂，激飏熛怒[9]，耾耾雷声，回穴错迕[10]。蹶[11]石伐木，梢杀林莽。至其将衰也，被丽披离[12]，冲孔动楗。眴焕粲烂，离散转移。故其清凉雄风，则飘举升降，乘凌[13]高城，入于深宫。邸华叶而振气[14]，徘徊于桂椒之间，翱翔于激水之上，将击芙蓉之精[15]，猎蕙草，离秦衡[16]，概新夷，被荑杨。回穴冲陵[17]，萧条众芳。然后倘佯中庭，北上玉堂[18]，跻[19]于罗帷，经于洞房[20]，乃得为大王之风也。故其风中人[21]，状直憯凄惏慄[22]，清凉增欷。清清泠泠，愈病析酲[23]。发明耳目[24]，宁体便人。此所谓大王之雄风也。”

王曰：“善哉论事！夫庶人之风，岂可闻乎?”宋玉对曰：“夫庶人之风，塕然[25]起于穷巷之间，堀堁[26]扬尘。勃郁烦冤[27]，冲孔袭门。动沙堁，吹死灰。骇[28]溷浊，扬腐馀[29]。邪薄入瓮[30]牖，至于室庐。故其风中人，状直憞溷郁邑[31]，殴温致湿[32]。中心惨怛[33]，生病造热[34]。中唇为胗[35]，得目为蔑[36]。啗齰嗽获[37]，死生不卒[38]。此所谓庶人之雌风也。”

【注释】

①楚襄王：即楚倾襄王，名横。兰台：楚国宫苑名。 ②飒然：风声。 ③披襟：张开衣襟。当：对着，面对。 ④溥：普遍。畅：畅通。 ⑤空穴：孔穴。 ⑥殊：别，不同。 ⑦侵淫：逐渐进入。 ⑧囊：洞穴。 ⑨激扬：飞得很快的样子。票怒：火焰迸飞。 ⑩回穴：旋转。错迕：交错杂乱的样子。 ⑪蹶：动，此处是振动的意思。 ⑫被丽、披离：都是四处分散的样子。 ⑬乘：上升。凌：超越。 ⑭邸：通“抵”，触动。振气：散发香气。 ⑮芙蓉之精：芙蓉之花。 ⑯离：历，经过。秦衡：产生于秦地的杜衡。 ⑰冲陵：冲击侵犯。 ⑱玉堂：对宫殿的美称。 ⑲跻：登，升。 ⑳洞房：深邃的洞室。 ㉑风中人：风正好吹在人身上。 ㉒惏慄：寒冷的样子。 ㉓析：解除。酲：喝醉了神志不清。 ㉔发明耳目：使耳目聪明。 ㉕塕然：风刮起来的样子。 ㉖堀：冲起。堁：尘埃。 ㉗勃郁烦冤：风回旋的样子。 ㉘骇：原意是惊起，此处指搅起。 ㉙腐馀；腐臭的，多余的东西。 ㉚邪薄：偏斜的迫近。瓮：盛水的陶器。 ㉛溷：同“混”。郁邑：忧郁苦闷。 ㉜殴温致湿：殴，同“驱”。殴温致湿：指风驱来了热气和湿气，使人得风湿病。 ㉝中心：正好吹进人的内心。惨怛：悲惨忧伤。 ㉞造热：生热病，使人发烧。 ㉟中唇：正好吹着人的嘴唇。胗：唇疮。 ㊱蔑：眼眶红肿。 ㊲啗：吃。齰：啮。嗽：吮吸。获：大声呼叫。啗齰嗽获：指中风得病的人口动的样子，均为失常之态。 ㊳死生不卒：指人得了风疾，既不会突然死亡，也不会马上病愈，弄得不死不活。

【赏析】

宋玉，又名子渊，汉族，战国时鄢（今襄樊宜城）人。生于屈原之后，或曰是屈原弟子。曾事楚顷襄王。好辞赋，为屈原之后辞赋家，与唐勒、景差齐名。相传所作辞赋甚多，《汉书·卷三十·艺文志第十》录有赋16篇，今多亡佚。流传作品有《九辨》、《风赋》、《高唐赋》、《登徒子好色赋》等。

文章分为三部分：从开头到“其所托者然，则风气殊焉。”为第一段。这段通过引起“雄风”和“雌风”论辩的背景，提出风气带给人不同感受的论点。第二段论述了风的形成、起源以及由弱到强、由强衰弱直至进入深宫化为清风四处飘散吸取万物精华而后带给帝王享受的过程。这段描写十分生动，这里对风的描写暗喻了帝王贪欲的神圣特权，以及臣民伺候帝王的恭敬与虔诚。帝王得到的不像是自然的风，而是精心调制的服务。这风带给帝王的享受，好像是一付神药，这种轻松与愉悦像是病愈酒醒，耳聪目明，舒服至极，使得帝王不由的感叹“好痛快!”这就是帝王享受的雄风。这也是对帝王的生活侧面写照，揭示了帝王生活的奢求与贪欲。

第三段论述了庶人的风。突然起於闭塞的巷道中，扬起沙尘，像愤怒的冤魂恶鬼叫嚣着冲孔袭门。光这来势，就让人感觉这风对于贫民不怀好意的侵犯是何等的嚣张可怕啊!继而卷起沙粒，吹起死灰，搅起污秽肮脏的垃圾，扬起腐臭的气味，斜插进破瓮做的窗户，直冲茅庐。这阴风在贫窟里肆意妄为，使得贫民头昏胸闷，伤心劳神，疲软无力，继而发烧生病，吹到嘴上生口疮，吹到眼上害红眼病，进而嘴巴抽搐吮动，咿呀叫喊，说不出话来，得了中风病，这就是庶人的雌风。通过这段描写，我们可以深切感受到庶民生存环境的恶劣，以及庶民生存的艰难与痛苦。

宋玉正是借风有雄雌之分，说明一个道理：这世上哪有不分贵贱，“寡人所与庶人共者”的风呢？富人的快乐，正是借托在贫贱的痛苦之中。他是针对楚襄王生活骄奢淫逸提出讽谏。寓讽刺于描述之中，意在言外，手法十分高明。

【对楚王问】

宋 玉

楚襄王[①]问于宋玉曰：“先生其有遗行与[②]？何士民众庶不誉之甚也[③]?”

宋玉对曰：“唯，然。有之。愿大王宽其罪，使得毕其辞。

“客有歌于郢中者[④]，其始曰《下里》、《巴人》[⑤]，国中属而和[⑥]者数千人，其为《阳阿》、《薤露》[⑦]，国中属而和者数百人；其为《阳春》、《白雪》[⑧]，国中属而和者不过数十人；引商刻羽，杂以流徵[⑨]，国中属而和者不过数人而已。是其曲弥[⑩]

高，其和弥寡。故鸟有凤而鱼有鲲[11]。凤皇上击九千里，绝[12]云霓，负[13]苍天，翱翔于杳冥[14]之上；夫蕃篱之鷃[15]，岂能与之料天地之高哉！鲲鱼朝发昆仑之墟[16]，暴鬐于碣石[17]，暮宿于孟诸[18]。夫尺泽之鲵[19]，岂能与之量江海之大哉！故非独鸟有凤而鱼有鲲也，士亦有之。夫圣人瑰意琦行[20]，超然[21]独处，夫世俗之民又安知臣之所为哉！"

【注释】

①楚襄王：即楚顷襄王，名横，公元前298年至公元前263年在位。 ②遗行：可遗弃的行为，品行有缺点，有失检点。 ③不誉：不称赞，非议。 ④郢（yǐng）：楚国都城。在今湖北江陵县北。 ⑤《下里》、《巴人》：当时楚国通俗歌曲名。 ⑥属（zhǔ）：接续。和（hè）：随声附和。 ⑦《阳阿》、《薤（xiè）露》：比流行俗曲高雅的歌曲名。 ⑧《阳春》、《白雪》：雅曲名。 ⑨引商刻羽，杂以流徵（zhǐ）：难度很高的演唱技巧。时而拉长为敏疾的商音高调，时而降低为低平的羽声细音，其间杂以抑扬流动的徵声。引，拉长。刻，削减。一说为"引用第二度音，刻画第六度音，夹杂运用流动的第五度音"（《中国古代音乐史稿》第三编第四章）。 ⑩弥：愈，更加。 ⑪鲲（kūn）：古代传说中的大鱼。《庄子·逍遥游》："北冥有鱼，其名为鲲，鲲之大，不知其几千里也。" ⑫绝：越对。 ⑬负：背对着。 ⑭杳冥：高远的天空。杳，高远。冥，深邃。 ⑮鷃（yàn）：雀，古书上说的一种小鸟。 ⑯昆仑：我国西北部的一座大山。墟：山脚。此指发源于昆仑山下的黄河源头。 ⑰暴（pù）：亦作"曝"，晒。鬐（qí）：鱼脊。碣石：山名，在今河北昌黎的渤海之滨。 ⑱孟诸：古大泽名，在今河南商丘东北。 ⑲尺泽：一尺来深的水塘。鲵（ní）：小鱼。 ⑳瑰意琦行：高洁美好卓尔不群的情操和行为。意，品德。行，行为。瑰、琦，珍奇，卓异。 ㉑超然：高超出众。

【赏析】

此文是问答体，文章开头就写楚王以臣子所说的"士民众庶不兴誉之甚"来责问宋玉"其有遗行与?"，而宋玉没有从正面回答，而是一连用了几个比喻，来为自己辩解：首先，他以"曲高和寡"的故事隐喻自己高尚的品格，不为世人所理解。然后，又以"凤皇上击九千里，绝云霓，负苍天，翱翔于杳冥之上"等几个比喻，抒发了宋玉孤芳自赏的思想感情，以"凤"、"鲲"自喻，表现了宋玉自命不凡、清高孤傲的气质。最后，指出"非独鸟有凤而鱼有鲲也，士亦有之"，进而归结到"夫世俗之民又安知臣之所为哉"，有效的反驳了楚王的责问。此文在抒发作者高洁、不与世俗合污的品格之外，也流露出了作者在政治上的不得意之情。

此文整篇都用比喻来说事，并加以夸张的手法，艺术成就很高。后人评价此文"意想平空而来，绝不下一实笔，而骚情雅思，络绎奔赴，固轶群之才也。夫圣人一段，单笔短掉，不说尽，不说明，尤妙"（吴楚材、吴调侯《古文观止》）。金圣叹对此文也是推崇倍至："此文，腴之甚，人亦知；炼之甚，人亦知；却是不知其意思之傲倪，神态之闲畅。凡古人文字，最重随事变笔。如此文，固必当以傲倪闲畅出之也。"除了艺术上的成就外，

"阳春白雪"、"下里巴人"也成为人们常常引用的词语。

【高唐赋】

宋玉

昔者楚襄王与宋玉游于云梦之台，望高唐之观。其上独有云气，崪[①]兮直上，忽兮改容，须臾之间，变化无穷。王问玉曰："此何气也?"玉对曰："所谓朝云者也。"王曰："何谓朝云?"玉曰："昔者先王[②]尝游高唐，怠而昼寝，梦见一妇人曰：'妾巫山之女也，为高唐之客。闻君游高唐，愿荐枕席。'王因幸之。去而辞曰：'妾在巫山之阳[③]、高丘之阻。旦为朝云，暮为行雨[④]。朝朝暮暮，阳台之下。'旦朝视之，如言。故为立庙，号曰朝云。"王曰："朝云始出，状若何也?"玉对曰："其始出也，晰兮若松榯；其少进也，晢兮若姣姬[⑤]。扬袂鄣日，而望所思。忽兮改容，偈[⑥]兮若驾驷马，建羽旗。湫[⑦]兮如风，凄兮如雨。风止雨霁[⑧]，云无处所。"王曰："寡人方今可以游乎?"玉曰："可。"王曰："其何如矣?"玉曰："高矣显矣，临望远矣。广矣普矣，万物祖[⑨]矣。上属于天，下见于渊。珍怪奇伟，不可称论。"王曰："试为寡人赋之。"玉曰："唯唯。"

惟高唐之大体兮[⑩]，殊无物类之可仪比[⑪]。巫山赫其无畴兮[⑫]，道互折而曾累[⑬]。登巉岩[⑭]而下望兮，临大阺之稸水[⑮]。遇天雨之新霁兮，观百谷之俱集。濞汹汹[⑯]其无声兮，溃淡淡[⑰]而并入。滂洋洋[⑱]而四施兮，蓊湛湛[⑲]而弗止。长风至而波起兮，若丽山之孤亩[⑳]。势薄岸[㉑]而相击兮，隘交引而却会[㉒]。崪中怒而特高兮[㉓]，若浮海而望碣石。砾磥磥而相摩兮[㉔]，巆震天之磕磕[㉕]。巨石溺溺之瀺灂兮[㉖]，沫潼潼而高厉[㉗]。水澹澹而盘纡兮[㉘]，洪波淫淫之溶滴[㉙]。奔扬踊[㉚]而相击兮，云兴声之霈霈[㉛]。猛兽惊而跳骇兮，妄奔走而驰迈[㉜]。虎豹豺兕，失气恐喙[㉝]；雕鹗鹰鹞[㉞]，飞扬伏窜。股战胁息[㉟]，安敢妄挚[㊱]。

于是水虫尽暴[㊲]，乘渚之阳。鼋鼍鳣鲔[㊳]，交积纵横。振鳞奋翼，蜲蜲蜿蜿[㊴]。中阪遥望，玄木冬荣[㊵]。煌煌荧荧，夺人目精[㊶]。烂兮若列星，曾不可殚形[㊷]。榛林郁盛，葩华覆盖[㊸]。双椅垂房，纠枝还会[44]。徙靡澹淡[45]，随波闇蔼[46]。东西施翼，猗狔丰沛[47]。绿叶紫裹[48]，丹茎白蒂。纤条悲鸣，声似竽籁[49]。清浊相和，五变四会[50]。感心动耳，回肠伤气。孤子寡妇，寒心酸鼻。长吏隳官，贤士失志[51]。愁思无已，叹息垂泪。登高远望，使人心瘁。盘岸巑岏[52]，裖陈硙硙。磐石险峻，倾崎崖隤[53]。岩岖参差，从横相追。陬互横牾，背穴偃蹠[54]。交加累积，重叠增益[55]。状若砥柱[56]，在巫山下。仰视山颠，肃何千千[57]。炫燿虹蜺，俯视峥嵘[58]。窐寥窈冥[59]，不见其底，虚闻松声。倾岸洋洋，立而熊经[60]。久而不去，足尽汗出。悠悠忽忽，怊怅自失。使人心动，无故自恐。贲育之断，不能为勇。卒愕[61]异物，不知所出。縰縰莘莘[62]，若生于鬼，若出于神。状似走兽，或象飞禽。谲诡[63]奇伟，不可究陈。上至观侧，地盖底平[64]。箕踵漫衍[65]，芳草罗生。秋兰茝蕙，江离载菁。青荃射干，揭车苞并[66]。薄草靡靡，联延夭夭[67]。越香掩掩[68]，众雀嗷嗷。雌雄相失，哀鸣相号。王雎鹂黄，正冥楚鸠[69]。姊归思妇，垂鸡高巢。其鸣喈喈，当年遨游。更唱迭和，赴曲随流[70]。

有方之士，羡门高谿[71]。上成郁林，公乐聚穀。进纯牺，祷璇室。醮诸神，礼太一[72]。传祝已具，言辞已毕。王乃乘玉舆，驷仓螭，垂旒旌[73]，旆合谐。紬大弦而雅声流，冽风[74]过而增悲哀。于是调讴，令人惏悷憯凄，胁息增欷[75]。于是乃纵猎者，基趾[76]如星。传言羽猎，衔枚无声。弓弩不发，罘罕[77]不倾。涉漭漭，驰苹苹[78]。飞鸟未及起，走兽未及发。何节奄忽，蹄足洒血。举功先得，获车已实。

王将欲往见，必先斋戒。差时择日，简舆玄服[79]。建云旆，蜺为旌，翠为盖。风起雨止，千里而逝。盖发蒙，往自会[80]。思万方，忧国害。开贤圣，辅不逮[81]。九窍通郁，精神察滞[82]，延年益寿千万岁。

【注释】

①萃：山高峻的样子，形容云气如高峻的山。 ②先王：指楚怀王。 ③巫山之阳：巫山的南面。高丘之阻：高山旧险要处。 ④旦为朝云，暮为行雨：早晨是飘来的云，傍晚是降落的雨。 ⑤晢：光明。姣姬：美女。 ⑥偈：快速奔驰。羽旗：装饰有羽毛的旗子。 ⑦湫：清凉的样子。 ⑧霁：雨止，天放晴。 ⑨祖：开始，指万物以此始生之地为祖。 ⑩大体：高大的形状。 ⑪仪比：匹配，比拟。 ⑫赫然：盛大的样子。畴：通“俦”，匹配，同类。 ⑬互折：交互曲折。曾累：横斜而上。 ⑭馋岩：山势险峻。

⑮坻：山坡的突出部分。蓄：积蓄。 ⑯濞：指大水。汹汹：波涛奔腾的样子。 ⑰渍：淡淡：水流平满地流过的样子。 ⑱滂：大水涌流的样子。洋洋：众多，盛大。 ⑲翕：聚集的样子。湛湛：深的样子。 ⑳丽：附着。亩：田垄。 ㉑薄岸：迫近崖岸。 ㉒隘：小。交引：一起向后倒流。却会：后退而会合于上游。 ㉓崪中怒而特高兮：指波涛相聚，互相撞击，中部掀起的巨浪特别高耸。 ㉔砾：小石。磥磥：石头很多的样子。相摩：水急触石，自相磨砺。 ㉕嵦礚礚：水石相击声。 ㉖溺溺：淹没。瀺瀺：大石在水中出没的样子。 ㉗沫：浪涛溅起之浪花。潼潼：水势高的样子。厉：起。 ㉘盘纡：迂回曲折。 ㉙淫淫：流的很远的样子。溶滴：水波动荡。 ㉚踊：踊起。 ㉛霈霈：形容波浪相击的声音。 ㉜迈：远行。 ㉝失气恐喙：丧失勇气而恐慌的样子。 ㉞鹗：鱼鹰。鹞：捕食小鸟的猛禽。 ㉟股战：两腿发抖。胁息：屏气。 ㊱挚：通“鸷”，凶猛。 ㊲暴：晒。乘：登。渚：水中小州。阳：水的北面。 ㊳鼋：鱼鳖。鼍：鼍龙。鳄鱼的一种。鳣：鳝鱼。鲔：鲟鱼。 ㊴振鳞奋翼：张开鳞甲。蜲蜲蜿蜿：鱼鳖等流浪的样子。 ㊵中阪：山坡间。玄木：山上幽深的林木。荣：茂盛。 ㊶煌煌荧荧：形容花草树木光彩鲜明。夺人目精：耀人眼目。 ㊷烂兮若列星：灿烂得像群星。曾不可殚形：竟然难以将全部形状说出。 ㊸榛林郁盛：榛树林。葩华：指花。 ㊹椅：树名。房：指山洞子的果实。纠枝：树枝屈曲下垂。还会：相交。 ㊺徙靡：枝条援的样子。澹淡：水波小纹。 ㊻闇蔼：指树荫遮在水波上形成的昏暗的样子。 ㊼猗狔：柔美的样子。丰沛：众多的样子。 ㊽褱：花房。 ㊾竽、籁：均是乐器。 ㊿清浊相和：清声和浊声互相应和。五变：五音变化。四会：四方之声相会合。 (51)懭官：废失官职。失志：失去本志。 (52)盘岸：屈曲的崖岸。巑岏：山高大险峻的样子。裖陈：齐整耸立的样子。 (53)倾崎：倾斜崎岖。崖隤：山崖坠落。 (54)陬：山角。牾：逆。偃蹠：山石高高耸立像踩着什么东西。 (55)重叠增益：山石重重堆积，更加显得高了。 (56)砥柱：山名。 (57)肃：肃穆。千千：通“芊芊”，山色浓绿。 (58)崝嵘：深黑的样子。 (59)窐寥；空深的样子。冥：深远难见的样子。 (60)熊经：熊攀树而自悬。 (61)卒：忽然。愕：遇到。 (62)纚纚莘莘：众多的样子。 (63)谲诡：怪异，变化多端。 (64)厎平：平坦。 (65)箕踵：山势好像簸箕的后跟。漫衍：连绵不断。 (66)秋兰、茝蕙、江离、青荃、射干、揭车：均指各种香草名。苞并：丛生。 (67)夭夭：茂盛而艳丽。 (68)越香：香气远播。掩掩：香气。 (69)王雎、鹂黄、正冥、楚鸠：均是鸟名。 (70)更唱迭和：轮流鸣叫。赴曲：鸟儿鸣叫如同歌曲。随流：随鸟声成曲。 (71)有方之士：方士。羡门、高谿、上成、郁林、公乐、聚穀：方士的名字。 (72)祷：祭祀。璇室：用宝玉装饰的宫室。醮：祭祀神灵的一种活动。礼：敬神。太一：地位最尊的天神。 (73)驷仓螭：驾着苍龙。旒：旗帜边上县挂的装饰物。 (74)绌：抽引。冽风：寒风。 (75)调讴：调整歌声。惏悷：悲伤的样子。欷：悲叹声。 (76)纵猎者：放纵手下打猎的人。基趾：指手下簇拥的人马。 (77)罘罕：捕动物的网。 (78)漭漭：水广远的样子。芊芊：草丛生的样子。 (79)简舆玄服：减少车辆随从，穿上黑色衣服。 (80)发蒙：启发蒙昧。往自会：与神女相会。 (81)开：开导。不逮：不足。 (82)精神察滞：精神清明。

【赏析】

《高唐赋》是描写巫山景物的一篇作品，它所描述的巫山风物，既具有典型性又具有鲜明的地域性。

古今学者对《高唐赋》的艺术成就评价很高，多认为此赋全面展示长江三峡自然景观极富独创性，堪称中国山水文学之祖。但也有学者认为宋玉作品的基调是“劝百讽一”。《高唐赋》明写山水风物，暗含“曲谏”之意。宋玉侈说巫山风物，其用意在于规劝襄王不要放弃巫郡、黔中郡。如陈第在《屈宋古音义》中指出：“按《高唐赋》，始叙云气之婀娜，以至山水之嵌岩，激薄、猛兽、鳞虫、林木、诡怪、以至观侧之底平、芳草、飞禽、神仙、祷祠、讴歌、田猎，匪不毕陈，而终之以规谏。”章炳麟《菿汉闲话》对此作了更进一步分析：“盖巫、郢一航可达，所谓‘朝辞白帝，暮宿江陵’，楚上游之险，惟在于此。怀王虽被留，犹不肯割以予秦。襄王既立，宜置兵戍守，而当时绝未念及，故玉以赋感之。”

《高唐赋》是歌咏三峡的第一赋，在古今都有很高的知名度。其成就也很高，首先此赋创造了我国文学上经典的“云雨意象”。宋玉《高唐赋》中首次创造了楚怀王与神女瑶姬梦幻的爱情故事，产生了巨大影响，引人产生无限的遐思。后来元稹的著名爱情诗句“除却巫山不是云”就深受其影响，也进一步使云雨意象成为文学经典。其次，此赋发展了细腻工致的文学叙事艺术。《高唐赋》在物象描绘方面极为细腻工致，抒情与写景结合得自然贴切，如“高矣显矣，临望远矣。广矣普矣，万物祖矣，上属于天，下见于渊。珍怪奇伟，不可称论”，“登峻岩而下望兮，临大阺之稸水。遇天雨之新霁兮，观百谷之俱集。濞汹汹其无声兮，溃淡淡而并入。滂洋洋而四施兮，蓊湛湛而弗止。长风至而波起兮，若丽山之孤亩。势薄岸而相击兮，隘交引而却会。崪中怒而特高兮，若浮海而望碣石”，景物描写细致逼真，气势磅礴，具有很高的文学艺术价值，对后来汉赋的发展具有重要的启示作用。

【神女赋】

宋　玉

楚襄王与宋玉游于云梦之浦，使玉赋高唐[1]之事。其夜玉寝，梦与神女遇，其状甚丽，玉异之。明日，以白王。王曰：“其梦若何?”玉对曰：“晡[2]夕之后，精神怳忽，若有所喜。纷纷扰扰，未知何意。目色仿佛[3]，乍若有记[4]。见一妇人，状甚奇异。寐而梦之，寤不自识。罔兮不乐，怅然失志。于是抚心定气，复见所梦。”王曰：“状何如也?”玉曰：“茂矣美矣，诸好备矣。盛矣丽矣，难测究矣。上古既无，世所未见。瑰姿玮态[5]，不可胜赞。其始来也，耀乎若白日初出照屋梁；其少进也，皎若明月舒其光。须臾之间，美貌横生。晔兮如华[6]，温乎如莹[7]。五色并驰，不可殚形。详而视之，夺人目精[8]。其盛饰也，则罗纨绮缋盛文章[9]，极服妙采照万方。振绣[10]衣，被袿裳，襛不短，纤不长，步裔裔兮曜[11]殿堂。忽兮改容，婉若游龙乘云翔。嫷被服，侻薄装[12]。沐兰泽，含若芳[13]。性和适，宜侍旁[14]。顺序卑[15]，调心肠[16]。”王曰：“若此盛矣！试为寡人赋之。”玉曰：“唯唯。”

夫何神女之姣丽兮，含阴阳之渥饰。被华藻[17]之可好兮，若翡翠[18]之奋翼。其象[19]无双，其美无极。毛嫱鄣袂[20]，不足程式；西施掩面，比之无色。近之既妖，远之有望。骨法多奇[21]，应君之相。视之盈目，孰者克尚。私心独悦，乐之无量。交希恩疏，不可尽畅[22]。他人莫睹，玉览其状。其状峨峨，何可极言。貌丰盈以庄姝兮，苞[23]温润之玉颜。眸子炯其精朗兮，瞭多美而可观。眉联娟[24]以蛾扬兮，朱唇的[25]其若丹。素质干之醲[26]本实兮，志解泰[27]而体闲。既姽婳[28]于幽静兮，又婆娑乎人间。宜高殿以广意兮，翼放纵而绰宽[29]。动雾縠[30]以徐步兮，拂墀声之珊珊[31]。望余帷而延视兮[32]，若流波之将澜[33]。奋长袖以正衽兮[34]，立踯躅而不安。澹清静其愔嫕兮[35]，性沈详而不烦。时容与[36]以微动兮，志未可乎得原。意似近而既远兮，若将来而复旋[37]。褰余帱[38]而请御兮，愿尽心之惓惓[39]。怀贞亮之絜清兮[40]，卒与我兮相难。陈嘉辞而云对兮[41]，吐芬芳其若兰[42]。精交接以来往兮，心凯康以乐欢。神独亨[43]而未结兮，魂茕茕以无端。含然诺其不分兮[44]，喟扬音而哀叹。頩薄怒以自持兮[45]，曾不可乎犯干[46]。于是摇珮饰，鸣玉鸾[47]，整衣服，敛容颜，顾女师，命太傅。欢情未接，将辞而去。迁延引身[48]，不可亲附。似逝未行，中若相首[49]。目略微眄[50]，精彩相授。志态[51]横出，不可胜记。意离未绝，神心怖覆。礼不遑讫[52]，辞不及究。愿假[53]须臾，神女称遽[54]。回肠伤气，颠倒失据[55]。闇然[56]而暝，忽不知处。情独私怀[57]，谁者可语？惆怅垂涕，求之至曙[58]。

【注释】

①高唐：高唐观；楚人在云梦泽中建筑的祭祀先祖高阳的高台。②晡：黄昏。③目色仿佛：眼睛看不真切。④乍若有记：忽然好像相识似的。⑤瑰姿：艳丽的姿容。玮态：美好的姿态。⑥晔：光辉灿烂。华，同“花”。⑦温：温润。莹：似玉的美石。⑧夺人目精：耀人眼目。⑨罗：轻软的丝织品。纨：细绢。绮：有花纹的丝织

品。缋：布的头尾。文章：文彩。 ⑩振：拂试。绣：华丽。 ⑪裔裔：轻快行走的样子。曜：照耀。 ⑫嫷被服：嫷：美好。侻：恰好。薄装：淡妆。 ⑬含若芳：（头发上）含有杜若的芳香。 ⑭宜侍旁：适宜侍侯在君王身旁。 ⑮顺序：和顺。卑：柔。 ⑯调心肠：调和心神。 ⑰华藻：文彩。 ⑱翡翠：鸟名。 ⑲象：形象、仪态。 ⑳障袂：用衣袖遮蔽。 ㉑骨法：骨相。奇：异常。 ㉒不可尽畅：不能心情痛快地倾诉衷肠。 ㉓苞：美盛。姝：美好。 ㉔联娟：弯曲而纤细。 ㉕的：鲜明，鲜艳。 ㉖素：通"愫"，本性。质；质朴。农：通"农"，厚。 ㉗志：情志。解泰：闲适安宁，不急燥。 ㉘嫷婳：闲静美好的样子。 ㉙翼：放纵的样子。绰：宽裕。 ㉚雾縠：薄如云雾的轻纱。 ㉛墀：台阶。珊珊；象声词。 ㉜延视：久久地注视。 ㉝澜：大波。 ㉞衽：衣襟。 ㉟澹：安居乐业。愔：和悦。嫕：和蔼可亲。 ㊱容与：闲暇自得的样子。 ㊲原：本原。旋：回转。 ㊳褰：揭起，撩起。帱：床帐。 ㊴惓惓：同"拳拳"，诚恳的样子。 ㊵怀贞亮之絜清：怀有贞亮高洁的志向。 ㊶陈嘉辞而云对：对她陈述美好的言辞。 ㊷吐芬芳其若兰：形容口中所说的言词如杜兰般美好。 ㊸亨：沟通。 ㊹不分：不甘心的意思。 ㊺頩：收起笑容，脸色变得严肃。薄怒：微怒。持：庄重。 ㊻犯干：触犯。 ㊼玉鸾：玉铃，用玉做成的，形状像鸾鸟。 ㊽迁延：倒退。引身：抽身，离去。 ㊾相首：相向。 ㊿微眄：微微斜视。 51志态：情意姿态。 52不遑：来不及。讫：完结。 53假：借。 54称：声称。遽：急促。 55失据：失去依托。 56闇然：忽然。 57情：衷情。私怀：内心的情感。 58至曙：到天亮。

【赏析】

《神女赋》紧接着《高唐赋》而来。《高唐赋》的迟回荡漾之笔，似乎在牵惹楚襄王乃致读者对巫山神女的怀想之情，到了《神女赋》，这位隐身云烟、姗姗不临的美丽女神才终于在作者笔下翩然现形。

此赋序文叙说的是宋玉和神女相遇。开笔写的格外迷离。先以宋玉的神情恍惚、纷纷扰扰为神女降临造境，未入梦已扰人心神，然后才是女神现身，仍有一种似曾相识的朦胧感觉，继写宋玉梦境又历历如画地重现。这一节叙说文字扑朔变化，一波三折，显示出作者行文上的腾挪纵收之妙。序文中对话部分的描摹，侧重在传写神女初临时给宋玉带来的印象，妙在从虚处落笔。才思横溢的宋玉竟然也因神女的显现而陷入失态和拙于言辞的境地，正有力的烘托出神女的惊世骇俗之美，给读者以非同寻常的审美感受。

后面的正文部分大约说了三层意思，第一层是描写神女的容貌情态。作品先是总体的说她"其象无双，其美无极。毛嫱障袂，不足程序；西施掩面，比之无色。"接着又分别的说了她的面貌、眼睛、眉毛、嘴唇、身段等等如何美。情态作精工细雕的刻画。肖像的勾勒中特别注重其生气、神情的活现。静态的描摹之后是动态和心理的传写，展现出神女美丽多情的一面。第二层是描写神女想和楚王亲近，但由于某种原因，没有达成。这部分描写神女的心理情态非常细致生动，如："望余帷而延视兮，若流波之将澜。奋长袖以正衽兮，立踯躅而不安。澹清静其愔嫕兮，性沉详而不烦。时容与以微动兮，志未可乎得原。意似近而既远兮，若将来而复旋。"

第三个层次写神女与楚王的离别："于是摇佩饰，鸣玉鸾，整衣服，敛容颜。顾女师，命太傅。欢情未接，将辞而去。迁延引身，不可亲附。似逝未行，中若相首。目略微眄，精采相授。志态横出，不可胜记。”刻画了神女脉脉含情和依依不舍的一瞥，读来令人更加令人回肠荡气和思致绵远。

此赋是用骚体句和四言句结构成的，用词浅显，贯通流畅。诸如“其状峨峨，何可极言。貌丰盈以庄姝兮，苞温润之玉颜。眸子炯其精朗兮，瞭多美而可观。眉联娟以蛾扬兮，朱唇的其若丹。”清新自然、读起来朗朗上口。

【登徒子好色赋】

宋　玉

大夫登徒子侍于楚王[①]，短[②]宋玉曰：“玉为人体貌闲丽，口多微辞，又性好色，愿王勿与出入后宫。”王以登徒子之言问宋玉。玉曰：“体貌闲丽，所受于天也。口多微辞，所学于师也。至于好色，臣无有也。”王曰：“子不好色，亦有说乎？有说则止[③]，无说则退。”

玉曰：“天下之佳人莫若楚国，楚国之丽者莫若臣里，臣里之美者莫若臣东家之子。东家之子，增之一分则太长，减之一分则太短，著粉则太白，施朱[④]则太赤。眉如翠羽，肌如白雪，腰如束素[⑤]，齿如含贝。嫣然一笑，惑阳城，迷下蔡[⑥]。然此女登墙窥臣三年，至今未许也。登徒子则不然。其妻蓬头挛[⑦]耳，齞唇历齿[⑧]，旁行踽偻[⑨]，又疥且痔[⑩]。登徒子悦之，使有五子[⑪]。王孰察[⑫]之，谁为好色者矣。”

是时秦章华大夫在侧[⑬]，因进而称曰：“今夫宋玉盛称邻之女. 以为美色愚乱之邪[⑭]，臣自以为守德，谓不如彼矣。且夫南楚穷巷之妾[⑮]，焉足为大王言乎！若臣之陋，目所曾睹者，未敢云也。”王曰：“试为寡人说之。”

大夫曰：“唯唯。臣少曾远游，周览九土[⑯]，足历五都[⑰]。出成阳，熙邯郸[⑱]，从容郑卫溱洧之间[⑲]。是时向春之末，迎夏之阳[⑳]。鸧鹒喈喈[㉑]，群女出桑[㉒]。此郊之姝[㉓]，华色含光，体美容冶，不待饰装。臣观其丽者，因称诗[㉔]曰：‘遵大路兮揽子祛[㉕]。’赠以芳华辞甚妙。于是处子怳若有望[㉖]而不来，忽[㉗]若有来而不见。意密体疏[㉘]，俯仰异观[㉙]。含喜微笑，窃视流眄[㉚]。复称诗曰：‘寤春风兮发鲜荣[㉛]，絜斋俟兮惠音声[㉜]。赠我如此兮不如无生[33]！'因迁延而辞避[34]。盖徒以微辞[35]相感动，精神相依凭，目欲其颜[36]，心顾其义[37]，扬诗守礼，终不过差[38]。故足称也。"

于是楚王称善，宋玉遂不退。

【注释】

①楚王：这里是指楚襄王。 ②短：这里指攻其所短。 ③止：与下文"退"相对，指留下。 ④施朱：涂烟脂。 ⑤束素：一束白色生绢。这是形容腰细。 ⑥惑阳城，迷下蔡：使阳城、下蔡两地的男子着迷。阳城、下蔡是楚国贵族封地。 ⑦挛（luán）：卷曲。 ⑧齞（yàn）唇历齿：稀疏又不整齐的牙齿露在外面。齞：牙齿外露的样子。历齿：形容牙齿稀疏不整齐。 ⑨旁行踽（jǔ）偻（lóu）：弯腰驼背，走路摇摇晃晃。踽偻：驼背。 ⑩又疥且痔：长满了疥疮和痔疮。 ⑪使有五子：使她生有五个儿女。 ⑫孰察：孰，通"熟"。仔细端详。 ⑬秦章华大夫在侧：当时秦国的章华大夫正在楚国。章华：楚地名。这里是以地望代称。 ⑭愚乱之邪：美色能使人乱性，产生邪念。 ⑮南楚穷巷之妾：指楚国偏远之地的女子，也即"东邻之子"。 ⑯周览九土：足迹踏遍九州。九土：九州。 ⑰五都：五方都会，泛指繁盛的都市。 ⑱熙邯郸：在邯郸游玩。熙：游玩。邯郸：当时赵国都城，故址在今河北省邯郸市。 ⑲从容郑、卫溱（zhēn）洧（wěi）之间：在郑卫两国的溱水和洧水边逗留。从容：逗留，停留。郑、卫：春秋时的两个国名，故址在今河南省新郑市到滑县、濮阳一带。溱洧：郑国境内的两条河。《诗经·郑风·溱洧》写每年上巳节，郑国力女在岸边聚会游乐的情况。 ⑳迎夏之阳：将有夏天温暖的阳光。迎：迎接，将要出现。 ㉑鸧（cāng）鹒（gēng）喈喈：鸧鹒鸟喈喈鸣叫。 ㉒群女出桑：众美女在桑间采桑叶。 ㉓此郊之姝（shū）：意指郑、卫郊野的美女。 ㉔称诗：称引《诗经》里的话。 ㉕遵大路兮揽子祛（qū）：沿着大路与心上人携手同行。祛：衣袖。《诗经·郑风。遵大路》："遵大路兮，掺执子之祛兮。" ㉖有望：有所期望。 ㉗忽：与恍为互文，恍忽：心神不定的样子。这两句是说，那美人好像要来又没有来，撩得人心烦意乱，恍忽不安。 ㉘意密体疏：尽管情意密切，但形迹却又很疏远。 ㉙俯仰异观：那美人的一举一动都与众不同。 ㉚窃视流眄（miǎn）：偷偷地看看她，她正含情脉脉，暗送秋波。 ㉛寐春风兮发鲜荣：万物在春风的吹拂下苏醒过来，一派新鲜茂密。寐：苏醒。 ㉜洁斋俟兮惠音声：那美人心地纯洁，庄重种持；正等待我惠赠佳音。斋：举止庄重。 ㉝赠我如此兮不如无生：似这样不能与她结合，还不如死去。 ㉞因迁延而辞避：她引身后退，婉言辞谢。 ㉟微辞：指终于没能打动她的诗句。 ㊱目欲其颜：很想亲眼看看她的容颜。 ㊲心顾其义：心里想着道德规范，男女之大防。 ㊳扬《诗》守礼，终不过差：口诵《诗经》古语，遵守礼仪，也终于没有什么越轨的举动。过差：过失，差错。

【赏析】

此赋是宋玉的代表作，通过登徒子、楚襄王、宋玉和章华大夫的对话，劝戒楚襄王不要沉溺于女色而应致力与国事。

登徒子一向被作为好色之徒的代名词。赋中写登徒子在楚王面前诋毁宋玉好色："玉为人体貌闲丽，口多微辞，又性好色"，宋玉则以东家邻女至美而其不动心为例说明他并不好色。又以登徒子妻其丑无比，登徒子却和她生了五个孩子，反驳说登徒子才好色。作者描写的登徒子妻则是让人反感："蓬头挛耳，齞唇历齿，旁行踽偻，又疥且痔"，而登徒子悦之，若好色如登徒子，可称为"色盲"。其实，作者是根据《离骚》"众女嫉余之蛾眉兮，谣诼谓余以善淫"推而广之，目的是指斥嫉贤妒能的谗巧小人而已。同时，更是借章华大夫的"发乎情、止乎礼"来假以为辞，讽于淫也"（李善《文选》本赋注），曲折地表达讽谏楚王之意。

此赋极尽刻画形容之能事，很多语言已经成为我们耳熟能详的话，如："增之一分则太长，减之一分则太短；著粉则太白，施朱则太赤。""眉如翠羽，肌如白雪，腰如束素，齿如含贝。"这种方法，继承了《诗经·卫风·硕人》："手如柔荑，肤如凝脂，领如蝤蛴，齿如瓠犀，螓首蛾眉"的手法，只是此赋的描写更细腻更极尽刻划形容之能事。赋中成功地运用了正面勾勒、侧面烘托以及宽长、对比乃至排比等多种手法，刻画了美女的形象，这种对美女的刻画对后世文学作品描绘妇女形象有很大的影响。

此赋行文平易自然，一气呵成，如同江河直下，畅通无阻；笔法灵活多变，错落有致；语言生动、形象鲜明，诙谐有趣，是一篇很优秀的文章。

【谏逐客书】

李　斯

臣闻吏议逐客，窃以为过①矣。昔穆公②求士，西取由余于③戎，东得百里奚④于宛，迎蹇叔⑤于宋，求丕豹、公孙支⑥于晋。此五子者，不产于秦，而穆公用之，并国二十，遂霸西戎。孝公用商鞅⑦之法，移风易俗，民以殷盛，国以富强，百姓乐用，诸侯亲服，获楚、魏之师，举地千里，至今治强。惠王用张仪⑧之计，拔三川⑨之地，西并巴、蜀⑩，北收上郡⑪，南取汉中⑫，包九夷⑬，制鄢、郢⑭，东据成皋⑮之险，割膏腴之壤，遂散六国之从，使之西面事秦，功施到今。昭王得范雎⑯，废穰侯⑰，逐华阳⑱，强公室，杜私门，蚕食诸侯，使秦成帝业。此四君者，皆以客之功。由此观之，客何负于秦哉！向使四君却客而不内，疏士而不用，是使国无富利之实，而秦无强大之名也。

今陛下致昆山⑲之玉，有随、和之宝⑳，垂明月之珠，服太阿㉑之剑，乘纤离㉒之马，建翠凤之旗㉓，树灵鼍㉔之鼓。此数宝者，秦不生一焉，而陛下说之，何也？必秦国之所生然后可，则是夜光之璧不饰朝廷，犀象之器不为玩好，郑、卫之女不充后宫，而骏良駃騠不实外厩，江南金锡不为用，西蜀丹青不为采。所以饰后宫、充下陈、娱心意、说耳目者，必出于秦然后可，则是宛珠[25]之簪，傅玑之珥[26]，阿缟[27]之衣，锦绣之饰不进于前，而随俗雅化，佳冶窈窕，赵女不立于侧也。夫击瓮叩缶[28]，弹筝搏髀[29]，而歌呼呜呜快耳者，真秦之声也。郑、卫、桑间，韶、虞、武、象者[30]，异国之乐也。今弃击瓮叩缶而就郑、卫，退弹筝而取韶、虞，若是者何也？快意当前，适观而已矣。今取人则不然，不问可否，不论曲直，非秦者去，为客者逐。然则是所重者在乎色乐珠玉，而所轻者在乎人民也。此非所以跨海内、制诸侯之术也。

臣闻地广者粟多，国大者人众，兵强则士勇。是以太山不让土壤，故能成其大；河海不择细流，故能就其深；王者不却众庶，故能明其德。是以地无四方，民无异国，四时充美，鬼神降福，此五帝三王之所以无敌也。今乃弃黔首[31]以资敌国，却宾客以业诸侯。使天下之士退而不敢西向，裹足不入秦，此所谓藉寇兵而赍[32]盗粮者也。

夫物不产于秦，可宝者多；士不产于秦，而愿忠者众。今逐客以资敌国，损民以益雠，内自虚而外树怨于诸侯，求国无危，不可得也。

【注释】

①过：错误。 ②穆公：指秦穆公。《东周列国志》版画之百里奚像。百里奚是秦穆公时期的相国，因其是秦穆公用五张羊皮从楚国赎回来的，因此又称为”五羖大夫”。③由余：春秋时晋国人，逃亡到西戎，秦穆公以礼招其归秦，并用其计统一了西戎各部。戎：指西部少数民族。 ④百里奚：其身世说法不一。传说他是楚国宛（今南南阳）人，曾为楚大夫，后沦落为奴，被秦穆公用五张羊皮赎出，任为秦相，故又称五羖大夫。 ⑤蹇叔：寓居于京，经百里奚推荐，被秦穆公聘为上大夫。 ⑥丕豹：晋国人，其父被晋惠公杀死后，投奔秦穆公，为大将，助秦攻晋。公孙支：字子桑。游于晋，后入秦，秦穆公任他为大夫。 ⑦商鞅：姓公孙，名鞅。本是卫国公族，又称卫鞅。因秦孝公曾封之以商地（在今陕西商州），故称商鞅。任秦相十年间，实行变法，使秦国强盛起来。 ⑧张仪：魏国人，曾屡任秦相，主张”连横”策略。 ⑨三川：指今河南西北一带，因有黄河、洛河、伊河流过境内，故称三川。 ⑩巴：今四川东部。蜀：今四川西部。 ⑪上郡：魏地，在今陕西西北部一带。前328年，秦攻魏，魏以上郡十五县献秦求和。 ⑫汉

中：今陕西汉中地区。 ⑬九夷：泛指当时楚地少数民族。 ⑭鄢：楚国旧都，在今湖北宜城南。郢：楚国都，故址在今湖北江陵。 ⑮城皋：地名，即今河南荥阳的虎牢。 ⑯范雎（jū）：字叔游，魏国人，曾被秦昭王任为秦相。 ⑰穰（rǎng）侯：秦昭襄王养母弟魏冉的封号。 ⑱华阳：华阳君，秦昭襄王养母弟芈（mǐ）冉的封号。 ⑲崐山：即昆仑山，指今新疆、西藏间之昆仑山脉。古代传说这里产玉。 ⑳随：春秋小国，在今湖北随县。传说随侯有一颗名贵的珠宝，称“随侯珠”。和：春秋楚国人卞和，据说他在山中发现一块璞玉，献给楚王，称“和氏璧”。 ㉑太阿（ē）：宝剑名，相传春秋楚国人干将、莫邪合铸的宝剑之一。 ㉒纤离：骏马名。 ㉓翠凤之旗：以翠羽做装饰的旗帜。 ㉔鼍（tuó）：鳄鱼类，俗名猪婆龙，皮可蒙鼓。 ㉕宛（yuān）珠：宛地出产的珠子。 ㉖玑：不圆的珠子。珥（ěr）：耳环。 ㉗阿缟（gǎo）：齐国东阿（今山东东阿）出产的白色的绢。 ㉘瓮（wèng）：汲水瓦罐。缶（fǒu）：小口大腹的瓦罐。秦国的瓮、缶为打击乐器。 ㉙筝：弦乐器。搏髀（bì）：拍着大腿打拍子。 ㉚桑间：卫国濮水边上的一个地名，相传是青年男女聚会唱歌的地方。韶、虞：也称箫韶，相传为歌颂虞舜的音乐。武象：周初的乐舞。 ㉛黔首：百姓。黔，黑色。 ㉜赍（jī）：送给。

【赏析】

本篇所记是公元前237年，秦王下达了逐客令，李斯觉着不妥，便向秦王上书建议停止逐客之事。李斯（？－前208）：战国时楚国上蔡（今河南上蔡）人。年轻之时，曾为郡小吏。后与韩非一同从荀卿学“帝王之术”。公元前247年去楚入秦，受到秦王重用，官至丞相。在秦始皇统一六国的过程中，起过十分重要的作用。秦统一六国之后，又积极主张废诸侯、行郡县、统一文字和度量衡。秦始皇死后，为赵高所谮，后以谋反罪被腰斩于咸阳，并夷灭三族。著有《谏逐客书》和《苍颉篇》。

文章立意高深、选材得当，列举历史史实，说明客卿辅秦之功。力陈逐客之失，劝秦王为成就统一大业要不讲国别，不分地域，广集人才。没有提及”郑国”之事，避开了政治斗争的焦点，没有指责秦国宗室贵族提出逐客是势力之争，避免了争权之嫌。论证严密，言辞有力，在设喻铺陈中，将委婉的言辞与犀利的词锋结合，道理透彻精辟。结构曲折多变而严谨有序，在论秦王对物的态度时，几层意思差不多，可顺说倒叙，正叙反诘，或略换几个词，或稍变一下手法，使文章曲折变化跌宕生姿。行文前后呼应一气贯通，不枝不蔓紧凑慎密。多用排比和对偶，造成文章咄咄逼人的雄浑奔放之势。语言形式整齐错落，音节上抑扬顿挫，使全文增强了滔滔不绝的奔放气势。善用比喻，增强了议论的形象性和说服力。文章在论证秦国驱逐客卿的错误和危害时，没有在逐客的具体问题上就事论事，也没有涉及个人的进退出处。而是站在”跨海内制诸侯，完成统一天下大业。”的高度，分析阐明逐客的利害得失。这反映了李斯的卓越远见，体现了他顺应历史潮流的进步政治主张和治国用人路线。

此文论据确凿，议论纵横，逻辑性强，是一篇很有影响的作品。《谏逐客书》开辟了散文赋文化风气的先河，对后代汉的散文和词赋产生了一定的影响。鲁迅曾说：“秦之文章，李斯一人而已。”

【过秦论（上）[1]】

贾谊

秦孝公[2]据崤函[3]之固，拥雍州[4]之地，君臣固守，以窥周室。有席卷天下、包举宇内、囊括四海之意，并吞八荒之心[5]。当是时也，商君佐之。内立法度，务耕织、修守战之具；外连衡而斗诸侯[6]。于是秦人拱手而取西河之外。

孝公既没，惠文、武、昭[7]，蒙故业，因遗策[8]，南取汉中，西举[9]巴、蜀，东割膏腴之地，收要害之郡[10]。诸侯恐惧，会盟而谋弱秦。不爱珍器重宝肥饶之地，以致[11]天下之士，合从缔交，相与为一[12]。当此之时，齐有孟尝，赵有平原，楚有春申，魏有信陵[13]。此四君者，皆明智而忠信，宽厚而爱人，尊贤而重士，约从离横[14]，兼韩、魏、燕、楚、齐、赵、宋、卫、中山之众。于是六国之士，有宁越、徐尚、苏秦、杜赫之属为之谋[15]，齐明、周最、陈轸、召滑、楼缓、翟景、苏厉、乐毅之徒通其意[16]，吴起、孙膑、带佗、倪良、王廖、田忌、廉颇、赵奢之伦制其兵[17]。尝以十倍之地、百万之众，叩关而攻秦。秦人开关而延敌，九国之师逡巡[18]遁逃而不敢进。秦无亡矢遗镞之费，而天下诸侯已困矣。于是从散约解，争割地而赂秦。秦有馀力而制其弊[19]，追亡逐北[20]，伏尸百万，流血漂橹[21]，因利乘便，宰割天下，分裂河山。强国请伏，弱国入朝。

施及孝文王、庄襄王[22]，享国之日浅，国家无事。及至始皇，奋六世之馀烈[23]，振长策而御宇内[24]，吞二周[25]而亡诸侯，履至尊而制六合[26]，执敲扑以鞭笞天下[27]，威震四海。南取百越[28]之地，以为桂林、象郡；百越之君，俯首系颈[29]，委命下吏[30]。乃使蒙恬北筑长城而守藩篱[31]，却匈奴七百馀里；胡人不敢南下而牧马，士不敢弯弓而报怨。于是废先王之道，燔百家之言，以愚黔首。隳[32]名城，杀豪俊，收天下之兵聚之咸阳，销锋镝[33]，铸以为金人十二，以弱天下之民。然后践华为城，因河为池[34]，据亿丈之城[35]，临不测之溪[36]以为固。良将劲弩，守要害之处；信臣精卒，陈利兵而谁何！天下已定，始皇之心，自以为关中之固，金城[37]千里，子孙帝王万世之业也。

始皇既没，馀威振于殊俗[38]。然而陈涉瓮牖绳枢[39]之子，氓隶[40]之人，而迁徙之徒也[41]。材能不及中人，非有仲尼、墨翟之贤，陶朱、猗顿[42]之富。蹑足[43]行伍之间，俛起阡陌[44]之中，率疲散之卒，将数百之众，转而攻秦。斩木为兵，揭竿为旗，天下云集而响应，赢粮而景从[45]，山东豪俊，遂并起而亡秦族矣。

且夫天下非小弱也，雍州之地，崤函之固自若也。陈涉之位，非尊于齐、楚、燕、赵、韩、魏、宋、卫、中山之君也；锄耰棘矜，非铦于钩戟长铩也[46]；谪戍[47]之众，非抗[48]于九国之师也；深谋远虑，行军用兵之道，非及曩时之士也。然而成败异变，功业相反。试使山东之国与陈涉度长絜大[49]，比权量力，则不可同年而语矣。然秦以区区之地，致万乘[50]之权，招八州而朝同列[51]，百有馀年矣。然后以六合为家，崤函为宫。一夫作难[52]而七庙隳[53]，身死人手，为天下笑者，何也？仁义不施，而攻守之势异也[54]。

【注释】

①选自贾谊《新书》，贾谊（前200－前168），西汉洛阳（现在河南洛阳）人，政论家，文学家。过秦，意思是指出秦的过失。过，这里是动词。 ②秦孝公：秦国的国君。他用商鞅变法，富国强兵。下文的商君就是商鞅。 ③殽函：殽山和函谷关。殽山，在函谷关的东边。函谷关，在河南灵宝。 ④雍州：现在陕西中部北部、甘肃（除去东南部）、青海的东南部和宁夏一带地方。 ⑤有席卷天下，包举宇内、囊括四海之意，并吞八荒之心：意思是，（秦孝公）有并吞天下的野心。席卷、包举、囊括，都有并吞的意思。宇内、四海、八荒，都是天下的意思。八荒，原指八方荒远的地方。 ⑥外连衡而斗诸侯：对外用连衡的策略使诸侯自相斗争。连衡，也作“连横”，是一种离间六国，使它们各自同秦国联合，从而各个击破的策略。 ⑦惠文、武、昭襄：惠文王、武王、昭襄王。惠文王是孝公的儿子，武王是惠文王的儿子，昭襄王是武王的异母弟。 ⑧蒙故业，因遗策：承受已有的基业，沿袭前代的策略。 ⑨举：攻取。 ⑩要害之郡：（政治、经济、军事上）都非常重要的地区。 ⑪致：招纳。 ⑫合从缔交，相与为一：采用合从的策略缔结盟约，互相援助，成为一体。合从，是六国联合共同对付秦国的策略。从，通“纵”。 ⑬齐有孟尝，赵有平原，楚有春申，魏有信陵：孟尝君，齐国的贵族，姓田名文。平原君，原名赵胜，越武灵王之子。春申君，楚国贵族，姓黄名歇。信陵君，名无忌，魏国贵族。 ⑭约从离衡：相约为合纵，离散秦国的连横策略。离，使……离散。 ⑮宁越、徐尚、苏秦、杜赫之属为之谋：宁越、徐尚等许多人替他们谋划。宁越，越国人。徐尚，宋国人。苏秦，洛阳人，是当时的“合纵长”。杜赫，周人。 ⑯齐明、周最、陈轸（zhèn）、召（shào）滑、楼缓、翟景、苏厉、乐（yuè）毅之徒通其意：齐

明、周最这些人沟通他们的意见。齐明，东周臣。周最，东周君的儿子。陈轸，楚人。召滑，楚臣。楼缓，魏相。翟景，魏人。苏厉，苏秦的弟弟。乐毅，燕将。 ⑰吴起、孙膑（bìn）、带佗、倪良、王廖、田忌、廉颇、赵奢之伦制其兵：吴起、孙膑等许多人统率他们的军队。吴起，魏将，后人楚。孙膑，齐将。带佗，楚将。倪良、王廖，都是当时的兵家。田忌，齐将。廉颇、赵奢，都是赵将。 ⑱逡（qūn）巡（xún）：有所顾虑而徘徊不前。 ⑲制其弊：（乘他们）困乏而制服他们。弊，困乏、疲惫。 ⑳追亡逐北：追逐逃走的败兵。北，败北、溃败（的军队）。 ㉑流血漂橹：血流成河，可以漂浮盾牌。橹，盾牌。 ㉒孝文王、庄襄王：孝文王，昭襄王的儿子，在位只有三天就死了。庄襄王，孝文王的儿子，在位天年。 ㉓奋六世之余烈：发展六世遗留下来的功业。六世，指孝公、惠文王、武王、昭襄王、孝文王、庄襄王。烈，功业。 ㉔振长策而御宇内：意思是用武力来统治各国。振，举起。策，马鞭子。御，驾御、统治。 ㉕二周：在东周王朝最后的周赧（nǎn）王时，东西周分治。西周建都于河南东部旧王城，东周则建都巩，史称东西二周。 ㉖履至尊而制六合：登上皇帝的宝座控制天下。履至尊，登帝位。六合，天地四方。 ㉗执敲扑而鞭笞天下：用严酷的刑罚来奴役天下的百姓。敲扑，刑具，短的叫“敲”，长的叫“扑”。 ㉘百越：古代越族居住在江、浙、闽、粤各地，每个部落都有名称，而统称百越，也叫百粤。 ㉙俯首系颈：意思是愿意服从、投降。俯首，低头，表示服从。系颈，颈上系绳，表示投降。 ㉚委命下吏：（百越之君）把自己的生命交给秦的下级官吏。下吏，属吏、下级官吏。 ㉛藩篱：比喻边疆上的屏障。藩，篱笆。 ㉜隳（huī）：毁坏。 ㉝销锋镝（dí）：销毁兵器。锋，兵刃。镝，箭头。 ㉞践华为城，因河为池：凭着华山当做城墙，就着黄河当做护城河。践，踏。 ㉟亿丈之城：指华山。 ㊱不测之溪：指黄河。 ㊲金城：坚固的城池。金，比喻坚固。 ㊳殊俗：不同的风俗，指边远的地方。 ㊴瓮牖（yǒu）绳枢：以破瓮作窗户，以草绳系户枢。形容家里穷。牖，窗户。枢，门上的转轴。 ㊵氓（méng）隶：百姓中之充当隶役者。 ㊶迁徙之徒：被征发的人。指陈涉被征发戍守渔阳。 ㊷陶朱、猗（yī）顿：陶朱，就是春秋时期越国的范蠡（lí）。他帮助越王勾践灭吴后，离开越国到陶（今山东定陶西北），自称陶朱公，以经商致富，所以后人常以“陶朱公”为富人的代称。猗顿，战国时代鲁国人。他向陶朱公学致富之术，大畜牛羊于猗氏（现在山西猗南部），积累了很多财物。 ㊸蹑足：用脚踏地。这里有“置身于……”的意思。 ㊹阡陌：本是田间小道，这里指田野、民间。 ㊺赢粮而景从：（许多人）担着干粮如影随形地跟着（陈涉）。赢，担负。景，通“影”。 ㊻锄（chú）櫌棘矜（qín），非铦于钩戟长铩（shā）也：农具木棍不比钩戟长矛锋利。锄，古时的一种农具，似耙而无齿。棘矜，用酸枣木做的棍子。棘，酸枣木。这里的意思是农民军的武器，只有农具和木棍。铦，锋利。钩短兵器，似剑而曲。戟，以戈和矛合为一体的长柄兵器。铩，长矛。 ㊼谪戍：被征发戍守边远地区。 ㊽抗：高，强。 ㊾度（dù）长絜（xié）大：量量长（短），比比大（小）。絜，衡量。 ㊿万乘：兵车万国内。代指天子，皇帝。 51序八州而朝同列：招致八州来归，而使六国诸侯都来朝见。序，引、招致。八州，兖州、冀州、青州、徐州、豫州、荆州、扬州、梁州。古时天下分九州，秦居雍州，六国分别居于其他八州。同列，指六国诸侯。秦与六国本来是同列诸侯。这句跟上句合起来说的是秦的霸主地位。 52一夫作难（nàn）：指陈涉起义。作难，起事、首倡。 53七庙隳（huī）：宗庙毁灭，就是政权灭亡的意思。七庙，天子的宗庙。《礼记·王制》："天子七庙"。 54攻守之势异也：攻和守的形势变了。攻，指秦始皇和始皇以前攻打六国夺取全国政权的时候。守，指秦始皇统一中国之后。

【赏析】

《过秦论》共有三篇。其中写得最好、影响最大的是这第一篇，它是西汉政论文的代表作之一，也是流传千古的杰作。它最早附见于《史记·秦始皇本纪》篇末，《汉书》《文选》也都选录了这一篇。

从内容来看，此文主要论述秦朝兴亡的原因。贾谊是汉文帝时人，离秦亡国未远。他以独特的眼光透过当时的"兴盛"局面看到社会内部还潜伏着很多危机，所以他总结秦朝灭亡的原因，为汉文帝治理国家提供了有利的借鉴。此文在当时产生了很大影响。贾谊作为士大夫，固然站在封建统治阶级立场为汉王朝出谋划策；但他同时也能认识到农民起义的力量，认识到秦王朝灭亡的关键在于失掉民心和过分迷信武力，封建统治者野心大而虐待人民，终于被人民灭亡。有了这个认识，统治阶级才开始考虑如何缓和社会矛盾，以巩固自己的统治政权。这才说明农民起义真正推动了历史前进的车轮。有了贾谊这一番描绘，汉朝的皇帝才能真正总结秦代由盛而衰、由强而弱的经验教训。

文章在艺术上成就很高：首先是叙事严密，逻辑性很强。结构浑然一体，段与段，句与句之间都有很紧密的联系。金圣叹在《才子古文》（历朝部分）卷二中对本篇加批语说："《过秦论》者，论秦之过也。秦过只是末句'仁义不施'之语，便断尽此通篇文字。……至于前半有说六国时，此只是反补秦；后半有说秦时，此只是反衬陈涉。最是疏奇之笔。"这是说得相当扼要的。其次，此文最为人称道之处是气势的宏伟、充沛。处处抑溢着作者的激情，语言犀利，气魄宏伟。读起来明快、热烈、奔放、流畅，如清人姚鼐在《古文辞类纂》中评它为"雄骏宏肆"，近人吴闿生在《古文范》的夹批中评它"通篇一气贯注，如一笔书，大开大阖"。鲁迅也在《汉文学史纲要》中称此文为"西汉鸿文，沾溉后人，其泽甚远"。由引可见这篇文章真是气势充沛，一气呵成，是古今第一篇气"盛"的文章。另外，此文所使用的陈古讽今的手法对后世影响也很大。

【治安策】

贾谊

进言者皆日天下已安已治矣，臣独以为未也。曰安且治者，非愚则谀[1]，皆非事实知治乱之体者也。夫抱火厝[2]之积薪之下而寝其上，火未及燃，因谓之安，方今之势，何以异此！本末舛逆[3]，首尾衡决，国制抢攘，非甚有纪，胡可谓治！陛下何不一令臣得孰数之于前，因陈治安之策，试详择焉！

夫射猎之娱与安危之机，孰急[4]？使为治，劳智虑，苦身体，乏钟鼓之乐，勿为可也[5]。乐与今同，而加之诸侯轨道，兵革不动，民保首领，匈奴宾服，四荒乡风[6]，百姓素朴，狱讼[7]衰息。大数既得，则天下顺治，海内之气，清和咸理，生为明帝，没为明神，名誉之美，垂于无穷。《礼》：祖有功而宗有德。使顾成之庙称为太宗，上配太祖，与汉亡极。建久安之势，成长治之业，以承祖庙，以奉六亲，至孝也；以幸天下，以育群生，至仁也[8]；立经陈纪[9]，轻重同得，后可以为万世法程，虽有愚幼不肖之嗣，犹得蒙业而安，至明也。以陛下之明达，因使少知治体者得佐下风，致此非难也。其具可素陈于前，愿幸无忽。臣谨稽之天地，验之往古，按之当今之务，日夜念此至孰也，虽使禹、舜复生，为陛下计，亡以易此！

夫树国[10]固，必相疑之势，下数被其殃，上数爽[11]其忧，甚非所以安上而全下[12]也。今或亲弟谋为东帝[13]，亲兄之子西乡[14]而击，今吴又见告矣。天子春秋鼎盛[15]，行义未过[16]，德泽有加焉，犹尚如是，况莫大诸侯，权力且十此[17]者乎！

然而天下少安，何也？大国之王幼弱未壮，汉之所置傅相[18]方握其事。数年之后，诸侯之王大抵皆冠[19]，血气方刚，汉之傅相称病而赐罢，彼自丞尉以上遍置私人。如此，有异淮南、济北之为邪！此时而欲为治安，虽尧、舜不治。

黄帝曰："日中必熭，操刀必割！"今令此道顺[20]而全安[21]，甚易；不肯早为，已乃堕[22]骨肉之属而抗刭[23]之，岂有异秦之季世乎！夫以天子之位，乘今之时，因天之助，尚惮以危为安、以乱为治，假设陛下居齐桓[24]之处，将不合诸侯而匡[25]天下乎？臣又以知陛下有所必不能矣。假设天下如曩时[26]，淮阴侯尚王楚，黥布王淮南，彭越王梁，韩信王韩[27]，张敖王赵，贯高为相，卢绾王燕，陈豨在代[28]，令此六七公者皆亡恙[29]，当是时而陛下即天子位，能自安乎？臣有以知陛下之不能也。天下殽乱，高皇帝与诸公并起[30]，非有仄室之势以豫席[31]之也。诸公幸者，乃为中涓[32]，其次廑得舍人[33]，材之不逮至远也。高皇帝以明圣威武即天子位，割膏腴之地以王[34]诸公，多者百馀城，少者乃三、四十县，德至渥[35]也，然其后十年之间，反者九起。陛下之与诸公，非亲角[36]材而臣之也，又非身封[37]王之也，自高皇帝不能以是一岁为安，故臣知陛下之不能也。然尚有可诿[38]者，曰疏，臣请试言其亲者。假令悼惠王王齐，元王王楚，中子王赵，幽王王淮阳，共王王梁，灵王王燕，厉王王淮南[39]，六七贵人皆亡恙，当是时陛下即位，能为治乎？臣又知陛下之不能也。若此诸王，虽名为臣，实皆有布衣昆弟[40]之心，虑亡不帝制而天子自为者。擅爵人[41]，赦死罪，甚者或戴黄屋[42]，汉法令非行也。虽行不轨如厉王者，令之不肯听，召之安可致乎！幸而来至，法安可得加！动一亲戚，天下圜视而起[43]，陛下之臣，虽有悍如冯敬[44]者，适启其口，匕首已陷其胸矣。陛下虽贤，谁与领此？故疏者必危[45]，亲者必乱，已然之效也。其异姓负强而动[46]者，汉已幸胜之矣，又不易其所以然。同姓袭是迹而动，既有征[47]矣，其势尽又复然。殃祸之变，未知所移，明帝处之尚不能以安，后世将如之何！

屠牛坦[48]一朝解十二牛，而芒刃不顿[49]者，所排[50]击剥割，皆众理解[51]也。至于髋髀[52]之所，非斤[53]则斧。夫仁义恩厚，人主之芒刃也；权势法制，人主之斤斧也。今诸侯王皆众髋髀也，释斤斧之用，而欲婴[54]以芒刃，臣以为不缺则折。胡不用之淮南、济北？势不可也。

臣窃迹[55]前事，大抵强者先反。淮阴王楚最强，则最先反；韩信倚胡，则又反；贯高因赵资[56]，则又反；陈豨兵精，则又反；彭越用梁[57]，则又反；黥布用淮南，则又反；卢绾最弱，最后反。长沙乃在[58]二万五千户耳，功少而最完，势疏而最忠，非独性异人也，亦形势然也。曩令樊、郦、绛、灌[59]据数十城而王，今虽已残亡可也。令信、越之伦列为彻侯[60]而居，虽至今存可也。然则天下之大计可知已。欲诸王之皆忠附，则莫若令如长沙王；欲臣子之勿菹醢[61]，则莫若令如樊、郦等；欲天下之治安，莫若众建诸侯而少其力[62]。力少则易使以义[63]，国小则亡邪心。令海内之势如身之使臂，臂之使指，莫不制从。诸侯之君不敢有异心，辐凑[64]并进而归命天子。虽在细民，且知其安。故天下咸知陛下之明。割地定制[65]，令齐、赵、楚各为若干国，使悼惠王、幽王、元王之子孙毕以次各受祖之分地，地尽而止，及燕、梁它国皆然。其分地众而子孙少者，建以为国，空而置之，须其子孙生者，举使君之[66]。诸侯之地其削颇[67]入汉者，为徙其侯国[68]及封其子孙也，所以数偿之[69]。一寸之地，一人之众，天子亡所利焉，诚以定治而已，故天下咸知陛下之廉[70]。地制一定，宗室子孙，莫虑不王[71]，下无倍畔之心，上无诛伐之志，故天下咸知陛下之仁。法立而不犯，令行而不逆，贯高、利幾之谋不生，柴奇、开章[72]之计不萌，细民乡[73]善，大臣致顺，故天下咸知陛下之义。卧赤子[74]天下之上而安，植遗腹[75]，朝委裘[76]，而天下不乱，当时大治，后世诵圣。一动而五业[77]附，陛下谁惮[78]而久不为此？

天下之势方病大瘇[79]。一胫之大几如要[80]，一指之大几如股[81]，平居不可屈信，一二指搐[82]，身虑亡聊[83]。失今不治，必为锢疾[84]，后虽有扁鹊，不能为已。病非徒瘇也，又苦跋盭。元王之子[85]，帝之从弟也；今之王者[86]，从弟之子也。惠王[87]，亲兄子也；今之王者，兄子之子也。亲者或亡分地以安天下，疏者或制大权以逼[88]天子。臣故曰：非徒病瘇也，又苦跋盭。可痛哭者[89]，此病是也。

【注释】

①愚：愚昧无知。谀：阿谀逢迎。 ②厝：放置，同措。薪：柴草。比喻潜伏着很大危险。 ③舛逆：颠倒、悖逆。 ④夫射猎之娱与安危之机，孰急：射箭打猎之类的娱乐与国家安危的关键相比，哪一样更急迫？ ⑤使为治，劳智虑，苦身体，乏钟鼓之乐，勿为可也：假若所提的治世方法，需要耗费心血，摧残身体，影响享受钟鼓所奏音乐的乐趣，可以不加采纳。 ⑥而加之诸侯轨道，兵革不动，民保首领，匈奴宾服，四荒乡风：封国诸侯各遵法规，战争不起，平民拥护首领，匈奴归顺，纯朴之风响彻边陲，百姓温良朴素。 ⑦狱讼：官司。 ⑧以幸天下，以育群生，至仁也：以此来使老百姓得到幸福，使芸芸众生得到养育，这是最大的仁。 ⑨立经陈纪：创设准则，标立纪纲。 ⑩树国：建立诸侯国。 ⑪爽：伤败，败坏。 ⑫安上而全下：指稳定中央政权，保全黎民百姓。 ⑬亲弟：指汉文帝的弟弟淮南厉王刘长。谋为东帝：《汉书·五行志下之上》：淮南王长“归聚奸人谋逆乱，自称东帝”。刘长的封地在今安徽淮河以南地区，在长安的东方。刘长谋反后被废死。 ⑭亲兄之子：指齐悼惠王刘肥的儿子济北王刘兴居。乡：向。汉文帝三年（公元前177）济北王谋反，发兵袭击荥阳，失败被杀。 ⑮春秋：指年令。春秋鼎盛，即正当壮年。 ⑯行义未过：行为得宜，没有过失。 ⑰莫大：最大。十此：十倍于此。全句意指吴王等诸侯的实力，要比前述亲弟、亲兄之子大得多。 ⑱傅：朝廷派到诸侯国的辅佐之官。相：朝廷派到诸侯国的行政长官。 ⑲冠：弱冠，比喻男子成年。 ⑳此道：即前引黄帝话中的道理。顺：遵循。 ㉑全安：下全上安。 ㉒堕：毁弃。 ㉓骨肉之属：指同姓诸侯王，他们都是皇帝的亲属。 ㉓抗：举。刭：割头颈。 ㉔齐桓：齐桓公，春秋时齐国国君，曾多次大会诸侯订立盟约，成为春秋时第一个霸主。 ㉕匡：匡王，挽救。 ㉖曩时：从前，以往。 ㉗“淮阴侯”句：淮阴侯即韩信，汉朝建立时封为楚王，后降为淮阴侯，因谋反为吕后所杀；黥布即英布，汉初封为淮南王，彭越汉初封为梁王，都因谋反被刘邦所杀；韩信指韩王信，战国时韩国的后代，汉初封韩王，后投降匈奴反汉。 ㉘张敖，汉高祖刘邦的女婿，汉初诸侯王赵王张耳的儿子，袭封赵王，后

因与赵丞相贯高谋刺刘邦的事有牵连，改封平宣侯；卢绾，汉初封燕王，后叛逃匈奴，被封为东胡卢王，死于匈奴中；陈豨（xī希），汉初任诸侯国代国丞相，后反汉，自立为赵王，被杀。这些人都为异姓诸侯王。 ㉙亡恙：无病。亡，同“无”。 ㉚高皇帝：即汉高祖刘邦。并起：一齐起兵反秦。 ㉛仄室：侧室。豫：预。席：凭藉。文帝刘恒自称高皇帝侧室之子，吕后死后，周勃等平定诸吕，刘恒以代王入为帝。这里以刘邦同文帝比。 ㉜中涓：皇帝的亲近之臣。刘邦起兵时，任命曹参为中涓，周勃等亦曾为中涓。 ㉝舍人：门客。樊哙等曾为刘邦舍人。 ㉞膏腴：肥沃。王（wàng）：封王，动词。 ㉟渥：优厚。 ㊱角：竞争、较量。臣之：使他们臣服。 ㊲身封：亲自分封。 ㊳诿：推诿，推托。 ㊴“假令”七句：悼惠王，刘肥，刘邦子，封齐王；元王，刘交，刘邦弟，封楚王；中子，刘邦子如意，封赵王；幽王，刘邦子刘友，封淮阳王，后徙赵；共（gōng公）王，刘邦子刘恢，封梁王；灵王，刘邦子刘健，封燕王；厉王，即淮南王刘长，厉是谥号。 ㊵布衣：平民百姓。昆弟：兄弟。句意说同姓诸侯王并不把君臣之义放在眼里，只是以平民兄弟的关系看待文帝。淮南厉王即曾称文帝为“大兄”。 ㊶爵人：封人以爵位。二句所写封爵、赦死罪，都是应属于皇帝的权力。 ㊷黄屋：黄缯车盖。皇帝专用。 ㊸圜（huán）视而起：向四方看。圜，围绕。起：发生骚乱。 ㊹冯敬：汉初御史大夫，曾弹劾淮南厉王长。 ㊺危：危险。 ㊻负强而动：凭恃强大发动暴乱。 ㊼征：征象，兆头。 ㊽坦：春秋时人名，以屠牛为业。 ㊾芒刃：锋刃。顿：通“钝”。 ㊿排：批，分开。 51理：肌肝之文理。解（xiè）：通“懈”，四肢关节、骨头之间的缝隙。 52髋（kuān）：上股与尻之间的大骨。髀（bì）：股骨。髋髀泛指动物体中的大骨。 53斤：砍木的斧头。斤、斧在这里作动词用。 54婴：施加。 55迹：追寻。迹前事，总结历史的经验。 56因：凭借。资：资助，供给。 57用梁：利用封为梁王的势力。 58长沙：长沙王。汉初吴芮被封为长沙王，子孙世袭。在：同“才”。只。二万五千户，指长沙王所统治的户数。 59樊：舞阳侯樊哙。郦：曲周侯郦商。绛：绛侯周勃。灌：颍阴侯灌婴。 60信：韩信。越：彭越。伦：辈。彻侯：爵位名，后避汉武帝刘彻讳改为通侯，又改为列侯，只享受封地的租税，不问封地行政，也不一定住在封地。 61菹醢（zū hǎi）：把人杀死剁成肉酱。 62众建诸侯而少其力：多封诸侯国而减弱每个诸侯国的力量。 63使以义：使之遵守朝廷法纪。 64辐（fú）：车轮中连接轮圈与轮轴的直木。辐凑，归聚。 65割地定制：定出分割土地的制度。 66举使君之：让他们去做空置的诸侯国的国君。 67削颇入汉者：诸侯王有（因犯罪）而被削地由汉朝中央政府没收的。颇：大量。因被削之地可能在诸侯国的中心地带，所以下文有“为徙其侯国”的做法。 68为徙其侯国：把这个侯国迁往他处。 69数偿之：照数偿还。即将被没收的土地还给他们。 70“一寸之地”五句：意为天子多封王并非与各诸侯王争利，而是为了稳定国家。 71莫虑不王：不愁不做王。 72柴奇、开章：人名，两人均参与淮南王刘长的谋反事件，为之出谋画策。 73乡：向。 74赤子：婴儿。这里指年幼的皇帝。句意说即使初生的婴儿继承帝位，天下也仍然太平。 75植：扶植。遗腹：遗腹子。句意说让没有被皇帝亲自立为太子的儿子继承帝位。 76朝：朝拜。委裘：亡君留下的衣冠。句意说旧君已死，新君未立，把亡君的衣冠放在皇座上接受朝拜。一说，谓幼君不胜礼服，坐朝则委裘于地。 77五业：指上文所说的明、廉、仁、义、圣五项功业。 78谁惮：惮谁，顾忌什么。谁，何。 79瘇（zhǒng）：腿脚浮肿。 80胫：小腿。要：腰。 81指：脚趾。股：

大腿。 ㉜搐：抽搐。 ㉝亡聊：无所依赖。两句意为一二个肿着的脚趾一抽搐，就害怕整个身体支撑不住。 ㉞锢疾：积久不易治的病症。 ㉟跖（zhí 直）戾：脚掌扭折。元王：楚元王刘交，刘邦的弟弟。元王之子，楚夷王刘郢客。 ㊱今之王者：指楚王刘戊。 ㊲惠王：齐悼惠王刘肥，刘邦子。 ㊳疏者：指从弟、兄子之子。逼：同“逼”。 ㊴“可痛哭者”两句：贾谊《治安策》开首有：“臣窃惟事势，可为痛哭者一，可为流涕者二，可以长叹息者六……”。这里节选的一大段，就是“可为痛哭者一”。

【赏析】

本文的写作背景是：西汉初年，经过镇压韩信、英布、陈豨等诸侯的叛乱，沉重地打击了异姓诸侯王的割据势力。但到汉文帝时，同姓诸侯王的封地仍然很大，力量很强，直接威胁着西汉中央朝廷的安全。贾谊敏锐地觉察到这一问题的严重性，在上呈给汉文帝的《治安策》中，着重论述了这一问题。西汉通过分封，在一定程度上加强了中央集权，但是也存在异姓王，乃至同姓王反叛的潜在危险，贾谊的这篇长赋通过对历史和现实的真切分析，提出君主现在的主要工作就是要未雨绸缪，通过削弱王侯的权利达到稳定政局的效果。

在贾谊看来，治理国家就如同屠夫宰牛，一方面用仁义去安抚百姓，另一方面在适当的时候也要运用武力手段进行强有力的控制，这才能使国家安定，人民富足。他总结了汉初反分裂的历史经验和现实斗争的经验，指出诸侯王封国的强盛必然导致谋叛作乱，暂时的安定只是表面现象，如不及早采取措施，削弱诸侯王的势力，一定会引起天下大乱。他进而提出了“众建诸侯而少其力”的主张，以保证中央政府的统治。后来的吴楚七国之乱等事件，证实了贾谊的预见。贾谊坚持统一、反对分裂的思想是合乎历史潮流的。但贾谊的主张没有被文帝全部采纳。贾谊的建议虽然是从为维护封建王权出发而做出的，但是对现在我国的政治体制改革也有一定的借鉴，我们要维护社会的安定秩序，保证人民的安定团结，一方面要多推出惠民利民政策，但是当国家主权问题受到威胁时，我们又要毫不畏惧侵略者的狼子野心。

文章层层深入、气势磅礴、以理服人，是论说文的典范。

【鹏鸟赋】

贾谊

单阏①之岁兮，四月孟夏，庚子日斜兮，鹏集予舍。止于坐隅兮，貌甚闲暇②。异物来萃③兮，私怪其故。发书④占之兮，谶言其度⑤，曰：”野鸟入室兮，主人将去。”请问于鹏兮：”予去何之？吉乎告我，凶言其灾。淹速⑥之度兮，语予其期。”鹏乃叹息，举首奋翼；口不能言，请对以臆⑦：

“万物变化兮，固无休息。斡流[8]而迁[9]兮，或推而还。形气转续兮，变化而嬗[10]。汤穆[11]无穷兮，胡可胜言！祸兮福所倚，福兮祸所伏；忧喜聚门[12]兮，吉凶同域。彼吴强大兮，夫差以败；越栖会稽兮，勾践霸世。斯游遂成兮，卒被五刑；傅说[13]胥靡[14]兮，乃相武丁。夫祸之与福兮，何异纠纆[15]；命不可说兮，孰知其极！水激则旱[16]兮，矢激则远；万物回薄[17]兮，振荡相转。云蒸雨降兮，纠错相纷；大钧播物兮，坱圠[18]无垠。天不可预虑兮，道不可预谋；迟速有命兮，焉识其时。

“且夫天地为炉兮，造化为工[19]；阴阳为炭兮，万物为铜[20]。合散消息兮，安有常则？千变万化兮，未始有极。忽然为人兮，何足控抟[21]；化为异物兮，又何足患！小智自私兮，贱彼贵我；达人大观[22]兮，物无不可。贪夫殉财兮，烈士殉名。夸者[23]死权兮，品庶每[24]生。怵[25]迫之徒兮，或趋西东；大人不曲[26]兮，意变齐同。愚士系俗[27]兮，窘若囚拘；至人[28]遗物[29]兮，独与道俱。众人惑惑兮，好恶积亿[30]；真人[31]恬漠兮，独与道息[32]。释智遗形[33]，超然自丧[34]；寥廓忽荒兮，与道翱翔。乘流则逝兮，得坻[35]则止；纵躯委命[36]兮，不私与己[37]。其生兮若浮[38]，其死兮若休；澹[39]乎若深渊之静，泛[40]乎若不系之舟。不以生故自宝兮，养空而浮[41]；德人无累兮，知命不忧。细故蒂芥兮[42]，何足以疑！”

【注释】

①单阏：卯年的别称。这里指丁卯年。 ②闲暇：从容不惊的样子。 ③萃：止。 ④发：打开。书：占卜之书。 ⑤谶：预示凶吉的话。度：数，吉凶的定数。 ⑥淹速：指死生之迟速。 ⑦对以臆：以胸中的臆想来答对。 ⑧斡流：运转。迁、推：推移变化。 ⑨迁：推移变化。 ⑩嬗（shàn），变化，传与。 ⑪汤（wù）穆，微妙。 ⑫聚门：聚集在一门之内。 ⑬傅说：原为囚徒，殷高宗武丁知其贤，任用其为相。 ⑭胥靡：战国时代对一种家内男性奴隶的称谓，因被用绳索连着强制劳动，故名。来源于刑徒，主要从事筑城等土木工程。 ⑮纆（mò），两股绳索相纠缠。 ⑯旱：通“悍”，迅猛。 ⑰回薄：往返相迫，指万物间相互作用。 ⑱坱圠（yǎng yà）：漫无边际貌。 ⑲工：冶炼匠。 ⑳万物为铜：万物由阴阳铸化而成，所以将万物比喻为铜。 ㉑控抟（tuán）：珍爱把玩。 ㉒达人：通达的人。大观：心胸开朗，所见远大。 ㉓夸者：贪求虚名的人。死权：死于权势。 ㉔品庶：一般人。每：贪。 ㉕怵：为利所诱。 ㉖曲：被物欲所屈。 ㉗系俗：为俗累所牵系。 ㉘至人：指有至德之人 ㉙遗物：遗弃物累。 ㉚积亿：亿同“臆”，指胸中盘算甚多。 ㉛真人：指得天地之道的人。 ㉜息：生息，存在。 ㉝释智：放弃智虑。遗形：遗弃形体。 ㉞自丧：自忘其身。 ㉟坻：水

中小州。 ㊱纵躯委命：把身躯完全交付给命运安排。 ㊲不私与己：不把此身当作一己之私去珍爱。 ㊳浮：暂寄。 ㊴澹：安静。 ㊵泛：浮游。 ㊶养空而浮：涵养空虚之性而与世深浮。 ㊷蒂芥：即“蒂芥”，细小之事。

【赏析】

此赋是贾谊谪居长少时所写。开头是简单的叙事。贾谊谪居独处，找不到别的倾听者，他只能向这只带来死亡之兆的鸟儿诉说，鹏鸟虽然无法开口说话，但是贾谊让它具备了高妙的智慧，并且让自己能够洞透这只鸟儿的想法，这是汉赋里对话体的开始。鹏鸟所具有的思想不过是贾谊自己的思想，贾谊之所以要用这么曲折的手法来表达自己的想法，是因为这样一来他就具有了诉说者与安慰者的双重身份，也就是这篇赋序里所说的“为赋以自广”。

接下来是虚拟的鹏鸟的回答，实际上是贾谊在阐发自己的思想。其中引用了很多的道家思想，如物相转化、福祸无常等；生命的偶然性和死亡的超然性等；大人至人与世俗之人对人生追求的不同看法等，似乎都在渲染一种人生短暂，生命渺小和具有不确定性的人生感受；一种无欲无穷，幽远宁静的生活态度，表现的是乐观而豁达的精神境界。

此外，他还举了历史上的三个例子：“彼吴强大兮，夫差以败；越栖会稽兮，勾践霸世。斯游遂成兮，卒被五刑；傅说胥靡兮，乃相武丁”。第一个例子是帝王的兴衰史，后面两个，则是与贾谊身份相当的士大夫的悲喜剧。年未届而立的贾谊，在他迅速崛起又迅速衰落的仕途生涯中早已尝到了这种大喜大悲的滋味。此时，在困顿之中，他产生了一种无力感，“命不可说兮，孰知其极”，“天不可预虑兮，道不可预谋”。人对这个世界是无法把握的，不如用一种恬淡自然的心态来面对世间一切，做到超脱的境界。然而，作者虽然在文章中潇潇洒洒，但是贾谊的真实状态却完全不是这样：为怀才不遇而悲愤、为身心疲惫而感伤、为前途未卜而惆怅。可以感悟到作者当时的心境是一种出离的悲愤，正是这悲愤促使其在文章中处处反其道而行之。于是，写得越欢娱，就越是衬出现实的凄凉；写得越洒脱，就越是衬出无力割舍的迷茫；写得越圆满，就越是衬出那颗颠沛潦倒的心，早已支离破碎。

在艺术上，《鹏鸟赋》的形式十分奇特，它以人鸟对话而展开。这种形式是受到庄子寓言的影响，同时也开汉赋主客问答体式之先河。此赋最突出的特点是以议论为主，以议论来抒写对生命忧患的思考，来阐发人生的哲理。议论之中也常运用一些贴切的比喻来增强议论的形象性，常用感叹语气来加强议论的情感性。此赋语言凝炼精警，形式上以整齐的四言句为主，也有散文化的倾向，体现着向汉大赋的过渡。

【李夫人赋】

刘　彻

美连娟以修嫭兮，命樔[1]绝而不长。饰新宫以延贮兮，泯不归乎故乡。惨郁郁其芜秽兮，隐处幽而怀伤。释舆马于山椒[2]兮，奄[3]修夜之不阳。秋气憯以凄泪兮，桂枝落而销亡。神茕茕以遥思兮，精浮游而出畺[4]。托沈阴以圹久[5]兮，惜蕃华之未央[6]。念穷极之不还兮，惟幼眇之相羊[7]。函菱荴[8]以俟风兮，芳杂袭[9]以弥章。的容与[10]以猗靡兮，缥飘姚虖愈庄。燕淫衍而抚楹[11]兮，连流视而娥扬[12]。既激感而心逐兮，包红颜而弗明。欢接狎[13]以离别兮，宵寤梦之芒芒。忽迁化而不反兮，魄放逸以飞扬。何灵魄之纷纷兮，哀裴回[14]以踌躇。势路[15]日以远兮，遂荒忽而辞去。超兮西征，屑[16]兮不见。寖淫敞克[17]，寂兮无音。思若流波，怛[18]兮在心。

乱曰：佳侠函光，陨朱荣兮。嫉妒阘茸[19]，将安程兮。方时隆盛[20]，年夭伤兮。弟子增欷，洿沬[21]怅兮。悲愁於邑[22]，喧不可止兮。向不虚应，亦云已兮。嫶妍[23]太息，叹稚子兮。懰栗[24]不言，倚所恃兮。仁者不誓，岂约亲兮？既往不来，申以信兮。去彼昭昭，就冥冥[25]兮。既下新宫，不复故庭兮。呜呼哀哉，想魂灵兮！

【注释】

①连娟：细长屈曲的样子。欃：断绝，死亡。 ②山椒：山顶。 ③奄：停滞。 ④畺：同“疆”，边界。 ⑤圹久：永久。 ⑥未央：未尽。 ⑦幼眇：窈窕。相羊：徜徉。 ⑧菱：花穗。荴：散发。 ⑨杂袭：错杂。 ⑩的：鲜明。容与：从容不迫。 ⑪抚楹：摩挲柱子。 ⑫娥扬：扬其蛾眉。 ⑬接狎：亲密。 ⑭裴回：往返回旋。 ⑮势路：指李夫人的去向。 ⑯屑：疾。 ⑰敞克：模糊。 ⑱怛：悲伤。 ⑲阘茸：卑贱。程：标准。 ⑳隆盛：丰富。 ㉑洿沬：泪流满面。 ㉒邑：同“悒”，忧愁不乐。 ㉓嫶妍：忧伤瘦损。 ㉔懰栗：悲伤。 ㉕就：趋向。冥冥：阴间。

【赏析】

《李夫人赋》收于班固《汉书·外戚传》中，是汉武帝为追悼姬妾李夫人所作的。此赋真实传达了汉武帝对李夫人的深切怀念，表达了对美好生命逝去的无尽悲哀和武帝对亡妃的怀念。

赋分正文与乱辞两部分。正文主要通过幻想与追忆，抒发对亡妃李夫人的绵绵伤痛。赋的开头四句：“美连娟以修嫭兮，命欃绝而不长。饰新宫以延贮兮。泯不归乎故乡。”新宫可筑，而美好生命逝去就再也不能回来。说明武帝在哀悼李夫人的同时，对生命的短暂进行了深沉思考。接下来的“惨郁郁其芜秽兮，隐处幽而怀伤”两句，是对李夫人身处墓中凄惨境况的想象。在此，武帝不写自己如何伤怀李夫人的早逝，而是写李夫人的亡魂在墓室中为思念自己而心伤，这种进一层的写法，想象大胆奇特，倍加抒发了武帝的无尽哀伤。而“秋气憯以凄泪兮，桂枝落而销亡”，以眼前秋景抒心中哀情，再次传达出对爱妃早逝的伤痛。在这种伤悼的心理引导下，作者想象其灵魂脱离肉体，去寻找李夫人的踪迹，见到了“函菱荴以俟风兮，芳杂袭以弥章。的容与以猗靡兮，缥飘姚虖愈庄”的李夫人。如此神奇想象，如梦似幻，足见汉武帝对李夫人思念之刻骨铭心。

接下来的“燕淫衍而抚楹兮，连流视而娥扬，既激感而心逐兮，包红颜而弗明。驩接狎以离别兮，宵寤梦之芒芒”，由冥冥想象，转入对往日欢乐生活的追忆；由对往日的追忆，又回到眼前似梦非梦的幻境中。在此番幻境中，李夫人的身影是“忽迁化而不反”，或“哀裴回以踌躇”。以李夫人灵魂的不忍离去来表达作者对夫人灵魂归来的强烈期盼。然人死不能复生，武帝最终在李夫人灵魂“荒忽而辞去”、“屑兮不见”的幻境中，再次回到眼前阴阳相隔的残酷现实，“思若流波，怛兮在心”，无限伤痛，如流水连绵不绝。乱辞再次抒写了对李夫人早逝的无限悲痛，表示将不负其临终所托，体现了武帝对李夫人的一片深情。

作者在潜意识之间把李夫人的亡灵仙化了，继承了薄命红颜夭亡后被仙化的传统。仙化后的李夫人形象美丽神秘，缥缈难寻，与高唐神女的形象非常相似，这既是汉武帝受楚辞影响的结果，也是“神女”原型再现的一种表现。值得一提的是，由于李夫人本是武帝的妻子，再加上悼亡题材本身的缘故，赋文中没有中礼教之防的成分，深情的思念和追忆使这篇赋格外感人。

《李夫人赋》是中国文学史上第一篇悼亡赋，在辞赋题材方面具有开拓意义。马积高先生认为此赋乱辞一段“写得颇亲切，为后世悼亡之作所祖”。后世很多人都受此赋影响，如曹丕《悼天赋》、曹植《思子赋》、王粲《伤天赋》《思友赋》、潘岳《悼亡赋》、南朝宋武帝刘裕《拟汉武帝李夫人赋》等均受其影响。众多悼亡赋作的出现，使悼亡成了中国古代辞赋的一大重要题材。

【论贵粟疏】

晁　错

圣王在上，而民不冻饥者，非能耕而食之[①]，织而衣之[②]也，为开其资财之道[③]也。故尧、禹有九年之水，汤有七年之旱，而国亡捐瘠[④]者，以畜积多而备先具也。今海内为一，土地人民之众不避[⑤]汤、禹，加以亡天灾数年之水旱，而畜积未及者，何也？地有遗利，民有馀力，生谷之土未尽垦，山泽之利未尽出也，游食之民未尽归农也。

民贫，则奸邪生。贫生于不足，不足生于不农，不农则不地著[⑥]，不地著则离乡轻家，民如鸟兽，虽有高城深池，严法重刑，犹不能禁也。夫寒之于衣，不待轻暖；饥之于食，不待甘旨；饥寒至身，不顾廉耻。人情一日不再食则饥，终岁不制衣则寒。夫腹饥不得食，肤寒不得衣，虽慈母不能保其子，君安能以有其民哉？明主知其然也，故务民于农桑，薄赋敛，广畜积，以实仓廪[7]，备水旱，故民可得而有也。

民者，在上所以牧[8]之，趋利如水走下，四方亡择也。夫珠玉金银，饥不可食，寒不可衣；然而众贵之者，以上用之故也。其为物轻微易臧，在于把握，可以周海内而亡饥寒之患。此令臣轻背其主，而民易去其乡，盗贼有所劝，亡逃者得轻资也。粟米布帛生于地，长于时，聚于力，非可一日成也。数石[9]之重，中人弗胜[10]，不为奸邪所利；一日弗得而饥寒至。是故明君贵五谷而贱金玉。

今农夫五口之家，其服役者不下二人，其能耕者不过百亩。百亩之收，不过百石。春耕夏耘，秋获冬藏，伐薪樵，治官府，给徭役；春不得避风尘，夏不得避暑热，秋不得避阴雨，冬不得避寒冻，四时之间，亡日休息。又私自送往迎来，吊死问疾，养孤长[11]幼在其中。勤苦如此，尚复被水旱之灾，急政[12]暴赋，赋敛不时，朝令而暮改[13]。当具，有者半贾而卖，亡者取倍称之息[14]；于是有卖田宅、鬻子孙以偿责者矣。而商贾[15]大者积贮倍息，小者坐列贩卖，操其奇赢[16]，日游都市，乘上之急，所卖必倍。故其男不耕耘，女不蚕织，衣必文采，食必粱肉；亡农夫之苦，有仟伯之得[17]。因其富厚，交通王侯，力过吏势，以利相倾；千里游敖，冠盖相望，乘坚策肥[18]，履丝曳缟[19]。此商人所以兼并农人，农人所以流亡者也。今法律贱商人，商人已富贵矣；尊农夫，农夫已贫贱矣。故俗之所贵，主之所贱也；吏之所卑，法之所尊也。上下相反，好恶乖迕[20]，而欲国富法立，不可得也。

方今之务，莫若使民务农而已矣。欲民务农，在于贵粟。贵粟之道，在于使民以粟为赏罚。今募天下入粟县官[21]，得以拜爵[22]，得以除罪。如此，富人有爵，农民有钱，粟有所渫[23]。夫能入粟以受爵，皆有馀者也。取于有馀，以供上用，则贫民之赋可损[24]，所谓损有馀，补不足，令出而民利者也。顺于民心，所补者三：一曰主用足，二曰民赋少，三曰劝农功。今令："民有车骑马[25]一匹者，复卒三人。"车骑者，天下武备也，故为复卒。神农之教曰："有石城十仞，汤池百步，带甲百万，而亡粟，弗能守也。"以是观之，粟者，王者大用[26]，政之本务。令民入粟受爵，至五大夫[27]以上，乃复一人耳，此其与骑马之功相去远矣。爵者，上之所擅[28]，出于口而亡穷；粟者，民之所种，生于地而不乏。夫得高爵与免罪，人之所甚欲也。使天下人入粟于边，以受爵免罪，不过三岁，塞下之粟必多矣。

【注释】

①食（sì）之：给他们吃。"食"作动词用。 ②衣（yì）之：给他们穿。"衣"作动词用。 ③道：途径。 ④捐瘠（jí）：被遗弃和瘦弱的人。捐，抛弃；瘠，瘦。 ⑤不避：不让，不次于。 ⑥地著（zhuó）：定居一地。《汉书·食货志》："理民之道，地著为本。"颜师古注："地著，谓安土也。" ⑦廪（lǐn）：米仓。 ⑧牧：养，引申为统治、管理。 ⑨石：重量单位。汉制三十斤为钧，四钧为石。 ⑩弗胜：不能胜任，指拿不动。 ⑪长（zhǎng）：养育。 ⑫政：同"征"。 ⑬改：王念孙认为原本作"得"。 ⑭倍称（chèn）之息：加倍的利息。称，相等，相当。 ⑮贾（gǔ）：商人。 ⑯奇赢：以特殊的手段获得更大的利润。 ⑰阡陌（qiān mò）之得：指田地的收获。阡陌，田间小路，此代田地。 ⑱乘坚策肥：乘坚车，策肥马。策，用鞭子赶马。 ⑲履丝曳（yè）缟（gǎo）：脚穿丝鞋，身披绸衣。曳，拖着。缟，一种精致洁白的丝织品。 ⑳乖迕（wǔ）：相违背。 ㉑县官：汉代对官府的通称。 ㉒拜爵：封爵位。 ㉓渫（xiè）：散出。 ㉔损：减。 ㉕车骑马：指战马。 ㉖大用：最需要的东西。 ㉗五大夫：汉代的一种爵位，在侯以下二十级中属第九级。凡纳粟四千石，即可封赐。 ㉘擅：专有。

【赏析】

本文作者晁错（前200－前154），西汉颍川（今河南禹县）人。西汉初年著名的政治家，有谋略，被称为"智囊"。汉景帝即位后，他受到重用，任御史大夫。他力主"削藩"，加强中央集权，由此招致诸侯王的忌恨。公元前154年，吴、楚等七个诸侯国发动叛乱，要求朝廷诛杀晁错。景帝恐惧，斩晁错于东市。

本文是晁错上汉文帝的一篇奏疏。文中着重论证了农业的重要性，提出了劝农务本，奖励粮食生产，打击商人投机牟利，从而富民强国的主张。汉文帝采纳了他的建议，经过文帝和景帝两朝的推行，农业生产有了很大的发展，人民富足，国力强盛，为汉武帝发动大规模的抗击匈奴的战争奠定了雄厚的物质基础。

文章开头先写圣王为民开资财之道，如果积蓄多，则民不会挨饿。然后论述汉代的积蓄没有禹汤时期的多的原因：没有为民开资财之道，导致地利未尽，民力有余。进而论述不发展农业的危害，然后又主张开明之主要贵五谷而贱金玉等。文章一气呵成，语句连贯，使文章层层相继，形成雄厚逼人的气势。

全文通过正反两方面的连论说了重农贵粟对于国家的富强和人民的安定生活所具有的决定性意义。作者在说明问题时运用古今对比，如尧、禹有九年之水，汤有七年之旱，然民不冻饥，以其"畜积多而备具先"；而文帝之时，海内统一，土广人众都不比禹、汤之时差，而且没有天灾，但蓄积却不如禹、汤，而导致这种差别的重要原因就是统治者是否为民开资财之道。这种对比方法的使用，让他的主张得到更鲜明的表现，让统治者认识到问题的严重性。其中特别是对农民现实生活的贫困穷苦的描写，揭露性很强。吴楚材、吴调侯在《古文观止》中评价此文："此篇大意，只在入粟于边，以富强其国，故必使民务农，务农在贵粟，贵粟在以粟为赏罚，一意相承。似开后世卖鬻之渐。然错为足边储计，因发此论，固非泛谈。"

此文在艺术上成就很高，过珙《古文评注全集》中评价此文："是一篇布帛菽粟文字，不蹈奇险，不立格局，自有照应起伏，而绝无照应起伏之迹，意思详尽，是汉文字中不可多得者。"

【七　　发】

枚　乘

楚太子有疾，而吴客往问之，曰："伏闻太子玉体不安，亦少间乎？"太子曰："惫！谨谢客。"客因称曰："今时天下安宁，四宇和平，太子方富于年①。意者久耽安乐，日夜无极，邪气袭逆，中若结轖②。纷屯澹淡，嘘唏烦酲，惕惕怵怵，卧不得瞑③。虚中重听，恶闻人声。精神越渫，百病咸生④。聪明眩曜，悦怒不平⑤。久执不废，大命乃倾⑥。太子岂有是乎？"太子曰："谨谢客。赖君之力，时时有之，然未至于是也⑦。"客曰："今夫贵人之子，必宫居而闺处，内有保母，外有傅父，欲交无所⑧。饮食则温淳甘脆，脭醲⑨肥厚；衣裳则杂遝曼煖，燂烁⑩热暑。虽有金石之坚，犹将销铄而挺解也⑪，况其在筋骨之间乎哉？故曰：纵耳目之欲，恣支体之安者，伤血脉之和。且夫出舆入辇，命曰蹷痿之机⑫；洞房清官，命曰寒热之媒⑬；皓齿蛾眉，命曰伐性⑭之斧；甘脆肥脓，命曰腐肠之药⑮。今太子肤色靡曼，四支委随，筋骨挺解，血脉淫濯，手足堕窳⑯；越女侍前，齐姬奉后；往来游宴，纵恣于曲房隐间⑰之中。此甘餐毒药，戏⑱猛兽之爪牙也。所从来者至深远，淹滞永久而不废，虽令扁鹊治内，巫咸⑲治外，尚何及哉！今如太子之病者，独宜世之君子，博见强识，承间语事，变度易意，常无离侧，以为羽翼⑳。淹沉之乐，浩唐之心，遁佚㉑之志，其奚由至哉！"太子曰："诺。病已，请事此言。"

客曰："今太子之病，可无药石针刺灸疗而已，可以要言妙道说而去也，不欲闻之乎？"太子曰："仆愿闻之。"

客曰："龙门之桐，高百尺而无枝。中郁结之轮菌，根扶疏[22]以分离。上有千仞之峰，下临百丈之谿。湍流溯波，又澹淡之[23]。其根半死半生。冬则烈风漂霰、飞雪之所激也，夏则雷霆、霹雳之所感也[24]。朝则鹂黄、鳱鴠鸣焉，暮则羁雌、迷鸟宿焉[25]。独鹄晨号乎其上，鹍鸡[26]哀鸣翔乎其下。于是背秋涉冬，使琴挚斫斩以为琴，野茧之丝以为弦，孤子之钩以为隐，九寡之珥以为约[27]。使师堂操《畅》，伯子牙[28]为之歌。歌曰：'麦秀蔪兮雉朝飞，向虚壑兮背槁槐，依绝区兮临回溪[29]。'飞鸟闻之，翕翼而不能去；野兽闻之，垂耳而不能行；蚑、蟜、蝼、蚁闻之，拄喙[30]而不能前。此亦天下之至悲也，太子能强起听之乎？"太子曰："仆病未能也。"

客曰："犓牛之腴，菜以笋蒲[31]。肥狗之和，冒以山肤[32]。楚苗之食，安胡之飰，抟之不解，一啜而散[33]。于是使伊尹煎熬，易牙[34]调和。熊蹯之臑，勺药之酱。薄耆之炙，鲜鲤之鲙[35]。秋黄之苏[36]，白露之茹。兰英之酒，酌以涤口。山梁之餐，豢豹之胎。小飰大歠[37]，如汤沃雪。此亦天下之至美也，太子能强起尝之乎？"太子曰："仆病未能也。"

客曰："钟、岱之牡，齿[38]至之车；前似飞鸟，后类距虚[39]。穱麦服处，躁中烦外[40]。羁坚辔，附易路[41]。于是伯乐相其前后，王良、造父为之御，秦缺、楼季[42]为之右。此两人者，马佚能止之，车覆能起之。于是使射千镒之重，争千里之逐[43]。此亦天下之至骏也，太子能强起乘之乎？"太子曰："仆病未能也。"

客曰："既登景夷之台，南望荆山，北望汝海，左江右湖[44]，其乐无有。于是使博辩之士，原本山川，极命草木，比物属事，离[45]辞连类。浮游览观，乃下置酒于虞怀[46]之宫。连廊四注，台城层构，纷纭[47]玄绿。辇道邪交，黄池[48]纡曲。溷章、白鹭，孔鸟、鹍鹄，鹓雏、䴔䴖，翠鬣紫缨[49]。螭龙、德牧，邕邕[50]群鸣。阳鱼腾跃，奋翼振鳞。漃漻薵蓼，蔓草芳苓[51]。女桑、河柳，素叶紫茎[52]。苗松、豫章，条上造天[53]。梧桐、并闾，极望成林。众芳芬郁，乱于五风[54]。从容猗靡，消息阳阴[55]。列坐纵酒，荡乐娱心。景春佐酒，杜连[56]理音。滋味杂陈，肴糅错该[57]。练色娱目，流声悦耳[58]。于是乃发《激楚》之结风，扬郑、卫之皓乐[59]。使先施、徵舒、阳文、段干、吴娃、闾娵、傅予之徒，杂裾垂髾，目窕心与[60]；揄流波，杂杜若，蒙清尘，被兰泽，嬿服而御[61]。此亦天下之靡丽皓侈广博之乐也，太子能强起游乎?”太子曰：“仆病未能也。”

客曰：“将为太子驯骐骥之马，驾飞軨之舆，乘牡骏之乘[62]。右夏服之劲箭，左乌号之雕[63]弓。游涉乎云林，周驰乎兰泽，弭节乎江浔[64]。掩青蘋[65]，游清风。陶阳气，荡春心。逐狡兽，集轻禽。于是极犬马之才，困野兽之足，穷相御之智巧，恐虎豹，慴鸷鸟[66]。逐马鸣镳，鱼跨麋角[67]。履游麕兔，蹈践麖鹿，汗流沫坠，冤伏陵窘[68]。无创而死者，固足充后乘矣。此校猎之至壮也，太子能强起游乎?”太子曰：“仆病未能也”。然阳气见于眉宇之间，侵淫而上，几满大宅[69]。

客见太子有悦色，遂推而进之曰：“冥火薄天，兵车雷运，旍旗偃蹇，羽毛肃纷[70]。驰骋角逐，慕味争先。徼墨广博，观望之有圻[71]。纯粹全牺[72]，献之公门。”太子曰：“善！愿复闻之。”

客曰：“未既。于是榛林深泽，烟云闇莫，兕虎并作[73]。毅武孔猛，袒裼身薄[74]。白刃硙硙，矛戟交错。收获掌功[75]，赏赐金帛。掩蘋肆若，为牧人席[76]。旨酒嘉肴，羞炰[77]脍炙，以御宾客。涌觞[78]并起，动心惊耳。诚必不悔，决绝以诺；贞信之色，形于金石[79]。高歌陈唱，万岁无斁。[80]此真太子之所喜也，能强起而游乎?”太子曰：“仆甚愿从，直恐为诸大夫累耳。”然而有起色矣。

客曰：“将以八月之望，与诸侯远方交游兄弟，并往观涛乎广陵[81]之曲江。至则未见涛之形也，徒观水力之所到，则恤然[82]足以骇矣。观其所驾轶者，所擢拔者，所扬汩者，所温汾者，所涤汔者，虽有心略辞给，固未能缕形[83]其所由然也。怳兮忽兮，聊兮栗兮，混汩汩兮，忽兮慌兮，俶兮傥兮，浩瀇瀁兮，慌旷旷[84]兮。秉意乎南山，通望[85]乎东海。虹洞兮苍天，极虑乎崖涘[86]。流揽无穷，归神日母[87]。汩乘流而下降兮[88]，或不知其所止。或纷纭其流折兮，忽缪往而不来。临朱汜而远逝兮，中虚烦而益怠[89]。莫离散而发曙兮，内存心而自持[90]。于是澡概胸中，洒练五藏[91]，澹澉手足，颒濯发齿，揄弃恬怠，输写淟浊，分决狐疑，发皇耳目[92]。当是之时，虽有淹病滞疾，犹将伸伛起躄，发瞽披聋[93]而观望之也，况直眇小烦懑，酲醲[94]病酒之徒哉！故曰：发蒙解惑，不足以言也。”太子曰：“善！然则涛何气哉？”

客曰：“不记也。然闻于师曰，似神而非[95]者三；疾雷闻百里[96]；江水逆流，海水上潮；山出内[97]云，日夜不止。衍溢漂疾[98]，波涌而涛起。其始起也，洪淋淋焉[99]，若白鹭之下翔。其少进也，浩浩溰溰[100]，如素车白马帷盖之张。其波涌而云乱，扰扰焉如三军之腾装[101]。其旁作而奔起也，飘飘焉如轻车之勒兵[102]。六驾蛟龙，附从太白；纯驰浩蜺，前后骆驿[103]。颙颙卬卬，椐椐彊彊，莘莘将将[104]；壁垒重坚，沓杂似军行。訇隐匈礚，轧盘涌裔，原不可当[105]。观其两旁，则滂渤怫郁，闇漠感突，上击下律[106]，有似勇壮之卒，突怒而无畏。蹈壁冲津，穷曲随隈，逾岸出追[107]。遇者死，当者坏。初发乎或围之津涯，荄轸谷分[108]。回翔青篾，衔枚檀桓[109]。弭节伍子之山，通厉胥母之场[110]。凌赤岸，篲扶桑，横奔似雷行[111]。诚奋厥武，如振如怒[112]；沌沌浑浑，状如奔马。混混庉庉，声如雷鼓。发怒庢沓，清升逾跇，侯波奋振，合战于藉藉[113]之口。鸟不及飞，鱼不及回，兽不及走[114]。纷纷翼翼，波涌云乱；荡取南山，背击北岸；覆亏丘陵，平夷西畔[115]。险险戏戏[116]，崩坏陂池，决胜乃罢。瀄汩潺湲，披扬流洒[117]，横暴之极。鱼鳖失势，颠倒偃侧，沋沋湲湲，蒲伏连延[118]。神物怪疑，不可胜言。直使人踣焉，洄闇[119]凄怆焉。此天下怪异诡观也，太子能强起观之乎？”太子曰：“仆病，未能也。”

客曰：“将为太子奏方术之士有资略者，若庄周、魏牟、杨朱、墨翟、便蜎、詹何之伦[120]，使之论天下之精微[121]，理万物之是非。孔、老览观，孟子持筹而算之，万不失一。此亦天下要言妙道也，太子岂欲闻之乎？”

于是太子据几而起，曰：“涣乎若一听圣人辩士之言”。涊然汗出，霍然[122]病已。

【注释】

①四宇：四方。富于年：未来的年岁很多，即正当年轻。 ②耽：沉溺，迷恋。无极：没有限度。袭逆：指侵入体内。逆：迎，受。结轖（sè）：郁结堵塞。轖：借为

"塞"。 ③纷屯：纷乱。澹淡：心神不定的样子。嘘唏：呻吟叹息。烦酲：烦闷如醉。酲，醉酒。惕惕怵怵：惊恐不安的样子。瞑：通"眠"，小睡。 ④虚中：指身体虚弱。重听：听觉不灵敏。越渫（xiè）：涣散。咸：皆，都。 ⑤聪明：指听觉和视觉，犹言耳目。眩曜：眩晕，眼冒金星，是眩晕的常见症状。不平：失衡。 ⑥久执：指病魔长久缠身。废：止，去。倾：倒。 ⑦"赖君"三句：靠国君的力量，天下太平，我得以享受安乐，以至于经常有此类病状，但还未达到您说的这种地步。 ⑧宫居：居住在宫中。闺：宫中小门。这里泛指深宫。内：指宫中。外：指朝廷。傅父：负责教育辅导的老师。欲交无所：要结交朋友而没有地方。 ⑨温淳：指味道厚重。臇（cuì）：同"脆"。脭（chéng）：肥肉。酞（nóng）：醇酒。 ⑩杂遝（tà）：众多的样子。曼暖：轻细而又暖和。燂（xún）：火热。烁：热。 ⑪销铄：熔化。挺解：松散，分散。 ⑫舆辇：均为车。蹷痿［jué wěi］：都是麻痹、瘫痪的意思。机：征兆。 ⑬洞房：深邃的住宅。清官：清凉的房屋。寒热：感寒或受热。媒：媒介。 ⑭皓齿蛾眉：洁白的牙齿，像蚕蛾触须一样细长的眉，指代美女。性：性命。 ⑮脓：同"酿"。腐肠：使肠子腐烂。药：指毒药。都是比喻的说法。 ⑯靡曼：细嫩的样子。四支：即四肢。委随：麻木不灵便的样子。淫濯：指血管扩张，血液循环受阻滞，不畅通。堕窳（yǔ）：指手脚软弱无力。 ⑰醼：通"宴"。曲房隐间：幽深的密室。 ⑱甘餐毒药：把毒药当鲜食吃。戏：玩耍。 ⑲淹滞：滞留、拖延。扁鹊：先秦时代的名医。巫咸：传说商代的神巫，能通过巫法给人祛病，故云"治外"。 ⑳独宜：只需要。宜，应该，需要。强识：强记。承间语事：间，机会。变度易意：改变太子的胸襟和思想。度，胸襟。羽翼：辅佐之人。 ㉑淹沈：耽溺沉迷。浩唐：同"浩荡"，纵情放恣。遁佚：放纵。 ㉒郁结：积聚。轮菌：纹理盘曲貌。根扶疏：指树根在土中向四外伸展。 ㉓遡波：逆流之波。澹淡：水波摇荡的样子。 ㉔霰：小雪粒。激：激荡。感：通"撼"，指桐木在夏天被雷电所震撼。 ㉕鹂黄：鸟名，即黄鹂。鳱鴠（hàndàn）：鸟名，传说似鸡，冬无毛，昼夜鸣。羁雌：失群的雌鸟。迷鸟：迷失方向的鸟。 ㉖独鹄：孤独的黄鹄，鹄即天鹅。鹍（kūn）鸡：鸟名，黄白色，长颈赤喙。 ㉗琴挚：即师挚，鲁太师，因其工于鼓琴，故谓之"琴挚"。野茧之丝：野蚕茧的丝。钩：衣带的钩。隐：琴上的一种装饰。九寡：生有九个儿子的寡妇。《列女传》："鲁之母师，九子之寡母也。不幸早失夫，独与九子居。"珥：耳饰。约：琴徽。 ㉘师堂：古代乐师，一称师襄，孔子曾向他学过琴。《畅》：相传尧时琴曲名。伯牙子：即伯牙，古代善鼓琴者。 ㉙秀：指农作物结穗。蕲（jiān）：麦芒。虚：空。壑：山谷。槁：枯。绝区：指悬崖、断岸一类的地方。回溪：曲折的溪流。 ㉚翕（xī）：合。蚑（qí）：虫名，一种长蜘蛛。蛟（jiǎo）：一种毒虫。柱：支撑，张开。喙（huì）：嘴。 ㉛犓（chú）牛：即小牛。腴：腹下肥肉。笋：竹笋。蒲：即蒲菜，多年生草，叶细长而尖，其茎心细嫩可食。 ㉜和：羹。冒：通"芼"，用菜调和。山肤：植物名，即面耳，可食用。 ㉝苗：指苗民所产之稻米。安胡：即菰米。飰：同"饭"。抟（tuán）：聚拢在一起。解：散开。啜：吃，尝。 ㉞伊尹：商汤的大臣，相传伊尹以烹任见长。易牙：春秋时人，以能善调味得到齐桓公的宠爱。 ㉟鲙（kuài）：鱼片。 ㊱苏：即紫苏，药草名，可以食用。 ㊲豢豹：被人畜养着的豹。歠（chuò）：饮。 ㊳钟、岱：皆地名，属古赵国，其地以产马著名。牡：雄马。齿至：指马的年齿适中。 ㊴飞鸟：应作"飞凫"，骏马名。距虚：骏马名。 ㊵穱（zhuō）麦：早熟的麦子。服处：谓饲马使服食草料。躁中烦外：稻麦饲马则马肥，马肥则易烦躁而亟思奔驰。㊶附：依附，凭藉。易路：平坦的道路。㊷王良：是春秋时晋国最善於驾车的人。造父：周穆王的御者。秦缺：古之勇士。善疾走。楼季：战国时魏国勇士。㊸射：睹马。争：竞赛。逐：奔跑。㊹景夷：台名，在今湖北省监利县北。荆山：即猎山，在今湖北省境内。汝海：即汝水，源出河南嵩县，东南流入淮河。江：长江。湖：洞庭湖。㊺离：附丽。"比"、"属"、"丽"、"连"四字同义，均为连缀之意。㊻浮游：漫游。虞怀：宫名。㊼注：连通如水注。纷纭：犹言"缤纷"，盛貌。㊽辇道：驰行车辇的大道。邪交：纵横交错。黄池：围绕着城墙的水池。㊾溷章：鸟名，具体何鸟未详。孔鸟：孔雀。鹎鹍：就是鹍鸡。鹓雏：凤凰。䴔䴖（jiāojīng）：水鸟名，似凫。翠鬣：头顶上的毛。缨：颈毛。㊿螭龙、德牧：俱鸟名。邕邕：群鸟和鸣的声音。51寂漻（jiliáo）：清静之水。蔓蓼（chóuliǎo）、芳苓：皆草名。52女桑：柔嫩的小桑树。河柳：落叶亚乔木，高丈余，夏、秋两季开红色小花。素叶：指女桑。紫茎：指河柳。53豫章：樟树。条：枝。造：达到。54五风：五方之风。二句言草木花色，香气浓郁，随风飘荡。55消息：犹言偃息，风吹树林，树冠时高时低，树叶时隐时现。阳阴：指树林的当阳面和背阴面。56景春：战国纵横家，善于辞令。杜连：古之善鼓琴者，传说为伯牙之师。57肴糅错该：名贵的肉肴错杂地陈列于前。该：备。58练色：选择音色。流声：零星唱几句。59《激楚》：楚地歌曲名，因楚地音乐声调激切，故称。结风：歌曲结尾的余声。皓乐：优美、动听的乐曲。60先施：即西施，越国美女。阳文：楚国美女。吴娃：吴国美女。闾娵：战国时梁国魏婴的美人。段干、傅予：不详何人。杂裾：用各种美彩盛饰的衣裾。髾（shāo）：发髻后垂。目窕：窕同"挑"，用目光挑逗。心与：心中暗暗相许。61揄：引，取。流波：流水。被：通"披"，指用兰花的香脂沐润身。嬿：同"燕"。御：用。62骐骥：骏马。飞軨（líng）：有窗的车。牡骏：雄骏马。乘：后一个乘（shèng）作名词。63夏：指夏后氏。服："箙"之假借字，盛箭器。乌号：相传是黄帝所用的弓，以柘木制成。雕：雕饰。64云林：云梦中的树林。兰泽：生有兰草的大泽。江浔：江边。65掩：休息。蘋：当作"薠"，陆生之草，屈原《九歌·湘夫人》："登白薠兮骋望"。66慑（shè）：畏惧。鸷鸟：猛禽。67镳（biāo）：马勒旁横铁。鸣镳：镳旁马铃子响。鱼跨：似鱼之腾跃。麋角：似麋之角逐。68麕（jūn）：鹿一类的动物。麖（jīng）鹿：鹿一类的动物。汗流沫坠：状犬马奔驰之貌。沫坠，流下口沫。冤：同"冤"，构形是兔子屈身于冖下，这里指藏匿。冤伏陵窘：指禽兽躲藏窘迫的样子。69浸淫：渐进貌。大宅：《文选》李善注谓"未详"，六臣注始谓"面也"。按：当以穴位解之。眉宇之间为印堂，印堂之上为神庭，神庭之上为上星，上星又名鬼堂、明堂、神堂，但是上星已入发际一寸，平常不可见，则从位置和名称两方面看只有神庭最相符合。70冥火：指夜间纵火焚烧原野，以驱禽兽，这种狩猎方式起源很古。薄：迫近。雷运：言车轮运行，其声如雷。偃蹇：高的样子。羽毛：鸟羽和牛尾，都是旌旗上的装饰物。肃纷：整齐而众多。71徼：边界。墨：指烧田后土变成黑色。圻：通"垠"，边界。72纯粹：指禽兽的毛色纯一。全牺：身体完整，即前文所说"无创而死者"。73榛林：丛林。闇莫：昏暗不明貌。并作：一起出现。74孔：很，非常。袒裼（tǎnxī）：指裸体。薄：靠近。指靠近禽兽搏击。下句"白刃磑磑"之"磑磑"（ái）：同"皑皑"，白的样子，指刀光剑影。75掌功：指记录功劳、成绩。76掩：盖。蘋：薠。肆：陈列。若：杜若。牧人：

田官。 ⑦羞：精美的食物。炰（páo）：用火烤熟的食物。 ⑱涌觞：满杯。觞：盛酒器。 ⑲贞信：诚信。金石：指乐器。 ⑳陈唱：久歌。无斁：无厌。 ㉑望：阴历十五日。交游：朋友。广陵：扬州。按：《七发》所记之潮是古代著名的广陵潮。《乐府诗集·長干曲》："逆浪故相邀，菱舟不怕摇。妾家楊子住，便弄廣陵潮。" ㉒恤（xù）然：惊骇的样子。 ㉓驾轶：超越，此指一浪高过一浪。擢拔：指浪头高耸拔起。扬汩（yù）：指波涛速度快，与《离骚》"汩余若将不及兮"的"汩"同。温汾：指水流结聚回转。涤汔（qì）：洗荡，冲刷。心略：心智谋略。辞给：敏捷的言辞。缕形：详细描述。 ㉔怳兮忽兮：怳忽，同"恍惚"，形容江涛浩荡无际，令人看不真切。聊兮慄兮：聊栗，惊恐战栗的样子。混：水势浩大。汩汩（gǔ）：水流声。俶兮傥兮：卓异独特的样子。浺瀇（wǎngyáng）：水热浩大无边的样子，义近"汪洋"。慌旷旷：形容江涛茫茫一片。慌：义同"恍惚"。旷旷：空阔的样子。 ㉕秉意：执意，指集中注意力。南山：指南山之下江涛壮观处。通望：一直望到。通：彻。 ㉖虹洞：这里指水势汹涌，上与天连接。极虑乎崖涘：指观涛者竭尽思虑，想流览潮水的尽头。崖涘：水的边际。 ㉗流揽：同"流览"。日母：指太阳。 ㉘汩乘流而下降：指江涛迅速地顺水向下游流去。 ㉙朱汜：地名。中虚烦而益怠：这句是说，观涛者见波涛远去心中空虚烦闷而精神也有些倦怠。 ㉚"莫离"二句：大意是说，观涛以后，夜里心神散乱一直到天亮，自己才把心收起来保持安定情绪。莫：通"暮"。离散：指观涛者观涛之后心神散乱。发曙：天发亮。 ㉛澡概：洗濯。概，通"溉"。洒练、澉澹、頮（huì）濯：均洗涤之意。五藏：根据上下文，应指的五脏。 ㉜揄弃：抛弃，扬弃。恬怠：安逸懒惰。输写：排除。写，通"泻"。淟（tiǎn）浊：污垢。分决：分辨决断。发皇耳目：使耳聪目明。皇，明。 ㉝淹病滞疾：指延挨日久的疾病。伸伛（yǔ）：使伛偻者伸直腰板。起躄（bì）：使跛足者起立行走。发瞽：使盲人重见光明。披聋：使聋子恢复听觉。 ㉞直：只。酲酞：指酒醉后的烦闷之感。 ㉟不记：没有记载。似神而非：江涛似有神助、其实并非神力所致的。 ㊱疾雷闻百里：涛声似疾雷，闻于百里之远。这是特征之一。 ㊲出内：通"出纳"，指云气在山谷中出入。这是特征之三。 ㊳衍溢漂疾：指江水涨满，流速很快。 ㊴洪淋淋焉：洪涛上空淋下。洪：洪水。 ⑩浩浩溰溰（ái）：同前文"白刃磑磑"之"磑磑"，即"皑皑"，形容波涛在空中白茫茫一片。 ⑩云乱：云气翻滚。扰扰焉：纷乱的样子。腾装：带着装备腾跃而起。 ⑩旁作：指波涛向两旁涌起。轻车：一种兵车。这里指将帅所乘的指挥车。勒兵：统率军队。 ⑩太白：据《文选》李善注，即《淮南子》里的"冯迟太白"，就是河伯即河神。"六驾蛟龙"是说河伯出行以六蛟龙像马那样驾车。纯：专也。皓蜺：素蜺。蜺：同"霓"，就是虹。这句是说波涛腾驾若白虹一般。 ⑩颙颙（yóng）卬卬（áng）：高大的样子。椐椐（jū）强强：形容江涛前后相随的样子。莘莘（xīn）将将（qiāng）：形容波涛互相激荡的样子。 ⑩訇（hōng）隐匈礚（gài）：都是象声词，形容江涛发出的巨大轰鸣声。轧盘涌裔：形容波涛翻滚奔腾的样子。轧：排挤。盘：盘桓。裔：流动。原：本。当：抵挡。 ⑩滂渤：同"磅礴"，形容气势。怫郁：形容激怒。闇漠感突：形容江涛汪洋一片，左冲右突。感，通"撼"。上击下律：向高空冲击，向下坠落。律，当作"硉"（lù），石从高处滚下。 ⑩蹈壁冲津：指波涛拍打江岸，冲击渡口。穷曲随隈（wēi）：指波涛冲向所有江岸弯曲之处。曲、隈，均指江水弯曲的地方。出追：超出沙滩。追：古"堆"字。 ⑩或围：疑为地名。荄（gāi）轸谷分：草根被冲动，山谷被冲开。荄：据《说文》为草根。轸，转动。 ⑩⑨回翔：指江水回旋。青篾：地名，一说车名。衔枚：古代行军时，士兵口中衔枚以免喧哗，这里形容波涛初起时无声前进。檀桓：同“盘桓”。 ⑪⑩弭节：缓慢行进。伍子之山：即伍子山，因纪念伍子胥而得名。通厉：远行。胥母之场：祭祀伍子胥的祠庙，“胥”为“胥”之误，胥母，山名，在今江苏省。《论衡·书虚篇》载，吴王杀伍子胥，投于江中，子胥恚恨，驱水为滔，以溺杀人。一些地方立子胥庙，慰其恨心，以止怒涛。 ⑪凌赤岸：超越赤岸。赤岸，地名。篲（huì）扶桑：扫向扶桑。篲：扫帚，用作动词。扶桑，神话传说中的日出之处。雷行：如疾雷般迅行。 ⑫诚奋厥武：确实发挥了它的威武。振：通“震”，盛怒的意思。 ⑬座（zhì）：阻碍。沓：激溅而出。清升：清波升起。逾跇（yì）：超越。侯：波神，这里以侯波代指大波。藉藉：地名。 ⑭“鸟不”三句：从侧面显示波涛的迅猛异常。回，回转。 ⑮纷纷翼翼：繁多的样子。荡取南山：向南冲荡。取：通“趋”，趋向。背击：回击。覆亏：倾覆亏蚀。夷：平，指荡平。畔：岸。 ⑯险险戏戏：危险的样子。戏戏：通“巇巇”，危险的样子。 ⑰沛（jié）：水波相击声。潺湲：水流的样子。披扬流洒：形容江水汹涌，浪花四溅。 ⑱偃侧：犹言东倒西歪。偃，仰躺。侧，歪斜。沋沋（yóu）湲湲：形容鱼鳖歪歪倒倒的样子。蒲伏：同“匍匐”，伏地而行的样子。连延：连续不断。 ⑲踣（bó）：跌倒。泂闇：神智不清的样子。 ⑳庄周、魏牟、杨朱、墨翟、便蜎（yuān）、詹何：这些人物都是春秋战国时有资略的人。伦：辈，类。 ㉑精微：指精深微妙的道理。 ㉒涊（niǎn）然：出汗的样子。霍然：忽然。

【赏析】

《七发》是一篇讽谕性作品。赋中假设楚太子有病，吴客前去探望，通过互相问答，构成七大段文字。吴客认为楚太子的病因在于贪欲过度，享乐无时，不是一般的用药和针灸可以治愈的，只能“以要言妙道说而去也”；于是，最后分别描述音乐、饮食、乘车、游宴、田猎、观涛等六件事的乐趣，一步步诱导太子改变生活方式；要向太子引见“方术之士”，“论天下之精微，理万物之是非”，太子乃霍然而愈。作品的主旨在于劝诫贵族子弟不要过分沉溺于安逸享乐，表达了作者对贵族集团腐朽纵欲的不满。

文章的开头是“楚太子有疾，吴客往问之”，接着就从这个“疾”字引发了一连串令人拍案叫绝的议论。吴客在楚太子面前没有说半句奉承献媚的话，而是理直气壮地告诉楚太子：“你的病太重了，简直无药可医。其病根就在你天天迷恋于声色犬马，玩乐无度，如此庸俗腐朽的物质刺激，造成了空虚的精神境界：于是病魔就在你这个空虚的精神境界中爆发出来。所以使你的精神陷人萎靡不振而不能自拔，最后才奄奄一息，药石无效。”这里提出楚太子的病源何在。接着分别从音乐、饮食、车马、宫苑、田猎、观涛等生活的角度描述其中的利与害，启发楚太子树立正确的人生态度，然后在文章的最后正面向楚太子提出了养生之道，即所谓“要言妙道”。他提醒楚太子要用精力来与有识之士论天下之精微，理万物之是非。要不断的丰富自己的知识，用高度的文化修养来抵制腐朽愚昧的生活方式。这样一说，使楚太子忽然出了一身大汗，“霍然病已”，病全好了。从而证实了《七发》中的“要言妙道”，是治疗楚太子疾病的惟一方法。

《七发》的艺术特色是用铺张、夸饰的手法来穷形尽相地描写事物，语汇丰富，词藻华美，结构宏阔，富于气势。刘勰说：“枚乘摛艳，首制《七发》，腴辞云构，夸丽风骇。”（《文心雕龙·杂文》）《七发》的体制和描写手法虽已具后来散体大赋的特点，但却不像后来一般大赋那样堆叠奇字俪句，而是善于运用形象的比喻对事物做逼真的描摹。在结构上，《七发》用了层次分明的七个大段各叙一事，移步换形，层层逼进，最后显示主旨，有中心，有层次，有变化，不像后来一般大赋那样流于平直呆板。枚乘《七发》的出现，标志着汉代散体大赋的正式形成，后来沿袭《七发》体式而写的作品很多，如傅毅《七激》、张衡《七辩》、王粲《七释》、曹植《七启》等等。因此在赋史上，“七”成为一种专体。

【狱中上梁王书】

邹　阳

臣闻“忠无不报，信不见疑”，臣常以为然，徒虚语耳。昔者荆轲慕燕丹之义，白虹贯日[①]，太子畏之；卫先生为秦画长平之事，太白蚀昴[②]，而昭王疑之。夫精变天地而信不谕两主，岂不哀哉！今臣尽忠竭诚，毕议愿知[③]，左右不明，卒从吏讯，为世所疑，是使荆轲、卫先生复起，而燕、秦不悟也。愿大王孰察之。昔卞和献宝，楚王刖之[④]；李斯竭忠，胡亥极刑[⑤]。是以箕子阳狂，接舆辟世[⑥]，恐遭此患也。愿大王孰察卞和、李斯之意，而后楚王、胡亥之听，无使臣为箕子、接舆所笑。臣闻比干剖心，子胥鸱夷[⑦]，臣始不信，乃今知之。愿大王孰察，少加怜焉。

谚曰：“白头如新，倾盖如故[⑧]。”何则？知与不知也。故昔樊於期逃秦之燕，藉荆轲首以奉丹之事[⑨]；王奢去齐之魏，临城自刭以却齐而存魏[⑩]。夫王奢、樊於期非新于齐、秦而故于燕、魏也，所以去二国、死两君者，行合于志而慕义无穷也。是以苏秦不信于天下，而为燕尾生[⑪]；白圭战亡六城，为魏取中山。何则？诚有以相知也。苏秦相燕，燕人恶之于王，王按剑而怒，食以駃騠[⑫]；白圭显于中山，中山人恶之于魏文侯，文侯投之以夜光之璧。何则？两主二臣，剖心坼肝相信，岂移于浮辞哉！

故女无美恶，入宫见妒；士无贤不肖，入朝见嫉。昔者司马喜[⑬]膑脚于宋，卒相中山；范雎摺胁折齿于魏[⑭]，卒为应侯。

此二人者，皆信必然之画[15]，捐朋党之私，挟孤独之交，故不能自免于嫉妒之人也。是以申徒狄自沉于河，徐衍[16]负石入海，不容于世，义不苟取比周[17]于朝，以移主上之心。故百里奚[18]乞食于路，缪公委之以政；甯戚饭牛车下[19]，而桓公任之以国。此二人者，岂借宦于朝，假誉于左右，然后二主用之哉？感于心，合于行，亲于胶漆，昆弟不能离，岂惑于众口哉？故偏听生奸，独任成乱。昔者鲁听季孙之说而逐孔子[20]，宋信子罕之计而囚墨翟。夫以孔、墨之辩，不能自免于谗谀，而二国以危。何则？众口铄金，积毁销骨也[21]。是以秦用戎人由余而霸中国，齐用越人子臧而强威、宣[22]。此二国，岂拘于俗，牵于世，系阿偏之辞哉？公听并观，垂名当世[23]。故意合则胡越为昆弟，由余、子臧是矣；不合则骨肉为仇敌，朱、象、管、蔡是矣[24]。今人主诚能用齐、秦之明，后宋、鲁之听，则五伯不足称，三王易为也。

是以圣王觉寤，捐子之之心，而能不说于田常之贤；封比干之后，修孕妇之墓，故功业复就于天下[25]。何则？欲善无厌也。夫晋文公亲其仇，强霸诸侯[26]；齐桓公用其仇，而一匡天下[27]。何则？慈仁殷勤，诚加于心，不可以虚辞借也。至夫秦用商鞅之法，东弱韩、魏，兵强天下，而卒车裂之[28]；越用大夫种之谋，禽劲吴，霸中国，而卒诛其身[29]。是以孙叔敖三去相而不悔，於陵子仲辞三公为人灌园[30]。今人主诚能去骄傲之心，怀可报之意，披心腹，见情素，堕肝胆，施德厚，终与之穷达，无爱于士，则桀之狗可使吠尧，而跖之客可使刺由[31]；况因万乘之权，假圣王之资乎？然则荆轲之湛七族，要离之烧妻子，岂足道哉！

臣闻明月之珠，夜光之璧，以暗投人于道路，人无不按剑相眄者[32]。何则？无因而至前也。蟠木根柢，轮囷离诡，而为万乘器者[33]。何则？以左右先为之容也。故无因至前，虽出随侯之珠[34]，夜光之璧，犹结怨而不见德。故有人先谈，则以枯木朽株树功而不忘。今夫天下布衣穷居之士，身在贫贱，虽蒙尧、舜之术，挟伊、管之辩[35]，怀龙逢[36]、比干之意，欲尽忠当世之君，而素无根柢之容，虽竭精思，欲开忠信，辅人主之治，则人主必有按剑相眄之迹，是使布衣不得为枯木朽株之资也。是以圣王制世御俗，独化于陶钧之上[37]，而不牵于卑乱之语，不夺于众多之口。故秦皇帝任中庶子蒙嘉之言，以信荆轲之说，而匕首窃发[38]；周文王猎泾、渭，载吕尚而归，以王天下[39]。故秦信左右而杀，周用乌集而王[40]。何则？以其能越挛拘之语[41]，驰域外之议，独观于昭旷之道也。今人主沉于谄谀之辞，牵于帷裳[42]之制，使不羁之士与牛骥同皂，此鲍焦[43]所以忿于世而不留富贵之乐也。

臣闻盛饰入朝者不以利污义，砥厉[44]名号者不以欲伤行，故县名胜母而曾子[45]不入，邑号朝歌而墨子回车[46]。今欲使天下寥廓之士，摄于威重之权，胁于位势之贵，回面污行以事谄谀之人而求亲近于左右，则士伏死堀穴岩薮之中耳，安肯有尽忠信而趋阙下者哉！

【注释】

①白虹贯日：白色长虹穿日而过。传说荆轲出发时，出现“白虹贯日”的现象，太子丹认为这很不吉利，因此畏惧。 ②“卫先生”三句：卫先生，秦国人。长平：赵邑，故址在今山西省高平县西北。秦将白起伐赵曾在此地大败赵军。太白：即金星。食：同“蚀”，意为“侵犯”。昴（mǎo）：星宿名。古人认为昴宿在赵国分野，太白星侵犯昴宿，预示赵国将受到军事打击。白起败赵军以后，派卫先生去见秦昭王，请求增兵，打算一举灭赵，但此时出现太白食昴的天象，本可以认为是赵国发生兵革的解释，但由于范雎说了坏话，昭王反而怀疑白起和卫先生，不发兵粮，灭赵最终不成功。 ③毕议愿知：把计议的话说完，愿王知道。 ④“昔卞和”二句：玉人：指楚国人卞和，传说卞和得到一块未剖开的玉石，两次献给楚王，楚王都误认为是石头，竟受到刖（yuè）刑（割断脚的刑法）。 ⑤“李斯”二句：秦始皇用李斯为丞相，李斯帮助秦始皇统一天下。秦始皇死，二世胡亥立，李斯被捕下狱，备受五种酷刑而死。 ⑥“是以”二句：箕子，殷纣王的叔父，名胥余，封于箕，因谏被囚，假装疯狂。阳：通“佯”，服装。接舆：春秋时楚国的隐士。 ⑦“臣闻”二句：比干，殷纣王的贤臣，因极谏纣王而被剖心。子胥：伍子胥，名员，春秋时吴国大臣。鸱（chī）夷：皮制的袋子。吴王想与越国和议，子胥强谏，吴王命他自杀，死后尸体被装进鸱夷，扔进江中。 ⑧“白头”二句：盖，车盖，形如伞。两车路上相遇，紧紧挨着，以致挤歪车盖，称倾盖。这两句话是说不相知的人，即便同处到老，依然等于陌生人；相知的人，即便是路上相遇，短时接触，也和旧朋友一样。 ⑨“故樊於（wū）期”二句：樊於期，秦将，因得罪而逃到燕国，秦始皇灭其家，并重金购买他的头。燕太子丹派荆轲刺秦王，若于无见面礼，樊於期听说后，慨然自杀，让荆轲把他的头献给秦王。 ⑩“王奢去齐”二句：王奢，齐国大臣，因得罪而逃亡到魏。魏国遭到齐国侵犯时，王奢登城对齐将说：“你们的到来，不过是为了我，我不愿意苟且偷生，连累魏国。”于是自杀。 ⑪“是以苏秦”二句：苏秦，战国时纵横家。尾生：人名，传说他与一女子相约在桥下相见，女子尚未到来，洪水涨起，他仍守约不肯离开，竟抱桥柱被淹而死。古代常拿他作为极守信用的人的代称。这二句话意即：苏秦对天下不讲

信义，但对燕国却极忠诚。 ⑫“苏秦”四句：食（sì），给人吃。駃騠（jué tí）：良马。这四句意思是说：苏秦在燕国为相，有人在燕君面前说苏秦的坏话，燕君大怒，不仅不怀疑苏秦，还把良马宰了给他吃。 ⑬司马喜：宋国人，在宋受了膑刑（割去膝盖骨），逃到中山，三次作中山国的相。 ⑭范雎：魏国人，曾随魏大夫须贾出使齐国，回国后为须贾所谗害，魏宰相使人痛打他，以至肋断齿脱。后来逃到秦国为相，封为应侯。拉（là）：折断。 ⑮画：计划。 ⑯申徒狄：传说为殷末人，谏君不听，自投雍水而死。徐衍：周末人，因不满于乱世，负石沉于海。 ⑰苟取：取不该取的东西。比周：结党。 ⑱百里奚：春秋时虞国人，听说秦缪公贤明，就一路行乞去投奔，后为秦相。 ⑲甯戚：春秋时卫国人，有德行而不被用。齐桓公在夜里听到甯戚敲着牛角唱歌，就知道他贤能，于是任他为大夫。饭：喂。 ⑳季孙：鲁国的大夫。齐人送给季孙子女子歌舞队，季孙子接受了，并且三天不上朝，于是孔子离开了鲁国。鲁国君听信季孙子的话，就等于是逐孔子。“宋任子冉之计囚墨翟”之事不详。 ㉑“众口”二句：铄、销：熔化。毁：毁谤。这二句的意思是说：大家传谣，虽是金石也可熔化；谗言久之，也可以伤人、致人于死地。 ㉒由余：春秋时晋人，因事逃到西戎，后为秦穆公招致到秦国，帮助秦国征服西戎。强：动词。威、宣：齐威王和齐宣王，是春秋时齐国两位较有作为的君主。 ㉓“公听”二句：意即公正地听取意见，全面地考察事情，在当代留下明察秋毫的好名声。 ㉔朱、象、管、蔡：朱，丹朱，尧的儿子。象，舜的弟弟。管，管叔。蔡，蔡叔。管、蔡二人都是周武王的弟。丹不贤，尧不传位于他；象有意谋杀舜；管、蔡谋反，被周公所囚。 ㉕“是以圣王”六句：捐，弃。子之：战国时燕王哙的相，曾骗燕王让位给他，结果燕国大乱。说：通“悦”。田常：春秋时齐简公的相，齐简公欣赏他的才干，他却杀了简公，夺取了齐国的王位。封：褒扬。修孕妇之墓：传说纣王曾剖孕妇之腹以观胎儿，武王灭纣后，为被害孕妇修墓。 ㉖“夫晋文”二句：晋文公为公子时，晋献公派寺人披去杀他，他仓惶逃跑，被寺人披斩断衣袖。后来文公归国即位，吕甥、郤芮等要杀文公，幸好寺人披告密，使其免于难。 ㉗“齐桓”二句：仇，指管仲。齐公子纠和公子小白争夺王位，管仲为公子纠狙击公子小白，射中小白带钩。后来小白即位，是为齐桓公。齐桓不记旧仇，用管仲为相，遂成霸主。 ㉘“至夫”四句：秦孝公用商鞅变法，国家富强，秦孝公死，秦国贵族把商鞅车裂（用车分裂人的身体）。 ㉙“越用”三句：大夫种，即文种，春秋时越国的大夫，曾辅佐越王句践战败吴国，后被越王所杀。禽：同“擒”。劲吴：强大的吴国。 ㉚“是以孙叔敖”二句：孙叔敖，楚国令尹。在楚庄王时，曾三次任相，并不喜欢；三次被免职，也不烦恼。於（wū）陵：战国齐地。子仲：即陈仲子。传说楚王要任他为相，使人去迎他，他举家逃走去为人家灌园。三公：秦汉时期指丞相、太尉、御史大夫。此处指丞相。 ㉛“见（xiàn）情素”七句：见：通“现”，显露。情素：真实的情意。素通“愫”，堕肝胆：意即披肝沥胆。穷达：逆境和顺境。爱：吝啬。跖（zhí）：传说中的大盗。由：许由，据说尧打算要把天下让给他，他逃走了。 ㉜“以暗”二句：投入，向人投掷。道：道路。眄（miǎn）：顾视。二句意谓：在黑暗的道路，即使用夜光璧这样的宝贝去投掷人，人也是要戒备的。 ㉝“蟠木”四句：蟠，盘曲。木：树木。根柢；树根。轮囷（qūn）：盘绕屈曲的样子。为万乘器：成为国君的贵重的器具。 ㉞随珠：随侯之珠。据说随侯救了一条受伤的蛇，蛇衔一颗明珠来报答他。 ㉟“挟伊”二句：伊，指伊尹，辅佐汤灭夏建殷商的功臣。管：管仲。 ㊱龙逢（páng）：

关龙逄，夏桀时贤臣，因谏诤被杀。 ㊲“是以圣王”二句：制世御俗，统制、治理国家、社会。陶钧：陶工使用的转轮。此处用以比喻帝王要独自运用政权来教化天下。 ㊳“故秦皇帝”三句：中庶子，官名，太子的属官。蒙嘉：人名。荆轲到秦国时先用财物贿赂了蒙嘉，因蒙嘉引见，得见秦王。匕首窃发：荆轲见到秦王，献上樊於期的头颅及燕国都亢地方的地图；地图展开时，他拿起藏在图中的匕首去刺秦王。 ㊴“周文王”三句：泾渭，二水名，在今陕西省。相传周文王打猎于渭水上，遇见吕尚，载与同归，后吕尚辅助武王，灭商建周。 ㊵“秦信”二句：左右，指蒙嘉。乌集：比喻偶合，指任用吕尚。 ㊶能越挛拘之语：挛拘，拳曲。指能摆脱左右偏见的话语。 ㊷帷裳：指妻妾宠臣。 ㊸皂：皂枥，马槽。鲍焦：周朝时的隐士，传说他不满时政、廉洁自守，宁愿抱木而死。 ㊹砥厉：通“砥砺”，磨练、修养。 ㊺曾子：曾参，孔子弟子，传说极为孝顺。有个里巷，名为“胜母”，曾子嫌这名字违反孝道，不肯进入。 ㊻朝歌：纣时都城（在今河南省汤阴县南）。墨子因有朝歌的名字与他“非乐”的主张不合，所以到了那里就回车不入。

【赏析】

本篇选自《汉书·邹阳传》。梁孝王的门客邹阳“为人有智略，慷慨不苟合”，遭到门客羊胜、公孙诡等人的嫉恨，受谗入狱。在狱中，邹阳写下了这封书信给梁孝王，大量引征史实、运用比喻，论述“谗毁”之祸，表述自己忠信的心迹，最终获得释放，并被梁孝王待为上宾。邹阳被囚狱中，身罹杀身之祸，但并不迎合媚上，哀求乞怜，而在上书中继续谏诤，字里行间，还很有些不逊，充分显示了他的“抗直”、“不苟合”的性格，也是他“有智略”的表现。全信虽然旨在自明，却不以辩白自身的忠信为核心，而是历举史实，借古喻今，雄辩地揭示了“人主沈谗谀则危，任忠信则兴”的道理，使梁王对自己由怀疑转为肯定。文章感情浓郁，作者身处囹圄，情至窘迫，字句之中透出浓郁之气，读来让人不能自己。

此文行文风格是对偶与散行交错运用，对偶句使此文具有凝重的气势。而夹杂以散文句式，也使此文有生动之处。吴楚材、吴调侯《古文观止》说：“此书词多偶俪，意多重复，盖情至窘迫，呜咽涕泣，故反复引喻，不能自己耳。”此外，此文善于用典，文中用了大量的史实，加强了书信的说服力，然而也不免有重复之感。作者还善于运用比喻。如以明月之珠、夜光之璧与蟠木根柢比拟人臣与君主之音的不同际遇，非常生动形象。唐德宜《古文翼》称此文：“其意凄怆，其词愧玮，其气豪宕，真千古奇作。虽使事太多，间有重复，然急迫中求动人之主，言之不足，故重言之，要自不为冗。史公美其比物连类，诚然。大约亦微似赋体耳。”

【招隐士】

淮南小山

桂[1]树丛生兮山之幽，偃蹇连蜷兮枝相缭[2]。山气巃嵸兮石嵯峨，谿谷崭岩兮水曾波[3]。猿狖群啸兮虎豹嗥[4]，攀援桂枝兮聊淹留[5]。王孙游兮不归，春草生兮萋萋。岁暮兮不自聊，蟪蛄[6]鸣兮啾啾。坱兮轧，山曲岪，心淹留兮恫荒忽。罔兮沕[7]，憭兮栗，虎豹穴[8]，丛薄深林兮人上慄[9]。嵚岑碕礒兮碅磳磈硊，树轮相纠兮林木茷骫[10]。青莎杂树兮薠草靃靡[11]，白鹿麏麚兮[12]或腾或倚。状貌崟崟兮峨峨[13]，凄凄兮漇漇。猕猴兮熊罴，慕类兮以悲[14]。攀援桂枝兮聊淹留，虎豹斗兮熊罴咆，禽兽骇兮亡其曹。王孙兮归来，山中兮不可以久留！

【注释】

①桂：白华。 ②偃蹇连蜷兮枝相缭：容貌美好，枝叶相交。 ③崭岩：险峻的样子。水曾波：水流迅速。 ④虎豹嗥：虎豹争食。 ⑤攀援桂枝兮聊淹留。援：持也。聊淹留：踟蹰于山中。 ⑥不自聊：心中烦乱、忧愁。蟪蛄：夏蝉。 ⑦沕：潜藏。 ⑧岤：同"穴"。 ⑨慄：战慄。 ⑩轮：树的横枝。茷骫：枝条交错。 ⑪靃靡：弱貌。 ⑫白鹿麏麚兮：白鹿一起游玩。 ⑬状貌崟崟兮峨峨：头角高的样子。 ⑭慕类兮以悲：哀己不遇也。

【赏析】

此赋是西汉淮南王刘安所作，《汉书·艺文志》著录"淮南王群臣赋四十四篇"，《招隐士》当是其中的一篇，此篇始见于东汉王逸的《楚辞章句》：

全文可分两部分：第一部分从篇首至"蟪蛄鸣兮啾啾"。主要描写为追慕桂枝芬芳（象征美德）的王孙在虎豹出没、猿狖哀鸣的深山幽壑间淹留，引起亲朋好友的焦虑与不安，并以春草、秋蛩写作者萦回之思和惆怅之情。

第二部分从"坱兮轧"始至篇末，以山石之巍峨，雾岚之郁结，虎豹之奔突，林木之幽深，极力渲染山中之阴森可怕，并以离群禽兽失其类的奔走呼叫，规劝王孙之归来。

《招隐士》整体上给人一种森然恐怖，魂悸魄动的特殊感受。作者以强烈的主观感情色彩，采用夸张、渲染的手法，极写深山荒谷的幽险和虎啸猿悲的凄厉，造成怵目惊心的艺术境界，成功地表达了渴望隐者早日归还的急切心情。通篇感情浓郁，意味深远，音节谐和，情辞悱恻动人，为后代所传诵。通过对山水、溪谷、巉岩以及奔突、吼叫在深林幽谷间的虎豹熊罴的描绘，已将山水景物经过浓缩、夸张、变形处理，使自然界的飞禽走兽和真山真水变成艺术形象的方法，渲染出一种幽深、怪异、可饰的环境气氛，弥漫着郁结、悲怆而又缠绵悱恻的情思，表现了王孙不可久留的主题思想，让人们仿佛听到一声声回荡在崖谷间“王孙兮归来！”那招魂般凄厉哀怨的呼唤。本赋的象征性很强，山中景物之惊心恐怖暗示朝中政治形势的复杂和淮南王处境的危险，

【子虚赋】

司马相如

楚使子虚使于齐，王悉发车骑，与使者出畋[①]。畋罢，子虚过姹[②]乌有先生，亡是公存焉。坐定，乌有先生问曰：“今日畋乐乎？”子虚曰：“乐。”获多乎？”曰：“少。”“然则何乐？”对曰：“仆乐齐王之欲夸仆以车骑之众，而仆对以云梦之事也。”曰：“可得闻乎？”

子虚曰：“可。王车驾千乘，选徒万骑，畋于海滨。列卒满泽，罘网[③]弥山。掩兔辚鹿[④]，射麋脚麟[⑤]，骛于盐浦[⑥]，割鲜染轮[⑦]。射中获多，矜而自功。顾谓仆曰：‘楚亦有平原广泽游猎之地，饶乐若此者乎？楚王之猎，孰与寡人乎？’仆下车对曰：‘臣，楚国之鄙人也。幸得宿卫，十有馀年。时从出游，游于后园，览于有无，然犹未能遍睹也，又焉足以言其外泽乎？’齐王曰：‘虽然，略以子之所闻见而言之。’

“仆对曰：‘唯唯[⑧]。臣闻楚有七泽，尝见其一，未睹其馀也。臣之所见，盖特其小小者耳，名曰云梦。云梦者，方九百里，其中有山焉。其山则盘纡岪郁[⑨]，隆崇崒崒[⑩]，岑崟参差[⑪]，日月蔽亏。交错纠纷，上干青云；罢池陂陀[⑫]，下属江河[⑬]。其土则丹青赭垩[⑭]，雌黄白附[⑮]，锡碧金银；众色炫耀，照烂龙鳞。其石则赤玉玫瑰，琳瑉昆吾[⑯]，瑊玏玄厉[⑰]，碝石碔砆[⑱]。其东则有蕙圃，衡兰芷若[⑲]，芎䓖菖蒲[⑳]，茳蓠蘪芜[㉑]，诸柘巴苴[㉒]。其南则有平原广泽，登降陁靡[㉓]，案衍坛曼，缘以大江，限以巫山。其高燥则生葴菥苞荔[㉔]，薛莎青薠[㉕]；其埤湿则生藏莨蒹葭[㉖]，东蘠雕胡，莲藕觚卢[㉗]，菴闾轩于[㉘]。众物居之，不可胜图。其西则有涌泉清池，激水推移。外发芙蓉菱华，内隐

巨石白沙；其中则有神龟蛟鼍，玳瑁鳖鼋[29]。其北则有阴林，其树楩楠[30]豫章，桂椒木兰，檗离[31]朱杨，樝梨梬栗[32]，橘柚芬芳；其上则有鹓雏孔鸾[33]，腾远射干[34]；其下则有白虎玄豹，蟃蜒[35]貙犴[36]。

“‘于是乎乃使剸诸[37]之伦，手格此兽。楚王乃驾驯駮之驷，乘雕玉之舆，靡鱼须之桡旃[38]，曳明月之珠旗，建干将之雄戟，左乌号之雕弓，右夏服之劲箭。阳子骖乘，孅阿[39]为御，案节未舒，即陵狡兽。蹴蛩蛩[40]，辚距虚，轶[41]野马，轊騊駼[42]，乘遗风，射游骐。倏眒倩浰[43]，雷动猋[44]至，星流霆击，弓不虚发，中必决眦[45]，洞胸达掖，绝乎心系。获若雨兽，揜[46]草蔽地。于是楚王乃弭节徘徊，翱翔容与，览乎阴林，观壮士之暴怒，与猛兽之恐惧，徼𠠃受诎[47]，殚睹众物之变态。

“‘于是郑女曼姬，被阿緆[48]，揄纻缟[49]，杂纤罗，垂雾縠[50]，襞积褰绉[51]，纡徐委曲，郁桡溪谷。衯衯裶裶，扬袘戌削，蜚襳垂髾。扶舆猗靡，翕呷萃蔡，下靡兰蕙，上拂羽盖。错翡翠之威蕤，缪绕玉绥。眇眇忽忽，若神仙之髣髴。

“于是乃相与獠于蕙圃，媻姗勃窣[52]，上乎金堤。揜翡翠，射鵔鸃[53]，微矰[54]出，孅缴[55]施。弋白鹄，连驾鹅，双鸧下，玄鹤加。怠而后发，游于清池。浮文鷁，扬旌枻，张翠帷，建羽盖。罔玳瑁，钓紫贝。摐[56]金鼓，吹鸣籁；榜人歌，声流喝。水虫骇，波鸿沸，涌泉起，奔扬会。礧石[57]相击，硠硠礚礚，若雷霆之声，闻乎数百里之外。将息獠者，击灵鼓，起烽燧，车按行，骑就队，纚乎淫淫，般乎裔裔。

“‘于是楚王乃登云阳之台，怕乎无为，憺[58]乎自持；勺药之和具，而后御之。不若大王终日驰骋，曾不下舆，脟割轮焠[59]，自以为娱。臣窃观之，齐殆不如。’于是齐王无以应仆也。”

乌有先生曰：“是何言之过也！足下不远千里，来贶[60]齐国，王悉发境内之士，备车骑之众，与使者出畋，乃欲戮力致获，以娱左右，何名为夸哉？问楚地之有无者，愿闻大国之风烈，先生之馀论也。今足下不称楚王之德厚，而盛推云梦以为高，奢言淫乐，而显侈靡，窃为足下不取也。必若所言，固非楚国之美也；无而言之，是害足下之信也。彰君恶，伤私义，二者无一可，而先生行之，必且轻于齐而累于楚矣。且齐东陼巨海，南有琅邪，观乎成山，射乎之罘，浮渤澥，游孟诸。邪与肃慎为邻，右以汤谷为界秋田乎青丘，徬徨乎海外，吞若云梦者八九于其胸中，曾不蒂芥。若乃俶傥瑰玮，异方殊类，珍怪鸟兽，万端鳞崪，充牣其中，不可胜记；禹不能名，卨[61]不能计。然在诸侯之位，不敢言游戏之乐，苑囿之大；先生又见客，是以王辞不复，何为无以应哉？”

【注释】

①畋（tián）：打猎。 ②过姹（chà）：访问。姹：夸耀。 ③罘（fú）网：捕兔之网。 ④辚（lín）鹿：用车辗鹿。 ⑤脚麟（lín）：抓住大牡鹿。 ⑥骛（wù）于盐浦：在海滩上奔驰。 ⑦割鲜染轮：杀食猎物、染红车轮。 ⑧唯唯：是，好。 ⑨盘纡（yū）茀（fú）郁：迂回曲折。 ⑩隆崇嵂崪（lǜ zú）：高耸险危。 ⑪岑崟（cén yín）参差（cēn cī）：高峻不平。 ⑫罢池陂陀（pí tuó）：山坡宽广。 ⑬下属（zhǔ）江河：与河相连。 ⑭丹青赭垩（zhě è）：朱砂、青土、红土、白土。 ⑮雌黄白坿（fù）：黄土、灰土。 ⑯琳瑉（lín mín）昆吾：玉石、矿石。 ⑰瑊玏（jiān lè）玄厉：次玉石、磨刀石。 ⑱碝（ruǎn）石碔砆（wǔ fū）：美石、白纹石。 ⑲蘅（héng）兰芷（zhǐ）若：杜蘅、泽兰、白芷、杜若。 ⑳芎䓖（qiōng qióng）菖蒲：两种香草名。 ㉑江蓠（lí）蘪芜（mí wú）：香草名。 ㉒诸柘（zhè）巴苴（jū）：甘蔗、芭蕉。 ㉓陁（yǐ）靡：山势倾斜绵延貌。 ㉔葴（zhēn）菥（xī）苞荔（lì）：马蓝、菥草、苞草。 ㉕莎（suō）、薠（fān）：两种野草。 ㉖藏莨（zāng làng）蒹葭（jiān jiā）：荻草、芦苇。 ㉗觚（gū）卢：葫芦。 ㉘菴闾（ān lǘ）轩于（xuān yú）：两种水草。 ㉙鼍（tuó）：扬子鳄。鼋（yuán）：大鳖。 ㉚楩楠（pián nān）：南方大木名。 ㉛檗（bò）离：黄檗、山梨。 ㉜樝（zhā）梨梬（yǐng）栗：山楂、黑枣。 ㉝鹓雏（yuān chú）孔鸾（luán）：凤凰、孔雀。 ㉞腾远射（yè）干：猿猴、小狐。 ㉟蟃蜒（màn yán）：似狸而长的兽。 ㊱貙犴（qū àn）：比狸大的猛兽。 ㊲刬（tuán）诸：即专诸，勇士名。 ㊳靡（fēi）：同“麾”挥动。桡旃（náo zhān）：轻柔飘荡的旗帜。 ㊴孅（xiān）阿：驾车名师。 ㊵蹴（cù）：踩倒。蛩（qióng）蛩：一种巨兽。 ㊶轶（yì）：超过。 ㊷轊（wèi）：车轴头，此处意为用车头撞。騊駼（táo tú）：良马。 ㊸倏胂（shū shùn）倩浰（qiàn liàn）：迅速奔驰。 ㊹猋（biāo）：狂风。 ㊺眦（zì）：开裂。 ㊻揜（yǎn）：掩盖。 ㊼徼𠧨（yāo jù）受诎（qū）：拦住并收拾疲乏绝路之野兽。 ㊽被阿緆（xì）：披薄绸。 ㊾揄纻缟（yú zhù gǎo）：拖着麻绢裙。 ㊿縠（hù）：轻纱。 51襞（bì）积褰（qiān）绉：裙褶衣皱。 52媻（pán）姗教窣（bèi sù）：慢慢行走。 53鵔鸃（jùn yí）：锦鸡。 54矰（zēng）：短箭。 55缴：箭上细绳。 56摐（chuāng）：敲。 57礧（lèi）石：众石。 58憺（dàn）：保持。 59脟（luán）割轮粹（cuì）：切小块肉在车轮旁烤吃。 60贶（kuàng）：赐教。 61卨（xiè）：即“契”，人名，尧之贤臣。

【赏析】

《子虚赋》作于相如游梁之时。据《史记·司马相如列传》载，相如“以赀为郎，事孝景帝，为武骑常侍，非其好也。会景帝不好辞赋，是时梁孝王来朝，从游说之士齐人邹阳、淮阴枚乘、吴庄忌夫子之徒，相如见而说之。因病免，客游梁。梁孝王令与诸生同舍，相如得与诸生游士居数岁，乃着《子虚之赋》”。

此赋是写楚臣子虚使于齐，齐王盛待子虚，悉发车骑，与使者出猎。打猎之后，子虚访问乌有先生，遇亡是公在座。子虚讲述齐王畋猎之盛，而自己则在齐王面前夸耀楚王游猎云梦的盛况。在子虚看来，齐王对他的盛情接待中流露出大国君主的自豪、自炫，这无异于表明其他诸侯国都不如自己。他作为楚国使臣，感到这是对自己国家和君主的轻慢。使臣的首要任务是不辰君命，于是，他以维护国家和君主尊严的态度讲述了楚国的辽阔和云梦游猎的盛大规模。赋的后半部分是乌有先生对子虚的批评。他指出，子虚“不称楚王之德厚，而盛推云梦以为高，奢言淫乐而显侈靡”，这种作法是错误的。在他看来，地域的辽远、物产的繁富和对于物质享乐的追求，同君主的道德修养无法相比，是不值得称道的。从他对子虚的批评中可以看出，他把使臣的责任定位在传播自己国家的强盛和君主的道德、声誉上。而子虚在齐王面前的所作所为，恰恰是诸侯之间的比强斗富，是已经过时的思想观念所支配。因此他说，“必若所言，固非楚国之美也”。作品通过乌有先生对子虚的批评，表现出作者对诸侯及其使臣竞相侈靡、不崇德义的思想、行为的否定。“彰君恶”诸语表现出较鲜明的讽喻意图。

在艺术上，此赋结构宏大严谨，极尽铺陈夸张之能事，文辞极为富丽，作品中使用了大量的排比句、对偶句、双声叠韵词等，使文章辞藻富丽。比如楚王同侍女们在清池泛舟游览的情景：“浮文鹢，扬旌栧，张翠帷，建羽盖，罔玳瑁，钓紫贝。摐金鼓，吹鸣籁……”这一段写得气势充沛，词意晓畅，声情并茂，相当精彩。另外，《子虚赋》的句式多变，本篇的句式，以四言六言为主，这是继承了《诗经》、《楚辞》的句式，但又有所变化。不仅有三言、五言、七言等句式，还夹杂许多长句。在韵律方面，开头结尾部分，基本上不用韵，几乎完全是散文的格调。中间部分则大都是押韵的。押韵方式，有的是隔句押，有的是句句押。由于篇幅较长，往往需要换韵。换韵的地方，通常在内容方面有转变。也有不押韵的散句，比较自由。这种现象，都表明诗的成分减少了，而散文的成分增加了。

【上林赋[1]】

司马相如

亡是公听然[2]而笑[3]，曰：“楚则失[3]矣，而齐亦未为得也。夫使诸侯纳贡者，非为财币，所以述职也；封疆画界者，非为守御，所以禁淫[4]也。今齐列为东藩[5]，而外私肃慎[6]，捐国逾限[7]，越海而田[8]，其于义固未可也。且二君之论，不务明君臣之义，正诸侯之礼，徒事争于游戏之乐，苑囿之大，欲以奢侈相胜[9]，荒淫相越，此不可以扬名发誉，而适足以贬君自损也。

“且夫齐、楚之事，又乌足道乎！君未睹夫巨丽也？独不闻天子之上林乎？左苍梧[10]，右西极[11]，丹水更其南，紫渊径其北。终始灞、浐[12]，出入泾、渭[13]；酆、镐、潦、潏[14]，纡馀委蛇[15]，经营乎其内[16]；荡荡乎八川分流，相背而异态。东西南北，驰骛[17]往来；出乎椒丘之阙[18]，行乎洲淤之浦[19]；经乎桂林[20]之中，过乎泱漭之野，汩乎混流[21]，顺阿而下，赴隘陿[22]之口。触穹石，激堆埼[23]，沸乎暴怒，汹涌澎湃。滭弗宓汩[24]，逼侧泌㳅[25]，横流逆折，转腾潎洌[26]，滂濞沆溉[27]；穹隆云桡[28]，宛潬胶戾，逾波趋浥，莅莅下濑[29]；批岩冲拥[30]，奔扬滞沛[31]；临坻注壑[32]，瀺灂霣坠[33]；沉沉隐隐[34]，砰磅訇礚；潏潏淈淈[35]，湁潗鼎沸[36]。驰波跳沫[37]，汩濦漂疾[38]。悠远长怀[39]，寂漻无声，肆乎永归。然后灏溔潢漾[40]，安翔徐回；翯乎滈滈[41]，东注太湖，衍溢陂池[42]。

“于是乎蛟龙赤螭[43]，䱭䲛渐离，鰅鳙鰬魠，禺禺魼鳎；揵鳍掉[44]尾，振鳞奋翼，潜处乎深岩。鱼鳖欢声[45]，万物众夥；明月[46]珠子，的皪江靡；蜀石黄碝[47]，水玉磊砢[48]；磷磷烂烂[49]，采色澔汗，藂积乎其中[50]。鸿鹔鹄鸨[51]，驾鹅属玉[52]，交精旋目[53]，烦鹜庸渠[54]，箴疵䴔卢[55]，群浮乎其上。泛淫泛滥[56]，随风澹淡[57]，与波摇荡，奄薄水渚[58]，唼喋菁藻[59]，咀嚼菱藕。

“于是乎崇山矗矗[60]，巃嵸崔巍[61]；深林巨木，崭岩嵾嵯[62]。九嵕巀嶭[63]，南山峨峨；岩陁甗锜[64]，摧崣崛崎[65]。振溪通谷[66]，蹇产[67]沟渎，谽呀豁闭[68]。阜陵别隝[69]，崴磈嵔廆[70]，丘虚堀礨[71]。隐辚郁𡺲[72]，登降施靡[73]。陂池貏豸[74]，沇溶淫鬻[75]，散涣夷陆；亭皋千里，靡不被筑[76]。掩以绿蕙[77]，被以江蓠；糅以蘼芜，杂以留夷；布结缕[78]，攒戾莎[79]。揭车衡兰[80]，槁本射干[81]；茈姜蘘荷[82]，葴持若荪[83]；鲜支黄砾[84]，蒋苧青薠[85]；布濩闳泽[86]，延曼太原[87]。离靡广衍[88]，应风披靡，吐芳扬烈；郁郁菲菲，众香发越[89]；肸蚃布写[90]，晻薆咇茀[91]。

“于是乎周览泛观，缜纷轧芴[92]，芒芒恍忽，视之无端，察之无涯，日出东沼，入乎西陂。其南则隆冬生长，踊水跃波[93]；其兽则獑旄貘犛[94]，沉牛麈麋[95]，赤首圜题[96]，穷奇[97]象犀。其北则盛夏含冻裂地，涉冰揭[98]河；其兽则麒麟角端[99]，騊駼橐驼[100]，蛩蛩驒騱[101]，駃騠驴骡[102]。

“于是乎离宫别馆，弥山跨谷；高廊四注，重坐曲阁[103]；华榱璧珰[104]，辇道𦅷属[105]；步櫩周流[106]，长途中宿。夷嵏筑堂[107]，累台增成[108]，岩窔洞房[109]，俯杳眇而无见[110]，仰攀橑而扪天[111]；奔星更于闺闼[112]，宛虹扡于楯轩。青龙蚴蟉于东箱[113]，象舆婉僤于西清[114]；灵圄燕于闲馆[115]，偓佺之伦[116]，暴于南荣[117]。醴泉涌于清室，通川过于中庭。盘石振崖[118]，嵚岩倚倾[119]，嵯峨嶕嶫，刻削峥嵘。玫瑰碧琳[120]，珊瑚丛生，瑉玉旁唐[121]，玢豳文鳞[122]；赤瑕駁荦，杂臿其间[123]，晁采琬琰[124]，和氏[125]出焉。

“于是乎卢橘夏熟，黄甘橙榛；枇杷橪柿[126]，亭奈厚朴[127]；樗枣[128]杨梅，樱桃蒲陶[129]；隐夫薁棣[130]，答遝离支[131]。罗乎后宫，列乎北园；貤[132]丘陵，下平原。扬翠叶，扤[133]紫茎；发红华，垂朱荣[134]。煌煌扈扈，照曜钜野；沙棠栎槠[135]，华枫枰栌；留落胥邪，仁频并闾；欃檀木兰[136]，豫章女贞[137]。长千仞，大连抱；夸条直畅，实叶葰楙。攒立丛倚[138]，连卷欐佹[139]；崔错癹骫[140]，坑衡閜砢[141]；垂条扶疏，落英幡𦅷。纷溶萷蔘[142]，猗狔从风[143]；莅莅卉歙，盖象金石之声，管籥[144]之音。偨池茈虒，旋还乎后宫[145]。杂袭累辑[146]，被山缘谷，循阪下隰[147]；视之无端，究之无穷。

“于是乎玄猿素雌[148]，蜼玃飞蠝[149]，蛭蜩蠼蝚[150]，獑胡縠蛫[151]，栖息乎其间。长啸哀鸣；翩幡互经[152]，夭蟜枝格，偃蹇杪颠[153]；隃绝梁，腾殊榛[154]；捷垂条[155]，掉希间[156]；牢落陆离，烂漫远迁。若此者数百千处。娱游往来，宫宿馆舍[157]；庖厨不徙，后宫不移，百官备具[158]。

“于是乎背秋涉冬，天子校猎[159]。乘镂象[160]，六玉虬；拖蜺旌[161]，靡云旗；前皮轩，后道游[162]。孙叔奉辔，卫公参乘[163]，扈从横行，出乎四校[164]之中，鼓严簿[165]，纵猎者。河江为陆，泰山为橹[166]，车骑雷起[167]，殷天动地，先后陆离，离散别追[168]，淫淫裔裔[169]，缘陵流泽[170]，云布雨施。生貔豹[171]，搏豺狼，手熊罴，足野羊[172]；蒙鹖苏[173]，绔白虎[174]，被班文，跨野马[175]。凌三嵏之危[176]，下碛历之坻[177]；径峻赴险，越壑厉水。椎蜚廉[178]，弄獬豸[179]，格虾蛤[180]，鋋猛氏[181]；羂騕褭[182]，射封豕。箭不苟害[183]，解脰[184]陷脑弓不虚发，应声而倒。

“于是乎乘舆弭节徘徊，翱翔往来；睨[185]部曲之进退[186]，览将帅之变态[186]。然后侵淫促节[187]，儵夐远去[188]；流离轻禽，蹴履狡兽[189]。轊白鹿[190]，捷[191]狡兔；轶赤电[192]，遗光耀[193]；追怪物，出宇宙。弯蕃弱[194]，满白羽[195]；射游枭[196]，栎蜚遽[197]。择肉而后发[198]，先中而命处[199]；弦矢分，艺殪仆[200]。然后扬节而上浮，凌惊风，历骇猋[201]，乘虚无，与神俱。躏玄鹤[202]，乱昆鸡[203]；遒孔鸾[204]，促鵔鸃。拂翳鸟[205]，捎凤皇；捷鹓雏[206]，掩焦明[207]。道尽途殚，回辀还；消摇乎襄羊[208]，降集乎北纮[209]；率乎直指[210]，晻乎反乡。蹶石阙，历封峦；过鳷鹊，望露寒[211]；下棠梨[212]，息宜春[213]。西驰宣曲，濯鷁牛首[214]；登龙台[215]，掩细柳[216]。观士大夫之勤略[217]，均猎者之所得获[218]，徒车之所轥轹[219]，步骑之所蹂若，人臣之所蹈藉[220]；舆其穷极倦𠝣[221]，惊惮詟伏[222]，不被创刃而死者，他他籍籍[223]，填坑满谷，掩平弥泽[224]。

“于是乎游戏懈怠，置酒乎颢天之台[225]，张乐乎胶葛之寓[226]；撞千石之钟，立万石之虡[227]；建翠华之旗，树灵鼍之鼓[228]。奏陶唐氏之舞，听葛天氏[229]之歌；千人唱，万人和；山陵为之震动，川谷为之荡波。巴渝、宋、蔡[230]，淮南《干遮》[231]，文成颠歌[232]，族居递奏[233]，金鼓迭起，铿鎗闛鞈[234]，洞心骇耳。荆吴郑卫之声，韶濩武象[235]之乐，阴淫案衍[236]之音，鄢郢缤纷，《激楚》结风[237]，俳优侏儒，狄鞮之倡[238]，所以娱耳目乐心意者，丽靡烂漫于前。靡曼[239]美色。若夫青琴宓妃[240]之徒，绝殊离俗，妖冶娴都[241]，靓妆刻饰[242]，便嬛绰约[243]，柔桡嫚嫚，妩媚孅弱[244]，曳独茧之褕绁[245]，眇阎易以恤削[246]，便姗嫳屑[247]，与俗殊服。芬芳沤郁[248]，酷烈淑郁；皓齿粲烂，宜笑的皪[249]；长眉连娟，微睇绵藐[250]；色授魂与[251]，心愉于侧[252]。

“于是酒中[253]乐酣，天子芒然而思，似若有亡，曰：‘嗟乎，此大奢侈！朕以览听馀闲，无事弃日[254]，顺天道以杀伐，时休息于此，恐后叶靡丽[255]，遂往而不返，非所以为继嗣创业垂统[256]也。’于是乎乃解酒罢猎而命有司曰：‘地可垦辟，悉为农郊，以赡萌隶[257]。隤墙填堑[258]，使山泽之人得至焉。实陂池而勿禁[259]，虚宫馆而勿仞[260]。发仓廪以救贫贫，补不足，恤鳏寡，存孤独。出德号[261]，省刑罚，改制度，易服色，革正朔[262]，与天下为更始。’

“于是历吉日以斋戒[263]，袭朝服，乘法驾[264]，建华旗，鸣玉鸾[265]，游于六艺之囿[266]，驰骛乎仁义之途，览观《春秋》之林[267]。射狸首[268]，兼驺虞[269]；弋玄鹤[270]，舞干戚[271]；载云罕[272]，掩群雅[273]；悲《伐檀[274]》，乐乐胥[275]；修容乎礼园[276]，翱翔乎书圃[277]；述易道[278]，放怪兽；登明堂，坐清庙；次群臣，奏得失；四海之内，靡不受获[279]。于斯之时，天下大说，乡风而听，随流而化[280]；芔然兴道而迁义[281]，刑错[282]而不用；德隆于三王[283]，而功羡于五帝[284]；若此，故猎乃可喜也。若夫终日驰骋，劳神苦形；罢[285]车马之用，抏士卒之精[286]；费府库之财，而无德厚之恩；务在独乐，不顾众庶；忘国家之政，贪雉兔之获，则仁者不繇也[287]。从此观之，齐楚之事，岂不哀哉！地方不过千里，而囿居九百[288]，是草木不得垦辟而人无所食也。夫以诸侯之细，而乐万乘之侈[289]，仆恐百姓被其尤[290]也。”

于是二子愀然改容，超若自失[291]，逡巡避席[292]曰：“鄙人固陋，不知忌讳，乃今日见教，谨受命矣。”

【注释】

①选自《文选》卷八。上林，上林苑，故址在今陕西西安市西及周至、户县界。它本是秦代的旧苑，汉武帝时重修并加扩大。 ②亡是公：作者假托的人名。亡，通“无”。听（yǐn）然：张口而笑的样子。 ③失：指不对。《上林赋》是承《子虚赋》而来，《子虚赋》是借楚国子虚和齐国乌有先生的对话展开，以折齐称楚结束，所以本文这样承接。 ④淫：放纵，过分。指诸侯国不知节制，侵入别国疆界。 ⑤东藩：东方的藩国。齐国在东，故称“东藩”。藩，藩篱、屏障。 ⑥私：指私自交好。肃慎：古国名，在今长白山以北至黑龙江一带。 ⑦捐国：指离开自己的国家。逾限：越过本国边界。 ⑧越海而田：指《子虚赋》言齐王“秋田乎青丘”之事。“青丘”为传说中的海外国名，故云“越海”。田，通“畋”，畋猎。 ⑨相胜：相互压服。 ⑩左：指东方。苍梧：汉郡名，治所在今广西苍梧县。苍梧古属交州，在长安东南，故言“左”。 ⑪右：指西方。西极：古指豳地，在长安西北一带，故言“右”。 ⑫终始灞、浐：指灞水和浐水始终流在上林苑中。终始，作动词用。灞、浐，都是渭水的支流。 ⑬出入泾、渭：指泾水和渭水流入苑中又流出苑去。泾，泾水，源出宁夏南部六盘山东麓，流经甘肃，至陕西高陵县境入渭水。渭，渭水，源出甘肃渭源县之鸟鼠山，东流至陕西潼关县入黄河。 ⑭酆、镐（hào）、潦（lǎo）、潏（jué）：皆为水名。酆，源出陕西宁陕县东北秦岭，东北流经长安入渭水。镐，源出陕西长安县南，北注于渭水。现下游已湮，上游北注于潏水。潦，源出陕西户县南山涝谷，东北经咸阳西南境注于渭水。潏，源于陕西长安县北坡的大峪，北经长安入渭水。 ⑮纡馀委蛇（yí）：形容水流曲折宛转的样子。委蛇，同“逶迤”。 ⑯经营乎其内：指诸水流经其中。经营，周旋。 ⑰驰骛：马疾行的样子，这里指水流很快。 ⑱椒丘之阙：生满椒树的山相对而立，类似于阙的形状。阙，又名门观。门前两旁建台，上有楼观，中间有阙口为通道，故称阙。 ⑲洲淤：水中可居之地。古时长安一带人呼洲为淤。浦：水边。 ⑳桂林：指上林苑中的桂树林。 ㉑汩（yù）乎混流：指水流很急，水势很大。汩，水流迅速。混，水势浩大。 ㉒隘陿：即狭隘。陿，同

"狭"。㉓堆埼（qí）：高大曲折的河岸。㉔泮弗（bìfèi）同"觱沸"，水上涌的样子。宓（mì）汩：水流疾去的样子。㉕逼侧：水迫近岸边。泌湝（jié）：水浪涌起互相冲击的样子。逼，同"逼"。㉖转腾：旋转激荡。潎（piē）冽：水波互相冲击的样子。㉗滂濞（pāngpì）：即"彭湃"，水波相互撞击的声音。沆（hàng）溉：水浪愤怒涌起的样子。㉘穹隆：水势高起的样子。云桡：形容水势回旋翻滚如云涌。桡，扰动。㉙莅（lì）莅：水流急的样子。濑（lài）：浅水沙石滩。㉚批：击打。拥：同"壅"，防水堤。㉛奔扬：水流奔腾。滞沛：浪花翻卷。㉜临坻（chí）：临近小丘。坻，水中小丘。注壑：流入沟壑之中。㉝瀺灂（chánzhuó）：小水声。指水流近小丘时发出的细小声音。賈坠：指水从高处落到低处。賈，通"陨"。㉞沉沉：水深的样子。隐隐：水势盛大。㉟潏（jué）潏淈（gǔ）淈：水涌出的样子。潏，水涌出貌。淈淈，同"汩汩"。㊱湁潗（chìjí）鼎沸：形容水流上涌如沸腾的样子。湁潗，水沸腾的样子。㊲驰波跳沫：水流疾泻而飞沫跳荡。㊳汩漰（yùxī）：水流急转的样子。漂疾：同"剽疾"，形容水势猛悍。㊴怀：归往。㊵灏溔（hàoyǎo）：水势广大无际的样子。潢（guāng）漾：水势深广，水波荡漾。㊶翯（hè）乎滈（hào）滈：谓大水泛着白光。翯，白而有光泽。滈滈，指水泛着白光。㊷衍溢陂（pí）池：谓水流满池塘。陂池，池塘。㊸螭（chī）：传说中蛟龙一类动物，无角。㊹揵（qiān）：扬起。掉：摇动。㊺欢：喧哗，闹嚷。㊻明月：宝珠名。㊼蜀石：质次于玉的一种石。黄碝（ruǎn）：黄色的碝石。碝，石名，质地次于玉。㊽水玉：即水晶石。磊砢（luǒ）：众多。㊾磷磷烂烂：谓玉石色泽鲜明，光彩灿烂。㊿"采色"二句：谓玉石积聚于水中，光芒辉映。澔汗，同"浩汗"，盛多的样子。这里指光彩灼灼，相互映辉。藂，同"丛"。51鸿：大雁。鹔（sù）：即鹔鷞，雁的一种，毛为绿色。鹄：鹅。鸨：似雁而大，灰颈白腹，背部有黄褐和黑色斑纹。52驾（jiā）鹅：雁的一种，形比鸭大而嘴小。《方言》："雁，自关而东谓之驾鹅。"属（zhú）玉：水鸟，似鸭而大。53交精：水鸟名，俗名茭鸡，形如凫而腿长。旋目：鸟名，大于鹭而尾短，眼旁毛呈现回旋的样子。54烦鹜：鸟名，外形像鸭而小。庸渠：鸟名，俗名水鸡，外形像鸭而鸡足。55箴疵：水鸟名，形似鱼虎，毛呈苍黑色。鸡卢：俗称水老鸦。56泛淫泛滥：指鸟浮于水面上自由自在的样子。泛，同"泛"，飘浮。57澹淡：此指飘动的样子。58奄薄水渚：指群鸟止息于小洲之上。奄，息。薄，集。59唼喋（zādié）：指鸟聚在一起吃食。菁、藻：都是水草名。60矗矗：山直立高耸的样子。61巃嵸（lóngzōng）崔巍：山高峻的样子。62崭（chán）岩参嵳：山势险要高低不平。崭，同"参"。参嵳，同"参差"。63九嵕（zōng）：山名，在陕西醴泉县东北。嶻嶭（jiénie）：山高峻的样子。64岩陁（zhì）甗（yǎn）锜（qí）：指山中多穴洞。陁，坂，山坡。甗，瓦器名，即甑。锜，三只脚的釜。65摧崣：同"崔巍"，山势高峻的样子。崛崎：形容山势陡峭险绝。66振溪通谷：指大的山谷。振，开放。溪，溪谷。通，通达。67蹇产：曲折的样子。68谽（hān）呀豁閜（xiā）：指山谷幽远空洞的样子。谽呀，形容山谷幽深。豁閜，空虚的样子。69阜陵别隝：谓山丘像被水分成的一个个小岛。隝，同"岛"。70崴磈（wéi）崴廆（wēi）：都是高峻的意思。71丘虚堀礨（juélěi）：指山特起不平的样子。虚，通"墟"。72隐辚郁壘（lěi）：指山堆积不平的样子。73登降施（yǐ）靡：指山势高下绵延。施靡，山势倾斜绵延的样子。74陂池貏豸（bǐzhì）：指山势渐渐平坦。陂池，读如"坡陀"，倾斜的样子。貏豸，渐趋平坦。 ⑮沇（wěi）溶淫鬻：指水在山涧中缓缓流动。淫鬻，水流缓慢。 ⑯“亭皋”二句：谓水边地方没有不平坦的。亭，平。皋，水边地。被筑，指筑地令平。 ⑰揜（yǎn）：遮盖。绿蕙：香草名。 ⑱布：布满。结缕：草名，多年曼生，叶如白茅。 ⑲攒戾莎：戾莎丛聚而生。戾莎，草名。 ⑳揭车衡兰：指揭车、杜衡和兰草三种香草。 ㉑槁（gǎo）本：香草名，根可入药。射干：草名，根可入药。 ㉒茈姜：即紫姜，嫩姜。茈，同“紫”。蘘（ráng）荷：一名蘘草，茎叶似姜，根可食，也可入药。 ㉓葴（zhēn）持：即酸浆草。若荪：杜若和荪草，都是香草。 ㉔鲜支：香草名，又名燕支，可染红色。黄砾：香草名，可染黄色。 ㉕蒋：即菰蒲草，又名茭，所结实即菰米。苎（zhù）：同“苧”，草名，即三棱草。青薠：草名，形状类莎（suō）草而稍大。 ㉖布濩（hù）：散布，布满。闳泽：大水泽。闳，宏大。 ㉗延曼：蔓延。太原：广大原野。 ㉘离靡：连绵不断的样子。广衍：广泛散布开来。衍，展开。 ㉙发越：发扬，散发。 ㉚肸蠁（xīxiǎng）：指香气四散，沁入人心。肸，响声传布。蠁，对声音反映敏感的一种虫子。布写：四散传布。写，通“泻”。 ㉛晻薆咇茀（bìbó）：形容香气充盛。 ㉜缜纷：茂密繁多。轧芴（wù）：致密而不可分辨。 ㉝“其南”二句：指上林苑面积广阔，其南部隆冬也草木生长，水不结冻。 ㉞犍（róng）：又名封牛，颈上有肉堆，有力而善于奔走。旄：旄牛。貘（mò）：形似犀牛而略小，鼻长无角。犛（lí）：小于旄牛，皮黑色。 ㉟沈牛：水牛。麈（zhǔ）：鹿类，一角，尾大，可作拂尘。麋：即驼鹿，又叫犴（hān），四不像。 ㊱赤首：传说中的一种兽的名称。圜题：亦是一种兽名。传说两兽均生活在南方。题，额。 ㊲穷奇：传说中的怪兽，能食人，外形像牛，毛如猬，声音像嗥狗。 ㊳揭（qì）：提起衣服度水。 ㊴角端：兽名，外形像貊（形似熊），角生在鼻上。 ㊵騊駼（táotú）：兽名，形似马。橐驼：即骆驼。 ㊶蛩（qióng）蛩：一种白色野兽，形似马。驒騱（tuóxī）：野马的一种，青黑色，有白色鳞纹。 ㊷駃騠（juótí）：骏马名。 ㊸重坐：指两层楼房。曲阁：指曲折连结的楼阁。 ㊹华榱（cuī）：用花纹装饰的椽子。璧珰：用璧玉装饰的瓦当。 ㊺辇道纚（xǐ）属：指宫中辇道四通八达。辇道，可以乘辇而行的阁道。纚属，阁道回环，如织丝之相连属。纚，束发的帛。 ㊻步櫩（yán）：可以通行的长廊。櫩，同“檐”。周流，周遍。 ㊼夷嵏（zōng）筑堂：削平山岭，建筑房屋。夷，削平。嵏，高的山。 ㊽累台增成：高的楼台一层又一层。增，通“层”。成，一层叫一成。 ㊾岩窔（yǎo）：深邃的样子。洞房：幽深的房屋。 ㊿杳眇：深邃的样子。此句是形容亭台极高，下视不见地。 (111)橑（lǎo）：屋椽。扪（mén）：用手摸。此句亦形容亭台极高。 (112)奔星：流星。更：经过。闺闼：宫中的小门。 (113)“青龙”句：谓青龙驾的车子可以在东厢房行进。此极力形容房屋的宽阔。蚴蟉（yǒuliú），龙行的样子。此用以形容车子。东箱，东边厢房。箱，通“厢”。原作“葙”，据《考异》改正。 (114)象舆：象拉的车子。婉僤（shàn）：车行进的样子。西清：指西厢房。清，清静之处。 (115)灵圄（yǔ）：对于仙人的总称。燕：燕息，闲居。闲馆：清雅的馆舍。 (116)偓佺：古代传说的仙人名。伦：类。 (117)暴：通“曝”，晒太阳。荣：指飞檐。 (118)盘石：大石。盘，通“磐”。振崖：砌成整齐的石崖。振，《考异》以为当作“裖（zhèn）”，累积整齐。 (119)嵚（qīn）岩：倾斜的样子。倚倾：偏斜倾侧。 (120)玫瑰：珍珠名。碧琳：玉石名。 (121)瑉玉：像玉的美石。瑉，同“珉”。旁唐：如说“磅礴”，广大的样子。 (122)玢（bīn）豳：有纹理的样子。文鳞：文彩斑烂像鳞片一样排列。 ⑫赤瑕：赤色的玉。驳荦（luò）：色彩斑驳。驳，同“驳”。杂臿：夹杂。臿，通“插”。 ⑫晁采：美玉名。琬琰（yǎn）：美玉名。 ⑫和氏：指和氏璧。为春秋时楚国人卞和所发现。 ⑫楙（rán）：即酸枣。 ⑫亭：即棠梨，又名海棠果。奈：属苹果一类的水果。厚朴：树名，果实甘美，树皮可入药。 ⑫梬（yǐng）枣：枣类，外形似柿而小。 ⑫蒲陶：即葡萄。 ⑬隐夫：果木名，形状不详。薁（yù）棣：即唐棣，又名郁李，果实可食，种子入药。 ⑬答遝（tà）：木名，果实像李子。离支：即荔枝。 ⑬貤（yí）：通“迤”，延及，绵延。 ⑬扤（wù）：摇动不定。 ⑬荣：木本植物的花。 ⑬沙棠：果名，俗名沙果。栎（lì）：橡实。槠（zhū）：苦槠，木名，常绿乔木，果实小于橡实。 ⑬华：即桦树。枰（píng）：平仲树，即银杏树。栌（lú）：黄栌。留落：石榴树。胥邪：即椰子树。仁频：即槟榔树。并闾：即棕榈树。欃檀：檀木的一种。木兰：又名杜兰，木名。 ⑬豫章：即樟树。女贞：即冬青树。大连抱：指树干很粗，几个人才能合抱过来。 ⑬夸条：指花朵和枝条。夸，通“荂（huā）”，花。直畅：指任意舒展。葰楙（jùnmào）：肥大茂盛。葰，大。楙，同“茂”。攒立丛倚：指草木丛聚而生，或直立，或相互依傍。 ⑬连卷（quán）：即“连蜷”，指枝柯屈曲生长。欐佹（lìguǐ）：指树枝相互交错，向背不一。欐，依附。佹，背离。 ⑭崔错：错杂的样子。癹骫（bōwěi）：指枝条屈曲错杂的样子。 ⑭坑衡：抗衡。坑，通“抗”。閜砢（kěluǒ）：指枝条盘屈扭结，互相倾倚。 ⑭纷溶：繁盛的样子。萷蔘（xiāosēn）：高大的样子。 ⑭猗狔从风：指花随风飘动。猗狔，同“旖旎”，柔美的样子。 ⑭籥：古代的一种管乐器。 ⑭“偨池”二句：指高高低低树木围绕后宫生长。偨池，同“差池”，高低不平的样子。茈虒（cíchí），义亦同“差池”，不整齐。旋还，环绕。 ⑭杂袭：错杂重复。累辑：同“累集”，众多繁盛。 ⑭循：沿着。阪：山坡。隰（xí）：低湿的地方。 ⑭玄猿素雌：黑色的雄猿，白色的雌猿。 ⑭蜼（wěi）：一种长尾猿，形如猕猴黑色。玃（jué）：大母猴。蠝：鼯鼠。前后肢间有薄膜，能从树上飞翔。 ⑮蛭：传说中一种能飞的兽，四翼。蜩：当作“猢（zhǒu）”，传说中一种兽名，大如驴，形如猴，善爬树。蠼蝚（juénáo）：同“玃猱”，老猕猴 ⑮獑（chán）胡：同“獑猢”，兽名，似猿。縠（hú）：即白狐子，以猴类为食物。蛫（guǐ）：猿类。 ⑮翩幡：鸟飞轻疾的样子。这里指猿类来往轻捷灵巧。幡，通“翻”。互经：互相经过。 ⑮偃蹇：指猿猴身体活动屈曲宛转的样子。杪（miǎo）颠：树枝顶端。杪，树梢。 ⑮腾：跃上。殊榛（zhēn）：另一片榛树丛。 ⑮捷垂条：拉住下垂的树枝。捷，通“接”。 ⑮掉希间：指猿猴在树枝稀疏的空间荡来荡去。掉，摆动，摇荡。 ⑮宫宿馆舍：在离宫止宿，在别馆居住。 ⑮“庖厨”三句：谓离宫别馆中有庖厨，有宫女，有百官奉侍，不必从朝廷调来。 ⑮校（jiào）猎：用木栏圈起猎场打猎。校，木栏。 ⑯镂象：指用象牙雕刻装饰的车子。 ⑯拖：曳。蜺旌：指色彩斑斓有如虹蜺的旌旗。蜺，同“霓”。 ⑯道游：指道车和游车。古代天子出行，用道车五乘、游车九乘作为前导。道，通“导”。 ⑯孙叔：古代善于驾车的人。一说，指汉武帝时的太仆公孙贺（字子叔）。奉：捧。卫公：也是指古代善于驾车的人。一说，指汉武帝时大将军卫青。参乘：陪乘，即车右，担任护卫。参，通“骖”。 ⑯四校：指天子射猎时的四支扈从部队。 ⑯鼓严簿：指在戒备森严的仪仗侍卫队伍中击鼓。簿，卤簿，天子出行时的随行仪仗。 ⑯阹（qù）：阻拦禽兽的围阵。橹：望楼。 ⑯雷起：形容车骑声很大，如同雷响。殷天：震天。 ⑯陆离：分散。别追：指分别追逐禽兽。(169)淫淫裔裔：指围猎的人来来往往。(170)流泽：指打猎的车骑密密麻麻地拥向水泽。(171)生貔（pí）豹：活捉貔豹等野兽。貔，豹一类的猛兽。(172)手：徒手击杀。罴：熊类猛兽。足：用脚踏住。(173)蒙鹖苏：指戴着用鹖鸟尾装饰的帽子。鹖，鸟名，形像雉鸡，斗时至死不退却。苏，尾。(174)绔（kù）白虎：穿着织有白虎纹饰的裤子。绔，同“袴”，套裤，此指穿套裤。(175)跨：骑。野马：指北地所产的良马，又名驹赊。(176)凌：登。三嵏：山名。危：顶巅。(177)碛（qì）历：高低不平的样子。坻（dǐ）：山斜坡。(178)椎：击杀。蜚廉：龙雀，鸟身鹿头。(179)弄：用手摆弄，此也指擒获。獬豸：神兽名，相传似鹿而一角。(180)格：搏杀。虾蛤：猛兽名。(181)铤（chán）：铁柄短矛。这里指用短矛刺杀。猛氏：兽名，形状像熊而小，毛短，有光泽。(182)羂（juǎn 卷）：用绳索绊取野兽。騕褭（yǎoniǎo）：神马名，传说能日行千里。(183)箭不苟害：指每箭必射中要害，而不是胡乱将猎物射伤即可。(184)解：分解，分开。脰（dòu）：颈项。(185)睨：视。部曲：指参加围猎的队伍。(186)变态：指各种各样的形态。(187)侵淫促节：逐渐加快行驶的速度。(188)儵夐（shūxiòng）：忽然远去的样子。儵，同“倏”。(189)蹴履：即践踏。狡兽：猛兽。狡，健。(190)轊（wèi）白鹿：用车轴头挂住白鹿。轊，车轴头。(191)捷：疾取。(192)轶赤电：形容车骑疾速。轶，超过。(193)遗光耀：也极言车骑迅疾。遗，指抛在后面。(194)蕃弱：传说中夏后氏良弓名。(195)满：拉弓到箭头称为满。白羽：指用白色翎毛作尾羽的箭。(196)游枭：各处游荡的枭。枭，一名枭羊，兽名。一说即狒狒。(197)栎（lì）：击打。蜚遽：神兽名，鹿头龙身。(198)择肉：指选择肥胖的。一说选择禽兽身上可射的地方。(199)“先中”句：谓先指明要射中什么地方，然后射中预定目标。(200)艺：箭靶。这里指射的目标。殪（yì）仆：指猎物被射死倒下。(201)骇猋（biāo）：即惊风，疾风。猋，通“飙”，从下向上刮的疾风。(202)躏：践踏。玄鹤：黑色的鹤。(203)乱：指使其行列混乱。昆鸡：同“鹍鸡”，鸟名，形状似鹤，赤喙长颈，全身黄白色。(204)遒：迫，追捕。孔鸾：孔雀和鸾鸟。(205)拂：击。翳鸟：传说中的大鸟，毛五彩，飞起能遮蔽一乡。(206)捎：同“箾”，以竹竿击打。捷：取。鹓雏：凤凰一类的鸟。(207)揜：同“掩”，捕捉。焦明：西方鸟名，也属凤凰一类。又作“焦朋”。(208)消摇：同“逍遥”，悠游自得的样子。襄羊：同“倘佯”，自由徘徊的样子。(209)降集：停留。降，下降。集，止。北纮：指极北边的地方。古代认为地的周围有八泽，八泽之外有八纮，北纮称为委羽。纮，维。(210)率乎：直指的样子。直指：一直往前。晻乎：迅速的样子。反乡：即“反向”，返回。(211)“蹷（jué）石阙”四句：指经过了石阙、封峦、鳷鹊、露寒四个观。这四个观是汉武帝建元间所建，在甘泉宫外。蹷，踏过。望，探看。(212)下：住。棠梨：宫名，在甘泉宫东南三十里。(213)宜春：宫名，在陕西杜县以东。宣曲：宫名，在昆明池以西（今陕西西安市西南）。(214)濯鹢：指划船。濯，通“櫂”，摇船的工具。鹢，船头有鹢鸟图形装饰的船。牛首：池名，在上林苑西边（今陕西西安市西北）。(215)龙台：观名，在今陕西户县东北，靠近渭水。(216)掩：止息。细柳：观名，在昆明池南面（今陕西西安市西南）。(217)勤略：辛勤巡查。略，巡行。(218)均：比较多少。得获：获得。(219)徒车：指士卒和车骑。徒，车前步行的士卒。辚（lìn）：践踏。轹（lì）：碾压。(220)步骑：指步兵骑士。蹂若：践踏。蹈籍：踏踩。籍，通“藉”。(221)穷极倦𠫵（jù）：走投无路，疲惫不堪。𠫵，极度疲惫。(222)惊惮詟（zhé）伏：惊恐而不敢活动。詟，同“慑”，恐惧。(223)他他籍籍：纵横交错的样子。(224)掩平：遮蔽了平原。弥泽：填满了大泽。此句极言死亡禽兽之多。㉕颢天之台：上接天宇的高台。颢天，同"昊天"。㉖张：陈设。胶葛之寓：指空旷辽阔的屋子。胶葛，寥廓。寓，同"宇"，屋宇。㉗虡（jù）：悬挂钟磬的木架。㉘灵鼍（túo）之鼓：用鼍皮做成的鼓。鼍，鳄鱼一类的动物。㉙陶唐氏：即唐尧。葛天氏：古代部落首领，据说其善歌。㉚巴渝、宋、蔡：指这些地方的歌舞。巴、渝，今四川一带。宋、蔡，今河南一带。㉛淮南：诸侯国名，相当于今安徽淮河以南、和县以北地区，治所寿春。《干遮》：曲名。㉜文成：县名，当今河北卢龙县境，其地人善歌。颠歌：指滇地的乐歌。颠，同"滇"，即今云南一带，汉时属西南夷的一部分。㉝族居：聚集在一起。递奏：互相交替地演奏。㉞铿鎗：同"铿锵"，指钟声。闛鞈（tángtà）：指鼓声。㉟韶：虞舜时乐名。濩：商汤时乐名。武：周武王时乐名。象：周公旦时乐名。㊱阴淫案衍：指过度而无节制的音乐。㊲鄢郢：都是楚地名。缤纷：指舞蹈时交杂错落的样子。《激楚》：指楚地的歌曲。结风：指歌曲结尾馀音悠长。㊳狄鞮（dī）：西方部族名。倡：女乐工。㊴靡曼：指美人的细腻润泽，姿态美妙。㊵青琴：传说中的古代神女。宓（fú）妃：传说中的伏羲氏之女，溺死于洛水，遂为洛水之神。㊶妖冶：美好。娴都：美丽典雅。㊷靓（jìng）妆：指以粉黛妆扮。刻饰：指修整头发。以胶刷鬓发，使其整齐如刻画。㊸便嬛（huán）：轻盈俏丽的样子。绰约：柔婉的样子。㊹柔桡嫚嫚：指身体柔软苗条、姣好多姿。桡，曲。妩媚：容貌美丽，悦人心意。孅弱：指身体轻细柔软。㊺独茧：一个蚕茧的丝。指丝线颜色纯净一致。褕（yú）：短衣。绁：同"袣（yì）"，衣袖。此皆指衣服。㊻眇：美好，形容下文"阎易"、"恤削"。阎易：衣长的样子。恤削：指衣服线条整齐清晰。㊼便姗嫳（piè）屑：衣服翩翩飘动的样子。㊽沤郁：郁积，指香气浓盛。淑郁：形容香气浓厚、美好。㊾宜笑：微露牙齿的笑。的皪（lì）：指牙齿鲜白的样子。连娟：又弯又细的样子。㊿微睇：微微顾盼。睇，流盼。绵藐：指眼光的绵长悠远。(51)色授魂与：指女子以颜色、精神勾引人。一说"色授"是指女子以色勾引男子，"魂与"，是指男子与之精神相应。(52)心愉于侧：指倾心于侧。愉，通"输"，心输，即倾心。(53)酒中：饮酒到一半时。(54)无事弃日：指没有政事，只是虚度时日。弃，抛弃、闲置。(55)后叶：后世。靡丽：奢华。(56)继嗣：继承者，后嗣。创业垂统：创立基业，留传后代。(57)萌隶：农夫。萌，通"氓"。(58)隤（tuí）墙填堑：谓把上林苑四周的墙推倒，把壕沟填平。隤，毁坏。(59)实陂池：指在陂池中放养鱼类。勿禁：指让百姓随意打鱼。(60)"虚宫馆"句：指不再使用上林苑中的宫馆。虚宫馆，使宫馆空虚。仞，满。(61)出德号：指发布实行德政的命令。(62)革正朔：改革历法。正，指每年的正月。朔，指每月的初一。古代封建王朝新建立之时，总要易服色，革正朔，以表示与前个朝代不同。(63)历：选择。斋戒：古人在举行典礼之前，为了表示恭敬，不饮酒，不吃荤，不宿内寝，称为斋戒。(64)法驾：天子车驾的一种，用于通常的行动，由奉车郎御车，侍中骖乘，属车四十六乘。(65)鸣玉鸾：指车辆行走时发出和谐悦耳的铃声。鸾，马辔上的铃。(66)六艺：即《诗》、《书》、《礼》、《乐》、《易》、《春秋》六经。此句是说遍读六经。(67)《春秋》之林：指《春秋》中包含的众多的经验道理。(68)射：指行射礼。《狸首》：古逸诗的篇名。古代诸侯举行射礼时，奏《狸首》乐章。(69)《驺虞》：《诗经·召南》中的一篇。古代天子举行射礼时，奏《驺虞》乐章。驺虞，相传是一种动物，性仁慈。(70)弋玄鹤：指表演弋射玄鹤的舞蹈。弋，用弓缴来射。玄鹤，黑色的鹤，古代认为它是一种瑞鸟。 271干戚：盾和斧。相传舜舞干戚，感服了南方的有苗氏。后演化为舞干戚的大夏舞。 272云罕（hǎn）：本指捕捉禽兽的网，此指旌旗。古注说，云罕用以猎兽，今载之于车，象征“捕群雅”。 273掩：罩住，捕。这里指收罗。群雅：指众多的有才能的人。雅，既指才俊之士，又同“鸦”，语义双关。 274悲《伐檀》：谓汉天子因读《伐檀》而兴悲《伐檀》，《诗经·魏风》篇名。旧说这首诗是讽刺贤者不遇明主。 275乐乐胥：谓汉天子因读到“乐胥”的诗句而高兴。《诗经·小雅·桑扈》：“君子乐胥，受天之祜。”郑玄笺：“胥，有才智之名也。祜，福也。王者乐臣下有才智，知文章，则贤人在位，庶官不旷，政和而民安，天予之以福禄。” 276修容：修饰容仪。礼园：指《礼》的规定范围。 277翱翔：往来游观。书圃：指《尚书》的规定范围。 278《易》：指六经之一的《易经》。古人认为《易》包含有一些洁静微妙的道理。 279靡不受获：没有人不受到天子的恩泽。获，猎获物，此处指恩惠。 280“乡风”二句：谓像风行水流一样，百姓乐意服从天子。乡，通“向”。 281芔（huì）然：勃然兴起的样子。兴道：指按道行事。迁义：指逐渐接近义。迁，登，接近。 282错：通“措”，弃置。 283“德隆”句：谓德高过了三王。隆，高，盛。三王，即夏禹，商汤，周文王、周武王。 284羡：溢，超过。五帝：指黄帝、颛顼、帝喾、尧、舜。 285罢：通“疲”。作动词用。 286精：指精力。 287繇：通“由”，从。此句指仁德之人不照这个样子做。 288囿居九百：极言苑囿之广。 289乐万乘之侈：喜好天子的奢华。万乘，代指天子。 290被其尤：遭受那种做法带来的祸殃。尤，祸患。 291超若自失：怅然若失。超，怅惘，惆怅。若，义同“然”。 292逡巡：向后退。避席：古人席地而坐，有所敬则离坐而起，谓之避席。

【赏析】

《上林赋》是《子虚赋》的姊妹篇。据《史记》记载，《子虚赋》写于梁孝王门下，《上林赋》写于武帝朝廷之上，是司马相如最著名的作品，它以夸耀的笔调描写了汉天子上林苑的壮丽及汉天子游猎的盛大规模，歌颂了统一王朝的声威和气势。

《上林赋》紧承《子虚赋》中乌有先生的言论展开，写出亡是公对子虚、乌有乃至齐、楚诸侯的批评，并通过渲染上林苑游猎之盛及天子对奢侈生活的反省，它以宫殿、园囿、田猎为题材，以维护国家统一、反对帝王奢侈为主旨，既歌颂了统一大帝国无可比拟的声威，又对最高统治者有所讽谏，开创了汉代大赋的一个基本主题。在《上林赋》中，作品的宗旨得到进一步升华。亡是公所描绘的盛世景象成为“猎乃可喜”的前提条件。他不再停止于乌有先生所力主的对道义的追求，而是从天子对后世子孙的垂范作用，从天子对人民、对社稷所负使命的角度，看待畋猎之事。他要以自己构想出的盛世蓝图及对畋猎的态度诱导君主，以达到讽谏的目的。

在形式上，它摆脱了模仿楚辞的俗套，以“子虚”、“乌有先生”、“无是公”为假托人物，设为问答，放手铺写，结构宏大，层次严密，语言富丽堂皇，句式亦多变化，加上对偶、排比手法的大量使用，使全篇显得气势磅礴，形成铺张扬厉的风格，确立了汉代大赋的体制。鲁迅先生指出：“盖汉兴好楚声，武帝左右亲信，如朱买臣等，多以楚辞进，而相如独变其体，益以玮奇之意，饰以绮丽之辞，句之短长，亦不拘成法，与当时甚不同。”（《汉文学史纲要》）这就概括了司马相如在文体创新方面的非凡成就。正是这种成就，使司马相如成为当之无愧的汉赋奠基人。

【长门[1]赋并序】

司马相如

孝武皇帝陈皇后时[2]得幸，颇妒，别在长门宫，愁闷悲思。闻蜀郡成都司马相如天下工为文，奉黄金百斤为相如、文君取酒，因于解悲愁之辞[3]。而相如为文以悟主上，陈皇后复得亲幸。其辞曰：

夫何一佳人兮，步逍遥以自虞[4]。魂逾佚而不反兮[5]，形枯槁而独居。言我朝往而暮来兮，饮食乐而忘人[6]。心慊移而不省故兮[7]，交得意而相亲。

伊予志之慢愚兮，怀贞悫之欢心[8]。愿赐问而自进[9]兮，得尚君之玉音[10]。奉虚言而望诚[11]兮，期城南之离宫[12]。修薄具[13]而自设兮，君曾不肯乎幸临。廓独潜而专精兮[14]，天漂漂而疾风。登兰台而遥望兮，神恍恍而外淫[15]。浮云郁而四塞兮[16]，天窈窈[17]而昼阴。雷殷殷而响起兮，声象君之车音[18]。飘风回而起闺兮，举帷幄之襜襜[19]。桂树交而相纷兮，芳酷烈之訚訚[20]。孔雀集而相存兮[21]，玄猿[22]啸而长吟，翡翠胁翼而来萃兮[23]，鸾凤翔而北南[24]。

心凭噫[25]而不舒兮，邪气壮而攻中[26]。下兰台而周览兮，步从容于深宫。正殿块以造天[27]兮，郁并起而穹崇[28]。间徙倚于东厢兮，观夫靡靡而无穷[29]。挤玉户以撼金铺兮，声噌吰而似钟音[30]。

刻木兰以为榱兮[31]，饰文杏以为梁[32]。罗丰茸之游树兮，离楼梧而相撑[33]。施瑰木之欂栌兮，委参差以槺梁[34]。时仿佛以物类兮，象积石之将将[35]。五色炫以相曜兮，烂耀耀而成光。致错石之瓴甓兮，象玳瑁之文章[36]。张罗绮之幔帷兮，垂楚组之连纲[37]。

抚柱楣以从容兮，览曲台之央央[38]。白鹤噭以哀号兮，孤雌跱[39]于枯杨。日黄昏而望绝[40]兮，怅独托[41]于空堂。悬明月以自照兮，徂清夜于洞房[42]。援雅琴以变调兮，奏愁思之不可长[43]。案流徵以却转兮，声幼妙[44]而复扬。贯历览其中操兮，意慷慨而自印[45]。左右悲而垂泪兮，涕流离而从横。舒息悒而增欷兮[46]，蹝履[47]起而彷徨。揄长袂以自翳兮[48]，数昔日之諐殃[49]。无面目之可显兮，遂颓思而就床[50]。抟芬若[51]以为枕兮，席荃兰而茝香[52]。

忽寝寐而梦想兮，魄若君之在旁[53]。惕寤[54]觉而无见兮，魂迋迋若有亡[55]。众鸡鸣而愁予兮，起视月之精光。观众星之行列兮，毕昴[56]出于东方。望中庭之蔼蔼兮，若季秋之降霜[57]。夜曼曼其若岁兮[58]，怀郁郁其不可再更[59]。澹偃蹇而待曙兮[60]，荒亭亭而复明[61]。妾人窃自悲兮，究年岁而不敢忘[62]。

【注释】

①长门，指长门宫，汉代长安别宫之一，在长安城南。 ②孝武皇帝：指汉武帝刘彻。陈皇后：名阿娇，是汉武帝姑母之女。武帝为太子时娶为妃，继位后立为皇后。擅宠十余年，失宠后退居长门宫。 ③于：为。此句说让相如作解悲愁的辞赋。 ④逍遥：缓步行走的样子。按：先秦两汉诗文里有两种不同的逍遥，一种是自由自在步伐轻快的逍遥，如庄子的逍遥游，一种是忧思愁闷步伐缓慢的逍遥，如这里的陈皇后。虞：度，思量。 ⑤逾佚：外扬，失散。佚，散失。反：同“返”。 ⑥言我：指武帝。忘人：指陈皇后。 ⑦慊（qiàn）：《文选》李善注引郑玄曰：“慊，绝也。”慊移：断绝往来，移情别处。省（xǐng）故：念旧。此句指武帝的心已决绝别移，忘记了故人。 ⑧怀：抱。贞悫（què）：忠诚笃厚。懽：同“欢”。此句指自以为欢爱靠得住。 ⑨赐问：指蒙武帝的垂问。自进：前去进见。 ⑩“得尚”句：谓侍奉于武帝左右，聆听其声音。尚：奉。 ⑪奉虚言：指得到一句虚假的承诺。望诚：当作是真实。意思是知道是虚言，但是当作真的信，表明陈皇后的痴心。 ⑫期城南”句：在城南离宫中盼望着他。离宫，帝王在正宫之外所用的宫室，这里指长门宫。 ⑬修：置办，整治。薄具：指菲薄的肴馔饮食，自谦的话。 ⑭廓：空阔。独潜：独自深居。专精：用心专一，指一心一意想念皇帝。 ⑮怳怳：同“恍恍”，心神不定的样子。外淫：指走神。淫：浸润，游走。 ⑯郁：郁积。四塞（sè）：四处飘走。 ⑰窈窈：幽暗的样子。 ⑱殷殷：雷声沉重的样子。这两句是说在阴霾的天气里，因为盼君之情切、思君之情深，以至于简直要把雷声误作是君车来的声音了。 ⑲帷幄：帷帐。襜襜（chān）：摇动的样子。 ⑳芳：指香气。訚訚（yín）：形容香气浓烈。 ㉑存：《文选》李善注引《说文》曰：“存，恤问也。” ㉒玄猿：黑猿。 ㉓翡翠：鸟名。胁翼：收敛翅膀。萃：集。 ㉔鸾凤：指鸾鸟和凤凰。翔而北南：飞到北又飞到南。用鸟的自由相会来反衬人物的心情。 ㉕凭：气满。噫：叹气。 ㉖壮：盛。攻中：攻心。 ㉗块：屹立的样子。造天：及天。造：到，达。 ㉘郁：形容宫殿雄伟、壮大。穹崇：高大的样子。 ㉙“间徙倚”二句：谓有时在东厢各处徘徊游观，观览华丽纤美的景物。间：间或，有时。徙倚：徘徊。靡靡：纤美。 ㉚“挤玉户”二句：谓挤开殿门弄响金属的门饰，发出像钟一样的声音。挤：用身体接触排挤。撼：动。噌吰（zēnghóng）：钟声。 ㉛榱（cuī）：屋椽。 ㉜文杏：木名，或以为即银杏树。以

上二句形容建筑材料的华美。㉝“罗丰茸”二句：谓梁上的柱子交错支撑。罗：集。丰茸（róng）：繁饰的样子。游树：浮柱，指屋梁上的短柱。离楼：众木交加的样子。梧：屋梁上的斜柱。㉞“施瑰木”二句：谓用瑰奇之木做成斗拱以承屋栋，房间非常空阔。瑰木：瑰奇之木。欂栌（bólú）：指斗拱。斗拱是我国木结构建筑中柱与梁之间的支承构件，主要由拱（弓形肘木）和斗（拱与拱之间的方斗形垫木）纵横交错，层层相叠而成，可使屋檐逐层外伸。委：堆积。参差：指斗、拱纵横交错、层层相叠的样子。槺（kāng）：空虚的样子。㉟“时仿佛”二句：经常拿不定这些宫殿拿什么来比类呢，就好像那积石山一样高峻。积石：指积石山。将将（qiāng），高峻的样子。㊱致（zhì）：《说文》：“致，密也”。错石：铺设各种石块。瓴甓（língpì）：砖块。文章：花纹。㊲组：绶带，这里是用来系幔帷。楚组，楚所产者有名。连纲：指连结幔帷的绳带。㊳曲台：宫殿名，李善注说是在未央宫东面。央央：广大的样子。㊴孤雌：失偶的雌鸟。跱：同“峙”，立。㊵望绝：望不来。㊶怅：愁怅，悲伤。托：指托身。㊷“悬明月”二句：明月高照，以衬孤独。徂（cú）：往，这里指经历。㊸“援雅琴”二句：是说拿出好琴却弹不出正调，抒发愁思但知道这不能维持长久 ㊹流：这里指转调。徵（zhǐ）：徵调式。案：同“按”，指弹奏。幼（yāo）妙：同“要妙”，指声音轻细。㊺贯：连贯，贯通。这句是说将这些琴曲连贯起来可以看出我内心的情操。卬（áng）：昂扬。自卬：自我激励。㊻舒：展，吐。息悒：叹息忧闷。欷：哭后的余声，抽泣声。㊼蹝（xǐ）履：趿着鞋子。㊽揄（yú）：揭起。袂（mèi）：衣袖。自翳（yì）：自掩其面。翳：遮蔽。㊾数：计算，回想。殃（qiān）：过失和罪过，同“愆”。㊿“无面目”二句：是说自己无面目见人，只好满怀愁思上床休息。51抟（tuán）：团拢。芬若：香草名。52这句说以荃、兰、茝等香草为席。53魄：魂魄，指梦境。若君之在旁：就像君在我身旁。54惕寤：指突然惊醒。惕：心惊。寤：醒。55迋迋（kuāng）：恐惧的样子。若有亡：若有所失。56毕昴：二星宿名，本属西方七宿，《文选》李善注谓五六月间（指旧历）出于东方。57蔼蔼：月光微弱的样子。季秋：深秋。降霜：后人诗歌谓月光如霜所本。58曼曼：同“漫漫”，言其漫长。若岁：像是经历了一年。59郁郁：愁苦郁结不散。更：历。不可再更：过去的日子不可重新经历。60澹：摇动。偃蹇：伫立的样子。是说夜不成寐，伫立以待天明。61荒：将明而微暗的样子。亭亭：久远的样子。是说天亮从远处开始。62究：终。不敢忘：不敢忘君。

【赏析】

《长门赋》的写作背景是：西汉武帝时，陈皇后（阿娇）被贬至长门宫，终日以泪洗面，得知司马相如善于写赋，于是就命一个心腹内监，携了黄金千斤，向大文士司马相如求得代做一篇赋，请他写自己深居长门的闺怨。司马相如遂作《长门赋》，诉说一深宫永巷女子愁闷悲思，写得委宛凄楚。写完之后陈皇后命宫人日日传诵，希望为武帝所听到而回心转意。但《长门赋》虽是千古佳文，却终挽不转武帝的旧情。到了其母窦太公主死后，陈氏寥落悲郁异常，不久也魂归黄泉。

《长门赋》首开骈体宫怨题材之先河，是备受后人称赞的成功之作。作品以一个受到冷遇的嫔妃口吻写成。君主许诺朝往而暮来，可是天色将晚，还不见幸临。她独自徘徊，对爱的期盼与失落充满心中。她登上兰台遥望其行踪，唯见浮云四塞，天日窈冥。雷声震响，她以为是君主的车辇，却只见风卷帷幄。作品将离宫内外的景物同人物的情感有机的结合在一起，以景写情，情景交融，浑然为一。如“白鹤噭以哀号兮，孤雌跱于枯杨。日黄昏而望绝兮，怅独托于空堂。悬明月以自照兮，徂清夜于洞房。”这种落寞、寂寥的景色描写营造出一种伤感的情调，接下来又抒情：“左右悲而垂泪兮，涕流离而从横。舒息悒而增欷兮，蹝履起而彷徨。”把景和情对照来看，其更能打动人心。

《长门赋》行文如高山瀑布，澎湃汹涌，词采华美，如对陈后所见自然景物以及对宫殿庄严宏伟的景色描写：时而又如涓涓细流，丝丝缕缕，绵绵不绝，清明澄澈，沁人心脾。再如她对陈后独处洞房，无所事事的凄楚心境的描写，都是十分逼真而动人的。整体来讲，这篇赋作词藻华丽，精巧雕琢，字字珠玑，读之感人至深，令人伤心欲绝。

【答客难】

东方朔

客难[①]东方朔曰：“苏秦、张仪壹当万乘之主，而身都[②]卿相之位，泽及后世。今子大夫修先王之术，慕圣人之义，讽诵[③]《诗》、《书》，百家之言，不可胜记，著于竹帛[④]，唇腐齿落，服膺而不可释[⑤]。好学乐道之效[⑥]，明白甚矣。自以为智能海内无双，则可谓博闻辩智矣，然悉力尽忠，以事圣帝[⑦]，旷日持久，积数十年，官不过侍郎，位不过执戟[⑧]。意者尚有遗行邪？同胞之徒，无所容居，其故何也？”

东方先生喟然长息，仰而应之曰：

“是故非子之所能备。彼一时也，此一时也，岂可同哉？夫苏秦、张仪之时，周室大坏，诸侯不朝，力政[⑨]争权，相擒以兵，并为十二国，未有雌雄，得士者强，失士者亡，故说得行焉。身处尊位，珍宝充内，外有仓廪[⑩]，泽及后世，子孙长享。今则不然。圣帝德流，天下震慑[⑪]，诸侯宾服。连四海之外以为带，安于覆盂[⑫]。天下平均[⑬]，合为一家。动发举事，犹运之掌。贤与不肖何以异哉？遵天之道，顺地之理，物无不得其所。故绥之则安，动之则苦；尊之则为将，卑之则为虏；抗[⑭]之则在青云之上，抑之则在深渊之下，用之则为虎，不用则为鼠。虽欲尽节效情[⑮]，安知前后？夫天地之大，士民之众，竭精驰说，并进辐凑[⑯]者不可胜数。悉力慕之[⑰]，困于衣食，或失门户[⑱]。使苏秦、张仪与仆并生于今之世，曾不得掌故[⑲]，安敢望侍郎乎？传曰：‘天下无害，虽有圣人，无所施才；上下和同，虽有贤者，无所立功。’故日时异事异[20]。

“虽然，安可以不务修身乎哉？《诗》曰：‘鼓钟于宫，声闻于外[21]。”鹤鸣九皋，声闻于天。’苟能修身，何患不荣？太公体行仁义，七十有二，乃设用于文、武[22]，得信厥说[23]；封于齐，七百岁而不绝。此士所以日夜孳孳，修学敏[24]行而不敢怠也。譬若鹡鸰[25]，飞且鸣矣。传曰：‘天不为人之恶寒而辍其冬，地不为人之恶险而辍其广，君子不为小人之匈匈[26]而易其行。天有常度[27]，地有常形，君子有常行。君子道其常，小人计其功[28]。《诗》云：“礼义之不愆，何恤[29]人之言？”“水至清则无鱼，人至察则无徒。冕而前旒[30]，所以蔽明；黈纩充耳，所以塞聪[31]。’明有所不见，聪有所不闻。举大德，赦小过，无求备于一人之义也。‘枉而直之，使自得之[32]；优而柔之[33]，使自求之；揆而度之，使自索[34]之。’盖圣人之教化如此，欲其自得之。自得之，则敏且广矣[35]。

“今世之处士，时虽不用，块然无徒，廓然独居，上观许由，下察接舆，计同范蠡，忠合子胥，天下和平，与义相扶。寡偶[36]少徒，固其宜也。子何疑于予哉？若夫燕之用乐毅，秦之任李斯，郦食其之下齐，说行如流，曲从如环[37]；所欲必得，功若丘山，海内定，国家安，是遇其时者也。子又何怪之邪？

“语曰：‘以管窥天，以蠡测海，以筳[38]撞钟，岂能通其条贯，考其文理[39]，发其音声哉？’犹是观之，譬由鼱鼩[40]之袭狗，孤豚之咋[41]虎，至则靡[42]耳，何功之有？今以下愚而非处士，虽欲勿困，固不得已。此适足以明其不知权变[43]，而终惑于大道也。”

【注释】

①难：责问。 ②都：居。 ③讽：背诵。诵：朗读。 ④著：写。竹帛：古代供书写的竹简和白绢。 ⑤唇腐齿落：嘴唇腐烂，牙齿掉落。服膺：谨记在心。不可释：放不下。 ⑥效：功夫。 ⑦圣帝：指汉武帝。 ⑧执戟：汉代郎官执戟侍从皇帝。 ⑨力政：同“力征”，以武力相征讨。 ⑩廪：米仓。 ⑪德流：恩惠传布四方。震慑：畏服。 ⑫以为带：指四海统一。安于覆盂：比翻过来放的盂还安稳。 ⑬平均：平定和睦，不相争夺。 ⑭抗：上举，提升。 ⑮尽节：尽臣子的能力。效情：贡献臣子的忠心。 ⑯并进：加速前进。辐凑：像车轮的辐条聚集到轮轴中来那样集合在一起。 ⑰悉力慕之：尽力思慕天子之德。 ⑱失门户：丧失家庭。 ⑲掌故：掌管礼乐制度、历史档

案的小吏。⑳时异事异：时代变了，做法就要跟着变。㉑鼓钟于宫，声闻于外：内部有事，一定会表现出来，此处指有才能的人，人家总能看出来。鹤鸣九皋，声闻于天：贤人虽在野，但他的才能和德行影响极远。㉒设用：施用。文、武：周文王，周武王。㉓信：同"伸"。厥：犹"其"，他的。㉔孳孳：勤勉。敏：努力。㉕鹡鸰：鸟名。㉖匈匈：同"汹汹"，喧闹反对的样子。㉗常度：一定的规律。㉘道其常：走正常的路。计其功：计较自己的私利。㉙愆：差错。恤：担忧。㉚旒：冕冠前后悬着一串串小珠子。㉛黈纩：黄色丝绵。充：塞。耳，聪：听力。㉜枉：弯曲。使自得之：让他自己通过探索寻求而得到它。㉝优而柔之：使它宽舒。㉞揆而度之：揆情度理。索：寻求。㉟敏：聪敏。广：宏大。㊱相扶：相并立。寡：少。偶：同类。㊲曲从：指别人放弃自己的意见。如环：像环那样自由的转动。㊳以管窥天：用竹管看天。以蠡测海：用瓢来量海。筳：草茎。㊴条贯：条理。文理：如同条理。㊵鼱鼩：即地鼠。㊶咋：咬。㊷靡：败北，倒下。㊸适：恰好。权变：随机应变。

【赏析】

东方朔，（前154－前93）西汉辞赋家，字曼倩，平原厌次（今山东惠民）人。武帝即位，征四方士人，东方朔上书自荐，诏拜为郎。后任常侍郎、太中大夫等职。他性格诙谐，言词敏捷，滑稽多智，常在武帝前谈笑取乐，"然时观察颜色，直言切谏"（《汉书·东方朔传》）。武帝好奢侈，起上林苑，东方朔直言进谏，认为这是"取民膏腴之地，上乏国家之用，下夺农桑之业，弃成功，就败事"（《汉书·东方朔传》）。他曾言政治得失，向武帝上书，"陈农战强国之计"，遭到冷遇，不得重用，于是写《答客难》，以陈志向和发抒自己的不满。

"难"是西汉东方朔首创的一种古文体。《答客难》以主客问答形式，说生在汉武帝大一统时代，"贤不肖"没有什么区别，虽有才能也无从施展，"用之则为虎，不用则为鼠"，揭露了统治者对人才随意抑扬，并为自己鸣不平。文中假设有客话难东方朔，讥他官微位卑而务修圣人之道不止，他进行答辩。先说武帝时与战国时士人处境不同，遭遇自然而异；进而说修身是士人本分，不能因时而异；最后说士人的境遇因时而异自古而然。全篇带有诙谐的特点，发泄了他怀才不遇的牢骚情绪。

此文语言疏朗，议论酣畅，刘勰称其"托古慰志，疏而有辨"（《文心雕龙·杂文》）。扬雄的《解嘲》、班固的《答宾戏》、张衡的《应间》等都深受其影响。

【鸿门宴】

司马迁

楚军夜击阬秦卒二十馀万人新安城南，行略定[1]秦地。函谷关有兵守关，不得入。又闻沛公已破咸阳。项羽大怒，使当阳君等击关。项羽遂入，至于戏西。沛公军霸上，未得与项羽相见。沛公左司马曹无伤使人言于项羽曰：“沛公欲王关中，使子婴为相，珍宝尽有之。”项羽大怒，曰：“旦日飨士卒，为击破沛公军！”当是时，项羽兵四十万，在新丰鸿门[②]；沛公兵十万，在霸上。范增说项羽曰：“沛公居山东时，贪于财货，好美姬；今入关，财物无所取，妇女无所幸：此其志不在小。吾令人望其气，皆为龙虎，成五采，此天子气也。急击勿失！”

楚左尹项伯者，项羽季父也，素善留侯张良。张良是时从沛公。项伯乃夜驰之沛公军，私见张良，具告以事，欲呼张良与俱去，曰：“毋从俱死也！”张良曰：“臣为韩王送沛公，沛公今事有急，亡去不义，不可不语。”良乃入，具告沛公。沛公大惊曰：“为之奈何？”张良曰：“谁为大王为此计者？”曰：“鲰生[③]说我曰：‘距关，毋内诸侯，秦地可尽王也。’故听之。”良曰：“料大王士卒足以当项王乎？”沛公默然，曰：“固不如也！且为之奈何？”张良曰：“请往谓项伯，言沛公不敢背项王也。”沛公曰：“君安与项伯有故？”张良曰：“秦时与臣游，项伯杀人，臣活之；今事有急，故幸来告良。”沛公曰：“孰与君少长？”良曰：“长于臣。”沛公曰：“君为我呼入，吾得兄事之。”张良出，要[④]项伯。项伯即入见沛公。沛公奉卮酒为寿[⑤]，约为婚姻，曰：“吾入关，秋毫[⑥]不敢有所近，籍[⑦]吏民、封府库而待将军。所以遣将守关者，备他盗之出入与非常也。日夜望将军至，岂敢反乎！愿伯具言臣之不敢倍德[⑧]也。”项伯许诺，谓沛公曰：“旦日不可不蚤自来谢项王。”沛公曰：“诺。”于是项伯复夜去，至军中，具以沛公言报项王；因言曰：“沛公不先破关中，公岂敢入乎？今人有大功而击之，不义也。不如因善遇之。”项王许诺。

沛公旦日从百馀骑来见项王，至鸿门，谢曰：“臣与将军戮力而攻秦，将军战河北，臣战河南；然不自意能先入关破秦，得复见将军于此。今者，有小人之言，令将军与臣有郤。”项王曰：“此沛公左司马曹无伤言之。不然，籍何以至此？”项王即日因留沛公与饮。项王、项伯东向坐；亚父南向坐——亚父者，范增也；沛公北向坐；张良西向侍。

范增数目项王，举所佩玉玦[⑨]以示之者三，项王默然不应。范增起，出，召项庄，谓曰：“君王为人不忍。若入，前为寿，寿毕，请以剑舞，因击沛公于坐，杀之。不者[10]，若属皆且为所虏！”庄则入为寿。寿毕，曰：“君王与沛公饮，军中无以为乐，请以剑舞。”项王曰：“诺。”项庄拔剑起舞，项伯亦拔剑起舞，常以身翼蔽沛公，庄不得击。

于是张良至军门见樊哙。樊哙曰：“今日之事何如？”良曰：“甚急！今者项庄拔剑舞，其意常在沛公也。”哙曰：“此迫矣！臣请入，与之同命！”哙即带剑拥盾入军门。交戟之卫士欲止不内，樊哙侧其盾以撞，卫士仆地。哙遂入，披帷西向立，瞋目视项王，头发上指，目眦[11]尽裂。项王按剑而跽[12]曰：“客何为者？”张良曰：“沛公之参乘樊哙者也。”项王曰：“壮士！赐之卮酒！”则与斗卮[13]酒。哙拜谢，起，立而饮之。项王曰：“赐之彘肩[14]！”则与一生彘肩。樊哙覆其盾于地，加彘肩上，拔剑切而啖[15]之。项王曰：“壮士！能复饮乎？”樊哙曰：“臣死且不避，卮酒安足辞！夫秦王有虎狼之心，杀人如不能举，刑人如恐不胜[16]，天下皆叛之。怀王与诸将约曰：‘先破秦入咸阳者王之。’今沛公先破秦入咸阳，毫毛不敢有所近，封闭宫室，还军霸上，以待大王来。故遣将守关者，备他盗出入与非常也。劳苦而功高如此，未有封侯之赏，而听细说[17]，欲诛有功之人，此亡秦之续耳。窃为大王不取也！”项王未有以应，曰：“坐！”樊哙从良坐。

坐须臾，沛公起如厕，因招樊哙出。沛公已出，项王使都尉陈平召沛公。沛公曰：“今者出，未辞也，为之奈何？”樊哙曰：“大行不顾细谨，大礼不辞小让。如今人方为刀俎，我为鱼肉，何辞为！”于是遂去。乃令张良留谢。良问曰：“大王来何操？”曰：“我持白璧一双，欲献项王；玉斗一双，欲与亚父。会其怒，不敢献。公为我献之。”张良曰：“谨诺[18]。”当是时，项王军在鸿门下，沛公军在霸上，相去四十里。沛公则置车骑，脱身独骑，与樊哙、夏侯婴、靳疆、纪信等四人持剑盾，步走，从郦山下，道芷阳，间行[19]。沛公谓张良曰：“从此道至吾军，不过二十里耳。度我至军中，公乃入。”

沛公已去，间至军中；张良入谢，曰：“沛公不胜桮杓[20]，不能辞；谨使臣良奉白璧一双，再拜献大王足下；玉斗一双，再拜奉大将军足下。”项王曰：“沛公安在？”良曰：“闻大王有意督过之，脱身独去，已至军矣。”项王则受璧，置之坐上。

亚父受玉斗，置之地，拔剑撞而破之，曰："唉！竖子[21]不足与谋！夺项王天下者，必沛公也！吾属今为之虏矣！"

沛公至军，立诛杀曹无伤。

【注释】

①行：即将。略定：平定。 ②新丰鸿门：新丰，地名。鸿门，山坡名。 ③鲰生：小鱼所生，引申为浅陋的人。 ④要：通"邀"。 ⑤寿：向长者敬酒。 ⑥秋豪：形容其细小。 ⑦籍：登记户口。 ⑧倍德；忘恩负义。 ⑨玉玦：玉器名。"玦"与"决"谐音。暗示项羽与刘邦决裂，杀掉刘邦。 ⑩不者：不然的话。 ⑪眦：眼角。 ⑫跽：古人席地而坐，臀部贴在脚跟上，直身，臀不挨着脚为"跽"。 ⑬斗卮：大杯。 ⑭彘肩：猪前腿。 ⑮啖：大口吃。 ⑯胜：尽。 ⑰细说：小人的谗言。 ⑱谨诺：遵命的意思。 ⑲间行：抄小路走。 ⑳桮杓：饮酒用桮，取酒用杓。这里指代酒。 ㉑竖子：骂人的话，相当于"小子"。

【赏析】

《鸿门宴》选自司马迁《史记》，此文具备了完整的故事情节。历史背景是秦统一六国后。由于秦王的暴政导致了陈胜吴广的起义，各地诸侯纷纷响应，刘邦和项羽也于江苏起兵。公元前206年10月，刘邦率南路军先于项羽入关破咸阳，为了"待诸侯至而定约束"，然而又恐失掉关中。于是又派兵守关，不让项羽进去。此时，刘邦手下的左司马曹无伤派人带来消息：刘邦带军队抢占了皇宫，想要在关中称王，项羽发怒，要发兵攻打，刘邦在张良的见议下，决定亲自去鸿门请罪，故事就这样展开了。

《鸿门宴》一文，既为我们再现了历史真实；也为我们提供了高度的文学技巧典范。其艺术成就很高，首先，它善于在矛盾开展中描绘人物。通过重要历史事件的描写以突现人，使之为形象塑造服务。人物形象获得高度的鲜明与统一，因之具备典型性。其次，本文善于把巨大的历史事件与丰富的细节描写相结合，善于把生动的场面叙写与细节描绘相结合。在对尖锐的矛盾斗争的叙写当中，完成其惊奇的富于戏剧性的故事情节。第三，本文具有周密严谨的组织安排。在材料处理上，也能前后相生，具有缜密的逻辑联系。第四，本文语言也是达到炉火纯青的高度。作者能自觉地靠拢人民向民间语言学习，许多民间传说与歌谣谚语，都成为作者创作思想与创作语言的重要来源，使文章语言程现出浅切、明白、活泼、朴实的特点。此外，文中成功塑造了几个生动的人物形象：如项羽的优柔寡断、妇人之仁，樊哙的豪爽、仗义，张良的谋略过人等，都是栩栩如生。

【项羽之死】

司马迁

项王军壁垓下，兵少食尽，汉军及诸侯兵围之数重。夜闻汉军四面皆楚歌[1]，项王乃大惊曰："汉皆已得楚乎？是何楚人之多也！"项王则夜起，饮帐中。有美人名虞，常幸从；骏马名骓[2]，常骑之。于是项王乃悲歌忼慨，自为诗曰："力拔山兮气盖世，时不利兮骓不逝！骓不逝兮可奈何！虞兮虞兮奈若何！"歌数阕[3]，美人和之。项王泣数行下，左右皆泣，莫能仰视。

于是项王乃上马骑，麾下壮士骑从者八百馀人，直夜[4]溃围南出，驰走。平明，汉军乃觉之，令骑将灌婴以五千骑追之。项王渡淮，骑能属[5]者百馀人耳。项王至阴陵，迷失道，问一田父。田父绐[6]曰："左。"左，乃陷大泽中。以故汉追及之。项王乃复引兵而东，至东城，乃有二十八骑。汉骑追者数千人。项王自度不得脱，谓其骑曰："吾起兵至今八岁矣，身七十馀战，所当者破，所击者服，未尝败北，遂霸有天下。然今卒困于此，此天之亡我，非战之罪也！今日固决死，愿为诸君快战[7]，必三胜之[8]，为诸君溃围、斩将、刈旗[9]，令诸君知天亡我，非战之罪也。"乃分其骑以为四队，四向。汉军围之数重。项王谓其骑曰："吾为公取彼一将。"令四面骑驰下，期山东为三处[10]。于是项王大呼驰下，汉军皆披靡[11]，遂斩汉一将。是时，赤泉侯[12]为骑将，追项王；项王瞋目而叱之，赤泉侯人马俱惊，辟易[13]数里。与其骑会为三处。汉军不知项王所在，乃分军为三，复围之。项王乃驰，复斩汉一都尉，杀数十百人。复聚其骑，亡其两骑耳。乃谓其骑曰："何如？"骑皆伏[14]曰："如大王言。

于是项王乃欲东渡乌江。乌江亭长舣[15]船待，谓项王曰："江东虽小，地方千里，众数十万人，亦足王也。愿大王急渡。今独臣有船，汉军至，无以渡。"项王笑曰："天之亡我，我何渡为！且籍与江东子弟八千人渡江而西，今无一人还，纵江东父兄怜而王我，我何面目见之！纵彼不言，籍独不愧于心乎！"乃谓亭长曰："吾知公长者。吾骑此马五岁，所当无敌，尝一日行千里，不忍杀之，以赐公！"乃令骑皆下马步行，持短兵接战。独籍所杀汉军数百人，项王身亦被十馀创。顾见汉骑司马[16]吕马童曰："若非吾故人乎？马童面之，指王翳曰："此项王也。"项王乃曰："吾闻汉购我头千金，邑万户。吾为若德[17]。"乃自刎而死。

【注释】

①楚歌：楚地的民间歌谣。②骓：毛色黑白相间的马。③歌数阕：唱了几遍。④直夜：半夜。⑤属：跟随。⑥绐：欺骗。⑦快战：痛痛快快打一仗。⑧三胜之：连续打败他几次。⑨刈旗：砍倒敌军大旗。⑩期山东为三处：约定好突围后在山东而的三个地点集合。⑪披靡：伏倒避散的样子。⑫赤泉侯：杨喜。⑬辟易：因畏惧而避退。⑭伏：同“服”。⑮舣：拢船靠岸。⑯骑司马：骑兵中主管法纪的官。⑰吾为若德：我给你做点好事。

【赏析】

本文记叙了项羽一生的最后阶段，表现他无可奈何的失败和悲壮的死亡，是《项羽本纪》中最具悲剧性的一幕。文章围绕项羽这个悲剧英雄，描写了垓下之围、东城快战、乌江自刎三个场面。

第一个场面重点写了“四面楚歌”和“慷慨悲歌”这两个连续性的事件。“慷慨悲歌”，慨叹自己时运不利，依依不舍的和名骓、虞姬诀别，充满了悲凉和无奈的情绪。尤其是当这位豪壮的英雄唱出柔肠百转的“垓下歌”时，又增添了一股柔情，使之生色不少。

第二个场面写项羽从垓下突围成功到再次被困东城的过程。这一场面主要写了写项羽在走投无路之时说的一番话。他认为“今卒困与此。此天之亡我，非战之罪也。”项羽对自己的用兵打仗很是自信，身处绝境中，他仍旧没有客观分析自己用兵的过失，而一味归咎于天命，这表现了项羽的极端自负又不肯正视自己缺陷的性格。然而项羽明知必死，却说“今日固决死，愿为诸君快战”，他面对敌军，没有丝毫退缩之意，而是愿意痛快的打一场，这反映了他勇猛刚强的大丈夫气概；“愿为诸君快战”表明了项羽最后的战斗并不是为了战争的结果，而是为了畅快的、尽情地展现他的勇猛无敌，保一世英名。

文章的最后一个场面写项羽乌江自刎。这一部分先写项羽乌江拒渡、赠马亭长。项羽本“欲东渡乌江”但真正来到乌江岸边，他又否定了自己的决定。项羽笑曰：“天之亡我，我何渡为！且籍与江东子弟八千人渡江而西，今无一人还，纵江东父兄怜而王我，我何面目见之？纵彼不言，籍独不愧于心乎？”这是发自肺腑之言，表现了项羽知耻重义的性格。在生与义，苟活幸存与维护尊严之间，从容地做出选择。那位曾经“泣数行下”的血性男儿，这时反而笑了。“项王笑曰”的“笑”是壮士蔑视死亡，镇定安详的笑。项羽和随从全都下马步行，冲入重围，同前来追杀的汉军短兵相接。这无疑是一场寡不敌众的战斗，也是一场无济于事的战斗。然而，如果因此就放弃战斗，举手投降，那就不是项羽了。项羽是宁肯站着去死，也不会跪下求生的。最后项羽看到了背楚归汉的故人吕马童，于是赠头给他，自刎而死。

短短的一篇文章，把项羽多愁善感、勇猛、自负、视死如归的性格和大无畏的英雄形象十分生动地展现出来，可知其写作技巧是何等的高超！

【孙　　膑】

司马迁

孙膑尝[1]与庞涓俱学兵法。庞涓既事魏，得为惠王将军，而自以为能[2]不及孙膑，乃阴[3]使召孙膑。膑至，庞涓恐其贤于己，疾之，则以法刑断其两足而黥[4]之，欲隐勿见。

齐使者如[5]梁，孙膑以刑徒阴见，说齐使。齐使以为奇，窃载与之[6]齐。齐将田忌善而客待之[7]。

忌数与齐诸公子驰逐重射。孙子见其马足不甚相远，马有上中下辈。于是孙子谓田忌曰：“君弟重射，臣能令君胜。”田忌信然之，与王及诸公子逐射千金。及临质，孙子曰：“今以君之下驷与彼上驷，取君上驷与彼中驷，取君中驷与彼下驷。”既驰三辈毕，而田忌一不胜而再胜[8]，卒得王千金。于是忌进孙子于威王。威王问兵法，遂以为师。

其后魏伐赵，赵急，请救于齐。齐威王欲将孙膑，膑辞谢曰：“刑馀之人不可。”于是乃以田忌为将，而孙子为师，居辎车[9]中，坐为计谋。田忌欲引兵之赵，孙子曰：“夫解杂乱纷纠者不控卷[10]，救斗者不搏撠[11]。批亢捣虚[12]，形格势禁[13]，则自为解耳。今梁、赵相攻，轻兵锐卒必竭于外，老弱罢于内；君不若引兵疾走大梁，据其街路，冲其方虚，彼必释赵而自救。是我一举解赵之围而收弊于魏也。”田忌从之，魏果去邯郸，与齐战于桂陵，大破梁军。

后十三岁，魏与赵攻韩，韩告急于齐。齐使田忌将而往，直走大梁。魏将庞涓闻之，去[14]韩而归，齐军既已过而西矣。孙子谓田忌曰：“彼三晋之兵素悍勇而轻齐，齐号为怯；善战者因其势而利导之[15]。兵法：百里而趣利[16]者蹶上将，五十里而趣利者军半至。使齐军入魏地为十万灶，明日为五万灶，又明日为三万灶。”庞涓行三日，大喜，曰：“我固知齐军怯，入吾地三日，士卒亡者过半矣。”乃弃其步军，与其轻锐倍日并行逐之。孙子度[17]其行，暮当至马陵。马陵道狭，而旁多阻隘，可伏兵。乃斫[18]大树白而书之曰："庞涓死于此树之下。"于是令齐军善射者万弩夹道而伏，期曰："暮见火举而俱发。"庞涓果夜至斫木下，见白书，乃钻火烛之[19]。读其书未毕，齐军万弩俱发，魏军大乱相失。庞涓自知智穷兵败，乃自刭，曰："遂成竖子之名！"齐因乘胜尽破其军，虏魏太子申以归。

孙膑以此名显天下，世传其兵法。

【注释】

①尝：曾经。 ②能：才能。 ③阴：暗地里。 ④黥：古代在人脸上刺字并涂墨之刑，后亦施于士兵以防逃跑。 ⑤如：到……地方去。 ⑥窃：偷偷的。之：到……去。 ⑦客待之：把他当作客人看待。 ⑧再胜：胜两次。 ⑨辎车：古代一种有帷盖的大车。 ⑩控卷：司马贞索隐："谓解杂乱纷纠者，当善以手解之，不可控拳而击之。拳，即拳也。" ⑪搏撠：犹言揪住。 ⑫批亢捣虚：批：用手击；亢：咽喉，比喻要害；捣：攻击；虚：空虚。比喻抓住敌人的要害乘虚而入。 ⑬形格势禁：格：阻碍；禁：制止。指受形势的阻碍或限制，事情难于进行。 ⑭去：离开。 ⑮因其势而利导之：因：顺着；势：趋势；利导：引导。顺着事情发展的趋势，加以引导。 ⑯趣利：求胜；取胜。 ⑰度：估计。 ⑱斫：用刀、斧等砍。 ⑲乃钻火烛之：便钻木取火来照明。

【赏析】

本篇选自《史记·孙子吴起列传》，文章开头介绍孙膑与庞涓一起学习兵法，由于才华超过庞涓，受到庞涓的陷害，致使双足残废，之后又通过齐使的帮助来到齐国。

文章接下来主要记载了三件事，充分显示出孙膑的聪明才智与军事才华。第一件事是田忌赛马，这个故事是中国历史有名的揭示如何善用自己的长处去对付对手的短处，从而在竞技中获胜的事例，对后人很有启发意义。第二件事是围魏救赵，这是中国历史上很有名的一场战争案例，也是三十六计中的一计。它的精彩之处在于，以逆向思维的方式，以表面看来舍近求远的方法，绕开问题的表面现象，从事物的本源上去解决问题，从而取得一招致胜的神奇效果。从此事可能看出孙膑的军事才华。第三件事写了在马陵之战中，庞涓死于乱箭之中。马陵之战是孙膑参与指挥的一场战争，也展现了孙膑对兵法的熟练运用。

本文还塑造了另一个人物形象，即庞涓，总梦想着出将入相成为第二个吴起。但此人心胸狭窄，嫉妒贤能，自认能才能不及孙膑，竟然十分卑鄙的陷害孙膑。最终在马陵之战中败于孙膑，也是罪有应得。

文章语言简练、流畅，人物形象生动，故事情节引人入胜，选材得当。"田忌赛马"、"围魏救赵"也已经成为中国人耳熟能详的故事了。

【管晏列传】

司马迁

管仲夷吾者，颍上人也[1]。少时常与鲍叔牙游，鲍叔知其贤[2]。管仲贫困，常欺鲍叔，鲍叔终善遇之，不以为言[3]。已而鲍叔事齐公子小白，管仲事公子纠[4]。及小白立为桓公，公子纠死，管仲囚焉[5]。鲍叔遂进管仲。管仲既用，任政于齐，齐桓公以霸，九合诸侯，一匡天下，管仲之谋也。

管仲曰："吾始困时，尝与鲍叔贾，分财利多自与，鲍叔不以我为贪，知我贫也。吾尝为鲍叔谋事而更穷困，鲍叔不以我为愚，知时有利不利也。吾尝三仕三见逐于君，鲍叔不以我为不肖，知我不遭时也[6]。吾尝三战三走，鲍叔不以我为怯[7]，知我有老母也。公子纠败，召忽死之，吾幽囚受辱，鲍叔不以我为无耻，知我不羞小节而耻功名不显于天下也[8]。生我者父母，知我者鲍子也。"鲍叔既进管仲，以身下之。子孙世禄于齐，有封邑者十馀世，常为名大夫。天下不多管仲之贤而多[9]鲍叔能知人也。

管仲既任政相齐，以区区之齐在海滨，通货积财，富国强兵，与俗[10]同好恶。故其称曰："仓廪实而知礼节，衣食足而知荣辱，上服度则六亲固[11]。"四维不张[12]，国乃灭亡。"下令如流水之原，令顺民心。"故论卑而易行。俗之所欲，因而予之；俗之所否，因而去[13]之。其为政也，善因祸而为福，转败而为功。贵轻重，慎权衡。桓公实怒少姬，南袭蔡，管仲因而伐楚，责包茅不入贡于周室[14]。桓公实北伐山戎，而管仲因而令燕修召公之政[15]。于柯之会，桓公欲背曹沫之约[16]，管仲因而信之，诸侯由是归齐。故曰："知与之为取[17]，政之宝也。"管仲富拟于公室，有三归，反坫[18]，齐人不以为侈。管仲卒，齐国遵其政，常强于诸侯。后百馀年而有晏子焉。

晏平仲婴者，莱之夷维人也。事齐灵公、庄公、景公，以节俭力行重于齐。既相齐，食不重肉[19]，妾不衣帛。其在朝，君语及之，即危言；语不及之，即危行[20]。国有道，即顺命；无道，即衡命。以此三世显名于诸侯。

越石父贤，在缧绁中。晏子出，遭之途，解左骖[21]赎之，载归。弗谢，入闺。久之，越石父请绝，晏子戄然，摄衣冠谢曰："婴虽不仁，免子于厄，何子求绝之速也?"石父曰："不然。吾闻君子屈于不知己而伸于知己者。方吾在缧绁中，彼不知我也。夫子既已感寤而赎我，是知己；知己而无礼，固不如在缧绁之中。"晏子于是延入为上客。晏子为齐相，出，其御之妻从门间而窥其夫。其夫为相御，拥大盖，策驷马[22]，意气扬扬，甚自得也。既而归，其妻请去[23]。夫问其故，妻曰："晏子长不满六尺，身相齐国，名显诸侯。今者妾观其出，志念深矣，常有以自下者。今子长八尺，乃为人仆御，然子之意自以为足，妾是以求去也。"其后夫自抑损。晏子怪而问之，御以实对，晏子荐以为大夫。

太史公曰：吾读管氏《牧民》、《山高》、《乘马》、《轻重》、《九府》，及《晏子春秋》，详哉其言之也[24]。既见其著书，欲观其行事，故次其传[25]。至其书，世多有之，是以不论，论其轶事[26]。管仲世所谓贤臣，然孔子小之[27]。岂以为周道衰微，桓公既贤，而不勉之至王，乃称霸哉?语曰："将顺其美，匡救其恶，故上下能相亲也[28]。"岂管仲之谓乎?方晏子伏庄公尸哭之[29]，成礼然后去，岂所谓"见义不为无勇"者耶?至其谏说，犯君之颜，此所谓"进思尽忠，退思补过"者哉！假令晏子而在，余虽为之执鞭，所忻慕焉[30]。

【注释】

①管仲（? －公元前645年）：名夷吾，字仲，谥敬，也叫管敬仲。颍（yǐng）上，今安徽颍上县南。颍是水名，颍上是地名。 ②鲍叔牙：也叫鲍叔，齐国大夫。贤，有杰出才能。 ③不以为言：不以此为话柄，不因为这个而说坏话。 ④公子小白：即后来的齐桓公，姓姜，名小白，齐襄公之弟。公子纠，齐襄公之弟。 ⑤公子纠死，管仲囚焉：襄公无道，鲍叔奉小白奔莒，管仲、召忽二人奉纠奔鲁。襄公死后，小白抢先回齐，取得政权，称齐桓公，并使鲁国杀死企图争位的公子纠，把管、召二人押送回齐。召忽自杀，管仲请坐囚车回到齐国。焉，兼词，代齐，又表句末语气。 ⑥仕：做官。见逐于君，被国君免职逐退。不肖：没有才干。遭时：遇到好时机。 ⑦走：逃跑。怯：胆小。 ⑧死之：为之死。之，代公子纠。羞小节：以小节为羞。小节，小的操守。耻：意动用法，认为……可耻。 ⑨多：称赞，颂扬。 ⑩任政：执掌国政。相齐：当齐国宰相。以：凭

借。通货积财，流通货物，积聚钱财。俗，民俗，这儿指老百姓。 ⑪称：说。服度，遵守法度。六亲：父、母、兄、弟、妻、子。固：这儿指和睦安定，互相团结。 ⑫四维：礼、义、廉、耻。维，本是大绳，这儿引申指国家的纲纪。张：伸张，发扬。 ⑬论：论述的道理。卑：浅显。俗：民俗，指老百姓。因：顺着。去，废除。 ⑭实：事实上，实际上。因：乘机。包茅：成束的青茅，楚地特产，是周王室祭祀时的必需之物，一向是楚国所贡。管仲利用攻蔡的机会去攻打楚国，而以"包茅不入贡于周室"为理由，是为了表示齐国不是为了少姬之事、而是为了周王室的利益才用兵的（蔡国在今河南省，是楚国的盟国），表现了管仲的智慧。 ⑮山戎：又称北戎，在今河北北部。公元前663年，山戎伐燕（yān），齐桓公救燕，北伐山戎。修，整治实施。召（shào）公，又称召康公，周文王的儿子，周武王的弟弟，姓姬，名奭（shì），周成王时任太保，封于召，是燕的始祖。政：政令。 ⑯柯之会：公元前681年，齐桓公与鲁庄公在柯（今山东阳谷县东）会盟。曹沫（huì）之约，曹沫（又作曹刿）是鲁将，在柯之会上，他以剑劫持齐桓公，迫使桓公允诺归还被齐侵占的汶阳之田。《公羊传·庄公十三年》对此作了详尽描述。后来，桓公想背约，管仲劝他实践诺言以取信于世人，终于使"桓公之信，著于天下"。 ⑰知与之为取：懂得给予是为了取得。之，结构助词（也有人看做连词），用于主谓之间，起"取消独立性"的作用，使主谓词组成为动词"知"的宾语。 ⑱拟：比，类似。三归：即管仲所筑的三归台，是供游览的台观。反坫（diàn）：反爵之坫。坫是放置酒杯的土台，在堂中两个柱子之间。互相敬酒后，把空爵反置在坫上，是周代诸侯宴会之礼。 ⑲重（chóng）肉：有重复的肉食，即有两种肉菜。 ⑳危言：不畏危难而直言。危行：正直行事。 ㉑越石父：齐国的贤士。缧绁（léi xiè）：捆绑犯人的绳子。左骖（cān）：马车左边的马。 ㉒拥：持。大盖：大的车盖。策：马鞭，用作动词，挥鞭赶车。 ㉓去：离开，离去。志念：思虑。自下：使自己处于别人之下。 ㉔《牧民》、《山高》、《乘马》、《轻重》、《九府》，都是《管子》中的篇名。《晏子春秋》，后人托名晏子作，内容是记载晏子的言行事迹。 ㉕其著书：即"其所著书"，他们所写的书。行事：所做的事情，事迹。次：编次，编写。 ㉖轶（yì）事：同"逸事"，不见于记载的事情。 ㉗孔子小之："小"用作意动，意即看不起。《论语·八佾》："子曰：'管仲之小哉！'" ㉘这三句引言见《孝经·事君》，原文是："子曰：'君子之事上也，进思尽忠，退思补过，将顺其美，匡救其恶，故上下能相亲也。'" ㉙"晏子伏庄公尸哭之，成礼然后去"一事，见《左传·襄公二十五年》。齐庄公与齐大夫崔杼的妻子棠姜私通，崔杼杀了庄公。晏婴进了崔家之门，把庄公的尸体枕在自己的大腿上痛哭，然后站起身来，连跺了几次脚，尽了君臣之礼，才离开。 ㉚虽：即使。执鞭：拿着马鞭子赶车，也就是做驾马车的车夫。忻慕：高兴钦慕。

【赏析】

本文选自《史记》，司马迁曾说过写作《管晏列传》的缘由："晏子俭矣，夷吾则奢，齐桓以霸，景公以治，作《管晏列传》第二。"指出虽然管仲的奢华与晏婴的节俭形成鲜明对比，但是二人同为齐国杰出政治家，管仲辅佐桓公成就霸业，勋业彪炳，晏婴协助景公成就治世，政绩显赫，一霸一治，泽被当代，垂范后世。二人虽隔百余年，但他们都是齐人，都是名相，又都为齐国作出了卓越的贡献，所以将二人合传写成《管晏列传》。司马迁描写这两位春秋中后期齐国国相，能抓住其特点，并选取典型细节加以生动地表现，如写管仲，着重写其同鲍叔牙的交往以及任政相齐、辅佐齐桓公，使齐成为五霸之一，助齐桓公九合诸侯一匡天下的谋略；写晏婴则通过对重用越石父和御者的典型事例的详细叙述来突出其"贤"以及他辅佐齐灵公、庄公、景公，使齐"三世显名于诸侯"。此外，在本文所记的轶事中，都分明贯穿了一个"知"字。管仲的"任政相齐"，是仗仰于鲍叔牙的知人善任；写晏婴的赎贤、荐贤，则更是他知人爱才，礼贤下士的必然结果。

文章详略得当，重点突出，比如对管、鲍之间的真挚友谊及晏子任用御者缘起的叙述极为详细，而对管仲生活的奢侈等不太重要的方面则一笔带过。传记之末"太史公曰"以后的简短议论与评价更是深化了对管、鲍二人的认识，起到了画龙点睛的作用。

【信陵君窃符救赵】

司马迁

魏公子无忌者，魏昭王少子，而魏安釐王异母弟也。昭王薨①，安釐王即位，封公子为信陵君。

是时，范雎亡魏相秦；以怨魏齐故，秦兵围大梁，破魏华阳下军，走芒卯。魏王及公子患之。

公子为人仁而下士，士无贤不肖皆谦而礼交之②，不敢以其富贵骄士。士以此方数千里争往归之，致食客三千人。当是时，诸侯以公子贤，多客，不敢加兵谋魏十馀年。

公子与魏王博，而北境传举烽③，言"赵寇至，且入界"。魏王释博，欲召大臣谋。公子止王曰："赵王田猎耳，非为寇也。"复博如故。王恐，心不在博。居顷，复从北方来传言曰："赵王猎耳，非为寇也。"魏王大惊曰："公子何以知之？"公子曰："臣之客有能深得赵王阴事④者。赵王所为。客辄以报臣，臣以此知之。"是后魏王畏公子之贤能，不敢任公子以国政。

魏有隐士曰侯嬴，年七十，家贫，为大梁夷门监者。公子闻之，往请，欲厚遗之。不肯受，曰："臣修身絜行数十年，终不以监门困故而受公子财。"公子于是乃置酒大会宾客。坐定，公子从车骑，虚左⑤，自迎夷门侯生。侯生摄敝衣冠，直上载公子上坐，不让，欲以观公子。公子执辔愈恭。侯生又谓公子曰："臣有客在市屠中，愿枉车骑过之⑥。"公子引车入市。侯生下见其客朱亥，俾倪⑦，故久立，与其客语，微察公子。

公子颜色愈和。当是时，魏将相宗室宾客满堂，待公子举酒。市人皆观公子执辔；从骑皆窃骂侯生；侯生视公子色终不变，乃谢客就车。至家，公子引侯生坐上坐，遍赞宾客。宾客皆惊。酒酣，公子起，为寿侯生前。侯生因谓公子曰："今日嬴之为公子亦足矣！嬴乃夷门抱关者[8]也，而公子亲枉车骑自迎嬴；于众人广坐之中，不宜有所过，今公子故过之。然嬴欲就公子之名，故久立公子车骑市中，过客，以观公子，公子愈恭。市人皆以嬴为小人，而以公子为长者能下士也。"于是罢酒。侯生遂为上客。

侯生谓公子曰："臣所过屠者朱亥，此子贤者，世莫能知，故隐屠间耳。"公子往数请之，朱亥故不复谢，公子怪之。

魏安釐王二十年，秦昭王已破赵长平军，又进兵围邯郸。公子姊为赵惠文王弟平原君夫人，数遗魏王及公子书，请救于魏。魏王使将军晋鄙将十万众救赵。秦王使使者告魏王曰："吾攻赵旦暮且下，而诸侯敢救者，已拔赵，必移兵先击之。"魏王恐，使人止晋鄙，留军壁邺，名为救赵，实持两端以观望。

平原君使者冠盖相属[9]于魏，让魏公子曰："胜[10]所以自附为婚姻者，以公子之高义，为能急人之困。今邯郸旦暮降秦而魏救不至，安在公子能急人之困也[11]！且公子纵轻胜，弃之降秦，独不怜公子姊邪？"公子患之，数请魏王，及宾客辩士说王万端。魏王畏秦，终不听公子。

公子自度终不能得之于王，计不独生而令赵亡；乃请宾客，约车骑百馀乘，欲以客往赴秦军，与赵俱死。

行过夷门，见侯生，具告所以欲死秦军状[12]。辞决而行，侯生曰："公子勉之矣！老臣不能从。"公子行数里，心不快，曰："吾所以待侯生者备矣，天下莫不闻；今吾且死，而侯生曾无一言半辞送我，我岂有所失哉？"复引车还问侯生。侯生笑曰："臣固知公子之还也。"曰："公子喜士，名闻天下。今有难，无他端，而欲赴秦军，譬若以肉投馁虎[13]，何功之有哉！尚安事客！然公子遇臣厚，公子往而臣不送，以是知公子恨之复返也。"公子再拜，因问。侯生乃屏人间语，曰："嬴闻晋鄙之兵符常在王卧内，而如姬最幸，出入王卧内，力能窃之。嬴闻如姬父为人所杀，如姬资之三年，自王以下欲求报其父仇，莫能得。如姬为公子泣，公子使客斩其仇头，敬进如姬。如姬之欲为公子死，无所辞，顾未有路耳。公子诚一开口请如姬，如姬必许诺，则得虎符夺晋鄙军，北救赵而西却秦，此五霸之伐也。”公子从其计，请如姬。如姬果盗晋鄙兵符与公子。

公子行，侯生曰：“将在外，主令有所不受，以便国家[14]。公子即合符[15]，而晋鄙不授公子兵而复请之，事必危矣。臣客屠者朱亥可与俱，此人力士。晋鄙听，大善；不听，可使击之。”于是公子泣。侯生曰：“公子畏死邪？何泣也？”公子曰：“晋鄙嚄唶宿将[16]，往恐不听，必当杀之，是以泣耳，岂畏死哉？”于是公子请朱亥。朱亥笑曰：“臣乃市井鼓刀屠者，而公子亲数存之，所以不报谢者，以为小礼无所用。今公子有急，此乃臣效命之秋也。”遂与公子俱。公子过谢侯生。侯生曰：“臣宜从，老不能。请数公子行日，以至晋鄙军之日，北乡自到，以送公子。”公子遂行。

至邺，矫魏王令[17]代晋鄙。晋鄙合符，疑之，举手视公子曰：“今吾拥十万之众，屯于境上，国之重任。今单车来代之，何如哉？”欲无听。朱亥袖四十斤铁椎，椎杀晋鄙。

公子遂将[18]晋鄙军。勒兵[19]，下令军中曰：“父子俱在军中，父归；兄弟俱在军中，兄归；独子无兄弟，归养。”得选兵八万人，进兵击秦军。秦军解去，遂救邯郸，存赵。赵王及平原君自迎公子于界，平原君负韊矢为公子先引[20]。赵王再拜曰：“自古贤人未有及公子者也！”当此之时，平原君不敢自比于人。

公子与侯生决，至军，侯生果北乡自到。

【注释】

①薨：古代称诸侯或有爵位的大官死去。 ②士无贤不肖皆谦而礼交之：士人无论是才能高的还是差的都谦逊而礼貌的结交他们。 ③博：下棋。举烽：报警的烽火，此处指警报。 ④阴事：秘密。 ⑤虚左：空出左边的座位。 ⑥愿枉车骑过之：希望委屈（您的）车马顺路拜访他。 ⑦俾倪：斜着眼睛偷看。 ⑧抱关者：守门的人。 ⑨冠盖相属：车马相连貌。 ⑩胜：赵胜，即平原君。 ⑪安在公子能急人之困也：公子解救人危难的精神何在。 ⑫具告所以欲死秦军状：把想同秦军去拼死的情况详细告诉（了侯生）。 ⑬馁虎：饥饿的老虎。 ⑭以便国家：对国家有好处。 ⑮合符：合上兵符。符：古代调兵用的信符。兵：军权。 ⑯嚄唶宿将：有威势的老将。 ⑰矫魏王令：假传魏王的命令。 ⑱将：带领。 ⑲勒兵：约束兵士。 ⑳平原君负韊矢为公子先引：平原君背

着箭筒和弓箭为公子作向导。

【赏析】

这篇课文节选自《史记·魏公子列传》，记叙了信陵君礼贤下士和窃符救赵的始末，表现出信陵君仁而下士的谦逊作风和救人之困的义勇精神。魏公子，名无忌，封于葛乡（在今河南宁陵境内），号信陵君，为战国四公子之一。信陵君窃符救赵这件事，发生在周赧王五十七年，即公元前258年，当时属战国末期，秦国吞并六国日亟，战争进行得频繁而激烈。公元前260年，在长平之战中，秦国大破赵军，杀赵降卒40万。秦又乘胜进围赵国首都邯郸，企图一举灭赵，再进一步吞并韩、魏、楚、燕、齐等国，完成统一中国的计划。当时的形势十分紧张，特别是赵国首都被围甚急，诸侯都被秦国的兵威所慑，不敢援助。魏国是赵国的近邻，又是姻亲之国，所以赵国只得向魏国求援。就魏国来说，唇亡齿寒，救邻即自救，存赵就是存魏，赵亡魏也将随之灭亡。信陵君认识了这一点，才不惜冒险犯难，窃符救赵，抗击秦兵；终于挫败了敌人的图谋，保障了两国的安全。

本文的写作特点可从两方面来说：一是对材料的处理上，精心安排详略。所有的材料都是为表现人物的主要特征而设的。为突出信陵君“仁而下士”的特点，详细地记叙了他礼遇侯生的种种表现，特别是自迎侯生一节，尤为详细。这里写得越详细，我们就越能理解后面侯生甘冒死罪为信陵君献上“窃符”、“矫杀晋鄙”的计策。与朱亥的交往写得略，身为公子的信陵君“数清”一个屠夫，本身就是“能下士”的表现和“自迎侯生”的表现具有相同的作用，所以作略写处理，仅仅留下一个“公子怪之”的小悬念。在“窃符救赵”这一主要事件中，侯生献策是详写，因为这不仅是救赵成功的关键，而且能表现人物的特点，又能反映信陵君“仁而下士”的效果。而领兵进击秦军的军事行动则一笔带过，因为与主题关系不大。第二是通过人物之间的关系表现人物的性格。写信陵君“仁而下士”的特点时，除了直接写他的言行外，还通过其他的人物作侧面烘托。如“市人皆观公子执辔”，“从骑皆窃骂侯生”。市人对侯生的傲慢态度难以忍受，就从侧面烘托出信陵君“仁而下士”的真诚和难能可贵。

【廉颇蔺相如列传】

司马迁

廉颇者，赵之良将也。赵惠文王十六年[①]，廉颇为赵将，伐齐，大破之，取阳晋，拜为上卿，以勇气闻于诸侯。蔺相如者，赵人也，为赵宦者令缪贤舍人[②]。

赵惠文王时，得楚和氏璧。秦昭王闻之，使人遗赵王书，愿以十五城请易璧。赵王与大将军廉颇、诸大臣谋：欲予秦，秦城恐不可得，徒见欺[③]；欲勿予，即患秦兵之来。计未定，求人可使报秦者，未得。宦者令缪贤曰："臣舍人蔺相如可使。"王问："何以知之?"对曰："臣尝有罪，窃计欲亡走燕。臣舍人相如止臣，曰：'君何以知燕王?'臣语曰：'臣尝从大王与燕王会境上，燕王私握臣手，曰："愿结友。"以此知之，故欲往。'相如谓臣曰：'夫赵强而燕弱，而君幸于赵王，故燕王欲结于君。今君乃[4]亡赵走燕，燕畏赵，其势必不敢留君，而束君[5]归赵矣。君不如肉袒伏斧质请罪，则幸得脱矣。'臣从其计，大王亦幸赦臣。臣窃以为其人勇士，有智谋，宜可使。"于是王召见，问蔺相如曰："秦王以十五城请易寡人之璧，可予不?"相如曰："秦强而赵弱，不可不许。"王曰："取吾璧，不予我城，奈何?"相如曰："秦以城求璧而赵不许，曲[6]在赵；赵予璧而秦不予赵城，曲在秦。均之二策[7]，宁许以负秦曲。"王曰："谁可使者?"相如曰："王必无人，臣愿奉璧往使。城入赵而璧留秦；城不入，臣请完璧归赵。"赵王于是遂遣相如奉璧西入秦。

秦王坐章台[8]见相如。相如奉璧奏[9]秦王。秦王大喜，传以示美人及左右，左右皆呼万岁。相如视秦王无意偿赵城，乃前曰："璧有瑕，请指示王。"王授璧，相如因持璧却立[10]，倚柱，怒发上冲冠，谓秦王曰："大王欲得璧，使人发书至赵王，赵王悉召群臣议，皆曰：'秦贪，负[11]其强，以空言求璧，偿城恐不可得。'议不欲予秦璧。臣以为布衣之交尚不相欺，况大国乎！且以一璧之故逆强秦之骥，不可。于是赵王乃斋戒五日，使臣奉璧，拜送书于庭[12]。何者?严大国之威以修敬[13]也。今臣至，大王见臣列观[14]，礼节甚倨[15]；得璧，传之美人，以戏弄臣。臣观大王无意偿赵王城邑，故臣复取璧。大王必欲急臣，臣头今与璧俱碎于柱矣！"相如持其璧睨[16]柱，欲以击柱。秦王恐其破璧，乃辞谢固请，召有司案图，指从此以往十五都予赵。相如度秦王特以诈，佯为予赵城，实不可得，乃谓秦王曰："和氏璧，天下所共传宝也。赵王恐，不敢不献。赵王送璧时，斋戒五日，今大王亦宜斋戒五日，设九宾[17]于廷，臣乃敢上璧。"秦王度之，终不可强夺，遂许斋五日。舍相如广成传[18]。相如度秦王虽斋，决负约不偿城，乃使其从者衣褐，怀其璧，从径道亡，归璧于赵。

秦王斋五日后，乃设九宾礼于廷，引[19]赵使者蔺相如。相如至，谓秦王曰："秦自缪公以来二十馀君，未尝有坚明约束[20]者也。臣诚恐见欺于王而负赵，故令人持璧归，间至赵矣。且秦强而赵弱，大王遣一介之使[21]至赵，赵立奉璧来；今以秦之强，而先割十五都予赵，赵岂敢留璧而得罪于大王乎？臣知欺大王之罪当诛，臣请就汤镬[22]。唯大王与群臣孰计议之！"秦王与群臣相视而嘻。左右或欲引相如去，秦王因曰："今杀相如，终不能得璧也，而绝秦、赵之驩，不如因而厚遇之，使归赵。赵王岂以一璧之故欺秦邪！"卒廷见相如，毕礼而归之。

相如既归，赵王以为贤大夫，使不辱于诸侯，拜相如为上大夫。秦亦不以城予赵，赵亦终不予秦璧。

其后秦伐赵，拔石城。明年，复攻赵，杀二万人。秦王使使者告赵王，欲与王为好会[23]，于西河外渑池。赵王畏秦，欲毋行。廉颇、蔺相如计曰："王不行，示赵弱且怯也。"赵王遂行，相如从。廉颇送至境，与王诀曰："王行，度道里[24]会遇之礼毕，还，不过三十日：三十日不还，则请立太子为王，以绝秦望。"王许之，遂与秦王会渑池。秦王饮酒酣，曰："寡人窃闻赵王好音，请奏瑟！"赵王鼓瑟。秦御史前，书曰："某年月日，秦王与赵王会饮，令赵王鼓瑟。"蔺相如前曰："赵王窃闻秦王善为秦声，请奏盆缻秦王，以相娱乐。"秦王怒，不许。于是相如前进缻，因跪请秦王。秦王不肯击缻[25]。相如曰："五步之内，相如请得以颈血溅大王矣！"左右欲刃相如，相如张目叱之，左右皆靡[26]。于是秦王不怿[27]，为一击缻。相如顾召[28]赵御史书曰："某年月日，秦王为赵王击缻。"秦之群臣曰："请以赵十五城为秦王寿"。蔺相如亦曰："请以秦之咸阳为赵王寿。"秦王竟酒[29]，终不能加胜[30]于赵。赵亦盛设兵[31]以待秦，秦不敢动。

既罢，归国，以相如功大，拜为上卿，位在廉颇之右。廉颇曰："我为赵将，有攻城野战之大功，而蔺相如徒以口舌为劳，而位居我上。且相如素贱人，吾羞，不忍为之下。"宣言曰："我见相如，必辱之！"相如闻，不肯与会。相如每朝时，常称病，不欲与廉颇争列。已而相如出，望见廉颇，相如引车避匿。于是舍人相与谏曰："臣所以去亲戚而事君者，徒慕君之高义也。今君与廉颇同列，廉君宣恶言，而君畏匿之，恐惧殊甚[32]。且庸人尚羞之，况于将相乎！臣等不肖，请辞去。"蔺相如固止之，曰："公之视廉将军孰与秦王？"曰："不若也。"相如曰："夫以秦王之威，而相如廷叱之，辱其群臣；相如虽驽[33]，独畏廉将军哉！顾吾念之，强秦之所以不敢加兵于赵者，徒以吾两人在也。今两虎共斗，其势不俱生。吾所以为此者，以先国家之急，而后私仇也！"廉颇闻之，肉袒负荆，因宾客至蔺相如门谢罪。曰："鄙贱之人，不知将军宽之至此也。"卒相与驩，以刎颈之交。

是岁，廉颇东攻齐，破其一军。居二年，廉颇复伐齐幾[34]，拔之，后三年，廉颇攻魏之防陵、安阳，拔之。后四年，蔺相如将而攻齐，至平邑而罢。其明年，赵奢破秦军阏与下。

赵奢者，赵之田部吏[35]也。收租税而平原君家不肯出租，奢以法治之，杀平原君用事者九人。平原君怒，将杀奢。奢因说曰："君于赵为贵公子。今纵君家而不奉公，则法削[36]；法削则国弱；国弱则诸侯加兵。诸侯加兵，是无赵也，君安得有此富乎！以君之贵，奉公如法，则上下平；上下平则国强；国强则赵固；而君为贵戚，岂轻于天下邪！"平原君以为贤，言之于王。王用之治国赋[37]，国赋太平，民富而府库实。

秦伐韩，军于阏与。王召廉颇而问曰："可救不？"对曰："道远险狭，难救。"又召乐乘而问焉，乐乘对如廉颇言。又召问赵奢，奢对曰："其道远险狭，譬之犹两鼠斗于穴中，将勇者胜。"王乃令赵奢将，救之。

兵去邯郸三十里，而令军中曰："有以军事谏者死！"秦军军武安西。秦军鼓噪勒兵[38]，武安屋瓦尽振。军中候有一人言急救武安，赵奢立斩之。坚壁，留二十八日不行，复益增垒[39]。秦间来入，赵奢善食而遣之。间以报秦将，秦将大喜曰："夫去国三十里而军不行，乃增垒，阏与非赵地也！"赵奢既已遣秦间，乃卷甲而趋之，二日一夜至。令善射者去阏与五十里而军。军垒成，秦人闻之，悉甲而至[40]。军士许历请以军事谏。赵奢曰："内之！"许历曰："秦人不意赵师至此，其来气盛，将军必厚集其阵[41]以待之。不然，必败。"赵奢曰："请受令！"许历曰："请就鈇质之诛！"赵奢曰："胥后令邯郸[42]！"许历复请谏，曰："先据北山上者胜，后至者败。"赵奢许诺，即发万人趋之。秦兵后至，争山，不得上；赵奢纵兵击之，大破秦军。秦军解而走，遂解阏与之围而归。

赵惠文王赐奢号为马服[43]君，以许历为国尉。赵奢于是与廉颇、蔺相如同位。

后四年，赵惠文王卒，子孝成王立。七年，秦与赵兵相距长平，时赵奢已死，而蔺相如病笃，赵使廉颇将攻秦。秦数败赵军，赵军固壁不战。秦数挑战，廉颇不肯。赵王信秦之间。秦之间言曰："秦之所恶，独畏马服君赵奢之子赵括为将耳。"赵王因以括为将，代廉颇。蔺相如曰："王以名使括[44]，若胶柱而鼓瑟耳[45]。括徒能读其父书传，不知合变也。"赵王不听，遂将之。

赵括自少时学兵法，言兵事，以天下莫能当。尝与其父奢言兵事，奢不能难，然不谓[46]善。括母问奢其故，奢曰："兵，死地也，而括易言之[47]。使赵不将括即已，若必将之，破赵军者必括也！"及括将行，其母上书言于王曰："括不可使将！"王曰："何以？"对曰："始妾事其父，时为将。身所奉饭饮而进食者以十数，所友者以百数：大王及宗室所赏赐者尽以予军吏士大夫；受命之日，不问家事。今括一旦为将，东向而朝[48]，军吏无敢仰视之者；王所赐金帛，归藏于家，而日视便利田宅，可买者买之。王以为何如其父？父子异心，愿王勿遣！"王曰："母置之，吾已决矣！"括母因曰："王终遣之，即有如不称，妾得无随坐乎？"王许诺。

赵括既代廉颇，悉更约束[49]，易置军吏。秦将白起闻之，纵奇兵，佯败走，而绝其粮道，分断其军为二，士卒离心。四十馀日，军饿，赵括出锐卒自搏战。秦军射杀赵括。括军败，数十万之众遂降秦，秦悉阬之。赵前后所亡凡四十五万。明年，秦兵遂围邯郸，岁馀，几不得脱。赖楚、魏诸侯来救，乃得解邯郸之围。赵王亦以括母先言，竟不诛也。

自邯郸围解五年，而燕用栗腹之谋，曰："赵壮者尽于长平，其孤未壮。"举兵击赵。赵使廉颇将，击，大破燕军于鄗，杀栗腹，遂围燕。燕割五城请和，乃听之。赵以尉文[50]封廉颇为信平君，为假相国。

廉颇之免长平归也，失势之时，故客尽去；及复用为将，客又复至，廉颇曰："客退矣！"客曰："吁！君何见之晚[51]也！夫天下以市道交[52]，君有势，我则从君；君无势则去。此固其理也，有何怨乎？"居六年，赵使廉颇伐魏之繁阳，拔之。

赵孝成王卒，子悼襄王立，使乐乘代廉颇。廉颇怒，攻乐乘，乐乘走。廉颇遂奔魏之大梁。其明年，赵乃以李牧为将而攻燕，拔武遂、方城。

廉颇居梁久之，魏不能信用。赵以数困于秦兵，赵王思复得廉颇，廉颇亦思复用于赵。赵王使使者视廉颇尚可用否。廉颇之仇郭开[53]多与使者金，令毁之。赵使者既见廉颇，廉颇为之一饭斗米，肉十斤，被甲上马，以示尚可用。赵使还报王曰："廉将军虽老，尚善饭；然与臣坐，顷之，三遗矢矣[54]！"赵王以为老，遂不召。

楚闻廉颇在魏，阴使人迎之。廉颇一为楚将，无功，曰："我思用赵人！"廉颇卒死于寿春[55]。

李牧者，赵之北边良将也。常居代雁门，备匈奴。以便宜置使[56]，市租皆输入莫府[57]，为士卒费。日击数牛飨士，习射骑，谨烽火，多间谍，厚遇战士。为约曰："匈奴即入盗，急入收保[58]，有敢捕虏者，斩！"匈奴每入，烽火谨，辄入收保，不敢战。如是数岁，亦不亡失。然匈奴以李牧为怯，虽赵边兵亦以为吾将怯。赵王让李牧，李牧如故。赵王怒，召之，使他人代将。

岁馀，匈奴每来，出战；出战数不利，失亡多，边不得田畜[59]。复请李牧。牧杜门不出，固称疾。赵王乃复强起使将兵，牧曰："王必用臣，臣如前，乃敢奉令。"王许之。

李牧至，如故约。匈奴数岁无所得，终以为怯。边士日得赏赐而不用，皆愿一战。于是乃具选车[60]得千三百乘，选骑得万三千匹，百金之士五万人，彀者[61]十万人，悉勒习战[62]，大纵畜牧，人民满野。匈奴小入，佯北不胜，以数千人委之。单于闻之，大率众来入。李牧多为奇陈，张左右翼击之，大破杀匈奴十馀万骑。灭襜褴，破东胡，降林胡，单于奔走。其后十馀岁，匈奴不敢近赵边城。

赵悼襄王元年，廉颇既亡入魏，赵使李牧攻燕，拔武遂、方城。居二年，庞煖破燕军，杀剧辛。后七年，秦破赵，杀将扈辄于武遂城，斩首十万。赵乃以李牧为大将军，击秦军于宜安，大破秦军，走秦将桓齮。封李牧为武安君。居三年，秦攻番吾，李牧击破秦军，南距韩、魏。

赵王迁七年，秦使王翦攻赵，赵使李牧、司马尚御之。秦多与赵王宠臣郭开金，为反间，言李牧、司马尚欲反。赵王乃使赵葱及齐将颜聚代李牧。李牧不受命。赵使人微捕[63]得李牧，斩之。废司马尚。后三月，王翦因急击赵，大破，杀赵葱，虏赵王迁及其将颜聚，遂灭赵。

太史公曰：知死必勇；非死者难也，处死者难。方蔺相如引璧睨柱，及叱秦王左右，势不过诛：然士或怯懦而不敢发。相如一奋其气，威信敌国，退而让颇，名重太山：其处智勇，可谓兼之矣！

【注释】

①赵惠文王十六年：公元283年。②缪贤：人名，为宦官首领。舍人：担有职事的门客。③徒见欺：白白地受骗。④乃：竟然。⑤束君：把你抓起来。⑥曲：理亏。⑦均之二策：衡量这两种办法。⑧章台：秦宫台名。⑨奏：进献。⑩却立：后退几步站住。⑪负：仗恃。⑫拜送书于庭：赵王在朝廷上送国书，表示了对秦的敬重。⑬严：尊重。修敬：隆重敬礼。⑭列观：便殿。⑮倨：简易，轻慢。⑯睨：斜视。⑰九宾：用九个迎宾礼官集资传呼引客上殿。⑱广成传舍：宾馆名。⑲引：延请，接引。⑳坚明约束：坚定明确地遵守信约。㉑一介之使：一个使臣。㉒请就汤镬：愿意接受汤镬之刑。㉓好会：友好之会。渑池：秦邑名。㉔道里：路程。会遇：见面会谈。㉕瓴：盛酒浆的器具。㉖靡：后退。㉗不怿：不高兴。㉘顾招：回过头来嘱咐。㉙竟酒：宴终。㉚加胜：占上风。㉛盛设兵：重兵设防。㉜恐惧殊甚：胆怯的太过分了。㉝驽：劣马，比喻人才拙劣。㉞幾：原魏邑，后属齐。㉟田部吏：征收田赋的官。㊱法削：法制受损害。㊲治国赋：主管国家的税收。㊳鼓噪勒兵：击鼓呼喊，进行操练。㊴坚壁：坚守营垒。增垒：加固营垒。㊵悉甲而至：全军围攻上来。㊶厚集其阵：集中兵力在正面防御。㊷胥后令邯郸：等待回到邯郸后再自治。胥：等待。㊸马服：山名。㊹“王以名使括”二句：大王只凭虚名用赵括为将，就像弹奏一个调门的瑟一样，弹不成曲调。㊺胶柱鼓瑟：用胶把瑟的弦粘死，无法调松紧，织能弹一个调。此喻赵括只能读死书，不知变通。㊻不谓：不以为然。㊼易言之：把用兵打仗说得轻而易举。㊽东向而朝：面东坐下接见部属。㊾约束：军规。㊿尉文：邑名。[51]晚：识时务晚，迟顿。[52]市道交：买卖之交。[53]郭开：赵王宠臣，奸人。[54]顷之，三遗矢：一会儿上了三次厕所。矢：粪便。[55]寿春：楚后期都城。[56]便宜置吏：根据需要，自行任用官吏。[57]莫府：即幕府。[58]急入收保：迅速进入营垒，收缩固守。[59]田畜：耕作畜牧。[60]具选车：备齐精选的兵车。[61]彀者：善射手。[62]悉勒习战：全部组织起来操练战术。[63]微捕：暗中布置圈套捕获。

【赏析】

《史记廉颇蔺相如列传》是《史记》中通过描写人物来表现历史事件的典型作品，全文不仅成功塑造了廉颇和蔺相如两个历史人物的形象，还有对赵奢、赵括、李牧等人的描写。

战国是一个兼并剧烈的历史时期。本文所叙史实发生在公元前 283 年到公元前 279 年之间，正值战国后期，其时是封建割据，诸侯纷争最严重的时期。赵国处在四战之地，尤其是西邻强秦的威胁最大。本篇记叙廉颇、蔺相如在这种历史情况下，西抗强秦，为赵国的安全和尊严所做出的贡献；同时也写了他们二人为维护赵国的利益，彼此搞好团结的事迹。

本文以三个小故事来描写两个人物之间的矛盾。作者选取了“完璧归赵”“渑池之会”“廉蔺交欢”三个典型事件，充分肯定了蔺相如大智大勇、威武不屈、不畏强暴的形象及其“先国家之急而后私仇”的崇高精神，同时也凸现了廉颇忠于国家、勇于改过的优秀品质。而故事情节的推进及人物形象的塑造都是在矛盾的发展变化中进行的，这种矛盾包括秦赵之间的冲突的外部矛盾和廉蔺二人之间的内部矛盾。

此外，作者也善于通过对话表现人物的性格和思想。如蔺相如在秦廷所说的话，有时谦恭有礼，有时直言雄辩，有时有理有据地分析，有时咄咄逼人地斥责，充分表现了他的有勇有谋、能言善辩及善于根据具体形势采取不同的策略。文中也多次运用对比的手法刻画人物性格。如蔺相如对敌和对廉颇态度的对比，廉颇对蔺相如前后态度的对比，蔺相如的大智大勇和秦王的色厉内荏的对比等等，使人物形象更加鲜明，使读者印象深刻。本文对人物形象的刻画是非常成功的，以致后人感叹：“廉颇、蔺相如虽千载上死人，懔懔恒如有生气。”（《世说新语·品藻》）在语言文字上，无论叙事、对话，本文都达到了很高的境界，叙事语言简练而生动，对话语言贴切而传神，确实是一篇佳作。

【魏其武安侯列传】

司马迁

魏其侯窦婴者，孝文后[①]从兄子也。父世观津人，喜宾客。孝文时，婴为吴相，病免。孝景初即位，为詹事[②]。

梁孝王者，孝景弟也，其母窦太后爱之。梁孝王朝，因昆弟燕[③]饮。是时上未立太子，酒酣，从容言曰：“千秋之后传梁王。”太后欢。窦婴引卮酒进上，曰：“天下者，高祖天下；父子相传，此汉之约也。上何以得擅传梁王！”太后由此憎窦婴；窦婴亦薄其官[④]，因病免。太后除窦婴门籍[⑤]，不得入朝请。

孝景三年，吴、楚反，上察宗室、诸窦[⑥]毋如窦婴贤，乃召婴。婴入见，固辞谢病不足任。太后亦惭。于是上曰：“天下方有急，王孙宁可以让邪？”乃拜婴为大将军，赐金千斤。婴乃言袁盎、栾布诸名将贤士在家者进之。所赐金，陈之廊庑下，军吏过，辄令财[7]取为用。金无入家者。窦婴守荥阳，监齐、赵兵。七国兵已尽破，封婴为魏其侯。诸游士、宾客争归魏其侯。孝景时，每朝议大事，条侯[8]、魏其侯，诸列侯莫敢与亢礼[9]。

孝景四年，立栗太子，使魏其侯为太子傅。孝景七年，栗太子废；魏其数争，不能得。魏其谢病，屏居蓝田南山[10]之下数月。诸宾客、辩士说之，莫能来。梁人高遂乃说魏其曰："能富贵将军者，上也；能亲将军者，太后也。今将军傅太子，太子废而不能争；争不能得，又弗能死。自引谢病，拥赵女，屏闲处[11]而不朝。相提而论，是自明扬主上之过。有如两宫[12]螫将军，则妻子毋类[13]矣。"魏其侯然之，乃遂起，朝请如故。

桃侯免相，窦太后数言魏其侯。孝景帝曰："太后岂以为臣有爱[14]，不相魏其？魏其者，沾沾自喜耳，多易[15]。难以为相，持重。"遂不用；用建陵侯卫绾为丞相。

武安侯田蚡者，孝景后同母弟也'，生长陵。魏其已为大将军后，方盛，蚡为诸郎，未贵，往来侍酒魏其，跪起如子姓。及孝景晚节，蚡益贵幸，为太中大夫。蚡辩有口，学《槃盂》诸书，王太后贤之。孝景崩，即日太子立，称制[16]，所镇抚多有田蚡宾客计策[17]。蚡弟田胜，皆以太后弟，孝景后三年封蚡为武安侯，胜为周阳侯。

武安侯新欲用事为相，卑下宾客，进名士，家居者贵之，欲以倾魏其诸将相。建元元年，丞相绾病免，上议置丞相、太尉。籍福[18]说武安侯曰："魏其贵久矣，天下士素归之。今将军初兴，未如魏其；即上以将军为丞相，必让魏其。魏其为丞相，将军必为太尉。太尉、丞相尊等耳，又有让贤名。"武安侯乃微言[19]太后，风上，于是乃以魏其侯为丞相，武安侯为太尉。籍福贺魏其侯，因吊[20]曰："君侯资性喜善疾恶。方今善人誉君侯，故至丞相；然君侯且疾恶，恶人众，亦且毁君侯。君侯能兼容，则幸久；不能，今以毁去矣。"魏其不听。

魏其、武安俱好儒术，推毂[21]赵绾为御史大夫，王臧为郎中令；迎鲁申公，欲设明堂[22]。令列侯就国。，除关，以礼为服制[23]，以兴太平。举適[24]诸窦宗室毋节行者，除其属籍[25]。时诸外家为列侯，列侯多尚公主[26]，皆不欲就国，以故毁日至窦太后。太后好黄、老之言，而魏其、武安、赵绾、王臧等务隆推儒术，贬道家言，是以窦太后滋不说魏其等。及建元二年，御史大夫赵绾请无奏事东宫[27]。窦太后大怒，乃罢逐赵绾、王臧等，而免丞相、太尉。以柏至侯许昌为丞相，武强侯庄青翟为御史大夫。魏其、武安由此以侯家居。

武安侯虽不任职，以王太后故，亲幸；数言事，多效，天下吏士趋势利者皆去魏其归武安。武安日益横[28]。建元六年，窦太后崩，丞相昌、御史大夫青翟坐丧事不办，免。以武安侯蚡为丞相，以大司农韩安国为御史大夫。天下士郡诸侯愈益附武安。

武安者，貌侵[29]，生贵甚。又以为诸侯王多长[30]，上初即位，富于春秋[31]；蚡以肺腑为京师相，非痛折节[32]以礼诎之，天下不肃。当是时，丞相入奏事，坐语移日[33]，所言皆听。荐人或起家至二千石，权移主上。上乃曰："君除吏已尽未[34]？吾亦欲除吏！"尝请考工地[35]益宅，上怒曰："君何不遂取武库！"是后乃退。尝召客饮，坐其兄盖侯[36]南乡，自坐东乡；以为汉相尊，不可以兄故私桡[37]。武安由此滋骄，治宅甲诸第。田园极膏腴，而市买郡县器物相属于道。前堂罗钟鼓，立曲旃[38]；后房妇女以百数。诸侯奉金玉、狗马、玩好，不可胜数。

魏其失窦太后，益疏不用，无势。诸客稍稍自引而怠傲，唯灌将军独不失故。魏其日默默[39]不得志，而独厚遇灌将军。

灌将军夫者，颍阴人也。夫父张孟，尝为颍阴侯婴舍人，得幸，因进之至二千石，故蒙灌氏姓为灌孟。吴、楚反时，颍阴侯灌何为将军，属太尉，请灌孟为校尉。夫以千人与父俱。灌孟年老，颍阴侯强请之，郁郁不得意；故战常陷坚[40]，遂死吴军中。军法：父子俱从军，有死事，得与丧归。灌夫不肯随丧归，奋曰："愿取吴王若将军头，以报父之仇。"于是灌夫被甲持戟，募军中壮士所善愿从者[41]数十人。及出壁门，莫敢前。独二人及从奴十数骑驰入吴军，至吴将麾下，所杀伤数十人。不得前，复驰还，走入汉壁，皆亡其奴，独与一骑归。夫身中大创十馀，适有万金良药，故得无死。夫创少瘳[42]，又复请将军曰："吾益知吴壁中曲折，请复往。"将军壮义之，恐亡夫，乃言太尉。太尉乃固止之。吴已破，灌夫以此名闻天下。

颍阴侯言之上，上以夫为中郎将。数月，坐法去。后家居长安，长安中诸公莫弗称之。孝景时，至代相。孝景崩，今上初即位，以为淮阳天下交，劲兵处[43]，故徙夫为淮阳太守。建元元年，入为太仆。二年，夫与长乐卫尉窦甫饮，轻重不得[44]。夫醉，搏甫。甫，窦太后昆弟也。上恐太后诛夫，徙为燕相。数岁，坐法去官，家居长安。

灌夫为人刚直，使酒[45]，不好面谀。贵戚诸有势在己之右，不欲加礼，必陵之；诸士在己之左，愈贫贱，尤益敬，与钧[46]。稠人广众，荐宠下辈。士亦以此多之。

夫不喜文学，好任侠，已然诺。诸所与交通，无非豪杰大猾。家累数千万，食客日数十百人。陂池田园，宗族宾客为权利，横于颍川[47]。颍川儿乃歌之曰："颍水清，灌氏宁；颍水浊，灌氏族[48]。"

灌夫家居虽富，然失势，卿相侍中宾客益衰。及魏其侯失势，亦欲倚灌夫，引绳批根[49]生平慕之后弃之者。灌夫亦倚魏其而通[50]列侯、宗室为名高。两人相为引重，其游如父子然。相得欢甚，无厌[51]，恨相知晚也。

灌夫有服[52]过丞相。丞相从容曰："吾欲与仲孺过魏其侯，会仲孺有服。"灌夫曰："将军乃肯幸临况[53]魏其侯，夫安敢以服为解[54]！请语魏其侯帐具[55]，将军旦日蚤临。"武安许诺。灌夫具语魏其侯如所谓武安侯。魏其与其夫人益市牛酒[56]，夜洒埽，早帐具至旦。平明，令门下候伺。至日中，丞相不来。魏其谓灌夫曰："丞相岂忘之哉？"灌夫不怿，曰："夫以服请，宜往[57]。"乃驾，自往迎丞相。丞相特前戏许灌夫，殊无意往。及夫至门，丞相尚卧。于是夫入见，曰："将军昨日幸许过魏其。魏其夫妻治具，自旦至今，未敢尝食。"武安鄂谢曰："吾昨日醉，忽忘与仲孺言。"乃驾往，又徐行，灌夫愈益怒。及饮酒酣，夫起舞属丞相；丞相不起，夫从坐上语侵之[58]。魏其乃扶灌夫去，谢丞相。丞相卒饮至夜，极驩而去。

丞相尝使籍福请魏其城南田。魏其大望，曰："老仆虽弃，将军虽贵，宁可以势夺乎！"不许。灌夫闻，怒，骂籍福。籍福恶两人有郄[59]，乃谩自好谢丞相[60]曰："魏其老且死，易忍，且待之。"已而，武安闻魏其、灌夫实怒不予田，亦怒曰："魏其子尝杀人，蚡活之。蚡事魏其，无所不可；何爱数顷田？且灌夫何与也？吾不敢复求田！"武安由此大怨灌夫、魏其。

元光四年，春，丞相言："灌夫家在颍川，横甚，民苦之。

请案。"上曰："此丞相事，何请！"灌夫亦持丞相阴事[61]，为奸利，受淮南王金与语言。宾客居间[62]，遂止，俱解。

夏，丞相取燕王女为夫人，有太后诏，召列侯、宗室皆往贺。魏其侯过灌夫，欲与俱。夫谢曰："夫数以酒失得过[63]丞相，丞相今者又与夫有郄。"魏其曰："事已解。"强与俱。饮酒酣，武安起为寿，坐皆避席伏。已，魏其侯为寿，独故人避席耳，馀半[64]膝席。灌夫不悦，起行酒[65]，至武安，武安膝席曰："不能满觞。"夫怒，因嘻笑曰："将军贵人也，属之。"时武安不肯。行酒次至临汝侯，临汝侯方与程不识耳语，又不避席。夫无所发怒，乃骂临汝侯曰："生平毁程不识不直一钱，今日长者为寿，乃效女儿呫嗫耳语！"武安谓灌夫曰："程、李俱东西宫卫尉，今众辱程将军，仲孺独不为李将军地乎？"灌夫曰："今日斩头陷胸，何知程、李乎！"坐乃起更衣，稍稍去。魏其侯去，麾灌夫出。武安遂怒，曰："此吾骄灌夫罪[66]。"乃令骑留灌夫。灌夫欲出，不得。籍福起为谢，案灌夫项，令谢。夫愈怒，不肯谢。武安乃麾骑缚夫，置传舍。召长史曰："今日召宗室，有诏。"劾灌夫骂坐不敬，系居室[67]。遂案其前事，遣吏分曹[68]逐捕诸灌氏支属，皆得弃市[69]罪。魏其侯大愧，为资，使宾客请，莫能解。武安吏皆为耳目，诸灌氏皆亡匿，夫系，遂不得告言武安阴事。

魏其锐身[70]为救灌夫。夫人谏魏其曰："灌将军得罪丞相，与太后家忤，宁可救邪？"魏其侯曰："侯自我得之，自我捐之，无所恨！且终不令灌仲孺独死，婴独生！"乃匿其家[71]，窃出上书。立召入，具言灌夫醉饱事，不足诛。上然之[72]，赐魏其食，曰："东朝廷辩之[73]。"

魏其之东朝，盛推灌夫之善，言其醉饱得过，乃丞相以他事诬罪之。武安又盛毁灌夫所为横恣，罪逆不道。魏其度不可奈何，因言丞相短。武安曰："天下幸而安乐无事，蚡得为肺腑，所好音乐、狗马、田宅。蚡所爱倡优、巧匠之属，不如魏其、灌夫日夜招聚天下豪杰壮士与论议，腹诽而心谤，不仰视天而俯画地[74]，辟倪[75]两宫间，幸天下有变而欲有大功。臣乃不知魏其等所为！"于是上问朝臣："两人孰是？"御史大夫韩安国曰："魏其言灌夫父死事，身荷戟，驰入不测之吴军，身被数十创，名冠三军。此天下壮士。非有大恶，争杯酒，不足引他过以诛也。魏其言是也。丞相亦言灌夫通奸猾，侵细民，家累巨万，横恣颍川；凌轹[76]宗室，侵犯骨肉。此所谓‘枝大于本，胫大于股，不折必披[77]’。丞相言亦是。唯明主裁之！”主爵都尉汲黯是魏其；内史郑当时是魏其，后不敢坚对。馀皆莫敢对。上怒内史曰：“公生平数言魏其、武安长短，今日廷论，局趣效辕下驹，吾并斩若属矣！”即罢起，入，上食太后。太后亦已使人候伺[78]，具以告太后。太后怒，不食，曰：“今我在也，而人皆藉[79]吾弟；令我百岁后，皆鱼肉之矣！且帝宁能为石人[80]邪！此特帝在，即录录[81]；设百岁后，是属宁有可信者乎！”上谢曰：“俱宗室外家，故廷辩之。不然，此一狱吏所决耳。”是时，郎中令石建为上分别言两人事。

武安已罢朝，出止车门[82]，召韩御史大夫载，怒曰：“与长孺共一老秃翁，何为首鼠两端[83]！”韩御史良久谓丞相曰：“君何不自喜！夫魏其毁君，君当免冠解印绶归，曰：‘臣以肺腑幸得待罪，固非其任。魏其言皆是。’如此，上必多君有让，不废君；魏其必内愧，杜门[84]齚舌自杀。今人毁君，君亦毁人，譬如贾竖[85]女子争言，何其无大体也！”武安谢罪曰：“争时急，不知出此。”

于是上使御史簿责魏其所言灌夫，颇不雠，欺谩，劾系都司空。孝景时，魏其常受遗诏，曰：“事有不便，以便宜论上[86]。”及系，灌夫罪至族，事日急，诸公莫敢复明言于上。魏其乃使昆弟子上书言之，幸得复召见。书奏上，而案尚书，大行无遗诏；诏书独藏魏其家，家丞封[87]。乃劾魏其矫先帝诏，罪当弃市。五年十月，悉论灌夫及家属。魏其良久乃闻，闻即恚[88]，病痱[89]，不食，欲死。或闻上无意杀魏其，魏其复食，治病。议定不死矣。乃有蜚语，为恶言闻上，故以十二月晦论弃市渭城。

其春，武安侯病，专呼服[90]谢罪。使巫视鬼者视之，见魏其、灌夫共守，欲杀之。竟死。子恬嗣。元朔三年，武安侯坐衣襜褕[91]入宫，不敬。

淮南王安谋反，觉，治。王前朝，武安侯为太尉时，迎王至霸上，谓王曰：“上未有太子，大王最贤，高祖孙；即[92]宫车晏驾，非大王立，当谁哉！”淮南王大喜，厚遗金财物。上自魏其时，不直武安[93]，特为太后故耳。及闻淮南王金事，上曰：

"使武安侯在者，族矣！"

太史公曰：魏其、武安皆以外戚重；灌夫用一时决策而名显。魏其之举以吴、楚，武安之贵在日月之际[94]。然魏其诚不知时变，灌夫无术而不逊；两人相翼，乃成祸乱。武安负贵而好权，杯酒责望，陷彼两贤。呜呼哀哉！迁怒及人，命亦不延；众庶不载，竟被恶言[95]。呜呼哀哉！祸所从来矣[96]！

【注释】

①魏其：汉县名，窦婴采邑。孝文后：窦太后。②詹事：官名：主管宫中皇后、太子的日常事务。③燕：同宴。④薄其官：看不起詹事这个小官。⑤门籍：出入宫门的名籍。⑥诸窦：外戚窦子弟。⑦财：通"裁"，酌量。⑧条侯：指周亚夫。⑨亢礼：行平等之礼。⑩屏居：隐居。蓝田：县名。南山：终南山。⑪闲处：闲居，指不上朝。⑫两宫：指东西两宫，指太后、皇帝。⑬毋类：绝种，指全家被诛。⑭有爱：有所吝啬。⑮多易；轻率。⑯称制：指窦、王两太后临朝听政。⑰所镇抚句：指王太后临朝施行的一些镇抚措施。⑱籍福；奔走于权门的食客。⑲微言：含蓄的说。⑳吊：告诫。㉑推毂：推车前进。㉒设明堂：建立明堂，宣扬教化。㉓以礼为服制：按照礼制来规定吉、凶、军、宾、嘉的各种服饰。㉔举適：检举弹劾。㉕属籍：指族谱。㉖尚公主：娶公主为妻。㉗请无奏事东宫：赵绾、王藏承武帝旨意，奏请武帝亲政，不要听从东宫太后的裁断。㉘横：放纵。㉙貌侵：矮小丑陋。㉚多长：多为年长之人。㉛富于春秋：年岁很轻。㉜痛：狠狠的。折节：屈节。做使动用法。㉝坐语移日：坐着与武帝长谈。以致日影移位。㉞除吏：任命官吏。尽未：有完没有。㉟考工地：考工署的官地。㊱盖侯：田蚡的同母异父兄王信。㊲私桡：私自屈抑丞相的尊严。㊳曲旃：曲柄长伞。㊴日默默：每天闷闷不乐。㊵陷坚：向敌军坚实处冲锋。㊶所善愿意从者：与自己交好而愿陷敌阵的壮士。㊷少瘳：创作稍稍好转。㊸劲兵处：需要驻屯强兵之地。㊹轻重不得：指语言礼教有失分分寸。㊺使酒：耍酒疯。㊻陵：侵侮，不礼貌。与钧：与贫士则平礼相待。㊼横于颍川：在颍川横行八道。㊽族：灭族。㊾引绳批根：从木工治木中引申出来的日常用语，为批判、打击和教训的意思。㊿通：交结。51无厌：毫无忌嫌。52有服：丧服。53幸临况：荣幸的光临。54解：推辞。55帐具：治办酒席。56益市牛酒：加倍买来牛肉和酒等食品。57夫以服请，宜往：不顾丧服答应他的要请，他反不来，我倒要去看看。58坐上语侵之：灌夫在座位上用话语刺田蚡。59恶两人有郄：不愿魏其、武安两人成仇怨。60谩自好谢丞相：自编了一些好听的话回复田蚡。谩：编谎。61阴事：秘密事。62居间：居中调解。63得过：得罪。64馀半：余下一半的人。膝席：古人席地而坐，两脚向后，屁股坐在脚上。65行酒：依次敬酒。66此吾骄灌夫罪：这是我放纵灌夫的过失。67居室：少府所属的官署，后改名保宫。68分曹：分班。69弃市：在闹市行刑示众。70锐身：奋不顾身。71匿其家：瞒着家里人。72上然之：武帝赞成窦婴的看法。73东廷辩之：到东宫去当着太后的面辩论清楚。74不仰视天而俯画地：不是仰观天文就是俯画地理。75辟倪：冷眼斜视。76凌轹：欺压、践踏。77披：分

裂。 ⑱候伺：暗中探测。 ⑲藉：践踏。 ⑳石人：没脑子的人。 ㉑录录：指斥群臣随声附和，无主见。 ㉒止车门：宫禁的外门，群臣入宫，自此下车步行。 ㉓首鼠两端：瞻前顾后，犹豫不定。 ㉔杜门：闭门不出。 ㉕贾竖：商人。 ㉖便宜论上：不按规定程式直接上奏，即越级上奏。 ㉗家丞封：指遗诏只是窦婴的家丞盖印封存的。这是田蚡制造的假案。 ㉘恚：愤怒。 ㉙痱：中风病。 ㉚专呼服：一个劲地喊服罪。 ㉛襜褕：短衣，非正式朝服。 ㉜即：假如。 ㉝不直武安：不以武安为是。 ㉞日月之际：日月并悬之际。日月：喻皇帝和皇后。指田蚡是靠武帝即位和王太后临朝的机会才腾达起来的。 ㉟"众庶"二句：这两句指出窦、田互相倾轧都不得人心，而灌夫更为颍川人民所深恶。 ㊱祸所从来矣：魏其武安之争，实起于宫中窦、王二太后之争，由来久矣。

【赏析】

《魏其武安侯列传》是《史记》中最为精彩的篇章之一。本传主要讲了三个人物：窦婴、田蚡、灌夫。而标题只定"魏其、武安"两人，是为了突出两人之间的矛盾。通过窦婴和田蚡的斗争，反映了汉武帝与两位皇太后之间的矛盾，也反映了西汉政治从重刑名、黄老学说转到独尊儒术的过程中的斗争。本文最大的特点是人物形象的塑造，除了窦婴和田蚡外，文章还写了一大群人物作陪衬人物，都是生动形象的。

比如田蚡，是一个典型的势利小人，他阴险狡诈、仗势欺人，品行极端低下。集中了市井无赖与贵族官僚的一切劣根性。田蚡本来是一个市井无赖，靠姐姐王太后才发达起来，而一旦发达后，便反过来陷害当初他曾奉承过的人，其心地险恶，可见一斑。

本文对封建社会的世态炎凉也作了深刻的揭露。比如窦婴富贵时，"诸游士宾客争归魏其侯"，而一旦失势，"诸客稍稍自引而怠傲。"田蚡发达时，"天下吏士趋势利者，皆去魏其归武安"，通过这种对比，揭露了当时封建社会的政治腐败与险恶。

从整体来说，本文的艺术成就是多方面的，除了人物塑造生动、个性鲜明外，还有语言简洁、叙事精练。文章的结构也是别开生面，看似散乱而实际紧凑，千头万绪而条理明晰。本文共有三个人物的传，如果分看来写就会平淡无奇，而司马迁把他们放在一起，中间又加以各色人物的陪衬，从而把各种矛盾联系起来，组成了一幅壮阔的历史画面。正如清代郭嵩焘《史记·札记》所说："魏其、武安、灌将军，各以其势盛衰相次言之，合三传为一传，而情事益显。"另外，文章还筛选了一系列的生活场景来组织故事，在特定的场景中刻画人物形象，十分引人入胜。如灌夫喝醉后骂座的场景，真是写的如在眼前，读来让人拍案叫绝。除了文章正文外，末尾还附有太史公的评论，是画龙点睛之笔，含蓄犀利。是一篇历代都倍受推崇的佳作。

【周亚夫军细柳】

司马迁

文帝[1]之后六年，匈奴大入边。乃以宗正刘礼为将军，军[2]霸上；祝兹侯徐厉为将军，军棘门；以河内守亚夫为将军，军细柳；以备[3]胡。

上[4]自劳军。至霸上及棘门军，直驰入，将以下骑送迎。已而[5]之细柳军，军士吏被甲，锐兵刃，彀[6]弓弩，持满。天子先驱[7]至，不得入。先驱曰："天子且至。"军门都尉曰："将军令曰：'军中闻将军令，不闻天子之诏。'"居无何[8]，上至，又不得入。于是上乃使使[9]持节诏将军："吾欲入劳军。"亚夫乃传言开壁门。壁门士吏谓从属车骑曰："将军约[10]，军中不得驱驰。"于是天子乃按辔徐行。至营，将军亚夫持兵揖[11]曰："介胄之士不拜，请以军礼见。"天子为动，改容式车。使人称谢："皇帝敬劳将军。"成礼而去。

既出军门，群臣皆惊。文帝曰："嗟乎！此真将军矣！曩者[12]霸上、棘门军，若儿戏耳，其将固可袭而虏也。至于亚夫，可得而犯邪？"称善者久之。

【注释】

①文帝：指汉文帝。②军：驻扎。③备：防备。④上：指文帝。⑤已而：不一会儿。⑥彀：张弩。⑦先驱：先锋。⑧居无何：过了一会儿。⑨使使：第一个是动词，派。第二个是名词，使者。⑩约：规定。⑪揖：拱手礼。⑫曩者：以往，从前。

【赏析】

本文选自司马迁《史记·绛侯周勃世家》，主要讲述了汉文帝去细柳营劳军时的所见所闻，刻画了周亚夫严谨治军的风格。周亚夫是周勃的儿子，善于治兵，这从一些细微之处都可以看出来。如汉文帝刚到细柳营前，所看到的是："军士吏被甲，锐兵刃，彀弓弩，持满"，军纪严整，丝毫不混乱。当汉文帝想进营中时，被士兵拦住，先驱告诉他是天子来了，而都尉说出的话则出人意料："将军令曰：'军中闻将军令，不闻天子之诏'。"真可谓是义正辞严，面对堂堂天子而面无惧色，周亚夫治军之严可见一斑。接下来是周亚夫本人出场，他面对天子不行跪拜礼而是“持兵揖曰：“介胄之士不拜，请以军礼见。”，如此举动，让人敬佩。经过一番视察后，汉文帝也深深被这种严明的军纪所打动，说出了赞美的话：“嗟乎！此真将军矣！曩者[12]霸上、棘门军，若儿戏耳，其将固可袭而虏也。至于亚夫，可得而犯邪？”

文章主要刻画了周亚夫和文帝两个形象。刻画周亚夫时采用了烘托手法，如汉文帝刚到军营，周亚夫并不出现，而是描写军士们的士气，再写与军尉的对话，最后才引出周亚夫本人，真是做足了铺垫。而汉文帝也是一位明大义、有胸怀的皇帝，面对周亚夫及其手下的再三拒绝，不但毫不生气，反而十分欣赏，这对一位皇帝来说是很难得的。

【万石君传】

司马迁

万石君名奋，其父赵人也，姓石氏。赵亡，徙居温。

高祖东击项籍，过河内，时[1]奋年十五，为小吏，侍高祖。高祖与语，爱其恭敬，问曰：“若[2]何有？”对曰：“奋独有母，不幸失明。家贫。有姊，能鼓琴。”高祖曰：“若能从我乎？”曰：“愿尽力。”于是高祖召其姊为美人；以奋为中涓[3]，受书谒[4]；徙其家长安中戚里。——以姊为美人故也。其官至孝文时，积功劳至太中大夫。无文学，恭谨无与比。

文帝时，东阳侯张相如为太子太傅，免；选可为傅者，皆推奋，奋为太子太傅[5]。及孝景即位，以为九卿；迫近，惮之，徙奋为诸侯相。

奋长子建，次子甲，次子乙，次子庆；皆以驯行孝谨，官皆至二千石[6]。于是景帝曰：“石君及四子皆二千石，人臣尊宠乃集其门。一号奋为“万石君”。孝景帝季年，万石君以上大夫禄归老于家，以岁时为朝臣。过宫门阙[7]，万石君必下车趋；见路马[8]，必式焉。子孙为小吏，来归谒，万石君必朝服见之，不名。子孙有过失，不谯让[9]，为便坐，对案不食。然后诸子相责，因长老肉袒固谢罪；改之，乃许。子孙胜冠者在侧，虽燕居必冠[10]，申申如也[11]。童仆䜣䜣如也[12]，唯谨。上时赐食于家，必稽首俯伏而食之，如在上前。其执丧，哀戚甚悼；子孙遵教，亦如之。万石君家以孝谨闻乎郡国，虽齐、鲁诸儒质行，皆自以为不及也。

建元二年，郎中令王臧以文学获罪。皇太后以为儒者文多质少，今万石君家不言而躬行，乃以长子建为郎中令，少子庆为内史。

建老，白首，万石君尚无恙。建为郎中令，每五日洗沐，归谒亲。入子舍，窃问侍者，取亲中裙厕牏[13]，身自浣涤，复与侍者，不敢令万石君知，以为常。建为郎中令，事有可言，屏人恣言，极切；至廷见，如不能言者。是以上乃亲尊礼之。

万石君徙居陵里。内史庆醉归，入外门不下车。万石君闻之，不食。庆恐，肉袒请罪；不许。举宗及兄建肉袒。万石君让[14]曰："内史，贵人；入闾里，里中长老皆走匿，而内史坐车中自如，固当！"乃谢罢庆。庆及诸子弟入里门，趋至家。

万石君以元朔五年中卒。长子郎中令建哭泣哀思，扶杖乃能行。岁馀，建亦死。诸子孙咸孝，然建最甚，甚于万石君。

建为郎中令，书奏事，事下，建读之，曰："误书！'马'者与尾当五，今乃四，不足一。上谴死矣！"甚惶恐。其为谨慎，虽他皆如是。

万石君少子庆为太仆。御[15]出，上问车中："几马？"庆以策数马毕，举手曰："六马。"庆于诸子中最为简易矣，然犹如此。为齐相，举齐国皆慕其家行，不言而齐国大治。为立石相祠。

元狩元年，上立太子，选群臣可为傅者，庆自沛守为太子太傅。七岁，迁为御史大夫。元鼎五年秋，丞相有罪，罢。制诏御史："万石君先帝尊之，子孙孝；其以御史大夫庆为丞相，封为牧丘侯。"是时汉方南诛两越，东击朝鲜，北逐匈奴，西伐大宛，中国多事。天子巡狩[16]海内，修上古神祠，封禅[17]，兴礼乐。公家用少，桑弘羊等致利，王温舒之属峻法；兒宽等推文学致九卿，更进用事。事不关决于丞相，丞相醇谨[18]而已。在位九岁，无能有所匡言。尝欲请治上近臣所忠、九卿咸宣罪，不能服，反受其过，赎罪。元封四年中，关东流民二百万口，无名数者四十万。公卿议；欲请徙流民于边以適之。上以为丞相老谨，不能与其议，乃赐丞相告归；而案御史大夫以下议为请者。丞相惭不任职，乃上书曰："庆幸得待罪丞相，罢驽无以辅治，城郭仓库空虚，民多流亡，罪当伏[19]斧质。上不忍致法。愿归丞相侯印，乞骸骨归，避贤者路。"天子曰："仓廪既空，民贫流亡，而君欲请徙之；摇荡不安，动危之，而辞位；君欲安归难乎？”以书让庆，庆甚惭，遂复视事。

庆文深审谨，然无他大略为百姓言。后三岁馀，太初二年中，丞相庆卒，谥为恬侯。庆中子德，庆爱用之，上以德为嗣，代侯。后为太常，坐法当死，赎免为庶人。庆方为丞相，诸子孙为吏更至二千石者十三人。及庆死，后稍以罪去，孝谨益衰矣。

【注释】

①时：当时。②若：你。③中涓：官名，亦作涓人。④受书谒：受理进献的文书和谒见之事。⑤太子太傅：太子的师傅。⑥二千石：汉官秩，又为郡守（太守）的通称。汉郡守俸禄为两千石，即月俸百二十斛，因有此称⑦宫门阙：皇宫的门楼。⑧路马：通“辂马”，天子所乘之马，此指天子的车驾。⑨谯让：谴责。⑩燕居：闲居。冠：戴帽子。⑪申申如也：庄重平和的样子。⑫䜣䜣如也：谨慎恭敬的样子。⑬厕牏（yú）：指旁室门墙边的水沟。⑭让：责备。⑮御：驾驶车马。⑯巡狩：巡视、视察。⑰封禅：封为“祭天”（多指天子登上泰山筑坛祭天），禅为“祭地”（多指在泰山下的小丘除地祭地）；即古代帝王在太平盛世或天降祥瑞之时的祭祀天地的大型典礼。⑱醇谨：淳厚谨慎。⑲伏：伏法。

【赏析】

万石君名叫石奋（？–前124）西汉大臣。字天威，号万石君，河内温（今河南温县西南）人。本文是他的一个小传。此人无文学，但却恭谨无比。当初在汉高祖刘邦身边为小吏。帝爱其恭敬，召其姊为美人。以奋为中涓。文帝时官至太中大夫。景帝即位，列为九卿，身为二千石，四子皆官至二千石，号为万石君。以上大夫禄养老归家。石奋无论是归老家居后的自己，还是对自己的子孙，万石君都严格要求。从以下小事，可以略知一二：当子孙犯了错，石奋不动怒，不怪罪，养子不教谁之过？他怪他自己，所以惩罚自己，关在房间里绝食自责。子孙们相互检讨，相互谴责，最后进去谢罪忏悔，石奋才原谅自己。还有，子孙如果担任官职，来拜见石奋，他一定穿着朝服会面，并且决不直呼对方名姓；若和完成成人礼的子孙同席，再轻松的场合，石奋也戴着冠帽，衣冠楚楚列席。这样是不是很扫兴？但正因为如此，子子孙孙耳濡目染，见贤思齐，也能严谨守礼。他的长子石建、么子石庆，在汉武帝时分别担任郎中令、内史。

“战战兢兢，如临深渊，如履薄冰”，谨慎小心是他性格的主要特征。石奋作为朝臣，外为恭谨而实际内心特别惶恐，写了马字少了一笔就惊呼“上谴，死矣”，问车前有几匹马，还要一一挨着数才敢说六匹。说明了石奋的恭谨和面对的残酷现实。司马迁认为石奋虽不善言谈，但却敏于行事。因此他的教化不苛刻而成功。他值得称为是行为忠厚的君子长者。

【郭解传】

司马迁

郭解，轵人也，字翁伯；善相人[①]者许负外孙也。解父以任侠，孝文时诛死。解为人短小精悍，不饮酒。少时阴贼[②]，慨不快意，身所杀甚众。以躯借交报仇，藏命作奸，剽攻[③]不休，及铸钱掘冢，固不可胜数。适有天幸，窘急常得脱若[④]遇赦。及解年长，更折节为俭；以德报怨，厚施而薄望[⑤]。然其自喜为侠益甚。既已振人之命，不矜其功，其阴贼著于心，卒发于睚眦如故云。而少年慕其行，亦辄为报仇，不使知也。解姊子负解之势，与人饮，使之嚼[⑥]。非其任，强必灌之。人怒，拔刀刺杀解姊子，亡去。解姊怒曰："以翁伯之义，人杀吾子，贼不得！"弃其尸于道，弗葬；欲以辱解。解使人微知[⑦]贼处，贼窘，自归，具以实告解。解曰："公杀之固当，吾儿不直。"遂去其贼，罪其姊子，乃收而葬之。诸公闻之，皆多解之义，益附焉。

解出入，人皆避之。有一人独箕踞[⑧]视之。解遣人问其名姓。客欲杀之。解曰："居邑屋[⑨]至不见敬，是吾德不修也。彼何罪！"乃阴属尉史曰："是人，吾所急[⑩]也，至践更时脱之。"每至践更，数过，吏弗求。怪之，问其故，乃解使脱之。箕踞者乃肉袒谢罪。少年闻之，愈益慕解之行。

雒阳人有相仇者，邑中贤豪居间[⑪]者以十数，终不听。客乃见郭解。解夜见仇家，仇家曲听[⑫]解。解乃谓仇家曰："吾闻雒阳诸公在此间，多不听者。今子幸而听解，解奈何乃从他县夺人邑中贤大夫权乎！"乃夜去，不使人知，曰："且无用待我！待我去，令雒阳豪居其间，乃听之。"

解执[⑬]恭敬，不敢乘车入其县廷。之旁郡国，为人请求事，事可出[⑭]，出之；不可者，各厌其意，然后乃敢尝酒食。诸公以故严重[⑮]之，争为用。邑中少年及旁近县贤豪，夜半过门，常十馀车，请得解客舍养[⑯]之。

及徙豪富茂陵[17]也，解家贫，不中訾[18]。吏恐，不敢不徙。卫将军为言："郭解家贫，不中[19]徙。"上曰："布衣权至使将军为言，此其家不贫。"解家遂徙。诸公送者出千馀万。轵人杨季主子为县掾，举徙解。解兄子断杨掾头。由此杨氏与郭氏为仇。

解入关，关中贤豪知与不知，闻其声，争交欢解。解为人短小，不饮酒，出未尝有骑。已又杀杨季主。杨季主家上书，人又杀之阙下。上闻，乃下吏捕解。解亡，置其母、家室夏阳，身至临晋。临晋籍少公素不知解，解冒，因求出关。籍少公已出解，解转入太原，所过辄告主人家。吏逐之，迹[20]至籍少公。少公自杀，口绝。久之，乃得解。穷治[21]所犯，为解所杀皆在赦前。轵有儒生侍使者坐。客誉郭解，生曰："郭解专以奸犯公法，何谓贤！"解客闻，杀此生，断其舌。吏以此责解，解实不知杀者；杀者亦竟绝，莫知为谁。吏奏解无罪。御史大夫公孙弘议曰："解布衣为任侠，行权，以睚眦杀人。解虽弗知，此罪甚于解杀之。"当[22]大逆无道。遂族郭解翁伯。

自是之后，为侠者极众，敖[23]而无足数者。然关中长安樊仲子、槐里赵王孙、长陵高公子、西河郭公仲、太原卤公孺、临淮兒长卿、东阳田君孺；虽为侠，而逡逡[24]有退让君子之风。至若北道姚氏、西道诸杜、南道仇景、东道赵他羽公子、南阳赵调之徒，此盗跖居民间者耳，曷足道哉！此乃乡者朱家之羞也。

太史公曰："吾视郭解，状貌不及中人，言语不足采者。然天下无贤与不肖、知与不知，皆慕其声；言侠者皆引以为名。谚曰：'人貌荣名，岂有既乎[25]！'於戏[26]惜哉！"

【注释】

①相人：给人相面。②阴贼：感情隐蔽，内心残忍。③藏命：窝藏亡命之徒。作奸：犯法。剽攻：抢掠、劫夺。④若：或。⑤望：怨。⑥嚼：干杯。⑦微知：暗中探知。⑧箕踞：岔开两腿坐着，像簸箕之状，是一种不礼貌的表现。⑨邑屋：乡里。⑩急：关心。⑪居间：从中间调解。⑫曲听：委屈心意而听从。⑬执：谨守。⑭出：得到解决。⑮严重：尊重。⑯舍养：供养在自家房舍之中。⑰茂陵：汉武帝的陵墓。⑱訾：钱财。⑲中：符合。⑳迹：追寻线索。㉑穷治：深究其事，追问到底。㉒当：判处。㉓敖：通"傲"，傲慢无礼。㉔逡逡：谦虚退让的样子。㉕人貌荣名，岂有既乎：用荣名作人的容貌，难道会衰老吗？㉖於戏：表示

感叹。

【赏析】

本文选自《史记·游侠列传》，它记述了汉代著名的侠士朱家、剧孟、郭解等人的事迹，一些学者称之为中国早期武侠史传的第一部完整篇章。此文是从中节选的有关郭解的事迹。

侠，产生于礼崩乐坏、人性光辉极度张扬迸放的春秋乱世。在反抗暴秦、楚汉相争的动荡岁月里，到处是游侠，刘邦的许多部下都曾经是游侠，再加上汉初宽松自由的黄老政治，使得西汉成为游侠的黄金时代。

然而，"儒以文乱法，侠以武犯禁"，侠义所追求的自由与朝廷所倡导的秩序之间的矛盾越来越尖锐，至西汉武帝时，政府用各种办法来打击侠士，甚至采取坚决消灭的方针。侠，终于不再被朝廷认可，于是，游侠的黄金时代结束了，从郭解传中可以看出游侠的处境是十分危险的。

郭解的一生是传奇的，从年轻时期的仗义处世，到后来的亡命天涯，再到侠义之名满天下，最终被灭门，读来让人感叹。

关于郭解被灭族的原因，御史大夫公孙弘议论道：郭解以平民身份侠，玩弄权诈之术，因为小事而杀人，郭解自己虽然不知道，这个罪过比他自己杀人还严重。判处郭解大逆无道的罪。其实真正的原因是汉武帝要铲除有势力的游侠集团。郭解的名气很大，交往面很广，很多人佩服他、愿意听从他，在社会上是一股很大的势力，自然在被铲除的名单之内。

【优孟传】

司马迁

优孟，故楚之乐人[①]也。长八尺，多辩，常以谈笑讽谏[②]。楚庄王之时，有所爱马，衣以文绣[③]，置之华屋[④]之下，席以露床[⑤]，啗[⑥]以枣脯。马病肥死，使群臣丧[⑦]之，欲以棺椁[⑧]大夫礼葬之。左右争之，以为不可。王下令曰："有敢以马谏者，罪至死！"优孟闻之，入殿门，仰天大哭。王惊而问其故。优孟曰："马者，王之所爱也；以楚国堂堂之大，何求不得，而以大夫礼葬之，薄。请以人君礼葬之。"王曰："何如？"对曰："臣请以雕玉为棺，文梓[⑨]为椁，楩、枫、豫章为题凑[⑩]，发甲卒为穿圹[⑪]，老弱负土[⑫]，齐、赵陪位[⑬]于前，韩、魏翼卫[⑭]其后，庙食太牢[⑮]，奉[⑯]以万户之邑。诸侯闻之，皆知大王贱人而贵马也。”王曰：“寡人之过一至此乎⑰！为之奈何?”优孟曰：“请为大王六畜葬之⑱；以垄灶⑲为椁，铜历⑳为棺，赍㉑以姜枣，荐以木兰㉒，祭以粮稻，衣以火光，葬之于人腹肠。”于是王乃使以马属㉓太官，无令天下久闻也。

楚相孙叔敖知其贤人也，善待之。病且死，属其子曰：“我死，汝必贫困。若㉔往见优孟，言我孙叔敖之子也。”居数年㉕，其子穷困负薪㉖，逢优孟，与言曰：“我，孙叔敖之子也。父且死时，属我贫困往见优孟。”优孟曰：“若无远有所之㉗。”即为孙叔敖衣冠，抵掌谈语。岁馀，像孙叔敖，楚王及左右不能别也。庄王置酒，优孟前为寿。庄王大惊，以为孙叔敖复生也。欲以为相。优孟曰：“请归与妇计之㉘，三日而为相。”庄王许之。三日后，优孟复来。王曰：“妇言谓何?”孟曰：“妇言慎无为㉙，楚相不足为也。如孙叔敖之为楚相，尽忠为廉以治楚，楚王得以霸。今死，其子无立锥之地㉚，贫困负薪以自饮食。必如孙叔敖，不如自杀。”因歌曰：“山居耕田苦，难以得食。起而为吏，身贪鄙者馀财，不顾耻辱。身死家室富，又恐受赇㉛枉法，为奸触大罪，身死而家灭。贪吏安可为也！念为廉吏，奉法守职，竟死㉜不敢为非。廉吏安可为也！楚相孙叔敖，持廉㉝至死，方今妻子穷困，负薪而食，不足为也！”于是庄王谢㉞优孟，乃召孙叔敖子，封之寝丘四百户，以奉其祀。后十世不绝。此知可以言㉟时矣。

【注释】

①故：过去。乐人：指能歌善舞的艺人。 ②讽谏：以婉言隐语进行劝谏。 ③文绣：华美的刺绣品。 ④华屋：华丽的屋宇。 ⑤露床：没有帐幔的床。 ⑥啗：喂。 ⑦丧：治丧，服丧。 ⑧椁：棺材外面套的大棺材。 ⑨文梓：纹理细致的梓木。 ⑩楩、枫、豫、章：都是有名的贵重木材。章，通“樟”。题凑：下葬时将木材累积在棺外，用来护棺。木头都向内，叫做题凑。题，头；凑，聚。 ⑪穿圹：挖掘墓穴。 ⑫负土：背土筑坟。 ⑬陪位：列在从祭之位。 ⑭翼卫：护卫。 ⑮庙食太牢：为死马建立祠庙，用太牢礼祭祀。太牢，牛、羊、猪各一头，是最高的祭礼。 ⑯奉：供奉祭祀。 ⑰一至此乎：竟到这种地步吗？一：乃、竟。 ⑱六畜葬之：当畜生来葬送它。六畜，指马、牛、羊、鸡、犬、猪。 ⑲垄灶：用土堆成的灶。 ⑳铜历：大铜锅。历，通“鬲(lì)”，鼎一类的东西。 ㉑赍：通“剂”，调配。 ㉒荐：托付，垫进。木兰：香料。 ㉓属：交付。 ㉔若：你。 ㉕居：常用于“有顷”、“久之”、“顷之”等前面，表示相隔一段时间。居数年，即过了几年。 ㉖负薪：背柴贩卖。 ㉗若无远有所之：你不要远

往他处。无，通“毋”，不要。 ㉘请归与妇计之：请让我回家跟妻子商议这件事。计：盘算，谋划。 ㉙慎无为：千万不要干。慎：表示告诫，犹今语“千万”。 ㉚无立锥之地：没有可以插一个铁锥尖端那么大的地方，极言赤贫。 ㉛赇：贿赂。 ㉜竟死：到死。竟：从头至尾。 ㉝持廉：坚持廉洁的操守。 ㉞谢：认错。 ㉟知可以言时：其智可以说得正合时宜。知，通“智”，智慧。

【赏析】

本文选自司马迁《史记》，文章可分为两部分，第一部分主要讲述楚庄王的爱马死了，楚庄王想厚葬它，众臣都劝阻。楚庄王不听，并言：“有敢以马谏者，罪至死。”于是众人都不敢出声了。这时优孟出现，他并没有像其他人一样硬梆梆的劝阻楚庄王，而是反其道而行之，说楚庄王对此马太薄，应该厚葬，并说了如何厚葬的办法，楚庄王听后才反醒自己的错误：“寡人之过一至此乎”，于是改变了最初的想法。第二部分讲述了优孟为孙叔敖的儿子谋生。孙叔敖与优孟交情很深，孙叔敖死后，留下妻子和儿子，生活很苦。当优孟得知此事后，便为他们想办法，通过巧妙的计划，让楚庄王了解此事，想让孙叔敖之子为相，优孟的回答是：“孙叔敖之为楚相，尽忠为廉以治楚，楚王得以霸。今死，其子无立锥之地㉚，贫困负薪以自饮食。必如孙叔敷，不如自杀。”这一番答辞让楚庄王感到羞愧，于是“召孙叔敖子，封之寝丘四百户，以奉其祀”，从而解除了他们的困境，也算对得起曾经为楚国做出重大贡献的孙叔敖了。

这两个故事集中体现了优孟善于进谏，聪明机智的特点。他劝谏君王讲求方法，从而达到预期的效果。读了此文我们会想到《触龙说赵太后》和《邹忌讽齐王纳谏》，也都是讲的如何巧妙进谏的故事。此外，通过优孟帮助孙叔敖之子的事也可以看出优孟是一位十分重视友情，愿意为朋友两肋插刀的人。

【秦楚之际月表[1] 序】

司马迁

太史公读秦楚之际，曰：初作难，发于陈涉；虐戾[2]灭秦，自项氏；拨乱诛暴，平定海内，卒践帝祚[3]，成于汉家。五年之间，号令三嬗[4]，自生民以来，未始有受命若斯之亟也[5]。

昔虞、夏之兴，积善累功数十年，德洽百姓，摄[6]行政事，考之于天，然后在位。汤、武之王，乃由契、后稷，修仁行义十馀世[7]，不期而会孟津[8]八百诸侯，犹以为未可；其后乃放弑[9]。秦起襄公[10]，章于文、缪、献、孝之后[11]，稍以蚕食六国[12]，百有馀载，至始皇乃能并冠带之伦[13]。以德若彼，用力如此[14]，盖一统若斯之难也。

秦既称帝，患兵革不休，以有诸侯也，于是无尺土之封[15]，堕坏名城，销锋镝[16]，锄豪杰，维万世之安。然王迹之兴，起于闾巷，合从[17]讨伐，轶[18]于三代，向秦之禁[19]，适足以资贤者为驱除难耳。故愤发其所[20]，为天下雄，安在无土不王[21]。此乃传之所谓大圣乎？岂非天哉，岂非天哉！非大圣孰能当此受命而帝者乎？

【注释】

①《秦楚之际月表》：《史记》十表之一。秦楚之际指秦已失败，汉未建立，群雄逐鹿的年代。当时天下未定，参错变化，所以司马迁按月纪事。 ②虐戾（lì）残暴，残酷。 ③祚（zuò）：皇帝之位。 ④五年：指公元前207年至公元前202年。号令：发号施令。这里代指政权。嬗（shàn）：同“禅”，传递，更换。三嬗指陈涉、项羽、汉高祖相继为天下共主。 ⑤受命：指顺子承命的始兴之王。亟（jí）：急。 ⑥洽：润泽。摄：代理。 ⑦契：传说中的商族始祖。据《史记·殷本纪》载，自契至汤，传十四代，时间与夏朝相始终。后稷：古代周族的始祖。神话传说，有邰氏之女姜嫄踏巨人脚迹，怀孕而生，因一度被弃，故名弃。善于种植粮食作物，曾在尧舜时代做农官，教民耕种，号曰后稷。据《史记·周本纪》载，从后稷到武王传十五代。 ⑧孟津：古黄河渡口。在今河南孟津县东北、孟县西南。相传武王伐纣在这里盟会诸侯并渡河，故又名盟津。一说本作“盟津”，后讹作“孟津”。 ⑨放弑（shì）：指商汤放逐夏桀，周武王杀商纣王。 ⑩秦起襄公：襄公，秦襄公。秦在襄公时，因以兵救周，护送周平王东迁有功，被平王封为诸侯，赐给岐西之地。从此秦国的地位日益上升。 ⑪章于文、缪：章，壮大，强盛文，秦文公，襄公子。缪（mù），即秦穆公。缪、穆二字，古相通。献、孝：指秦献公及其子秦孝公。 ⑫蚕食：逐渐吞并。如蚕食桑叶，一口口咬掉。六国：指战国时期的齐、楚、燕、韩、赵、魏。 ⑬冠带：官吏或士大夫的代称。伦：类，同类。 ⑭以德：指虞、夏、商、周。用力：指秦。 ⑮无尺土之封：秦废封建，置郡县，不封子弟功臣。 ⑯销锋镝（dí）：销毁兵刃和箭头。 ⑰合从：即“合纵”。南北为从，故联合南北为合从。这里是泛指联合各地反秦军。 ⑱轶（yì）：本义为后车超过前车，引申为超越。 ⑲乡秦之禁：指秦禁封诸侯的事。乡（xiàng），繁体为“鄉”，通“嚮”（向）。过去，从前。 ⑳“故愤发”句：指高祖愤发闾巷成就帝业。 ㉑“无土不王”：没有疆土就不能称王。

【赏析】

本篇是《秦楚之际月表》的序言，文中叙述了秦楚之际频繁急剧的形势变化，回顾了自汉以前历代开国之艰难，谈及秦朝为了巩固政权而做出的诸多措施，而后言说汉朝开国之易，盛赞这样的情形是大圣人（指汉高祖刘邦）应天顺时的结果。

后人对此表评价很高，如李晚芳《读只管见》：“此篇论汉得天下之速由于秦法为之驱除，此大对受命，所以异于三代圣王也，是汉家开国一篇大文字。太史公归重圣德，极力颂扬，最得史臣大体。开首以陈项夹出汉家，曰“卒贱”，是撇去陈、项，而独重汉家矣。又引虞、夏、商、周、秦得天下之难，夹出汉家得天下之易，归功于秦法驱除，虽曰人事，岂非天命哉！皮篇章法颇易晓，太史公最郑重谨慎之文。”李景星《史记评议·秦楚之际月表》：“《月表》立法最精妙，乃史家别体，也是创体，前后都无有也。”

【高祖功臣侯者年表序】

司马迁

太史公曰：古者人臣功有五品，以德立宗庙、定社稷曰勋，以言曰劳，用力曰功，明其等[①]曰伐，积日[②]曰阅。封爵之誓曰：“使河如带，泰山若厉[③]，国以永宁，爰[④]及苗裔。”始未尝不欲固其根本，而枝叶稍陵夷[⑤]衰微也。

余读高祖侯功臣，察其首封，所以失之者，曰：异哉所闻！《书》曰“协和万国”，迁于夏、商，或数千岁。盖周封八百，幽、厉之后，见于《春秋》。《尚书》有唐、虞之侯伯，历三代千有馀载，自全以蕃卫天子，岂非笃[⑥]于仁义、奉上法哉？汉兴，功臣受封者百有馀人。天下初定，故大城名都散亡，户口可得而数者十二三[⑦]，是以大侯不过万家，小者五六百户。后数世，民咸归乡里，户益息，萧、曹、绛、灌之属或至四万，小侯自倍[⑧]，富厚如之。子孙骄溢，忘其先，淫嬖[⑨]。至太初百年之间，见侯五，馀皆坐法陨命亡国，耗矣。网亦少密焉。然皆身无兢兢[⑩]于当世之禁云。

居今之世，志古之道，所以自镜也；未必尽同。帝王者各殊礼而异务，要以成功为统纪，岂可绲[⑪]乎？观所以得尊宠及所以废辱，亦当世得失之林也；何必旧闻？于是谨其终始，表其文，颇有所不尽本末；著其明，疑者阙[⑫]之。后有君子，欲推而列之，得以览焉。

【注释】

①明其等：彰显其功劳的等级。 ②积日：记其任职时间的长短。 ③厉：通“砺”，磨刀石。 ④爰（yuán）：句首语气词。 ⑤陵夷：衰颓。 ⑥笃（dǔ）：忠实，忠厚。 ⑦十二三：十分之二三。 ⑧倍：倍增。 ⑨淫嬖（bì）：放纵，邪恶。 ⑩兢兢：谨慎的样子。 ⑪绲（gǔn）：捆束，谓整齐划一。 ⑫阙：通“缺”，使之空缺。

【赏析】

汉初时，跟随汉高祖刘邦征战的功臣中，有一百多人被封为侯。这篇年表便是记载这些功臣的经历和他们后代的情况的。司马迁在序中指出，这些受封赏的功臣及其后代之所以最终落得被诛或废黜的后果，其原因一方面是汉代法网日益严密；另一方面则是由于这些功臣的后代日益骄奢淫逸、无视国法。本文就记载了他们由得而失的过程始终。

正如司马迁在最后一段话中所说：生活在今世，记住古代的道理是要把它当作镜子来对照自己，可不一定今天就与古代完全一样。帝王们完全可以制定不同的利益而采取不同的统治方法，主要还是以成就功业为原则，岂能完全一样？观察功臣侯门为什么受到尊荣恩宠和为什么受到废黜羞辱，也是当今政治得失的经验教训，何必非得古代的传闻！从功臣的兴衰荣辱中总结出经验，作为当今政治得失的教训，实在是发人深省。

【报任少卿书】

司马迁

太史公[①]牛马走[②]司马迁再拜言，少卿[③]足下[④]：曩[⑤]者辱赐书，教以顺于接物，推贤进士为务。意气勤勤恳恳，若望仆[⑥]不相师，而用流俗人之言。仆非敢如此也。仆虽罢[⑦]驽，亦尝侧闻长者之遗风矣。顾[⑧]自以为身残处秽，动而见尤[⑨]，欲益反损，是以独郁悒而谁与语。谚曰："谁为为之？孰令听之？"盖钟子期[⑩]死，伯牙终身不复鼓琴，何则？士为知己者用，女为说己者容。若仆，大质已亏缺矣，虽才怀随、和[⑪]，行若由、夷[⑫]，终不可以为荣，适足以见笑而自点[⑬]耳。书辞宜答，会东从上来，又迫贱事，相见日[⑭]浅，卒卒无须臾之间，得竭至意。今少卿抱不测之罪，涉旬月，迫季冬；仆又薄从上雍，恐卒然不可为讳，是仆终已不得舒愤懑以晓左右，则长逝者魂魄私恨无穷。请略陈固陋，阙然久不报，幸勿为过！

仆闻之："修身者，智之符也；爱施者，仁之端也；取与者，义之表也；耻辱者，勇之决也；立名者，行之极也。"士有此五者，然后可以托于世而列于君子之林矣。故祸莫憯于欲利，悲莫痛于伤心，行莫丑于辱先，诟[⑮]莫大于宫刑。刑馀之人，无所比数，非一世也，所从来远矣。昔卫灵公与雍渠同载，孔子适[⑯]陈；商鞅因景监见，赵良寒心；同子参乘，袁丝变色；

自古而耻之。夫以中材之人，事有关于宦竖，莫不伤气，而况于慷慨之士乎？如今朝廷虽乏人，奈何令刀锯之馀，荐天下豪俊哉！仆赖先人绪业[17]，得待罪辇毂下，二十馀年矣。所以自惟：上之不能纳忠效信，有奇策才力之誉，自结明主；次之又不能拾遗补阙，招贤进能，显岩穴之士；外之又不能备行伍，攻城野战，有斩将搴旗之功；下之不能积日累劳，取尊官厚禄，以为宗族交游光宠。四者无一遂，苟合取容，无所短长之效，可见如此矣。向者，仆常厕[18]下大夫之列，陪外廷末议，不以此时引维纲，尽思虑；今以亏形为扫除之隶，在阘茸[19]之中，乃欲仰首伸眉，论列是非，不亦轻朝廷、羞当世之士耶！嗟乎嗟乎！如仆尚何言哉！尚何言哉！

且事本末未易明也。仆少负不羁之行，长无乡曲之誉，主上幸以先人[20]之故，使得奏薄伎[21]，出入周卫之中。仆以为戴盆何以望天，故绝宾客之知，亡室家之业，日夜思竭其不肖之才力，务一心营职，以求亲媚于主上，而事乃有大谬不然者。夫仆与李陵[22]，俱居门下，素非能相善也，趣舍[23]异路，未尝衔杯酒，接殷勤之馀欢。然仆观其为人：自守奇士，事亲孝，与士信，临财廉，取与义，分别有让，恭俭下人；常思奋不顾身，以徇[24]国家之急。其素所蓄积也，仆以为有国士之风。夫人臣出万死不顾一生之计，赴公家之难，斯以奇矣。今举事一不当，而全躯保妻子之臣，随而媒孽[25]其短，仆诚私心痛之！且李陵提步卒不满五千，深践戎马之地，足历王庭，垂饵虎口，横挑强胡，仰亿万之师，与单于连战十有馀日，所杀过半当，虏救死扶伤不给。旃[26]裘之君长咸震怖，乃悉征其左右贤王，举引弓之人，一国共攻而围之。转斗千里，矢尽道穷，救兵不至，士卒死伤如积；然陵一呼劳，军士无不起，躬自流涕，沫血饮泣，更张空弮，冒白刃，北向争死敌者。陵未没时，使有来报，汉公卿王侯，皆奉觞上寿。后数日，陵败书闻，主上为之食不甘味，听朝不怡；大臣忧惧，不知所出。仆窃不自料其卑贱，见主上惨怆怛悼[27]，诚欲效其款款[28]之愚。以为李陵素与士大夫绝甘分少，能得人死力，虽古之名将，不能过也。身虽陷败，彼观其意，且欲得其当而报于汉；事已无可奈何，其所摧败，功亦足以暴于天下矣。仆怀欲陈之而未有路，适会召问，即以此指[29]，推言陵之功，欲以广主上之意，塞睚眦[30]之辞；未能尽明，明主不晓，以为仆沮[31]贰师[32]，而为李陵游说，遂下于理[33]。拳拳之忠，终不能自列，因为诬上，卒从吏议。家贫，货赂不足以自赎；交游莫救，左右亲近，不为一言。身非木石，独与法吏为伍，深幽囹圄[34]之中，谁可告愬者！此真少卿所亲见，仆行事岂不然乎？李陵既生降，隤其家声；而仆又佴[35]之蚕室，重为天下观笑，悲夫悲夫！事未易一二为俗人言也。

仆之先，非有剖符丹书之功，文史星历[36]，近乎卜祝之间，固主上所戏弄，倡优所畜，流俗之所轻也。假令仆伏法受诛，若九牛亡一毛，与蝼蚁何以异？而世又不与能死节者，特以为智穷罪极，不能自免，卒就死耳。何也？素所自树立使然也。人固有一死，或重于泰山，或轻于鸿毛，用之所趋异也。太上不辱先，其次不辱身，其次不辱理色，其次不辱辞令，其次屈体受辱，其次易服受辱，其次关木索、被棰楚受辱，其次剔毛发、婴金铁受辱，其次毁肌肤、断肢体受辱，最下腐刑极矣！传曰："刑不上大夫。"此言士节不可不勉励也。猛虎在深山，百兽震恐；及在槛阱之中，摇尾而求食；积威约之渐也。故士有画地为牢，势不可入；削木为吏，议不可对；定计于鲜也。今交手足，受木索，暴肌肤，受榜箠，幽于圜墙之中。当此之时，见狱吏则头枪[37]地，视徒隶则正惕息，何者？积威约之势也。及以至是，言不辱者，所谓强颜耳，曷足贵乎！且西伯，伯也，拘于羑里；李斯，相也，具于五刑；淮阴，王也，受械于陈；彭越、张敖，南面称孤，系狱抵罪；绛侯诛诸吕，权倾五伯，囚于请室魏其，大将也，衣赭衣，关[38]三木；季布为朱家钳奴；灌夫受辱于居室。此人皆身至王侯将相，声闻邻国，及罪至罔[39]加，不能引决自裁，在尘埃之中，古今一体，安在其不辱也！由此言之；勇怯，势也；强弱，形也。审[40]矣，何足怪乎？夫人不能早自裁绳墨[41]之外，以稍陵迟，至于鞭箠之间，乃欲引节，斯不亦远乎！古人所以重施刑于大夫者，殆为此也。

夫人情莫不贪生恶死，念父母，顾妻子；至激于义理者不然，乃有所不得已也。今仆不幸，早失父母，无兄弟之亲，独身孤立，少卿视仆于妻子何如哉？且勇者不必死节，怯夫慕义，何处不勉焉．仆虽怯懦欲苟活，亦颇识去就之分矣，何至自沉溺缧绁[42]之辱哉且夫臧获[43]婢妾，由能引决，况仆之不得已乎？

所以隐忍苟活，幽于粪土之中而不辞者，恨私心有所不尽，鄙陋没世，而文采不表于后世也。

古者富贵而名摩灭，不可胜记，唯倜傥非常之人称焉。盖文王拘而演《周易》；仲尼厄[44]而作《春秋》；屈原放逐，乃赋《离骚》；左丘失明，厥有《国语》；孙子膑[45]脚；兵法修列[46]；不韦迁蜀，世传《吕览》；韩非囚秦，《说难》、《孤愤》；《诗》三百篇，大抵圣贤发愤之所为作也。此人皆意有所郁结，不得通其道，故述往事，思来者。乃如左丘无目，孙子断足，终不可用，退而论书策以舒其愤，思垂空文以自见。仆窃不逊，近自托于无能之辞，网罗天下放失旧闻，略考其行事，综其终始，稽[47]其成败兴坏之纪[48]，上计轩辕，下至于兹[49]，为十表，本纪十二，书八章，世家三十，列传七十，凡百三十篇，亦欲以究天人之际，通古今之变，成一家之言。草创未就，会遭此祸，惜其不成，是以就极刑而无愠色。仆诚以著此书，藏诸名山，传之其人通邑大都，则仆偿前辱之责，虽万被戮，岂有悔哉！然此可为智者道，难为俗人言也。

且负下未易居，下流多谤议。仆以口语遇此祸，重为乡党[50]所笑，以污辱先人，亦何面目复上父母丘墓乎？虽累百世，垢弥甚耳！是以肠一日而九回，居则忽忽若有所亡，出则不知其所往，每念斯耻，汗未尝不发背沾衣也。身直为闺阁之臣，宁得自引于深藏岩穴耶？故且从俗浮沉，与时俯仰，以通其狂惑。今少卿乃教以推贤进士，无乃与仆私心刺谬[51]乎？今虽欲自雕琢，曼[52]辞以自饰，无益，于俗不信，适足取辱耳！要之死日，然后是非乃定。书不能悉[53]意，略陈固陋，谨再拜。

【注释】

①太史公：司马迁自称。 ②牛马走：像牛马那样奔走，一种自谦的说法。 ③少卿：任安的字。 ④足下：对人的敬称。 ⑤曩：音 nǎng，过去。 ⑥仆：我。 ⑦罢：通“疲”，疲弱。 ⑧顾：只是。 ⑨尤：指责。 ⑩钟子期：春秋时楚国人，最能欣赏伯牙的琴音。伯牙：春秋时楚国人，善于弹琴。 ⑪随、和：指随侯珠、和氏璧。 ⑫由、夷：指许由、伯夷。 ⑬点：通“玷”，玷污。 ⑭日：逐渐。 ⑮诟：耻辱。 ⑯适：到。 ⑰绪业：先人未完成的事业。 ⑱厕：夹杂。 ⑲阘茸：卑贱。 ⑳先人：指司马迁的父亲司马谈。 ㉑薄伎：微薄的才能。 ㉒李陵：汉代名将李广的孙子，汉武帝时的将领。曾率兵与匈奴作战，矢尽援绝而投降。 ㉓趋舍：进退。 ㉔徇：通“殉”，以身从物。 ㉕媒孽：本意为酒，此处之意为酿成。《昭君传》版画之李陵像。李陵为李

广的孙子，汉武帝时期的将领。㉖旃：通“毡”。㉗惨怆怛悼：悲哀伤心之意。㉘款款：忠实恳切的样子。㉙指：意思。㉚睚眦：音 yá zì，瞪眼怒视。㉛沮：毁谤。㉜贰师：指贰师将军李广利，他是汉武帝宠姬李夫人的哥哥。㉝理：指大理，掌管刑狱的官。㉞囹圄：音 língyǔ，监狱。㉟佴：耻。㊱文史星历：指文献、史籍、天文、历法。㊲枪：撞。㊳关：套上。㊴罔：通“网”，法网。㊵审：明白。㊶绳墨：指法律。㊷缧绁（léi xiè）：捆绑犯人用的绳索。㊸臧获：古代对奴婢的贱称。㊹厄：受困。㊺膑：古代一种酷刑，挖去人的膝盖骨。㊻修列：编写。㊼稽：考察。㊽纪：道。㊾兹：此。㊿乡党：乡人。51刺谬：违背。52曼：美。53悉：详尽地。

【赏析】

任安，字少卿，荥阳人，曾是京城禁卫军的军官，后因事下狱，当斩，在获罪前曾写信给司马迁，要求他推举贤士，司马迁写了此信，回复他。在信中司马迁诉说了自己不能举荐贤士的苦衷及自己祸罪的始末，表明自己忍辱偷生地活在世上，是为了著书。全文基调悲愤沉郁，文笔跌宕起伏，是天下罕见的奇文。

全文融议论、抒情、叙事于一体，文情并茂。叙事简括，都为议论铺垫，议论之中感情自现。大量的铺排，增强了感情抒发的磅礴气势。如叙述腐刑的极辱，从“太上不辱先”以下，十个排比句，竟连用了八个“其次”，层层深入，一气贯下，最后逼出“最下腐刑极矣”。这类语句，有如一道道闸门，将司马迁心中深沉的悲愤越蓄越高，越蓄越急，最后喷涌而出，一泻千里，如排山倒海，撼天动地。大量运用典故，使感情更加慷慨激昂，深沉壮烈。第二段用西伯、李斯、韩信等王侯将相受辱而不自杀的典故，直接引出“古今一体”的结论，愤激地控诉了包括汉王朝在内的封建专制下的酷吏政治；第五段用周文王、孔子、屈原等古圣先贤愤而著书的典故，表现了自己隐忍的苦衷、坚强的意志和奋斗的决心。这些典故，援古证今，明理达情，让我们更深刻的感受到了作者伟岸的人格和沉郁的感情。

修辞手法的多样，丰富了感情表达的内涵。如“猛虎在山，百兽震恐……”一句，运用比喻，沉痛控诉了人间暴政对人性的扼杀和扭曲，形象地说明了“士节”不可以稍加受辱的道理，真是痛彻心脾。其他像引用、夸张、讳饰等修辞手法的运用，都真切的表达出作者跌宕起伏的情感，有时奔放激荡，不可遏止；有时隐晦曲折，欲言又止，让我们似乎触摸到了作者内心极其复杂的矛盾与痛苦。

总之，在《报任安书》中，司马迁通过富有特色的语言，真切地表达了激扬喷薄的愤激感情，表现出峻洁的人品和伟大的精神，可谓字字血泪，声声衷肠，气贯长虹，催人泪下。有人评价此文：“感慨啸歌有燕赵烈士之风，忧愁幽思则又直与《离骚》对垒”，实为中肯之论。

【西门豹治邺】

褚少孙

魏文侯时，西门豹为邺令。豹往到邺，会[①]长老，问之民所疾苦。长老曰："苦为河伯娶妇，以故贫。"豹问其故，对曰："邺三老[②]、廷掾[③]常岁赋敛百姓，收取其钱得数百万，用其二三十万为河伯娶妇，与祝巫[④]共分其馀钱持归。当其时，巫行视[⑤]小家女[⑥]好者，云是当为河伯妇，即娉取[⑦]。洗沐之，为治[⑧]新缯绮縠[⑨]衣，闲居[⑩]斋戒；为治斋宫河上，张缇绛帷[⑪]，女居其中。为具牛酒饭食，十馀日，共粉饰之，如嫁女床席，令女居其上，浮之河中。始浮，行数十里乃没。其人家有好女者，恐大巫祝为河伯取之，以故多持女远逃亡。以故城中益空无人，又困贫，所从来久远矣。民人俗语曰，'即不为河伯娶妇，水来漂没，溺其人民'云。"西门豹曰："至为河伯娶妇时，愿三老、巫祝、父老送女河上，幸[⑫]来告语之，吾亦往送女。"皆曰："诺。"

至其时，西门豹往会之河上。三老、官属、豪长者[⑬]、里父老皆会，以人民往观之者三二千人。其巫，老女子也，已年七十。从弟子女十人所[⑭]，皆衣缯单衣，立大巫后。西门豹曰："呼河伯妇来，视其好丑。"即将女出帷中，来至前。豹视之，顾谓三老、巫祝、父老曰："是女子不好，烦大巫妪为入报河伯，得更求好女，后日送之。"即使吏卒共抱大巫妪投之河中。有顷，曰："巫妪何久也？弟子趣[⑮]之！"复以弟子一人投河中。有顷，曰："弟子何久也？复使一人趣之！"复投一弟子河中。凡投三弟子。西门豹曰："巫妪、弟子，是女子也，不能白[⑯]事，烦三老为入白之！"复投三老河中。西门豹簪笔磬折[⑰]，向河立待良久。长老、吏、傍观者皆惊恐。西门豹顾曰："巫妪、三老不来还，奈之何？"欲复使廷掾与豪长者一人入趣之。皆叩头，叩头且破，额血流地，色如死灰。西门豹曰："诺，且留待之须臾。"须臾，豹曰："廷掾起矣。状河伯留客之久，若皆罢去归矣。”邺吏民大惊恐，从是以后，不敢复言为河伯娶妇。

西门豹即发民凿十二渠，引河水灌民田，田皆溉。当其时，民治渠少烦苦，不欲也。豹曰：“民可以乐成，不可与虑始⑱。今父老子弟虽患苦我，然百岁后，期令父老子孙思我言。”至今皆得水利⑲，民人以给足⑳富。十二渠经绝驰道，到汉之立，而长吏以为十二渠桥绝驰道，相比近，不可。欲合渠水，且㉑至驰道合三渠为一桥。邺民人父老不肯听长吏，以为西门君所为也，贤君之法式㉒不可更也。长吏终听置之。故西门豹为邺令，名闻天下，泽流后世，无绝已时，几可谓非贤大夫哉！

【注释】

①会：会集。 ②三老：古代掌管教化的乡官。 ③廷掾：县令的助手，负责处理案件。 ④祝巫：巫婆。 ⑤行视：到处物色。 ⑥小家女：贫穷人家的女儿。 ⑦娉取：娉娶。 ⑧治：做。 ⑨缯绮縠：上等绸料。 ⑩间居：单独居住。 ⑪张缇绛帷：张挂起大红色和赤黄色的帏帐。 ⑫幸：希望，荣幸。 ⑬豪长者：地方豪绅。 ⑭所：左右，表示约数。 ⑮趣：同‘促’，催促。 ⑯白：禀告。 ⑰磬折：弯着腰。 ⑱民可以乐成，不可与虑始：百姓可同他们一起享受成功，不可与他们商量事情如何开始。 ⑲利：利益。 ⑳给足：即家给人足，家家富裕，人人温饱。 ㉑且：将。 ㉒法式：法度，标准。

【赏析】

本文选自《史记·滑稽列传》作者褚少孙，是西汉时期杰出的文学家、史学家。号先生，颍川（治今河南禹州）人，寓居沛县（今属江苏）。诸少孙甚爱《史记》，尤其爱读史书列传。司马迁死时，《史记》尚缺十篇未写完。诸少孙就拜访学识渊博的名流、谈古论今的学士，费尽周折，得到前朝《封册书》，历尽艰辛补缀了《史记》之缺，补写的有《景纪》《武纪》《礼书》《兵书》和汉兴以来的《将相年表》《日者列传》《三王世家》、《龟策列传》及《傅靳蒯成列传》计十篇，并写了《滑稽列传》。

这篇讲读课文讲的是两千多年前，西门豹管理邺那个地方时，通过调查，了解到那里的官绅和巫婆勾结在一起危害百姓，便设计破除迷信并大力兴修水利使邺地重又繁荣起来的故事。

本篇在写作上有不少值得借鉴的地方。这是一篇历史散文，但带有很强的故事性。在叙事上，不是采取第三人称作客观地叙述，而是通过人物之间的矛盾冲突，人物对话逐步展开的。如第一大段用西门豹和父老的对话，揭开了为河伯娶妇的内幕。第二大段用西门豹和女巫、三老、廷掾之间的矛盾冲突，表现西门豹的斗争精神和斗争策略。这样就使文章生动具体，避免了平铺直叙。其次，注意从神态、语气上加强人物形象的刻划。如写西门豹故作虔诚，“簪笔磬折，向河立待良久”。写廷掾、豪绅的狼狈相，则用“叩头且破，额血流地，色如死灰”。也注意选择具有性格化的语言来刻划人物。写西门豹为惩治女巫、三老，则说“巫妪何久也?”，“弟子何久也?”就把故作焦急的神情写出来了。这种对人物的刻画是值得后人借鉴的。

【洞箫赋】

王 褒

原夫箫干[1]之所生兮，于江南之丘墟。洞条畅而罕节兮，标敷纷以扶疏[2]。徒观其旁山侧兮，则岖嵚岿崎，倚巇迤嶬[3]，诚可悲乎其不安也。弥望傥莽，联延旷荡[4]，又足乐乎其敞闲也。托身躯于后土兮，经万载而不迁。吸至精之滋熙兮，禀苍色之润坚[5]。感阴阳之变化兮，附性命乎皇天。翔风萧萧而径其末兮[6]，回江流川而溉其山。扬素波而挥连珠兮，声礚礚而澍渊[7]。

朝露清泠而陨其侧兮，玉液[8]浸润而承其根。孤雌寡鹤，娱优乎其下兮[9]，春禽群嬉，翱翔乎其颠。秋蜩不食，抱朴而长吟兮，玄猿悲啸，搜索乎其间。处幽隐而奥庰兮，密漠泊以獑猭[10]。惟详察其素体兮，宜清静而弗喧[11]。幸得谥为洞箫兮，蒙圣主之渥恩。可谓惠而不费兮，因天性之自然[12]。

于是般匠施巧，夔妃准法。带以象牙，掍其会合。锼镂离洒，绛唇错杂[13]；邻菌缭纠，罗鳞捷猎[14]；胶致理比，挹抐擫擶[15]。于是乃使夫性昧之宕冥[16]，生不睹天地之体势，闇于白黑之貌形；愤伊郁而酷䏰，愍眸子之丧精[17]；寡所舒其思虑兮[18]，专发愤乎音声。

故吻吮值夫宫商兮，和纷离其匹溢[19]。形旖旎以顺吹兮，瞋菡胡以纡郁[20]。气旁迕以飞射兮，驰散涣以逫律[21]。趣从容其勿述兮，骛合遝以诡谲[22]。或浑沌而潺湲兮，猎若枚折[23]；或漫衍而络绎兮，沛焉竞溢[24]。惏栗密率，掩[25]以绝灭，霵霣晔踕[26]，跳然复出。

若乃徐听其曲度兮，廉察其赋歌。啾咇㘉而将吟兮，行鍖銋以和啰[27]。风鸿洞而不绝兮，优娆娆以婆娑[28]。翩绵连以牢落兮，漂乍弃而为他[29]。要复遮其蹊径兮，与讴谣[30]乎相和。

故听其巨音，则周流汜滥，并包吐含，若慈父之畜子也。其妙声，则清静厌瘱，顺叙卑达[31]，若孝子之事父也。科条譬类[32]，诚应义理，澎濞[33]慷慨，一何壮士，优柔温润，又似君子。

故其武声，则若雷霆輘輷，佚豫以沸愲[34]。其仁声，则若飄风纷披，容与而施惠[35]。或杂遝以聚敛兮，或拔摋[36]以奋弃。悲怆怳以恻惐兮，时恬淡以绥肆[37]。被淋灑其靡靡兮，时横溃以阳遂[38]。哀悁悁之可怀兮，良醰醰[39]而有味。

故贪饕者听之而廉隅兮，狼戾者闻之而不怼[40]；刚毅强暴反仁恩兮，啴唌逸豫戒其失[41]。钟期、牙、旷怅然而愕兮，杞梁之妻不能为其气[42]。师襄、严春不敢窜其巧兮，浸淫、叔子远其类[43]。嚚、顽、朱、均惕复惠兮，桀、跖、鬻、博儡以顿悴[44]。吹参差而入道德兮，故永御[45]而可贵。时奏狡弄[46]，则彷徨翱翔，或留而不行，或行而不留。愺恅澜漫，亡耦失畴[47]，薄索合沓，罔象[48]相求。

故知音者乐而悲之，不知音者怪而伟之。故闻其悲声，则莫不怆然累欷，撇涕抆泪[49]；其奏欢娱，则莫不惮漫衍凯[50]，阿那腲腇者已。是以蟋蟀蚸蠖，蚑[51]行喘息；蝼蚁蝘蜓，蝇蝇翊翊[52]。迁延徙迤，鱼瞰鸡睨，垂喙蛩转[53]，瞪瞢[54]忘食，况感阴阳之和，而化风俗之伦哉！

乱曰：状若捷武，超腾逾曳[55]，迅漂巧兮。又似流波，泡溲泛捷，趋巇道兮[56]。哮呷呟唤，跻蹢连绝，淈殄沌兮[57]。搅搜㶇捎，逍遥踊跃，若坏颓兮[58]。优游流离，踌躇稽诣，亦足耽兮[59]。颓唐遂往，长辞远逝，漂不还兮。赖蒙圣化，从容中道，乐不淫兮[60]。条畅洞达，中节操兮[61]。终诗卒曲[62]，尚馀音兮。吟气遗响，联绵漂撇[63]，生微风兮[64]。连延络绎[65]，变无穷兮。

【注释】

①原：推究其根源。干：器物的本体，此指竹茎。　②条畅：通畅。罕节：茎节稀疏。标：直立。敷纷：茂盛。扶疏：繁茂分披貌。　③岖嵚岿崎，倚巇迤㠩：皆形容山的险峻。诚可悲乎其不安也：为它生在危险的地方而悲伤。　④弥望：极目望去，满眼皆是。傥莽、旷荡：皆宽广之貌。　⑤至精：天地间的精华。滋熙：润泽有光。润坚：鲜润、坚贞。　⑥径：同“经”，吹过。末：竹稍。　⑦连珠：浪花泡沫如连珠。磕磕：水石相击声。澍：同“注”，注入。渊：深处。　⑧陨：附。玉液：清泉。　⑨孤雌寡鹤：失去配偶的鹤。其下：指水中。　⑩奥庰：深僻。漠泊：茂密貌。獭猭：相连貌。　⑪素

体：本质。宜清静而弗喧：竹子处于清静之地而品性淡泊。 ⑫可谓惠而不费兮，因天性之自然。根据竹子的自然特性而制成的洞萧，可以说是既收到了好处又不费力。 ⑬般：鲁般。夔：舜时的乐官。掍：混合。锼镂：雕刻上花纹。离洒：刻镂貌。绛唇错杂：在口吹奏处涂上朱红色。 ⑭邻菌缭纠：竹子相并列百又相连绕貌。罗鳞：鳞状布列。捷猎：参差相接貌。 ⑮胶致：细密。理比：循韵律相排列。挹抐擫擩：符合礼制规格。 ⑯性昧之宕冥：指盲人一生下来就看不到光明。 ⑰酷醪：很大的受伤。愍眸子之丧精：可惜两眼都失去了光明。 ⑱寡所舒其思虑兮：很少有地方来抒发他心中的忧愁。 ⑲吻吮：描写吹箫的状态。纷离、匹溢：乐声洋溢四散。 ⑳旖旎：躯身貌。瞋：怒貌。纡郁：愁苦郁结于心中。 ㉑旁迕：气盛貌。飞射：迅疾。遝律：缓缓出气貌。 ㉒趣：指箫声传扬。从容：乐声悠扬。勿述：犹言顺畅。骛：指箫声传扬。诡谲：奇异。 ㉓浑沌：不分的样子。猎：象声词。枚：木枝。 ㉔漫衍：流溢貌。络绎：相连延貌。沛：多。溢：指乐声传出。 ㉕惏栗：凛冽、寒貌。密率：安静。掩：止息貌。 ㉖嗜霰：众声疾貌。晔踕：繁多急速貌。 ㉗啾：众声。吰咈：象声词。行：且。锘铓：声音舒缓貌。和啰：应和。 ㉘鸿洞：相连貌。娆娆：柔和清雅。婆娑：分散貌。 ㉙翩：飘扬。牢落：稀疏。漂：游。他：别的，指新曲。 ㉚要复：阻截。引申为伴和。遮其蹊径：形容伴奏的箫声随风飘扬。讴谣：歌。 ㉛厌瘱：恬静深远。顺叙卑达：有顺从无违，流畅的样子。 ㉜科条：名目。譬类：和其他事物相比类。 ㉝诚：确实。应：感应。澎濞：波涛冲击声。 ㉞辕轲：大声。佚：声疾貌。沸愲：喧腾貌。 ㉟飒风：南风。纷披：和缓。容与：从容。施惠：施于恩惠。 ㊱杂遝：众多。拔摋：分散。 ㊲怆怳：失意貌。恻惐：伤痛貌。绥肆：形容心情舒坦。 ㊳被：及、至。谓乐曲进入某一旋律。淋灑：连续不断貌。靡靡：细好貌。横溃：旁决貌。阳遂：清晰而悠扬。 ㊴悁悁：郁闷、忧郁。醰醰：韵味醇厚。 ㊵贪饕者：贪财之人。廉隅：棱角。比喻人的品德端正。狼戾：贪狠残暴的人。怼：怨恨。 ㊶反：返。啴唌：舒缓放纵的样子。 ㊷杞梁之妻不能为其气：即使有杞梁妻那样的悲痛，也无法写出这样动人的作品。 ㊸师襄、严春：古时的乐官。窜：施展。远其类：避免与其相重复。 ㊹复惠：重新萌生仁心。偪：败坏。顿悴：困厄憔悴。 ㊺御：使用。 ㊻狡弄：章节短促的小曲。 ㊼憛悇：寂静，此处指演奏的间歇。澜漫：烂漫。亡耦失畴：形容声音逐渐分散消失。 ㊽薄：迫。索：求。合沓：重叠。罔象：虚无，形容隐约的余音。 ㊾累欷：不断的感叹。撇、抆：擦试。 ㊿惮漫、衍凯：欢乐貌。 51蚸蠖：虫名。蚑：爬行。 52蝘蜓：爬虫之一。蝇蝇：往来无定貌。翊翊：蠕行貌。 53迁延、徙迤：退却貌。垂喙：张口的样子。蜜转：曲折而行。 54瞪：瞪大眼睛直视。瞢：昏。 55捷武：敏捷有力。超腾：跃起腾空。逾曳：高掷貌。 56泡溲：盛貌。泛涟：声微弱貌。巇道：艰险难行之路。 57哮呷呟唤：大声。跻：升。踬：下。淈：混乱。殄沌：声杂不分貌。 58搅搜、濞捎：风吹竹木声。坏颓：形容萧声烈，像物之崩坏颓坠。 59优游：和缓。流离：分散。稽谐：停顿。耽：玩乐、玩赏。 60中：符合。道：道德准则。淫：过分。 61洞达：通达。节操：操守品行。 62终诗卒曲：演奏结束。 63吟气：体会玩味。遗响：余声。联绵：不绝。漂撇：余音清越貌。 64生微风：随微风飘荡。 65连延、络绎：不绝貌。

【赏析】

王褒，西汉文学家，字子渊，西汉蜀资中人。《洞箫赋》是其代表作，也是现存的赋体中第一篇以音乐为题材的作品，后人称之为“诸音乐赋之祖”。对后来马融《长笛赋》、嵇康《琴赋》诸作均有一定的影响。

《洞箫赋》的结构布局具有相对的完整性，作者详细地叙述了箫的制作材料的产地情况，然后写工匠的精工细作与调试，接着写乐师高超的演奏，随后写音乐的效果及其作用。大体上是通过“生材、制器、发声、声之妙、声之感、总赞”的顺序来写洞箫这件乐器，这也成为后来音乐赋的一个固定模式。总的来说《洞箫赋》开音乐赋固定写作模式的先河，在他以后，其他赋家纷纷效仿，从而使这种模式的地位得以确立。从另一方面讲，《洞箫赋》的这种“取材、制器、发声……”的模式基本囊括了此乐器所能涉及的诸多方面，这与武帝确立的“大一统”的思想不无吻合之处，而从一下的细节方面，读者同样可以看到儒家思想的影响。

总之，《洞箫赋》为后来音乐赋的写作提供了一个很好的典范，在描写方面它运用多种手法，为读者展现了一幅色彩鲜艳的图画，其中既有高山流水，也有乐师尽情的表演，更有对于乐声的生动的描述，给读者以美的享受。音乐思想方面，此赋涉及很多儒家音乐思想的内容，这也是汉代“大一统”思想影响的表现，但是文中有很多内容涉及“声音”的描写，所以使音乐固有的娱乐性凸现出来，这一点也是他的赋作的一个很重要的特点。文中也很好的体现了汉代“以悲为美”的审美趣向，从而更加全面地展现了汉代大文化背景对作者的影响。

【报孙会宗书】

杨　恽

恽[1]材朽行秽，文质无所底，幸赖先人馀业，得备宿卫。遭遇时变[2]，以获爵位。终非其任，卒与祸会。足下哀其愚矇，赐书教督以所不及，殷勤甚厚。然窃恨足下不深惟其终始，而猥随俗之毁誉也。言鄙陋之愚心，则若逆指[3]而文过；默而自守，恐违孔氏各言尔志之义。故敢略陈其愚，惟君子察焉。①恽（yùn）：杨恽，（？－前54）字子幼，西汉华阴（今陕西华阴市）人，其父杨敞官至丞相。杨恽在宣帝时封平通侯，升中郎将，官至光禄勋，因遭陷害，削职为民，后又因故下狱治罪，并搜到他写给孙会宗的这封信，被腰斩处死。

恽家方隆盛时，乘朱轮[4]者十人，位在列卿，爵为通侯[5]，总领从官，与闻政事。曾不能以此时有所建明，以宣德化，又不能与群僚同心并力，陪辅朝廷之遗忘，已负窃位素飡之责久矣－怀禄贪势，不能自退，遂遭变故，横被口语，身幽北阙[⑥]，妻子满狱。当此之时，自以夷灭不足以塞责，岂意得全其首领，复奉先人之丘墓乎？伏惟圣主之恩，不可胜量。君子游道，乐以忘忧；小人全躯，说以忘罪。窃自念过已大矣，行已亏矣，长为农夫以没世矣。是故身率妻子，戮力耕桑，灌园治产，以给公上，不意当复用此为讥议也。

夫人情所不能止者，圣人弗禁。故君父至尊亲，送其终也，有时而既[⑦]。臣之得罪，已三年矣。田家作苦，岁时伏腊[⑧]，烹羊炮[⑨]羔，斗酒自劳。家本秦也，能为秦声。妇赵女也，雅善鼓瑟。奴婢歌者数人，酒后耳热，仰天抚缶[⑩]而呼呜呜。其诗曰："田彼南山，芜秽不治。种一顷豆，落而为萁[⑪]。人生行乐耳，须富贵何时？"是日也，拂衣而喜，奋袖低昂，顿足起舞，诚淫荒无度，不知其不可也。恽幸有余禄，方籴贱贩贵，逐什一之利。此贾竖之事，污辱之处，恽亲行之。下流之人，众毁所归，不寒而栗。虽雅知恽者，犹随风而靡，尚何称誉之有？董生[⑫]不云乎："明明求仁义，常恐不能化民者，卿大夫之意也；明明求财利，常恐困乏者，庶人之事也。"故道不同不相为谋，今子尚安得以卿大夫之制而责仆哉？

夫西河魏土[⑬]，文侯所兴，有段干木、田子方[⑭]之遗风，漂然[⑮]皆有节概，知去就之分。顷者足下离旧土，临安定[⑯]。安定山谷之间，昆夷[⑰]旧壤，子弟贪鄙，岂习俗之移人哉？于今乃睹子之志矣·方当盛汉之隆，愿勉旃，无多谈。

【注释】

①恽（yùn）：杨恽，（？－前54）字子幼，西汉华阴（今陕西华阴市）人。 ②时变：指霍光子孙谋反之事。 ③猥（wěi）：随便。逆指：违背好意。 ④朱轮：漆成红色的车轮。汉朝规定，公卿列侯和二千石以上的官员才可乘坐朱轮。 ⑤通侯：按汉制，异姓功臣封侯称为列侯，又称彻侯，因避汉武帝讳，改称通侯。 ⑥北阙：本指宫殿北面的门楼，这里指皇宫。 ⑦既：尽。 ⑧伏腊：一年中的两个节日，分别在夏至、冬至之后。 ⑨炮（páo）：裹起来烤。 ⑩抚：击，敲。缶：古代秦地的一种陶制乐器。 ⑪"落而为萁"以上四句：暗指朝廷荒乱，贤人放逐。萁（jī），豆茎。 ⑫董生：西汉大儒董仲舒，今文经学大师。 ⑬西河魏土：战国时的西河属魏国，与汉代西河郡不同。 ⑭段干木、田子方：战国时期贤人，魏文侯师事二人。 ⑮凛然：也作"飘然"，形容高

远。 ⑯安定：汉代所设的郡，治所在今宁夏固原县。孙会宗任安定太守。 ⑰昆夷：古代西北少数民族。

【赏析】

杨恽，字子幼，西汉华阴（今陕西华阴市）人，其父杨敞官至丞相。杨恽在宣帝时封平通侯，升中郎将。他居官清正，有治绩，擢为诸吏光禄勋，亲近用事。为人轻财好义，廉洁无私，但自矜其能，不能容物，每有忤己者必欲害之，因此得罪不少朝廷显贵。因遭陷害，削职为民，后又因故下狱治罪，并搜到他写给孙会宗的这封信，被腰斩处死。

关于这封信的本事背景，《汉书·杨恽传》记载恽失爵位家居，以财自娱。友人安定太守西河孙会宗，与恽书谏戒。恽内怀不服，写了这封回书。在信中，他以嬉笑怒骂的口吻，逐点批驳孙的规劝，为自己狂放不羁的行为辩解。还赋诗讥刺朝政，明确表示“道不同，不相为谋”，与“卿大夫之制”决裂的意向。全信写得情怀勃郁，锋芒毕露，与司马迁《报任少卿书》桀骜不驯的风格如出一辙。这封信辞气怨激，表现了对朝廷的不满，因此遭到杀身之祸。这是一次文字狱。这封书信文气流畅，有一定的感染力。清人余诚评道：“行文之法，字字翻腾，段段收束，平直处皆曲折，疏散处皆紧炼，则酷肖其外祖。”

【《战国策》书录】

刘 向

周室自文、武始兴，崇道德，隆礼义，设辟雍[1]、泮宫[2]、庠序[3]之教，陈礼乐、弦歌、移风之化，叙人伦，正夫妇，天下莫不晓然。论孝悌之义，惇笃之行，故仁义之道满乎天下，卒致之刑错四十馀年。远方慕义，莫不宾服[4]。《雅》、《颂》歌咏[5]，以思其德。下及康、昭之后，虽有衰德，其纲纪尚明。及春秋时已四五百载矣，然其馀业遗烈[6]，流而未灭。五伯[7]之起，尊事周室。五伯之后，时君虽无德，人臣辅其君者，若郑之子产[8]、晋之叔向[9]、齐之晏婴[10]，挟君辅政，以并立于中国，犹以义相支持，歌说以相感，聘觐以相交，期会以相一[11]，盟誓以相救。天子之命，犹有所行；会享之国，犹有所耻[12]；小国得有所依，百姓得有所息。故孔子曰：“能以礼让为国乎，何有？”周之流化，岂不大哉！

及春秋之后，众贤辅国者既没，而礼义衰矣。孔子虽论《诗》、《书》，定《礼》、《乐》，王道粲然分明，以匹夫无势，化之者七十二人而已，皆天下之俊也。时君莫尚之，是以王道遂用不兴。故曰："非威不立，非势不行。"仲尼既没之后，田氏取齐[13]，六卿分晋[14]，道德大废，上下失序。至秦孝公[15]捐礼让而贵战争，弃仁义而用诈谲，苟以取强而已矣。夫篡盗之人，列为侯王[16]；诈谲之国，兴立为强[17]。是以转相放效，后生师之，遂相吞灭，并大兼小，暴师经岁，流血满野。父子不相亲，兄弟不相安，夫妇离散，莫保其命，泯然道德绝矣。

晚世益甚，万乘之国七[18]，千乘之国五[19]，敌侔争权，尽为战国。贪饕无耻，竞进无厌；国异政教，各自制断；上无天子，下无方伯。力功争强，胜者为右。兵革不休，诈伪并起。当此之时，虽有道德，不得施设[20]。有谋之强，负阻而恃固，连与[21]交质[22]，重约结誓，以守其国。故孟子、孙卿儒术之士，弃捐于世；而游说权谋之徒，见贵于俗。是以苏秦、张仪、公孙衍、陈轸、代、厉之属，生[23]从横短长之说，左右倾侧。苏秦为从，张仪为横。横则秦帝[24]，从则楚王[25]。所在国重，所去国轻。然当此之时，秦国最雄，诸侯方弱，苏秦结之，时六国为一，以傧[26]背秦。秦人恐惧，不敢窥兵于关中，天下不交兵者二十有九年。

然秦国势便形利，权谋之士，咸先驰之。苏秦初欲横，秦弗用，故东合从。及苏秦死后，张仪连横，诸侯听之，西向事秦。是故始皇因四塞之固[27]，据崤、函[28]之阻，跨陇、蜀[29]之饶，听众人之策，乘六世之烈[30]，以蚕食六国，兼诸侯，并有天下。仗于谋诈之弊，终于信笃之诚，无道德之教，仁义之化，以缀天下之心；任刑罚以为治，信小术以为道；遂燔烧诗书，坑杀儒士；上小尧、舜，下邈三王。二世愈甚，惠不下施，情不上达；君臣相疑，骨肉相疏；化道浅薄，纲纪坏败；民不见义而悬于不宁。抚天下十四岁，天下大溃，诈伪之弊也。其比王德，岂不远哉！孔子曰："道之以政，齐之以刑，民免而无耻；道之以德，齐之以礼，有耻且格。"夫使天下有所耻，故化可致也。苟以诈伪偷活取容，自上为之，何以率下？秦之败也，不亦宜乎？

战国之时，君德浅薄，为之谋策者，不得不因势而为资，据时而为故。其谋扶急持倾，为一切之权，虽不可以临国教，化兵革，亦救急之势也。皆高才秀士，度时君之所能行，出奇策异智，转危为安，运亡为存。亦可喜，皆可观。

【注释】

①辟雍：西周天子为教育贵族子弟设立的大学。 ②泮宫：古代的学校。 ③庠序：古代的地方学校，后也泛称学校或教育事业。《孟子·滕文公上》："夏曰校，殷曰序，周曰庠。孝悌：孝，指还报父母的爱；悌，指兄弟姊妹的友爱。 ④宾服：归顺；服从。 ⑤《雅》、《颂》歌咏：《诗经》按音乐性质的不同可以分为风、雅、颂三类，最初都是可以歌唱的。 ⑥馀业遗烈：遗留下来的事业与功绩。 ⑦五伯：即春秋五霸。 ⑧子产：（？－前522），复姓公孙，名侨，字子产，又字子美，郑称公孙。春秋时期郑国的政治家和思想家，在郑国为相数十年，他仁厚慈爱、轻财重德、爱民重民，执政期间在政治上颇多建树。 ⑨叔向：姬姓，羊舌氏，名肸，字叔向。春秋后期晋国贤臣。 ⑩晏婴：字平仲，春秋时齐国夷维（今山东高密）人。晏婴历任齐灵公、齐庄公、齐景公三朝的卿相，辅政长达50余年。 ⑪歌：赋诗言志。说：申说己意。聘：遣使聘问。觐：诸侯朝见天子。期会以相一：诸假会见，以求意见一致。 ⑫有所耻：以其可耻而不为。 ⑬田氏取齐：周安王十六年（公元前386），周天子正式承认田和为齐国诸侯。 ⑭六卿分晋：春秋晚期，晋国由赵、韩、魏、知、范、中行六卿专权，时孔子尚在。 ⑮秦孝公：泰国国君，名渠梁，公元前361－前338年在位，即位之初，布恩惠，振孤寡，招战士，明功赏。下令国中曰："宾客群臣有能出奇计强秦者，吾且尊官，与之分土。"后用商鞅变法，国以富强。 ⑯篡盗之人，列为侯王：指赵、魏、韩及田和。 ⑰诈谲之国，兴立为强：指秦。 ⑱万乘之国七：此指战国时之大国秦、齐楚、赵、魏、韩、燕七国。 ⑲千乘之国五：指七雄之外的鲁、宋、卫、郑、中山五国，至战国时尚存者。 ⑳设：谓军备及要塞之类，亦通。 ㉑连与：国与国之间结成同盟。 ㉒交质：相互以亲属作抵押以取信对方。 ㉓生从横短长之说：生，兴起。 ㉔横则秦帝：谓实行连横，可使秦国达成帝业。 ㉕从则楚王（wàng）：实行合纵，则楚便成为山东六国联合抗秦的领袖。 ㉖傧：通"摈"，排斥。 ㉗四塞（sài）之固：谓国境四面险要。 ㉘崤：崤山。函：函谷关。 ㉙陇：今甘肃兰州以东一带。蜀，今四川省。 ㉚六世：指孝公、惠文王、武王、昭襄王、孝文王、庄襄王六代。烈：功绩。

【赏析】

刘向（约前77－前16）原名更生，字子政，沛县（今属江苏）人。西汉经学家，目录学家、文学家。刘向是我国第一位校雠学家。他将当时所有的各种书籍，逐一校对，成文定本。每一部书校完之后，都要写一篇文章介绍情况或加以评论，奏上皇帝。后来把这些文章集成《别录》，可以说是我国古书的第一部"书目提要"。刘向死后，儿子刘歆，继承父业，写成《七略》，后来班固修《汉书·艺文志》就是根据《七略》，成为今存目录学最早的一部著作。本篇文章是从《校战国策书录》节选的，有的选本题为《战国策序》。

本篇以时间为序，以周秦为对比，阐述孔子关于治国以德化的主张的深远意义，同时对战国时期的谋士进行了点评，有批评，也有肯定。

全文分五层意思。第一层，正面论述强调道德礼义的重要性。作者以西周兴盛为例，表现出对周代教化的无限向往之情。作者认为“周室自文、武始兴”，是因为“崇道德，隆礼义”，“叙人伦，正夫妇，天下莫不晓然”，“论孝悌之义，惇笃之行”，“仁义之道满乎天下”。即使周室衰微之后，到了春秋时期，“除业遗烈，流而未灭”，人心仍有所维系，虽国君无德，辅政的臣子若郑国的子产，晋国的叔向，齐国的晏婴，仍能以义相支持，按道德礼义来行事。第二层，反面论述废弃礼义用战争的祸害。作者以春秋末到战国初期的动乱为证。这一时期，道德礼义完全被践踏，“暴师经岁，流血满野，父子不相亲，兄弟不相安，夫妇离散，莫保其命。”与周室兴盛时期“序人伦、正夫妇”时的场景形成鲜明对比。第三层，承接上文，写战国连横合纵“兵革不休，诈伪并起”，“虽有道德不德施设”，说明孟子、荀卿的事迹不见于《战国策》的原因，引出了苏秦、张仪等战国时期的风云人物。第四层，继续论述秦朝战国分立，统一中国后又迅速灭亡的教训。作者认为秦始皇因“势便形利”，谋士趋风，势必统一。但统一中国后的秦始皇倒行逆施，“无教德之教，仁义之化”，“燔烧诗书，坑杀儒士”，完全无视西周时期强调的道德礼义到了秦二世时，“化道浅薄，纲纪坏败”，“天下大溃”是必然的。第五层，作者从前面的议论收回来，强调《强国策》，这部书的“可喜”，“可观”，其用意是表明作者对战国谋士的一个态度，认为战国谋士“扶急持倾”，是历史特定时期起到的特定作用，“虽不可以临国教，化兵革，亦救急之势也。”当时君主不谈仁义道德，不实行礼义教化，是受历史限制的，利用权谋治国也是不得采取的临时措施。这一点是这篇文章重点阐述《战国策》内容的可取之处。

【解　嘲】

扬　雄

客嘲扬子曰：“吾闻上世①之士，人纲人纪，不生则已，生必上尊人君，下荣父母。析人之珪，儋②人之爵，怀人之符③，分人之禄；纡青拖紫④，朱丹其毂⑤。今吾子幸得遭明盛之世，处不讳之朝，与群贤同行；历金门，上玉堂⑥，有日矣。曾不能画一奇，出一策，上说人主，下谈公卿，目如耀星，舌如电光，一纵一横，论者莫当。顾默而作《太玄》⑦五千文，枝叶扶疏⑧，独说数十馀万言。深者入黄泉，高者出苍天，大者含元气，细者入无间。然而位不过侍郎，擢才给事黄门⑨。意者玄得无尚白乎？何为官之拓落也⑩！”

扬子笑而应之曰：“客徒欲朱丹吾毂，不知一跌将赤吾之族也⑪！往昔周网解结，群鹿争逸，离为十二⑫，合为六七，四分五剖，并为战国。士无常君，国无定臣；得士者富，失士者贫。矫翼厉[13]翮，恣意所存。故士或自盛以橐，或凿坏以遁[14]。是故邹衍以颉颃而取世资，孟轲虽连蹇[15]，犹为万乘师。

"今大汉左东海，右渠搜，前番禺，后椒涂，东南一尉，西北一候[16]。徽以纠墨，制以锧铁[17]；散以礼乐，风以诗书[18]；旷以岁月，结以倚庐。天下之士，雷动云合，鱼鳞杂袭，咸营于八区[19]。家家自以为稷、契，人人自以为皋陶，戴縰垂缨而谈者，皆拟于阿衡[20]，五尺童子，羞比晏婴与夷吾。当途者升青云，失路者[21]委沟渠，旦握权则为卿相，夕失势则为匹夫。譬若江湖之崖，渤澥[22]之岛，乘雁集不为之多，双凫飞不为之少[23]。

"昔三仁去而殷墟，二老归而周炽[24]；子胥死而吴亡，种、蠡存而越霸，五羖[25]入而秦喜，乐毅出而燕惧；范雎以折摺而危穰侯，蔡泽以噤吟[26]而笑唐举。故当其有事也，非萧、曹、子房、平、勃、樊、霍则不能安；当其无事也，章句之徒，相与坐而守之，亦无所患。故世乱则圣哲驰骛[27]而不足，世治则庸夫高枕而有馀。

"夫上世之士，或解缚而相，或释褐而傅；或倚夷门而笑，或横江潭而渔[28]；或七十说而不遇，或立谈而封侯；或枉千乘于陋巷，或拥篲而先驱[29]。是以士颇得信其舌而奋其笔，窒隙蹈瑕[30]而无所诎也。当今县令不请士，郡守不迎师，群卿不揖客，将相不俛眉。言奇者见疑，行殊者得辟。是以欲谈者卷舌而同声，欲步者拟足而投迹。向使上世之士处乎今世，策非甲科，行非孝廉，举非方正，独可抗疏，时道是非；高得待诏，下触闻罢，又安得青紫[31]？

"且吾闻之；炎炎者灭，隆隆者绝[32]。观雷观火，为盈为实，天收其声，地藏其热。高明之家，鬼瞰[33]其室。攫挐者亡，默默者存；位极者宗危，自守者身全。是故知玄知默[34]，守道之极；爰清爰静，游神[35]之庭；惟寂惟漠，守德之宅。世异事变，人道不殊；彼我易时，未知何如！今子乃以鸱枭而笑凤皇，执蝘蜓[36]而嘲龟龙，不亦病乎！子之笑我玄之尚白，吾亦笑子病甚，不遇俞跗与扁鹊也[37]，悲夫！"

客曰："然则靡玄[38]无所成名乎？范、蔡以下，何必玄哉！"

扬子曰："范雎，魏之亡命也。折胁摺髂，免于徽索，翕[39]

肩蹈背，扶服入橐。激印万乘之主，介泾阳、抵穰侯而代之，当[40]也。蔡泽，山东之匹夫也，顉颐折頞[41]，涕唾流沫，西揖强秦之相，搤其咽而亢其气，拊其背而夺其位，时[42]也。天下已定，金革已平，都于洛阳；娄敬委辂脱挽[43]，掉三寸之舌，建不拔之策，举中国徙之长安，适[44]也。五帝垂典，三王传礼，百世不易；叔孙通起于枹鼓之间，解甲投戈[45]，遂作君臣之仪，得也。吕刑靡敝[46]，秦法酷烈，圣汉权制，而萧何造律，宜[47]也。故有造萧何之律于唐、虞之世，则悖[48]矣；有作叔孙通仪于夏、殷之时，则惑矣；有建娄敬之策于成周之世，则乖[49]矣；有谈范、蔡之说于金、张、许、史之间，则狂[50]矣！夫萧规曹随，留侯画策，陈平出奇，功若泰山，响若坻隤，虽其人之赡智哉[51]，亦会其时之可为也。故为可为于可为之时，则从[52]；为不可为于不可为之时，则凶。若夫蔺生收功于章台，四皓采荣于南山，公孙创业于金马，骠骑[53]发迹于祁连，司马长卿窃赀[54]于卓氏，东方朔割炙于细君[55]；仆诚不能与此数子并，故默然守吾《太玄》。"

【注释】

①上世：上古时代。 ②析：分。人：人君。珪：古代帝王、诸侯祭祀时所执的玉器。儋：同"担"，承受的意思。③怀：揣着。符：信符。 ④纡：系结。青：指青色绶。紫：指紫色绶。绶是丝带的意思。汉制，公侯紫绶，九卿青绶。⑤朱、丹：红色。毂：车轮虽间的圆木。 ⑥历：经历。金门：金马门。玉堂：汉代殿名。 ⑦顾：反而。默：缄默。《太玄》：《太玄经》，扬雄摹仿《易经》和《老子》所写的一部哲学著作。 ⑧枝叶扶疏：比喻文采之盛。 ⑨擢：提升。给事黄门：汉官名。 ⑩玄：黑色。拓落：不得意的样子。 ⑪跌：失足。赤吾之族：灭族。 ⑫周网：周朝纪纲。解结：比喻崩溃。群鹿：指诸侯。争逸：争先恐后的奔走。十二：指十二个诸侯国。 ⑬矫：飞举。厉：振奋。 ⑭自盛以橐：指不顾危险而前往效忠的人。凿坏以遁：指坚决不愿受聘出仕的人。⑮颉颃：傲慢的样子。取世资：为世所用。连蹇：艰难的样子。 ⑯左：东方。东海：泛指我国东部海域。右：西方。渠搜：西域国名。前：南方。后：北方。椒涂：北方国名。尉：都尉。候：边境守望之所。 ⑰徽：束。纠墨：此处泛指绳索。锧𫓧：古代腰斩用的垫座。 ⑱散：陶冶。风：感化。 ⑲营：营生、定居。八区：八方。 ⑳䊵：束头发的帛。缨：系在脖子上的冠带。阿衡：伊尹。 ㉑当途者：当权的人。失路者：政治上受排挤的人。 ㉒渤澥：指海滨港湾之地。 ㉓雁、凫：比喻人才。 ㉔三仁：箕子、比干、微子。二老：伯夷和姜尚。炽：为旺，引申为炽盛。 ㉕五羖：指百里奚。 ㉖折摺：折其肋骨。噤：下巴突出。吟：发声不便。 ㉗驰骛：奔走救急。 ㉘解缚而相：指管仲相齐恒公的故事。释褐而傅：指傅说被任用的故事。倚夷门而笑：指侯嬴助信陵君窃

符救赵的故事。横江潭而渔：指曾经与屈原谈话的隐士渔父。㉙七十说而不遇：孔子周游列国的故事。立谈而封侯：指虞卿说赵孝成王的故事。枉千乘于陋巷：指齐恒公见小臣稷的故事。拥篲而先驱：指燕昭王礼遇周衍的故事。㉚信其舌：发挥口才。窒隙蹈瑕：意思是扬长避短。㉛向使：假使。方正：贤良方正。抗疏：向皇帝直言劝谏。时道是非：指摘时政得失。青紫：指高官厚禄。㉜炎炎：火光旺盛。隆隆：形容雷声大。㉝高明：指显贵。瞰：窥望。㉞知玄知默：指天道的玄妙幽静。㉟神：指一种极高的精神境界。㊱鸱枭：猫头鹰。蝘蜓：壁虎。㊲俞跗、扁鹊：均是上古的名医。㊳靡：无。玄：《太玄经》所阐明的道理。㊴髂：腰骨。徽索：绳子。翕：收缩。㊵激卬：激怒。介：间隔。泾阳：秦昭王之弟。抵：攻击。当：恰好。㊶顉：弯曲。颐：下巴。折頞：鼻梁骨塌陷。㊷时：机会。㊸委：丢掉。辂：车子的横木。挽：拉车用的绳索。㊹适：恰好遇上好机会。㊺解甲投戈：指战争停止。㊻吕刑：指周代的刑法。靡敝：败坏。㊼宜：合乎时宜。㊽悂：谬误。㊾乖：违反情理。㊿狂：昏乱。
51坻：山上的岩石。陨：倒塌。赡智：充足的智慧。52从：顺利。53公孙：公孙弘。骠骑：指霍去病。54窃赀：财物来的不正当。55炙：烤肉。细君：东方朔的妻子。

【赏析】

扬雄（前53～18）西汉官吏、学者。字子云，汉族，西汉蜀郡成都（今四川成都郫县友爱镇）人。少好学，为人口吃，博览群书，长于辞赋。关于《解嘲》的写作因由，在《汉书·扬雄传》中有相关记载："哀帝时，丁、傅、董贤用事，诸附离之者，或起家至二千石。时雄方草《太玄》，有以自守，泊如也。或嘲雄以玄尚白，而雄解之，号曰《解嘲》。"文中所提到的丁，指司马丁明；傅，指傅晏，他们都是外戚，骄蛮专横。扬雄不愿意依附权贵，就心境淡泊地写阳能《太玄》。当时有人嘲笑他写的东西没用，于是扬雄就写了此赋反驳。

从文章的写作来看，此赋很明显是受东方朔《答客难》的影响，但在思想和艺术方面有自己的独到之处。在内容上，此赋揭露了西汉末外戚专权，用人唯私，"谄夸者升青云，贞直者真沟壑"的黑暗社会现实，同时也表达了作者不愿同流合污的品质。文中所阐述的一个重要道理是"时异事异"，所以赋中写了成帝、哀帝、平帝三个朝代，不同时代会有不同的特点。艺术上，此赋排比纵横，辞采绮丽，语意深沉，辞锋锐利，写作态度也十分严肃，其中涉及的社会问题也更加广泛。

【逐贫赋】

扬雄

扬子遁居，离俗独处。左邻崇山，右接旷野。邻垣乞儿，终贫且窭[1]。礼薄义弊，相与群聚。惆怅失志，呼贫与语："汝在六极[2]，投弃荒遐。好为庸卒，刑戮相加[3]。匪惟幼稚，嬉戏土沙。居非近邻，接屋连家。恩轻毛羽，义薄轻罗。进不由德，退不受呵。久为滞客，其意谓何？人皆文绣，余褐不完；人皆稻粱，我独藜[4]飧。贫无宝玩，何以接欢[5]？宗室之燕，为乐不槃。徒行负笈[6]，出处易衣。身服百役，手足胼胝。或耘或耔[7]，沾体露肌。朋友道绝，进官凌迟[8]。厥咎安在？职汝为之！舍汝远窜，昆仑之颠；尔复我随，翰飞戾[9]天。舍尔登山，岩穴隐藏；尔复我随，陟彼高冈。舍尔入海，泛彼柏舟；尔复我随，载沉载浮。我行尔动，我静尔休。岂无他人，从我何求？今汝去矣，勿复久留！"

贫曰："唯唯。主人见逐，多言益嗤。心有所怀，愿得尽辞。昔我乃祖，宣[10]其明德，克佐帝尧，誓为典则。土阶茅茨，匪雕匪[11]饰。爰及季世，纵其昏惑。饕餮[12]之群，贪富苟得。鄙我先人，乃傲乃骄。瑶台琼榭，室屋崇高；流酒为池，积肉为峭。是用鹄逝，不践其朝[13]。三省吾身，谓予无諐。处君之家，福禄如山。忘我大德，思我小怨。堪寒能暑，少而习焉；寒暑不忒，等寿[14]神仙。桀跖不顾，贪类不干[15]。人皆重蔽[16]，予独露居；人皆怵惕，予独无虞[17]！"言辞既罄，色厉目张，摄齐而兴，降阶下堂。"誓将去汝，适彼首阳。孤竹二子，与我连行[18]。"

余乃避席，辞谢不直[19]："请不贰过，闻义则服。长与汝居，终无厌极。"贫遂不去，与我游息[20]。

【注释】

①窭：贫而简陋。②六极：六种凶恶的事。③庸卒：受人雇佣的人。加：加身。④文绣：有花纹的织花。藜：初生可食的草类。⑤接欢：交欢。⑥负笈：为他人背负庸作。⑦耘：除草。耔：培土。⑧凌迟：衰微，下降。⑨翰：高飞。戾：到达。⑩宣：显示。⑪茅茨：茅草屋顶。匪：不。⑫季世：末世。饕餮：凶残的恶兽，引申为贫贱的人。⑬鹄逝：如鹄远飞。践朝：临朝。⑭忒：差。等寿：寿命相同。⑮顾：顾念。干：犯。⑯重蔽：隐蔽的很深。⑰天虞：无忧虑。⑱连行：同时。⑲不直：理屈。⑳游息：在一起游玩和休息。

【赏析】

《逐贫赋》是扬雄晚年的作品。此赋描述了作者想摆脱"贫儿"却根本甩不掉的无可奈何之情景。首段"舍汝远窜"以下到"勿复久留"几句说扬雄想舍弃贫儿，所以跑到昆仑之巅，但贫儿却跟着在天上飞；扬雄跑到山崖里，贫儿也跟着上山来；扬雄摇着船躲到海上去，贫儿也跟着来到海上；总之，扬雄走到哪里，贫儿就跟到哪里。扬雄质问贫儿为何要这样跟着自己，他要贫儿赶快离开他，一刻也不能耽搁。由此可知，扬雄想摆脱贫儿，他到处躲还是躲不掉，这实际上就是他自己辛酸生活的艺术描绘，但他用的笔调却是轻松的、充满玩笑的，这种自嘲自解的戏谑很有一种黑色幽默之美感。另外，《逐贫赋》对贫儿答语的描写也充满了黑色幽默之美："堪寒能暑，少而习焉。寒暑不忒，等寿神仙。桀跖不顾，贪类不干。人皆重蔽，予独露居；人皆怵惕，予独无虞。"贫儿说："主人倒是不错啊，你从小就经得住寒暑的侵袭，你简直就是不会死的神仙，那些盗贼和贪官从来也不会来打扰你，别人要几重门锁着才敢睡，你却敢在露天下睡，别人都提心吊胆的，你却从来都没有担忧。"扬雄在这里用开玩笑的语调来写贫儿的辩解，这实在是一种黑色幽默，由此可以见出扬雄抒情赋的大胆和幽默，显露出一种独特的美学色彩。

扬雄在《逐贫赋》中显示了一种新的态度——物质穷乏的态度。在他酸溜溜的口气中，读者能发现中国人"一分为二"思维方式对生活本身发生的影响。在这种思维方式里，关键不在于怎样生活或生活得怎样，而在于如何解释生活、解释得怎么样。这种典型的唯心主义生活观、幸福观后来构成了中华文化传统的重要部分。这种生活观的负面影响是较大的，它往往导致人们随遇而安，安于现状，不能或不愿改善生活，而只是改变对自己生活的判断。扬雄的虚弱无力和无可奈何在这篇文章里表现得很充分，他没有能力过上更好的生活，他便设法把不好的生活解释为好的生活。虽然是自欺欺人，但获得心理平衡，这才是最重要的。他试图找出贫寒生活的优点，找出富贵生活的不足。这种努力，后来在道德层面上得到了完成，那就是：富贵的，总是不道德的，至少是道德可疑的；贫寒的，则往往是因为道德高尚。富贵变成了道德负号，贫寒则成为道德正号。于是，精神的奖励就弥补了物质的匮乏，甚至成了生活中的画饼。扬雄的这篇《逐贫赋》，可能就暗示着中华民族文化心理的这一深刻转换。

【毛诗序[1]】

毛 亨

《关雎》[2]，后妃之德也[3]，风之始也[4]，所以风[5]天下而正夫妇也。故用之乡人焉[6]，用之邦国焉[7]。风，风也，教也；风以动之，教以化之。

诗者，志之所之也[8]。在心为志，发言为诗。情动于中而形于言，言之不足，故嗟叹之；嗟叹之不足，故永歌之；永歌之不足，不知手之舞之，足之蹈之也[9]。

情发于声，声成文谓之音[10]。治世之音安以乐，其政和；乱世之音怨以怒，其政乖[11]；亡国之音哀以思，其民困。故正得失，动天地，感鬼神，莫近于诗。先王以是经[12]夫妇，成孝敬，厚人伦，美教化，移风俗。

故诗有六义[13]焉，一曰风[14]，二曰赋[15]，三曰比[16]，四曰兴[17]，五曰雅[18]，六曰颂[19]。上以风化下，下以风刺上，主文而谲谏[20]，言之者无罪，闻之者足以戒，故曰风。至于王道衰，礼义废，政教失，国异政，家殊俗，而变风变雅[21]作矣。国史[22]明乎得失之迹，伤人伦之废，哀刑政之苛，吟咏情性，以风其上，达于事变而怀其旧俗者也。故变风发乎情，止乎礼义。发乎情，民之性也；止乎礼义，先王之泽也。是以一国之事，系一人之本，谓之风[23]；言天下之事，形四方之风，谓之雅[24]。雅者，正也，言王政之所由废兴也。政有小大，故有小雅焉，有大雅焉。颂者，美盛德之形容，以其成功告于神明者也[25]。是谓四始[26]，诗之至也。

然则《关雎》、《麟趾》之化，王者之风，故系之周公[27]。南，言化自北而南也[28]。《鹊巢》、《驺虞》之德，诸侯之风也，先王之所以教，故系之召公[29]。《周南》、《召南》，正始之道，王化之基[30]。是以《关雎》乐得淑女以配君子，忧在进贤，不淫其色[31]；哀窈窕，思贤才，而无伤善之心焉。是《关雎》之义也。

【注释】

①毛诗序：汉代传《诗》(《诗经》) 有鲁、齐、韩、毛四家。前三家为今文经学派，早立于官学，却先后亡佚。 ②《关雎》：《诗经·国风·周南》第一首诗的篇名。 ③后妃之德也：后妃，天子之妻，旧说指周文王妃太姒。此处说《关雎》是称颂后妃美德的。孔颖达《毛诗正义》说："言后妃性行合谐，贞专化下，寤寐求贤，供奉职事，是后妃之德也。"这种解释其实是牵强附会的，汉儒往往如此。 ④风之始也：本指《关雎》为《诗经》的国风之首之意。孔颖达《毛诗正义》说："言后妃之有美德，文王风化之始也。言文王行化始于其妻，故用此为风教之始。"这是有违原意的，但汉人往往从教化的角度对诗句作牵强乃至歪曲的解释。 ⑤风：读去声，用作动词，教化之意。 ⑥用之乡人焉：相传古代一万二千五百家为一乡，"乡人"，指百姓。《礼记·乡饮酒礼》载：乡大夫行乡饮酒礼时以《关雎》合乐。所以《正义》释"用之乡人"为"令乡大夫以之教其民也"。 ⑦用之邦国焉：《仪礼·燕礼》载：诸侯行燕礼饮燕其臣子宾客时，歌乡乐《关雎》、《葛覃》等。故《正义》释为"令天下诸侯以之教其臣也"。 ⑧志之所之：之，《说文》释为"出也"；句意诗乃由志而产生。 ⑨"情动于中"以下五句：意指心中有情感而后用语言传达出来；意犹未尽，则继之以咨嗟叹息；再有不足，则继之以永歌、手舞足蹈。"永歌"，引声长歌。 ⑩声成文谓之音：声，指宫、商、角、徵、羽；

文，由五声和合而成的曲调；将五声合成为调，即为“音”。 ⑪乖：反常。 ⑫经：常道，用作动词，意为使归于正道。 ⑬六义：《诗序》“六义”说源于《周礼》“六诗”，《周礼·春官·大师》载：“大师教六诗：曰风，曰赋，曰比，曰兴，曰雅，曰颂。”但因对诗与乐的关系理解有异，故二者次序有别。《正义》释“六义”为：“赋、比、兴是《诗》之用，风、雅、颂是《诗》之成形，用彼三事，成此三事，是故同称为‘义’。”对于“六义”，至今尚有不同的理解。 ⑭风：与“雅”、“颂”为一组范畴，指《诗经》中的十五国风。据下文的解释，同时又含有风化、讽刺之义。 ⑮赋：与“比”、“兴”为一组范畴，指《诗经》的铺陈直叙的表现手法。郑玄注《周礼·大师》说：“赋之言铺，直铺陈今之政教善恶。”朱熹《诗经集传》说：“赋，敷陈其事而直言之者也。” ⑯比：比喻手法。朱熹《诗经集传》：“比者，以彼物比此物也。” ⑰兴：起的意思，指具有发端作用的手法。朱熹《诗经集传》释为“先言他物以引起所咏之辞也”。 ⑱雅：指雅诗。据下文的解释，有正的意义，谈王政之兴废。大小雅的配乐，时称正声。” ⑲颂：指颂诗。据下文的解释，有形容之意，即借着舞蹈表现诗歌的情态。 ⑳主文而谲谏：郑玄注：“主文，主与乐之宫商相应也。谲谏，咏歌依违，不直谏也。”此言当其“刺”时，合于宫商相应之文，并以婉约的言辞进行谏劝，而不直言君王之过失。 ㉑变风变雅：变，指时世由盛变衰，即“王道衰、礼义废”等；变风，指邶风以下十三国风；变雅，大雅中《中劳》以后的诗，小雅中《六月》以后的诗。二者虽有个别例外，但变风变雅大多是西周中衰以后的作品，相当于上文的所说“乱世之音”、“亡国之音”。 ㉒国史：王室的史官。 ㉓“是以……谓之风”：这句是对“风”的解释。“一国”，指诸侯之国，与下文“雅”之所言“天下”有别，表明“风”的地方性；“一人”，指作诗之人。 ㉔“言天下”至“谓之雅”句：这是对“雅”的解释。《正义》说：“诗人总天下之心，四方风俗，以为己意，而咏歌王政，故作诗道说天下之事，发见四方之风，所言者乃是天子之政，施齐正于天下，故谓之雅，以其广故也。” ㉕“颂者”句：这句是对“颂”的解释。形容，形状容貌。此句说“颂”是祭祀时赞美君王功德的诗乐。 ㉖四始：《正义》引郑玄言：“风也，小雅也，大雅也，颂也，此四者，人君行之则为兴，废之则为衰。”而司马迁《史记·孔子世家》认为：“《关雎》之乱，以为风始；《鹿鸣》为小雅始；《文王》为大雅始；《清庙》为颂始。”《毛诗序》开头说《关雎》“风之始也”，实袭《史记》。 ㉗“然则《关雎》”数句：《麟趾》，即《麟之趾》，是《国风·周南》的最后诗篇。《正义》说：“《关雎》《麟趾》之化，是王者之风，文王之所以教民也。王者必圣周公，圣人故系之周公。” ㉘“南，言化”句：这句解释《周南》之“南”的含义。《正义》说：“言此文王之化自北土而行于南方故也。”《毛传》也说：“谓其化从岐周被江、汉之域也。” ㉙“《鹊巢》《驺虞》”句：《鹊巢》是《国风·召南》的首篇，《驺虞》是其末篇。《正义》说：“《鹊巢》《驺虞》之德，是诸侯之风，先王、大王、王季所以教化民也。诸侯必贤召公，贤人故系之召公。” ㉚“《周南》《召南》”句：《周南》，《国风》的第一部分，共计十一篇；《召南》次《周南》之后，计十四篇。《正义》说：“《周南》《召南》二十五篇之诗，皆是正其初始之大道，王业风化之基本也。” ㉛“是以《关雎》”句：这句是揭示《关雎》的主题。《论语·八佾》：“子曰：《关雎》乐而不淫，哀而不伤。”此处所言即本于孔子的观点。

【赏析】

汉代传《诗》有鲁、齐、韩、毛四家。前三家为今文经学派，早立于官学，却先后亡佚。赵人毛亨（大毛公）、毛苌（小毛公）传《诗》，为“毛诗”，属古文学派。《毛诗》于汉末兴盛，取代前三家而广传于世。《毛诗》于《诗》三百篇均有小序，而首篇《关雎》题下的小序后，另有一段较长文字，世称《诗大序》，又称《毛诗序》，是一篇《毛诗》讲《诗经》的总序。

《毛诗序》继承了先秦“诗言志”的观点，进一步阐述了诗歌抒情言志的特征。早在先秦，伪古文《尚书. 尧典》就提出“诗言志”之说，成为我国诗论的“开山的纲领”。此后，《左传・昭公二十五年》有“诗以言志”、《庄子・天下》篇有“诗以道志”、《荀子・儒效》篇有“诗言是其志也”之说，都继承发挥了“诗言志”之说。虽然在先秦“志”中包含“情”，如唐代孔颖达《左传正义》所说“在已为情，情动为志，情志一也”，但“情”在“诗言志”说中并不占主要地位。而《毛诗序》则突出强调了“情”与“志”的统一性，更为清楚地说明了诗歌抒情言志的特征。从“诗者志之所之也”和“情动于中而形于言”两段论述来看，《毛诗序》认为“情”与“志”是二而一的东西。

《毛诗序》还揭示了中国古代艺术诗、乐、舞三位一体的表现形态，并认为所有艺术形态都是人的思想感情的表现。《尚书・尧典》曾指出“诗言志，歌永言，声依永，律和声”，显示出诗与乐的一致性；《礼记・乐记》指出：“凡音之起，由人心生也。人心之动，物使之然也。感于物而动，故形于声；声相应，故生变；变成方，谓之音；比音而乐之，及干戚羽旄，谓之乐”，强调了乐与舞的一致性；而《荀子. 儒效》篇则指出“诗言其志也，歌咏其声也，舞动其容也”，对诗乐舞三位一体的特征有所论述。《毛诗序》总结了以上这些论述，指出“诗者，志之所之也，在心为志，发言为诗。情动于中而形于言，言之不足故嗟叹之，嗟叹之不足故永歌之，永歌之不足，不知手之舞之，足之蹈之也，”从抒情言志的特征论述了诗、乐、舞在艺术上的统一性，使诗的特征、情志合与诗乐舞三位一体。